**Amor y muerte
en Florencia**

Sarah Dunant

Amor y muerte en Florencia

Traducción de
Carlos Milla Soler

CÍRCULO de LECTORES

A mi madre Estelle y a mis hijas Zoe y Georgia

Prólogo

Nadie la vio desnuda hasta su muerte. Era una norma de la orden que las hermanas no contemplaran la carne humana, ni la suya propia ni la de nadie. Muchas reflexiones habían dado pie a la redacción de esta pauta. Bajo los amplios pliegues de su hábito, cada monja llevaba una larga enagua de algodón, prenda que nunca se quitaban, ni siquiera cuando se lavaban, de modo que actuaba en parte como velo y en parte como toalla a la vez que camisón. Se cambiaban esta enagua una vez al mes (con mayor frecuencia en verano, cuando vivían bañadas en sudor a causa del estancado aire toscano) y existían precisas instrucciones respecto al procedimiento correcto: debían mantener la mirada absolutamente fija en el crucifijo colgado sobre sus camas mientras se desvestían. Si alguna bajaba la vista, el pecado pasaba al confesonario y por tanto no a la historia.

Se rumoreaba que cuando la hermana Lucrecia ingresó en el convento llevó consigo cierta vanidad además de su vocación (su dote a la Iglesia, se decía, incluía un cofre nupcial profusamente decorado, lleno de libros y cuadros aptos para las atenciones de la Policía Suntuaria). Pero aquélla era una época en la que la congregación incurría con cierta frecuencia en esa clase de excesos y lujos, y desde la reforma del convento el reglamento era más estricto. Ninguna de las habitantes actuales podía remontarse tan lejos en el tiempo, excepto la reverenda madre, que se había convertido en novia de Cristo poco más o menos en las mismas fechas que Lucrecia, pero le había dado la espalda a las cosas mundanas hacía ya mucho tiempo. En cuanto a la hermana Lucrecia, nunca hablaba del pasado. De hecho, en los últimos años apenas había hablado de nada. Su devoción estaba fuera de toda duda, y mientras sus huesos se encorvaban y se soldaban entre sí con la edad, de igual manera se fundían su devoción y su pudor. En cierto modo era natural. Aunque hubiera sentido la tentación de la vanidad, ¿dónde habría encontrado una superficie en la que ver su reflejo? En los claustros no había espejos, las ventanas no tenían cristales, e incluso el estanque del jardín había sido diseñado con un surtidor en el centro que lanzaba una incesante lluvia para impedir cualquier posible asomo de narcisismo en la superficie del agua. Naturalmente, incluso en la más pura de las órdenes es inevitable alguna infracción, y en alguna que otra ocasión se había sorprendido a algunas de las novicias más sofisticadas observando subrepticiamente su imagen miniaturizada en las pupilas de los ojos de sus superioras. Pero por lo general ésta se desvanecía a medida que la imagen de Nuestro Señor se agrandaba.

Al parecer, la hermana Lucrecia no había mirado directamente a nadie desde hacía unos años. Había dedicado cada vez más tiempo a la devoción en su celda, velándose sus ojos con la edad y el amor a Dios. Conforme se deterioró su salud, se la eximió gradualmente de los trabajos manuales, y mientras las demás se afanaban en sus tareas, ella permanecía sentada en los jardines o en el herbario que atendía a veces. La semana anterior a su muerte la había visto allí la hermana Carmilla, una joven novicia que se había alarmado al tropezarse con la anciana monja sentada no en un banco sino en el suelo, su cuerpo bajo el hábito dilatado a causa del abultamiento del tumor, la toca ladeada y la cara inclinada hacia los rayos de sol de última hora de la tarde. Descubrirse de tal modo era un flagrante incumplimiento de las reglas, pero por entonces la enfermedad la había consumido hasta tal punto y su dolor era tan manifiesto que la reverenda madre no fue capaz de sancionarla. Más tarde, cuando las autoridades se marcharon y se llevaron por fin el cuerpo, Carmilla difundiría ese encuentro en la mesa del refectorio, contando que el cabello despeinado de la monja, libre de la toca, flotaba como un halo gris en torno a su cabeza y que tenía el rostro iluminado de dicha; sólo que la sonrisa de sus labios era más triunfal que beatífica.

Esa última semana de su vida, mientras el dolor fluía dentro de ella en ondas cada vez más profundas y la arrastraba en su corriente, el pasillo empezó a oler a muerte frente a su celda; un aroma fétido, como si su carne ya estuviera descomponiéndose. El tumor había crecido tanto y era tan doloroso que por entonces ella ya no podía sentarse a causa de su tamaño. Llamaron a varios médicos, incluso a un doctor de Florencia (se podían desnudar si era para aliviar el sufrimiento), pero ella los había rechazado a todos y no había compartido con nadie su agonía.

El bulto no sólo quedó cubierto sino oculto. Por entonces ya se había echado encima el verano y el convento era sofocante de día y agobiante de noche, pero ella seguía completamente vestida bajo la manta. Nadie sabía cuánto tiempo hacía que la enfermedad corroía su carne. El amplio hábito estaba concebido para disimular cualquier asomo de forma o curva femenina. Cinco años antes, en el mayor escándalo en que se había visto envuelto el convento desde los malos tiempos de antaño, una novicia de catorce años procedente de Siena había disimulado tan bien durante nueve meses el aumento de volumen de su vientre que su situación sólo se conoció cuando la hermana de la cocina encontró los restos de la placenta en un rincón de la bodega y, temiendo que fueran las entrañas de un animal medio devorado, husmeó alrededor hasta hallar el cuerpo pequeño e hinchado hundido en una cuba de vino para la comunión con una bolsa de harina como lastre. De la muchacha no había el menor rastro.

Un mes antes la hermana Lucrecia, cuando le preguntaron tras su primer desmayo durante unos maitines, admitió que tenía el bulto en el pecho izquierdo desde hacía un tiempo, y que su maligna energía palpitaba contra su piel como un pequeño volcán. Pero desde el principio se obstinó en que no había nada que hacer. Tras una conversación con la reverenda madre, debido a la cual ésta llegó tarde al oficio de vísperas, no volvió a mencionarse el asunto. La muerte era, al fin y al cabo, un tránsito temporal en un viaje más largo, y en una casa de Dios era un momento temido y a la vez bien recibido.

En sus últimas horas enloqueció de dolor y fiebre. Ni siquiera las infusiones de hierbas más potentes le proporcionaban el menor alivio. En tanto que al principio sobrellevaba su padecimiento con entereza, ahora se la oía aullar como un animal durante toda la noche, un grito desesperado que despertaba e infundía pavor a las monjas más jóvenes de las celdas cercanas. Acompañaban a los aullidos esporádicas palabras, proferidas en intermitentes arranques o musitadas como los versos de una enardecida oración; latín, griego y toscano se fundían en una impenetrable amalgama verbal.

Finalmente Dios se la llevó una mañana cuando amanecía otro día sofocante. El sacerdote que le había administrado la extremaunción acababa de marcharse y estaba sola con una de las hermanas enfermeras, quien contó que en el momento de separarse el alma, el rostro de Lucrecia cambió milagrosamente, las arrugas grabadas por el dolor se desvanecieron dejando la piel tersa, casi traslúcida, un eco de la tierna monja que había llegado a las puertas del convento hacía unos treinta años.

La defunción se anunció formalmente en los maitines. Debido al calor (en los últimos días la temperatura era tan alta que la mantequilla se había licuado en la cocina) se consideró necesario inhumar el cadáver ese mismo día. El convento tenía la costumbre de conceder a cualquier hermana fallecida la dignidad de un cuerpo limpio, así como un alma inmaculada, y ataviarla con un hábito nuevo y radiante, un vestido nupcial para que por fin la novia se uniera a su divino esposo. Celebró el ritual la hermana Magdalena, encargada de la farmacia y la administración de los medicamentos (con una dispensa especial para ver carne en estas sagradas ocasiones), con la ayuda de una monja más joven, la hermana María, quien con el tiempo ocuparía su puesto. Juntas lavarían y vestirían el cuerpo y luego lo colocarían en la capilla, donde permanecería durante un día mientras el resto del convento presentaba sus respetos. Sin embargo, en esta ocasión no se requirieron sus servicios. Por lo visto, la hermana Lucrecia había hecho una petición especial antes de morir: que su cuerpo se dejara intacto, con el hábito con el que había servido al Señor durante tantos años. Aquello era, como mínimo, insólito –entre las hermanas se habló de si constituía o no un acto de desobediencia–, pero la reverenda madre lo había aceptado y la decisión no se habría puesto en tela de juicio a no ser por la noticia, recibida también esa mañana, de un brote epidémico en el pueblo vecino.

Aunque una agotadora cabalgada separaba el convento de la aldea de Loro Ciufenna, la peste avanzaba tan deprisa como los cascos de cualquier montura. El primer indicio se presentó, al parecer, tres días antes, cuando el hijo de un campesino se vio aquejado de fiebre y una erupción de forúnculos se extendió por todo su cuerpo, y de inmediato empezaron a producir pus y adquirir una gran virulencia. Murió a los dos días. Para entonces su hermano menor y el panadero ya se habían contagiado. Se supo que el muchacho había visitado el convento la semana anterior para entregar harina y hortalizas. Se insinuó que la enfermedad del diablo había salido de allí y que la hermana que acababa de morir era su transmisora. Si bien la madre superiora no tenía tiempo para habladurías de ignorantes y conocía los niveles de contagio mejor que nadie, era su deber mantener buenas relaciones con la aldea, de la que el convento dependía para muchas cosas, y era un hecho innegable que la hermana Lucrecia había muerto con fiebre y dolor. Estaba muy extendida la idea de que si una persona era transmisora de la enfermedad, la peste seguiría viva en su ropa y escaparía a través de la tierra más tarde para volver a contaminar. Habiendo perdido a ocho hermanas durante un brote unos años antes, la reverenda madre, en atención no sólo a la reputación de su establecimiento sino también a su deber para con la congregación, pasó por alto a su pesar el último deseo de Lucrecia y ordenó que sus prendas se quemaran y el cadáver se desinfectara antes de entregarlo al camposanto.

El cuerpo de Lucrecia yacía en la cama. Debido al retraso, la rigidez de la muerte se extendía ya por sus miembros. Las dos hermanas trabajaron con nerviosa rapidez usando guantes de podar, la única protección que el convento podía ofrecerles contra el contagio. Desprendieron el griñón y retiraron la tela del cuello. La difunta monja tenía el pelo aplastado a causa del sudor de sus últimas horas pero su rostro permanecía totalmente sereno, un vestigio de aquella tarde en el herbario. Desabrocharon el hábito en los hombros y lo cortaron por la parte delantera, apartando la tela, impregnada del sudor del sufrimiento. Pusieron especial cuidado en la zona próxima al tumor donde el hábito y la enagua se habían adherido a la piel. Durante su enfermedad tenía tan dolorida esa parte del cuerpo que las hermanas que se cruzaban con ella en el claustro se apartaban porque cualquier roce provocaba sus alaridos. Ahora resultaba extraño que permaneciera tan callada mientras, sin contemplaciones, tiraban del bulto de tela y carne, del tamaño de un melón pequeño y blando al tacto. La tela no se desprendió fácilmente. Al final la hermana Magdalena, que conservaba en sus huesudos dedos una fuerza impropia de su edad, dio un vigoroso tirón y el tejido se separó del cuerpo arrastrando consigo lo que parecía la propia excrecencia.

La anciana monja ahogó un grito cuando la masa de tejido graso se quedó en su mano enguantada. Contemplando otra vez el cuerpo, aumentó su sensación de asombro. Allí donde había estado el tumor, la superficie de la piel se había curado: no había herida, ni sangre, ni pus, ni efusión alguna. El fatal tumor maligno de la hermana Lucrecia había dejado su cuerpo sin marca. Sin duda aquello era un milagro. Y a no ser por el insoportable hedor que inundaba la pequeña celda, se habrían arrodillado allí mismo en reconocimiento de la magnanimidad de Dios. Pero el hecho era que el olor parecía más intenso tras retirarse el tumor, así que centraron su atención en éste.

Separado del cuerpo, aquel bulto blando, aún en la mano de la hermana, rezumaba un líquido negro, como unas asaduras putrefactas, como si las entrañas de la buena hermana hubieran salido del cuerpo a través del tumor. Magdalena gimió. El bulto se le escapó de los dedos y cayó contra las losas del suelo; reventó a causa del impacto, salpicando líquido y sangre. Dentro empezaron a discernir formas: espirales negras y coágulos de sangre, intestinos, órganos, de hecho asaduras. Aunque habían transcurrido muchos años desde que la anciana monja trabajó en la cocina, había diseccionado cuerpos suficientes para reconocer la diferencia entre los restos humanos y los animales.

Por lo visto, la reverenda hermana Lucrecia no había muerto de un tumor, sino que se había puesto una vejiga llena de entrañas de cerdo.

La revelación habría sido sorprendente por sí misma incluso sin lo que apareció a continuación. Fue María quien se dio cuenta: una cinta plateada sobre la piel del cadáver que descendía por el contorno del hombro, se ensanchaba gradualmente a su paso por la clavícula y por último desaparecía bajo lo que quedaba de la enagua. Esta vez fue la monja de menor edad quien tomó la iniciativa, cortando la enagua y arrancándola de un solo tirón para dejar el cuerpo desnudo al descubierto sobre la cama.

En un primer momento no entendían lo que veían sus ojos. La carne expuesta de Lucrecia era blanca, como la piel de mármol de la Virgen que había junto al altar de la capilla. Era un cuerpo anciano, con el vientre y los pechos flácidos a causa de la edad, pero apenas sin grasa, lo que implicaba que había conservado la figura lo suficiente para que la imagen mantuviera sus proporciones. A medida que la línea pintada se ensanchaba en la clavícula, adquiría más forma y sustancia, redondeándose y pasando de ser la cola de una serpiente a ser el cuerpo de la serpiente, de color verde plateado y tan natural que cuando se deslizaba sobre el pecho uno tenía la impresión de ver el movimiento de los músculos ondeando bajo la piel. Cerca del pezón derecho se enroscaba en torno a la oscura areola y luego bajaba desde el pecho y cruzaba el abdomen. Finalmente descendía hacia las ingles, su forma ya más plana a medida que se acercaba la cabeza de la serpiente. La edad había reducido a unos cuantos rizos dispersos lo que en otro tiempo debía de haber sido una espesa mata de vello púbico, de modo que lo que habría sido invisible salvo para el observador más insistente, quedaba ahora a la vista.

Allí donde el cuerpo de la serpiente se convertía en la cabeza, en lugar del cráneo del reptil aparecía la forma más suave y redonda del rostro de un hombre: la cabeza hacia atrás, los ojos cerrados en éxtasis y la lengua, larga como la de una serpiente, saliendo de la boca en dirección a la abertura del sexo de la hermana Lucrecia.

Primera parte

Convento de Santa Vitella,
Loro Ciufenna,
agosto de 1528

El testamento de la hermana Lucrecia

Uno

Volviendo la vista atrás, el hecho de que aquella primavera mi padre trajese del norte al joven pintor me parece ahora un acto de orgullo más que de bondad. La capilla de nuestro palacio se había completado recientemente, y mi padre llevaba unos meses buscando la mano idónea para ejecutar los frescos del altar. No era que Florencia no tuviese artistas más que suficientes. Impregnaban la ciudad el olor de la pintura y el rasgueo de las plumas y la tinta sobre los contratos. Había ocasiones en las que uno no se paseaba por las calles por temor a caer en algún hoyo o lodazal dejados por la continua construcción. Cualquiera con dinero estaba deseoso de celebrar a Dios y a la República creando oportunidades para el arte. Lo que ahora describen como Edad de Oro por entonces no era más que la moda del momento. Pero yo era joven y, como tantos otros, me dejaba deslumbrar por aquel aire de fiesta.

Las iglesias eran lo mejor. Dios estaba presente en la escayola misma con que se embadurnaban las paredes al prepararlas para los frescos: episodios de los Evangelios hechos carne para quienquiera que tuviese ojos para verlos. Sólo aquellos que miraban con atención veían también algo más. Acaso Nuestro Señor hubiera vivido y muerto en Galilea, pero su vida se recreaba en la ciudad de Florencia. El arcángel Gabriel trajo el mensaje de Dios a María bajo los arcos de una logia de Brunelleschi; los Reyes Magos encabezaban procesiones por la campiña toscana, y los milagros de Jesucristo se desplegaban dentro de los muros de la ciudad, los pecadores y los enfermos vestidos con indumentaria florentina y la multitud de testigos salpicada de rostros públicos: una muchedumbre de dignatarios con papada y nariz grande que miraban desde los frescos a sus modelos en la vida real sentados en los bancos delanteros.

Yo tenía casi diez años cuando Doménico Ghirlandaio completó sus frescos para la familia Tornabuoni en la capilla central de Santa Maria Novella. Lo recuerdo bien porque mi madre me pidió que lo hiciera: «Debes recordar este momento, Alessandra –dijo–; estas pinturas darán gran gloria a nuestra ciudad». Y cuantos las vieron pensaron que así sería.

La fortuna de mi padre provenía de los vapores de las cubas de tinte que había en las callejas de Santa Croce. El olor de la cochinilla aún me trae recuerdos de él cuando volvía a casa del almacén, con la ropa impregnada del polvo de insectos triturados procedentes de lugares lejanos. Cuando el pintor vino a vivir con nosotros en 1492 –recuerdo la fecha porque Lorenzo de Médicis murió aquella primavera–, ya nos habíamos hecho ricos gracias a la pasión florentina por la ropa vistosa. Nuestro palacio recién acabado se encontraba en la parte este de la ciudad, entre la gran catedral de Santa Maria del Fiore y la iglesia de Sant' Ambrogio. Se componía de cuatro plantas en torno a dos patios interiores, con su pequeño jardín tapiado y espacio suficiente para el negocio de mi padre en la planta baja. Nuestro escudo de armas adornaba las fachadas, y si bien el buen gusto de mi madre moderó en gran medida la exuberancia propia de los nuevos ricos, todos sabíamos que era sólo cuestión de tiempo que un día también nosotros posáramos para aparecer en retratos evangélicos, aunque no públicos sino privados.

Tengo grabada a fuego en la memoria la noche en que llegó el pintor. Es invierno y las balaustradas de piedra están recubiertas de escarcha cuando mi hermana y yo chocamos en la escalera en camisón y nos asomamos para ver llegar los caballos al patio principal. Es tarde y la casa está dormida, pero la llegada de mi padre es motivo de celebración, no simplemente por su regreso sano y salvo sino porque, en medio de las alforjas llenas de muestras, hay siempre ropa especial para la familia. Plautilla está ya fuera de sí de expectación, pero, claro está, ella, comprometida, piensa sólo en su ajuar. Mis hermanos, en cambio, brillan por su ausencia. Pese al buen nombre y las excelentes telas de nuestra familia, Tomaso y Luca viven más como gatos salvajes que como ciudadanos, durmiendo de día y cazando de noche. Erila, nuestra esclava doméstica y portadora de todos los cotilleos de la ciudad, sostiene que son ellos la razón de que las mujeres decentes nunca deban ser vistas en las calles después del anochecer. No obstante, cuando mi padre descubra que han desaparecido, habrá problemas.

Pero todavía no. Por ahora estamos todos atrapados en el asombro del momento. Las teas iluminan el ambiente mientras los mozos de cuadra tranquilizan a los caballos, cuyos resoplidos se condensan en el aire helado. Mi padre ya ha desmontado, su rostro manchado de mugre, con una sonrisa tan redondeada como una cúpula cuando nos saluda con la mano. A continuación se vuelve hacia mi madre, que baja por la escalera para recibirlo, su bata roja de terciopelo bien cerrada en el pecho y el pelo suelto, cayendo por la espalda como un río dorado. En todas partes hay ruido y luz y una agradable sensación de seguridad, pero no todos la comparten. A horcajadas a lomos del último caballo llega un hombre joven, alto y delgado, envuelto en su capa como un rollo de tela, inclinándose peligrosamente hacia delante en la silla de montar a causa del frío y la fatiga del viaje.

Recuerdo que cuando el mozo se acercó a él para cogerle las riendas, despertó sobresaltado, aferrándolas de nuevo como si temiera un ataque, y mi padre tuvo que aproximarse para calmarlo. Por entonces yo estaba demasiado pendiente de mí misma para darme cuenta de lo extraño que debía de ser para él todo aquello. Aún no había oído hablar de lo distinto que era el norte, de lo mucho que lo cambiaba todo la humedad y el sol acuoso, desde la luz del aire hasta la ligereza del alma. Desde luego, yo no sabía que era pintor. Para mí no era más que otro criado. Pero mi padre lo trató con mucha consideración desde el principio, hablándole con delicadeza, ayudándolo a desmontar y eligiéndole una habitación independiente en el patio trasero para que se instalara allí.

Más tarde, cuando mi padre desenvuelve el tapiz flamenco para mi madre y despliega los rollos de batista blanca como la nieve para nosotras («las mujeres de Rennes pierden la vista antes de tiempo por ponerse al servicio de la belleza de mis hijas»), nos cuenta cómo lo ha encontrado, un huérfano criado en un monasterio a orillas del mar septentrional, donde el agua amenaza la tierra. Su talento con la pluma había ido más allá que cualquier sentido de la vocación religiosa, y por tanto los monjes lo habían enviado a trabajar como aprendiz junto a un maestro, y él, a su regreso, en agradecimiento, no sólo había pintado su propia celda sino las de todos los demás monjes. Fueron estas pinturas las que impresionaron tanto a mi padre que decidió en ese mismo momento ofrecerle la labor de ensalzar nuestra capilla.

Debo añadir, no obstante, que si bien mi padre sabía mucho de telas, no era un gran conocedor en materia de arte, y sospecho que su decisión vino determinada en gran medida por el dinero, porque siempre tuvo buena vista para los negocios. ¿Y en cuanto al pintor? Bueno, como mi padre decía, no le quedaban más celdas que pintar, y la fama de Florencia como una nueva Roma o una Atenas de nuestro tiempo sin duda lo habían inducido a desear ver la ciudad con sus propios ojos.

Así pues, el pintor vino a vivir a nuestra casa.

A la mañana siguiente fuimos a la Santissima Annunziata para dar gracias por la vuelta a casa de mi padre sano y salvo. La iglesia se halla al lado del Ospedale degli Innocenti, la inclusa donde las jóvenes dejaban a sus hijos bastardos para que las monjas se cuidaran de ellos. Cuando pasamos por delante, imagino el llanto de los niños cuando el molinete de la pared gira hacia el interior para siempre, pero mi padre dice que somos una ciudad muy caritativa y que hay lugares en el salvaje norte donde uno encuentra recién nacidos entre la basura o flotando en el río como desechos.

Nos sentamos en los bancos centrales. Sobre nuestras cabezas cuelgan grandes maquetas de barcos donadas por aquellos que han sobrevivido a naufragios. Mi padre sobrevivió a uno, pero por entonces no era lo bastante rico para encargar una pieza conmemorativa para la iglesia, y en este último viaje sólo ha sufrido de mareo común. Él y mi madre permanecen rectos como varas en sus asientos, y se nota que tienen la mente puesta en la magnificencia de Dios. Sus hijos somos menos devotos. Plautilla sigue entusiasmada con sus regalos, y salta a la vista que Tomaso y Luca preferirían estar en la cama, pese a que la desaprobación de mi padre los mantiene alerta.

Cuando regresamos, la casa huele a comida de día festivo: el aroma dulce de la carne asada y las salsas con especias que desciende al patio por la escalera desde la cocina del piso superior. Cenamos cuando la tarde da paso ya a la noche. Primero damos las gracias a Dios y luego nos atiborramos: capón asado, faisán, trucha y pasta fresca; de postre, pudín de azafrán y natillas con una capa de azúcar quemado. Todo el mundo hace gala de su mejor comportamiento. Incluso Luca sostiene el tenedor como es debido, aunque se ve en sus dedos el deseo de coger el pan y untarlo en la salsa.

Yo ardo ya de entusiasmo ante la idea de tener un nuevo invitado en la casa. Los pintores flamencos son muy admirados en Florencia tanto por su precisión como por su tierna espiritualidad.

–¿Nos pintará a todos, padre? ¿Tendremos que posar para él? ¿Sí?

–Así es. En parte por eso ha venido. Confío en que nos deje un magnífico recuerdo de la boda de tu hermana.

–¡Siendo así me pintará a mí primero! –Plautilla está tan contenta que, sin darse cuenta, escupe un trozo de pudín de leche en el mantel–. Luego a Tomaso, que es el mayor, luego a Luca y luego a Alessandra. ¡Dios mío, Alessandra, para entonces serás todavía más alta!

Luca aparta la vista de su plato y sonríe con la boca llena como si éste fuera el comentario más ingenioso que ha oído en su vida. Pero yo acabo de llegar de la iglesia y reboso caridad de Dios hacia toda mi familia.

–De todos modos, mejor será que no tarde demasiado –digo–. Oí decir que una de las nueras de la familia Tornabuoni había muerto ya de parto cuando Ghirlandaio descubrió su retrato en el fresco.

–Por eso no temas. Antes tendrías que encontrar marido.

–A mi lado, Tomaso mascula su insulto de tal modo que sólo yo lo oigo.

–¿Qué dices, Tomaso? –Mi madre habla con voz queda pero penetrante.

Tomaso adopta su expresión más angelical.

–He dicho: «Tengo una sed espantosa. Pásame el vino, querida hermana».

–Cómo no, hermano. –Cojo la jarra y, al acercársela, se me cae de las manos y el vino salpica su túnica nueva.

–¡Madre, lo ha hecho adrede! –exclama.

–¡No es verdad!

–Lo ha...

–Hijos..., hijos..., vuestro padre está cansado y levantáis demasiado la voz.

La palabra «hijos» surte efecto en Tomaso, que guarda un hosco silencio. En los instantes siguientes sólo se oye el ruido que hace Luca al masticar con la boca abierta. Mi madre se revuelve impaciente en su silla. Nuestros modales la sacan de quicio. Del mismo modo que en el zoo de la ciudad el domador de leones utiliza un látigo para controlar el comportamiento de sus animales, mi madre ha perfeccionado «la Mirada». La emplea ahora con Luca, pero él está tan absorto en el placer de la comida que tengo que darle un puntapié por debajo de la mesa para que preste atención. Desde el punto de vista de mi madre, nosotros somos la obra de su vida, sus hijos, y aún le queda mucho por hacer.

–Aun así, me muero de ganas de conocerlo –digo cuando tengo la sensación de que ya es momento de reanudar la conversación–. Padre, debe de estarte muy agradecido por traerlo aquí. Como lo estamos todos. Será nuestro honor y nuestro deber como familia cristiana cuidar de él y procurar que se encuentre a gusto en nuestra gran ciudad.

Mi padre frunce el entrecejo y cruza una mirada fugaz con mi madre. Ha pasado mucho tiempo fuera y sin duda ha olvidado la acusada tendencia de su hija menor a decir todo aquello que le pasa por la cabeza.

–Creo que es muy capaz de cuidarse solo, Alessandra –responde con firmeza.

Interpreto el tono de advertencia en su voz, pero hay mucho en juego y no me dejo disuadir. Respiro hondo.

–He oído contar que Lorenzo el Magnífico tiene en tan alto concepto al artista Botticelli que lo hace comer a su mesa.

Se produce un silencio breve y chispeante. Esta vez la Mirada se posa en mí. Bajo la vista y me concentro otra vez en el plato. Percibo a mi lado la mueca triunfal de Tomaso.

No obstante, lo que he dicho es verdad. Sandro Botticelli se sentaba a la mesa de Lorenzo de Médicis. Y el escultor Donatello solía pasearse por la ciudad con una túnica de color escarlata que le obsequió Cosme, el abuelo de Lorenzo, por su contribución a la República. Mi madre cuenta a menudo que de joven lo veía y que todo el mundo lo saludaba y se apartaba a su paso... aunque eso quizá tenía más que ver con su mal genio que con su talento. Pero la triste realidad es que, pese al gran número de pintores que hay en Florencia, no he conocido a ninguno. Si bien nuestra familia es menos estricta que otras, son muy escasas las probabilidades de que una hija soltera se quede a solas en compañía de hombres, y menos aún de artesanos. Naturalmente eso no me ha impedido conocerlos en mi imaginación. Todo el mundo sabe que en la ciudad existen talleres de arte. El gran Lorenzo en persona ha fundado uno de ellos y ha llenado sus habitaciones y jardines de esculturas y cuadros de su propia colección clásica. Imagino un edificio lleno de luz, el olor de los colores como el de un estofado hirviendo a fuego lento, el espacio tan infinito como su imaginación.

Hasta ahora he realizado mis dibujos grabando laboriosamente en madera de boj con un estilo de plata, o dibujando con tiza negra sobre papel cuando encuentro. La mayoría los he destruido porque carecen de valor, y los mejores están bien escondidos (tiempo atrás me dejaron muy claro que el punto de cruz de mi hermana recibiría más elogios que cualquiera de mis bosquejos). Así que no tengo la menor idea de si soy capaz de pintar o no. Soy como Ícaro sin alas. Pero en mí el deseo de volar es muy intenso. Pienso que siempre he buscado a un Dédalo.

Por entonces yo era joven: cumpliría los quince en mi siguiente aniversario. El más elemental estudio de matemáticas revelaría que me habían concebido en plena canícula estival, una época del año poco propicia para la aparición de un niño. Corría el rumor de que mi madre, durante su embarazo, con la ciudad alborotada aún tras la conspiración de los Pazzi, había visto violencia y sed de sangre en las calles. Una vez oí comentar a un criado que mi terquedad podía ser el resultado de esa transgresión. O podía deberse a la nodriza a la que me enviaron. Tomaso, que era siempre riguroso con la verdad cuando contenía desprecio, contaba que más tarde dicha nodriza fue acusada de prostitución, y sabía Dios qué humores y pasiones mamé de sus pechos. Pero, según Erila, habla así sólo por envidia: es su manera de resarcirse por el millar de desaires infligidos en el aula.

Sean cuales fueran las razones, a los catorce años yo era una niña singular, más apta para el estudio y las discusiones que para el deber. Mi hermana, que tenía dieciséis meses más que yo y había empezado a sangrar el año anterior, estaba prometida a un hombre de buena familia e incluso se había hablado de un enlace igualmente ilustre para mí (a medida que crecía nuestra fortuna aumentaban también las expectativas matrimoniales de mi padre), pese a mi incipiente intratabilidad.

En las semanas siguientes a la llegada del pintor, mi madre no me quitó ojo de encima, manteniéndome ocupada con el estudio o ayudando con el ajuar de Plautilla. Pero un día tuvo que marcharse a Fiesole a petición de su hermana, que había quedado tan maltrecha tras el parto de un niño demasiado grande que necesitaba ayuda femenina. Antes de irse dejó estrictas instrucciones de que yo debía dedicarme a mis estudios y hacer exactamente lo que me decían mis tutores y mi hermana mayor. Y yo accedí, sin la menor intención de cumplir mi palabra.

Ya sabía dónde encontrarlo. Como una mala República, nuestra casa elogia la virtud públicamente pero recompensa el vicio en privado, y los rumores siempre podían comprarse a un precio, aunque en este caso Erila me informó gratuitamente.

—Por lo que cuentan, no hay ninguna mujer. Nadie sabe nada. Lleva una vida solitaria, come en su habitación y no habla con nadie. Aunque dice María que lo ha visto pasearse por el patio en plena noche.

Es la tarde. Erila me ha soltado el cabello y ha corrido las cortinas para mi siesta. Se dispone a salir cuando, de pronto, se da media vuelta y me mira a los ojos.

—Las dos sabemos que está prohibido que lo visites, ¿no?

Asiento con la cabeza, sin apartar la vista del cabezal de madera labrada: una rosa con tantos pétalos como pequeñas mentiras salen de mi boca. Se produce un silencio durante el cual me gustaría pensar que ella ve mi desobediencia con simpatía.

—Vendré a despertarte dentro de dos horas. Que descanses.

Espero hasta que el brillo del sol ha sumido la casa en una paz absoluta, entonces bajo furtivamente por la escalera y cruzo el patio trasero. El calor se adhiere ya a las piedras y él tiene la puerta abierta para que entre la poca brisa que pueda correr. Atravieso el caluroso patio con sigilo.

El interior está en penumbra, y las partículas de polvo se arremolinan en los haces de luz. Es una habitación pequeña y lóbrega con sólo una mesa, una silla y una serie de baldes en un rincón, una puerta entornada comunica con una cámara interior de menor tamaño. La abro un poco más. Allí la oscuridad es profunda, y mi oído actúa antes que mi vista. Respira a intervalos prolongados y regulares. Está tendido en un camastro junto a la pared, con la mano extendida sobre unos cuantos papeles esparcidos. Hasta este momento sólo he visto dormir a mis hermanos, y roncan ruidosamente. La suavidad misma de su respiración me altera. Al oír ese sonido se me contrae el estómago, me siento como la intrusa que soy y tiro de la puerta para cerrarla.

Ahora, en contraste, la habitación exterior parece más iluminada. En el escritorio hay unos cuantos papeles manoseados: dibujos de la capilla realizados a partir de los planos de los constructores, rotos y manchados de argamasa. Al lado cuelga un crucifijo de madera, toscamente tallado pero sorprendente, con el cuerpo de Cristo cayendo de tal modo de la cruz que uno siente el peso de su carne sujeta por los clavos. Debajo hay varios esbozos, pero cuando los cojo, me llama la atención la pared opuesta. Allí hay algo dibujado, directamente sobre la escayola desconchada. Dos figuras, a medio hacer: a la izquierda un ángel esbelto, con unas alas de plumas ligeras como el humo desplegadas a sus espaldas, y enfrente una Virgen, su cuerpo anormalmente alto y estilizado, flotando libre como un espectro, sus pies a gran altura sobre el suelo. Me acerco para contemplarlo detenidamente. El suelo está erizado de cabos de vela plantados en charcos de cera derretida. ¿Duerme de día y trabaja de noche? Eso podría explicar la atenuada figura de María, cuyo cuerpo se alarga a la luz vacilante de la vela. Pero había dispuesto de claridad suficiente para dar vida a su rostro. Tenía el aspecto de una mujer del norte: el pelo recogido detrás y muy tirante, dejando a la vista una ancha frente, de modo que la cabeza recuerda un pálido huevo perfectamente formado. Mira con los ojos muy abiertos al ángel, y yo percibo una palpitante excitación en ella, como la de un niño que acaba de recibir un gran regalo y no llega a comprender su buena fortuna. Aunque quizá no debería mostrarse tan abierta ante el mensajero de Dios, se advierte tal júbilo en su atención que casi resulta contagioso. Me recuerda a un esbozo en que yo estoy trabajando para mi propia *Anunciación*, y me ruborizo de vergüenza por la torpeza de mi dibujo.

El sonido es más un gruñido que palabras. Debe de haberse levantado de la cama con sigilo, porque cuando me doy media vuelta, lo encuentro de pie en el umbral de la puerta. ¿Qué recuerdo de este momento? Tiene el cuerpo largo y delgado, la cara ancha bajo una maraña de pelo largo y oscuro. Lleva la camisa arrugada y rota. Es más alto de lo que me había parecido la primera noche, y en cierto modo lo noto más enloquecido. Aún está medio dormido y su cuerpo despide un olor a sudor rancio.

Estoy acostumbrada a vivir en una casa donde el aire huele a rosas y flores de naranjo. Él huele a calle. Creo que hasta ese momento había pensado que los artistas de algún modo procedían directamente de Dios y por tanto tenían más de espíritu que de hombre.

Asombrada por su presencia física, se desvanece en mí el poco valor que me queda. Por un instante permanece inmóvil, parpadeando a la luz, y de pronto se abalanza hacia mí y me arranca los papeles de la mano.

–¿Cómo se atreve? –protesto cuando me aparta de un empujón–. Soy la hija de su mecenas, Paolo Cecchi.

Él no parece oírme. Corre a la mesa y, cogiendo los otros esbozos, masculla entre dientes.

–*Noli tangere... noli tangere*.

Naturalmente. Ése es un detalle que mi padre ha olvidado contarnos. Nuestro pintor se ha criado entre monjes, y aunque aquí su vista actúe como en cualquier parte, el oído no le sirve de nada.

–No he tocado nada –respondo, horrorizada–. Simplemente miraba. Y si quiere que lo acepten aquí, tendrá que aprender a hablar nuestro idioma. El latín es la lengua de los sacerdotes y los estudiosos, no de los pintores.

Mi respuesta, o quizá la fuerza de mi fluido latín, lo acalla. Se queda paralizado, tembloroso. En ese momento era difícil saber quién de los dos tenía más miedo. Habría huido de inmediato a no ser porque, al otro lado del patio, vi a la doncella de mi madre salir de la despensa. Aunque tengo aliados en el servicio, también tengo enemigos, y Angélica ha demostrado hace tiempo que tiene depositada su lealtad en otra parte. Si me descubrieran ahora, en la casa se produciría un escándalo indescriptible.

–Puede estar seguro de que no he estropeado sus dibujos –me apresuro a decir, deseosa de evitar otro estallido–. Me interesa la capilla. Sólo he venido a ver cómo avanzan sus esbozos.

Vuelve a decir algo entre dientes. Espero a que lo repita. Tarda un rato. Por fin alza la vista para mirarme, y cuando yo fijo la mía en él, advierto por primera vez lo joven que es –mayor que yo, desde luego, pero sólo unos pocos años– y lo pálida y cetrina que tiene la piel. Sé, por supuesto, que las tierras extranjeras engendran colores extranjeros. Mi propia Erila es negra, tostada por las arenas del desierto norteafricano de donde procede, y por esas fechas se encontraban todos los tonos de piel en los mercados de la ciudad, tan atractiva era Florencia para el comercio. Pero esta palidez es distinta: hay en ella algo de la piedra húmeda y los cielos sin sol. Sin duda un solo día bajo el sol florentino abrasaría y resecaría su delicada piel.

Cuando por fin habla, ha dejado de temblar, no sin esfuerzo.

–Pinto al servicio de Dios –dice con la expresión de un novicio pronunciando una letanía que ha aprendido de memoria pero no comprende plenamente–. Y tengo prohibido hablar con mujeres.

–Claro –contesto, molesta por el desaire–. Quizá eso explique por qué tiene tan poca idea de cómo pintarlas. –Lanzo un vistazo a la alargada Virgen de la pared.

Aun en la penumbra, percibo la ofensa que le causan mis palabras. Por un momento temo que vuelva a atacarme, o que incumpla sus propias normas y me conteste otra vez, pero se da media vuelta y, estrechando los papeles contra su cuerpo, entra en la habitación interior y cierra de un portazo.

–Señor, su grosería iguala a su ignorancia –digo para disimular mi confusión–. No sé qué ha aprendido en el norte, pero aquí en Florencia se enseña a nuestros artistas a celebrar el cuerpo humano como reflejo de la perfección de Dios. Le convendría estudiar el arte de la ciudad antes de atreverse a pintarrajear en las paredes.

Y henchida de presunta superioridad cruzo la habitación y salgo a la luz del sol sin saber si mi voz ha llegado al otro lado de la puerta.

Dos

–Siete, ocho, vuelta, paso, zigzag... No... no, no... Alessandra, no. No escuchas el ritmo que hay dentro de la música.

Detesto a mi profesor de baile. Es menudo y malévolo, como una rata, y camina como si sostuviera algo entre las rodillas, aunque justo es decir que en la pista hace el papel de mujer mejor que yo, con unos pasos perfectos y las manos tan expresivas como mariposas.

Por si no fuera ya humillación bastante, Tomaso y Luca se han unido a nosotras dos en las clases preparatorias para la boda de Plautilla. Tenemos que aprender un gran repertorio y los necesitamos como acompañantes o una de nosotras tendría que hacer el papel de hombre, y si bien yo soy la más alta, también soy la más patosa y la que más orientación necesita. Por suerte, Luca es tan torpe como yo.

–Y tú, Luca, no eres de gran ayuda si te quedas ahí parado. Debes cogerle la mano y guiarla a tu alrededor.

–No puedo. Tiene los dedos manchados de tinta. Además, es demasiado alta para mí –protesta como si mi estatura fuera culpa mía.

Según parece, he vuelto a crecer. Si no en la realidad, como mínimo en la imaginación de mi hermano, y se siente obligado a sacarlo a relucir ante cualquiera para que todos podamos reírnos de mis desgarbados movimientos en la pista de baile.

–Eso no es verdad. Soy exactamente igual de alta que la semana pasada.

–Luca tiene razón –dice Tomaso, a quien nunca faltan las palabras si puede utilizarlas como dardos contra mí–. Ha crecido. Es como bailar con una jirafa. –La risotada de Luca lo incita a seguir–. En serio. Ahora incluso tiene los ojos de una jirafa; fijaos en esos profundos estanques negros con unas pestañas tan espesas como setos de boj.

Y aunque es horrible también es gracioso, de modo que incluso el profesor de baile, que cobra por ser amable con nosotros, es incapaz de reprimir la risa. A no ser porque la puya iba dirigida a mí, también yo me reiría, porque es divertido lo que ha dicho sobre mis ojos. Todos habíamos visto la jirafa, por supuesto. Había sido el animal más exótico que poseía nuestra ciudad, un obsequio al gran Lorenzo del sultán de Dios sabe dónde. Vivía con los leones en el zoo situado tras el Palazzo della Signoria, pero se la hacía desfilar en los festejos, llevándola a los conventos de la ciudad para que las devotas mujeres casadas con Dios vieran uno de sus prodigios en la naturaleza. Nuestra calle formaba parte del recorrido en dirección a los conventos del este de la ciudad y más de una vez habíamos contemplado su atolondrado avance desde la ventana del primer piso, sus delgadas patas vacilando sobre los guijarros. Y debo decir que en efecto tenía los ojos parecidos a los míos: profundos y oscuros, demasiado grandes para el tamaño de la cara y orlados por unas pestañas como setos de boj. Aunque todavía no soy tan alta ni tan rara como para comparársele con ese animal.

En otro tiempo un insulto así podía arrancarme lágrimas. Pero con los años mi piel se ha curtido. La danza es una de las muchas cosas que debería dárseme bien y que se me da mal. Todo lo contrario que a mi hermana. Plautilla es capaz de moverse en la pista como el agua y entonar las notas de una partitura como un pájaro cantor, mientras que yo, que puedo traducir del latín y el griego en menos tiempo del que necesitan ella y mis hermanos para leerlos, tengo pies de pato en la pista de baile y la voz de un grajo. Aunque juro que si tuviera que pintar la escala musical, lo haría en un instante: usaría resplandeciente pan de oro para las notas altas y descendería por la gama de ocres y rojos hasta el púrpura intenso y el azul más vivo.

Pero hoy me libro del resto del tormento. Cuando el profesor de baile empieza a tararear las notas iniciales, sonando las vibraciones de su pequeña nariz como un cruce entre un birimbao y el zumbido de una abeja furiosa, alguien llama atronadoramente a la puerta principal. Luego se oye un revuelo de voces, y la vieja Ludovica, resoplando y sonriendo, entra en la habitación.

–Mi señora Plautilla, ya ha llegado. Está aquí el *cassone* nupcial. Usted y su hermana Alessandra deben ir inmediatamente a la habitación de su madre.

Y ahora mis patas de jirafa me llevan afuera más deprisa que a ella las suyas de gacela. Ser alta como una torre tiene algunas compensaciones.

Todo es caos y confusión. La mujer que encabeza la muchedumbre, a punto de caerse, extiende una mano ante sí con gesto desesperado en un esfuerzo para no perder el equilibrio. Está medio desnuda, su enagua diáfana en torno a las piernas, su pie izquierdo descalzo sobre el suelo de piedra. En contraste, el hombre que la acompaña va completamente vestido. Lleva unas mallas especialmente elegantes y un jubón de brocado ricamente bordado. Si se mira con atención, se ve el brillo de las perlas en la tela. Acerca el rostro al de ella, le rodea la cintura con los brazos, entrelazando los dedos para sujetarla más firmemente en su caída. Si bien se advierte violencia en la pose, hay asimismo gracia, como si bailaran. A la derecha se apiña un grupo de mujeres, noblemente vestidas. Algunos de los hombres se han infiltrado ya en este grupo; uno apoya la mano en el vestido de una mujer, otro acerca tanto sus labios a los de ella que no cabe duda de que la está besando. Reconozco en su falda una de las telas con hilos de oro de mi padre, y lleva las mangas rajadas, según la última moda. Vuelvo a fijarme en la muchacha que aparece en primer plano. Es demasiado hermosa para ser Plautilla (¿no se habrá atrevido a desnudarla?) pero su cabello suelto es más claro que el de los demás, una transformación de color por la que mi hermana moriría de buen grado. Quizá el hombre es Maurizio, en cuyo caso el retrato es una descarada adulación a sus piernas.

Por un rato todos permanecemos en silencio.

—Es una obra impresionante. —La voz de mi madre, cuando por fin logra articular palabra, es poco audible pero no admite discrepancias—. Vuestro padre quedará encantado. Esta pintura honrará a nuestra familia.

—Oh, es magnífico —gorjea Plautilla alegremente junto a ella.

Yo no estoy tan segura. En conjunto lo encuentro un tanto vulgar. Para empezar el cofre nupcial es demasiado grande, más parecido a un sarcófago. Si bien los retratos en sí muestran cierta delicadeza, el estuco y la ornamentación son tan recargados (no hay un solo centímetro que no esté cubierto de paño de oro) que disminuye el placer del arte. Me sorprendió que mi madre estuviera tan engañada, aunque más adelante comprendí que tenía una vista muy sutil, tan diestra para captar los matices tanto de la posición social como de la estética.

—Me pregunto si deberíamos haber contratado a Bartolommeo di Giovanni para la capilla —musitó—. Es mucho más experimentado.

—Y mucho más caro —dije—. Padre podría considerarse afortunado si veía el altar acabado en su vida. He oído que apenas ha acabado éste a tiempo. Y la mayor parte lo han pintado los aprendices.

—¡Alessandra! —exclamó mi hermana.

—Vamos, Plautilla, usa los ojos. Fíjate en cuántas mujeres hay exactamente con la misma pose. Es evidente que las utilizan en sus ejercicios de dibujo.

Aunque más tarde he llegado a pensar que Plautilla supo aguantarme bien durante nuestra infancia, por entonces todo lo que hacía y decía se me antojaba tan trivial o estúpido que lo lógico era acosarla, e igualmente lógico me parecía que ella reaccionara.

—¡Cómo eres capaz! ¡Cómo eres capaz de decir una cosa así! Aunque fuera verdad, dudo que nadie más se dé cuenta. Nuestra madre tiene razón: es excelente. Desde luego me gusta mucho más que si se hubiera inspirado en la historia de Nastagio degli Onesti. Aborrezco la manera en que la persiguen los perros. Estas mujeres, en cambio, son preciosas, y sus vestidos perfectos. La muchacha de delante es asombrosa, ¿no te parece, madre? He oído decir que en todos los cofres nupciales de Bartolommeo aparece una figura basada en la novia. Me parece de lo más conmovedor que esté prácticamente bailando.

—Sólo que no está bailando; la están violando.

—Eso lo sé de sobra, Alessandra. Pero si recuerdas la historia de las Sabinas, fueron invitadas a un banquete, que luego se convirtió en una violación, cosa que ellas aceptaron con resignación. Ése es el propósito del cuadro. La ciudad de Roma nació del sacrificio femenino.

Pienso en responder, pero me disuade una mirada de mi madre. Incluso en privado tolera las riñas sólo hasta cierto punto.

—Sea cual sea el tema, pienso que estaremos de acuerdo en que ha hecho un espléndido trabajo. Para toda la familia. Sí, incluso para ti, Alessandra. Me sorprende que aún no hayas descubierto tu propio parecido en el cuadro.

Volví a contemplar el lienzo.

—¿Mi parecido? ¿Dónde me ves ahí?

—La muchacha de al lado, la que está de pie aparte, enzarzada en una acalorada conversación con el joven. Me maravilla cómo, hablando de filosofía, parece mantener la mente en cosas más elevadas —comentó con voz ecuánime.

Agaché la cabeza reconociendo el golpe. Mi hermana, ajena a todo contempló el cuadro.

—Bien, hemos tomado una decisión. —La voz de mi madre, clara y firme—. Es una obra noble. Debemos rezar con esperanza para que el protegido de vuestro padre sirva a la familia la mitad de bien.

—¿Qué tal va con el pintor, madre? —pregunté al cabo de un rato—. Nadie lo ha visto desde que llegó.

Me lanzó una penetrante mirada, y me acordé de su doncella en el patio. No podía ser. Aquel encuentro se había producido hacía semanas. Si la doncella me hubiera visto allí, yo me habría enterado mucho antes.

—Creo que no ha sido fácil para él. La ciudad es un lugar ruidoso después del silencio de su abadía. Ha tenido fiebres. Pero ya se ha recuperado y ha pedido licencia para estudiar algunas de las iglesias y capillas de la ciudad antes de continuar con sus esbozos.

Bajé la vista para que no advirtiera en mis ojos la chispa de interés.

—Siempre podría acompañarnos a misa —sugerí como si no me importara en absoluto—. Desde nuestra posición vería mejor algunos frescos.

A diferencia de algunas familias que sólo frecuentaban una iglesia, nosotros éramos conocidos por propagar nuestros favores por toda la ciudad. Esto daba a mi padre la oportunidad de ver la difusión que tenían sus últimas telas en Florencia, y permitía a mi madre disfrutar del arte y comparar los sermones. Aunque dudo que ninguno de los dos hubiera llegado a admitirlo.

—Alessandra, de sobra sabes que eso no sería correcto. Lo he preparado todo para que él pueda verlos cuando quiera.

Como la conversación se desvió del tema de la boda, Plautilla había perdido interés y estaba sentada en la cama, recorriendo con los dedos los irisados colores de la tela, acercándolos al pecho o el regazo para ver el efecto.

–Oh, oh... para el vestido tiene que ser esta tela azul. Tiene que ser ésta. ¿No te parece, madre?

Nos volvimos hacia Plautilla, las dos igualmente agradecidas por la interrupción. Era en efecto un azul extraordinario, salpicado de brillos metálicos. Aunque un poco más claro, me recuerda al ultramarino que utilizan los pintores para el vestido de Nuestra Señora, el pigmento cuidadosamente despojado de lapislázuli. El tinte de la tela es menos valioso pero para mí no menos especial, entre otras razones por su nombre: Alessandrina.

Naturalmente, como hija de un comerciante textil, sabía más que la mayoría de la gente sobre esas cosas, y siempre había sentido curiosidad. En la familia se contaba que cuando yo tenía cinco o seis años le pedí a mi padre que me llevara al lugar de «donde venían los olores». Era verano, eso lo recuerdo, y el sitio estaba junto a una gran iglesia y una plaza cercanas al río. Los tintoreros formaban ellos solos un barrio de chabolas, las calles oscuras y abarrotadas de casuchas, muchas de ellas tambaleándose al borde del agua. Había niños por todas partes, medio desnudos, salpicados de barro y manchados de tinte por haber revuelto las cubas. El capataz del taller de mi padre parecía el demonio, tenía arrugadas zonas de la cara y la parte superior de los brazos donde se había quemado con el agua hirviendo. Otros, recuerdo, tenían dibujos grabados en la piel, que se habían hecho arañando y después frotando distintos tintes en las heridas para que sus cuerpos quedaran marcados con señales de vivos colores. Parecían una tribu de una tierra pagana. Pese a que su trabajo llenaba de color la ciudad, eran las personas más pobres que había visto jamás. Incluso el monasterio que daba nombre al barrio, Santa Croce, era de los franciscanos, que elegían las zonas más míseras para construir sus iglesias.

Lo que mi padre opinaba de ellos nunca lo supe. Aunque podía ser bastante severo con mis hermanos, no era un hombre duro. Los libros contables de su compañía incluían una cuenta a nombre de Dios a través de la cual concedía generosos donativos para la beneficencia y en años recientes había pagado dos vidrieras para nuestra iglesia de Sant' Ambrogio. Desde luego sus salarios no eran peores que los de cualquier otro comerciante. Sin embargo no era su función mitigar la pobreza. En nuestra gran República era el hombre quien se labraba su propia fortuna por la gracia de Dios y mediante el trabajo, y si los demás no eran tan afortunados, era su problema.

Aun así, parte de su desesperación debió de contagiárseme durante aquella visita, porque mientras crecía anhelando los colores del almacén, también recordaba las cubas, su calor humeante como el de las calderas del infierno donde arden los pecadores, y no volví a pedirle que me llevara.

Mi hermana, sin embargo, no guardaba en la memoria imágenes que pudiesen empañar el placer ante los tejidos, y en ese momento estaba más interesada en cómo realzaría aquel azul la turgencia de sus pechos. A veces pienso que cuando llegue su noche nupcial disfrutará más del vestido que del cuerpo de su marido. Me preguntaba hasta qué punto eso molestaría a Maurizio. Sólo lo había visto una vez. Parecía un hombre robusto, con mucha energía y cierto sentido del humor, pero no muy propenso a la reflexión. Quizá mejor así, por supuesto. ¿Qué sabía yo? Se los veía a gusto el uno con el otro.

—Plautilla, ¿por qué no dejamos esto para otro momento? —dijo mi madre con calma, apartando las telas y dejando escapar un leve suspiro—. La tarde es hoy especialmente cálida, y si te diera un poco el sol en el pelo, te quedaría un rubio admirable. ¿Por qué no sales al terrado a bordar?

Mi hermana quedó desconcertada. Aunque era sabido que las jóvenes elegantes llegaban a aturdirse a fuerza de tomar el sol en un inútil esfuerzo por convertir en claro lo oscuro, aquella era una forma de vanidad que supuestamente sus madres no conocían.

—No te sorprendas tanto. Puesto que lo harás de todos modos, al margen de lo que yo piense, resulta más fácil que yo dé mi aprobación. Pronto no encontrarás ya mucho tiempo para esas frivolidades.

Recientemente mi madre había contraído el hábito de hacer comentarios así: como si por alguna razón toda vida natural para Plautilla terminara con su boda. Al parecer, la propia Plautilla veía con cierto entusiasmo esta perspectiva, aunque debo decir que me horrorizaba. Lanzó un breve chillido de placer y revolvió la habitación en busca de su sombrero para el sol. Cuando lo encontró tardó una eternidad en ajustárselo, sacando el cabello por el agujero central para asegurarse de que mientras la cara le quedaba a la sombra hasta el último mechón de pelo se hallaba expuesto al sol. Luego se recogió la falda y salió rápidamente. Si uno hubiera intentado pintar su salida, habría tenido que poner bandas de seda o gasa alrededor de su cuerpo para sugerir la estela de viento a su paso, como había visto hacer a algunos artistas. Eso, o pintarle unas alas de pájaro.

La observamos marcharse. Dio la impresión de que mi madre se entristeció. Se sentó por un momento antes de volverse hacia mí y por eso percibí el destello en sus ojos demasiado tarde.

–Creo que iré con ella. –Me levanté de la silla.

–No digas tonterías. Detestas el sol, Alessandra, en todo caso tienes el cabello negro como un cuervo. Más te valdría teñírtelo si ese fuera tu deseo, cosa que dudo.

La vi dirigir la mirada a mis dedos manchados de tinta y me apresuré a cerrar los puños.

–¿Y cuánto hace que no te arreglas las manos? –Mi aspecto era una de las muchas cosas de mí que ponían a prueba su paciencia–. ¡Oh, eres imposible! Esta tarde te mandaré a Erila. Arréglatelas antes de acostarte, ¿me has oído? Y ahora quédate aquí. Quiero hablar contigo.

–Pero, madre...

–¡Quédate!

Tres

Me preparé para el sermón. ¿Cuántas veces habíamos estado aquí antes? Nunca lo resolveríamos, ella y yo. Yo había estado a punto de morir al nacer. Ella había estado a punto de morir al darme a luz. Finalmente, después de dos días de parto, me sacaron con fórceps, gritando ambas sin cesar. A causa de las lesiones en su cuerpo no pudo tener más hijos. Lo cual a su vez significó que me quería por mi pequeño tamaño y por la pérdida de la fertilidad, y mucho antes de que empezara a ver algo de ella en mí, se estableció ya un poderoso lazo entre nosotras. Una vez le pregunté por qué yo no había muerto como otros muchos recién nacidos de los que había oído hablar. Ella dijo: «Porque fue la voluntad de Dios. Y porque Él te dio una curiosidad y un ánimo que te convierten en una persona decidida a sobrevivir, pase lo que pase».

—Alessandra, deberías saber que tu padre ha empezado a hablar con posibles maridos.

Al oír sus palabras sentí que se me contraía el estómago.

—Pero... si ni siquiera sangro todavía.

Arrugó el entrecejo.

—¿Estás segura de eso?

—¿Cómo no ibas tú a saberlo? María comprueba mi ropa. Es un hecho que difícilmente podría mantener en secreto.

—A diferencia de otras cosas —añadió con voz queda. Alcé la vista. Pero no advertí en ella indicios de que fuera a seguir por ese camino—. Sabes que te he protegido durante mucho tiempo, Alessandra. No puedo continuar haciéndolo eternamente.

Tal era la seriedad de su voz que casi me asusté. La observé en busca de alguna señal de cómo continuar con aquella conversación pero no la encontré.

—Bueno —dije, taciturna—, me parece que si no queríais que yo fuera así, no deberíais haberlo permitido.

—¿Y qué tendríamos que haber hecho? —preguntó con delicadeza–. ¿Apartarte de los libros, quitarte las plumas? ¿Disuadirte a fuerza de castigos? Hija, recibiste demasiado cariño demasiado pronto. No habrías aceptado bien un trato así. Además, siempre has sido obstinada. Al final nos pareció más fácil mantenerte ocupada enviándote a los tutores de tus hermanos. –Lancé un suspiro. En ese momento debía de haberse dado cuenta ya de que la solución había generado tantos conflictos como el propio problema–. Se te veía tan entusiasmada con ellos.

–Dudo que ellos te lo agradezcan.

–Eso es porque aún te falta por aprender el poder de la humildad –dijo, esta vez con más aspereza–. Como ya hemos comentado antes, una carencia así llama mucho la atención en una joven. Quizá si dedicaras tanto tiempo a la oración como al estudio...

–¿Es así como tú lo conseguiste, madre?

Dejó escapar una breve risotada.

–No, Alessandra. En mi caso mi familia puso freno a cualquier tentación de vanidad.

Cada vez hablaba menos de su infancia, pero todos conocíamos las anécdotas: cómo los niños, de uno y otro sexo, se habían educado juntos en la orden de un padre escolástico comprometido con la nueva doctrina; cómo su hermano mayor se había convertido en un gran estudioso y disfrutado del favor y el mecenazgo de los Médicis, lo que permitió que sus hermanas se casaran bien con comerciantes que aceptaron su desacostumbrada educación, endulzada con generosas dotes.

–Cuando yo tenía tus años, era aún menos aceptable que una joven tuviera esa formación. Si la estrella de mi hermano no se hubiera elevado tanto, quizá habría tenido dificultades para encontrar marido.

–Pero si mi nacimiento fue voluntad de Dios, tú debías estar destinada a casarte con mi padre.

–Vamos, Alessandra, ¿por qué haces siempre lo mismo?

–¿Qué hago?

–Llevar tus pensamientos más allá de lo necesario.

–Pero es lo lógico.

–No, hija. He ahí la cuestión: no es lógico. Lo que tú haces es más irreverente: cuestionas aspectos de la naturaleza de Dios tan arraigados y coherentes que la lógica humana es demasiado imperfecta para comprenderlos.

Permanecí en silencio. La tormenta, que no me era desconocida, amainaría antes si no ponía reparos.

—No creo que hayas aprendido eso de tus tutores. —Suspiró, y percibí que estaba muy exasperada conmigo, aunque ignoraba todavía la razón—. Deberías saber que María ha encontrado unos dibujos en una caja debajo de tu cama.

Ah, era eso. Sin duda los había encontrado mientras registraba la habitación en busca de paños manchados de sangre. Revisé mentalmente la caja, intentando adivinar dónde recaería su cólera.

—Está convencida de que has estado paseándote por la ciudad tú sola.

—Pero ¡eso es imposible! ¿Cómo iba a hacerlo? Apenas me quita los ojos de encima.

—Dice que hay esbozos de dibujos que ella nunca ha visto e imágenes de leones devorando a un niño en la piazza della Signoria.

—¿Y qué? Ella y yo estuvimos allí durante las fiestas. Ya lo sabes. Todos vimos a los leones. Antes de que mataran al ternero había un domador en la jaula con ellos y no lo tocaron. Luego alguien nos contó, quizá Erila, que el año anterior un niño había entrado cuando todo el mundo se había marchado y los leones lo habían atacado, matándolo... María debe de acordarse de eso. Se desmayó al oírlo.

—Es posible. Pero el hecho es que sabe que no pudiste dibujar todo eso allí en aquel momento.

—Claro que no. Hice unos esbozos después. Pero eran espantosos. Al final tuve que copiar los leones de una ilustración del *Libro de las horas*. Aunque estoy segura de que las patas no están bien.

—¿Cuál era la lección?

—¿Cómo?

—¿La lección? ¿En el *Libro de las horas*... la lección que incluía la imagen de los leones?

—Esto... ¿Daniel? —respondí con poca convicción.

—Recuerdas la imagen pero no la lección. ¡Ay, Alessandra! —Movió la cabeza en un gesto de desesperación—. ¿Y qué me dices de los edificios?

—Han salido de mi propia imaginación. ¿Cuándo iba a encontrar tiempo para dibujarlos? —dije en voz baja—. Simplemente reúno fragmentos que recuerdo.

Me miró por un momento, y no sé si ninguna de nosotras dos sabía lo que sentía. Ella había sido la primera en advertir mi facilidad con la pluma cuando yo era tan joven que ni siquiera yo misma me daba cuenta. Había aprendido a dibujar sin ayuda de nadie copiando todos los cuadros votivos de la casa y durante años mi pasión fue un secreto entre nosotras, hasta que tuve edad suficiente para saber valorar la discreción. Pues una cosa era que mi padre tolerara que una niña precoz dibujara algún que otro esbozo de la Virgen, y otra muy distinta tener a una hija ya crecida, tan dominada por su afición que irrumpía en la cocina en busca de huesos de capón para moler, madera de boj para pulverizar, o plumas de oca para una docena de plumillas nuevas. El arte podía ser un camino hacia Dios, pero era también un oficio, y no un pasatiempo adecuado para una joven de buena familia. Recientemente Erila se había convertido en cómplice de mis engaños. Yo ya no sabía qué pensaba mi madre. Dos años antes, cuando daba mis primeros pasos en la técnica del grabado con estilo de plata –siendo el estilo tan fino y duro que no permite errores de la vista o la mano–, se había interesado por ver el resultado de mis esfuerzos. Había observado los dibujos durante un rato y luego me los había devuelto sin pronunciar palabra. Una semana después encontré un ejemplar del *Tratado sobre la técnica* de Cennino Cennini en el baúl bajo mi cama. A partir de ese momento adquirí firmeza en el trazo, aunque ninguna de las dos volvimos a mencionar el regalo.

Dejó escapar un suspiro.

–Muy bien. No hablaremos más del tema. –Hizo una pausa–. Tengo que decirte otra cosa. El pintor ha pedido permiso para retratarte.

Sentí una pequeña explosión de fuego en algún lugar dentro de mí.

–Como te he dicho, ha estado visitando iglesias. Y como resultado de lo que ha visto, está ya preparado para continuar. Ha hecho ya un retrato de tu padre. Yo ahora estoy demasiado ocupada con la boda de Plautilla para perder tiempo con él, así que tendrá que dedicarse antes a vosotros, mis hijos. Ha pedido que tú seas la primera. ¿No sabrás por qué, supongo?

La miré a los ojos y negué con la cabeza. Puede parecer extraño, pero por entonces, para mí, era muy distinto si le mentía sin usar palabras.

–Ha instalado un estudio provisional en la capilla. Dice que debe verte a media tarde, cuando la luz es mejor. Ha insistido mucho en eso. Y te acompañarán Ludovica y María.

–Pero...

–No admito discusión, Alessandra. Te acompañarán las dos. No irás allí para distraerlo, ni para hablar de los puntos más sutiles de la filosofía platónica. Un tema, creo, en el que habría de todos modos ciertas diferencias de lenguaje.

Y si bien sus palabras eran estrictas, el tono era amable, así que volví a sentirme cómoda con ella. Lo cual significaba, claro está, que me equivoqué al valorar el riesgo. Pero ¿con quién más podía hablar del asunto ahora que era tan inminente?

–Verás, madre, he tenido un sueño. Debo de haber soñado lo mismo quizá cinco o seis veces.

–Espero que sea algo devoto.

–Ah, sí, lo es. Sueño... bueno, sueño que, por extraño que parezca, no llego a casarme, que en lugar de eso mi padre y tú decidís que entre en un convento...

–Vamos, Alessandra, no seas boba. No estás capacitada para vivir en un convento. Sus reglas te agobiarían enseguida. Lo sabes, supongo.

–No... sí, pero, verás, en mi sueño ese convento es distinto. En ese convento las monjas pueden celebrar a Dios de manera diferente, haciendo...

–No, Alessandra Cecchi. No quiero escucharlo. Si crees que tu mal comportamiento nos obligará a cambiar de idea respecto a un marido, estás muy equivocada.

Ahí estaba, el principio de su ira, como el chorro de un manantial de agua caliente brotando de la tierra.

–Eres una muchacha antojadiza y a veces muy desobediente, y pese a lo que has dicho, ojalá te lo hubiera corregido antes, porque ahora no nos hará bien a nadie. –Suspiró–. No obstante, encontraremos una manera. Utilizaré la palabra de la que hemos hablado tan a menudo: deber. Tu deber para con tu familia. Ahora tu padre es un hombre rico, con un largo historial de servicio público al Estado. Tiene dinero para una dote que aportará a nuestro nombre honor y prestigio. Cuando encuentre el candidato idóneo te casarás con él, ¿queda claro? Es lo más importante que una mujer puede hacer: casarse y tener hijos. Pronto lo aprenderás. –Se puso en pie–. Vamos, hija. No sigamos con esto. Tengo mucho que hacer. Tu padre hablará contigo cuando hayamos elegido al candidato. Después, durante un tiempo no ocurrirá nada. Durante un tiempo –repitió con un susurro–. Pero has de saber que no puedo hacerle hablar eternamente.

Agarré con avidez la rama de olivo.

–En ese caso haz que al menos elija a alguien que me comprenda –dije, y la miré directamente a los ojos.

–Ay, Alessandra... –Movió la cabeza–. No sé si eso será posible.

Cuatro

Soporté la cena con un mohín en el rostro, castigando a María con mi silencio, y me retiré temprano a mi habitación, donde arrimé una silla a la puerta y empecé a hurgar en el baúl de la ropa. Era importante mantener los tesoros dispersos. Así, si descubrían un botín, siempre quedaba el otro. Al fondo, bajo mis enaguas, había enrollado un dibujo a pluma a escala natural sobre papel coloreado.

Para ésta, mi primera obra continuada, había elegido la escena inicial de la Anunciación. El ángel coge desprevenida a Nuestra Señora, cuyo temor y malestar se reflejan en el gesto de sus manos y en la postura de su torso, como si ella y Gabriel estuvieran sujetos por hilos invisibles que simultáneamente los atraían y distanciaban. Es un tema muy popular, en especial porque la fuerza del movimiento plantea un gran desafío a la pluma, pero yo atribuyo esa popularidad al palpable desasosiego de Nuestra Señora, por más que mis tutores, pensando en mi formación espiritual, siempre insistieran en las posteriores etapas de sumisión y gracia.

Como escenario había utilizado nuestro gran vestíbulo, con la ventana del fondo para poner de relieve la perspectiva. Fue, me parecía, una buena elección. En ciertos momentos del día el sol penetra a través del cristal refractado con tal belleza que de hecho uno podría pensar que Dios desciende por sus haces. En una ocasión permanecí allí sentada durante horas esperando a que se me revelara el Espíritu Santo, con los ojos cerrados, el alma cálida bajo la luz, el sol como un rayo de santidad a través de mis párpados. Pero en lugar de una revelación divina no percibí más que los latidos de mi propio corazón y el incesante escozor de una picadura de mosquito. No alcancé el estado de bienaventuranza, y ahora me alegro de ello.

Pero mi Virgen es más meritoria. Se levanta de su asiento, con las manos revoloteando como pájaros nerviosos para defenderse del impetuoso viento provocado por la llegada de Dios, la joven perfecta viéndose importunada durante la oración. Puse sumo cuidado en las prendas de ambos (en tanto que la mayor parte del mundo permanecía cerrada a mí, al menos podía estudiar a voluntad las telas y las modas). Gabriel viste un largo blusón de la más cara batista de mi padre, de delicado color crema, cayendo en miles de pequeños pliegues desde los hombros y recogido sin ceñir en torno a la cintura, el tejido lo bastante diáfano para reproducir el ágil movimiento de sus miembros. A Nuestra Señora la dibujé con una discreta elegancia, las mangas rasgadas hasta el codo para enseñar la blusa que asoma por debajo, la cintura alta y ceñida, y la falda de seda cayendo en una cascada de pliegues en torno a las piernas y por el suelo.

Cuando acabase de dibujar los contornos, empezaría con el sombreado y los toques de luz, utilizando soluciones de tinta en varios grados y una aguada de pintura de plomo blanco aplicada con pincel. No sería fácil corregir los errores de esta etapa, y la mano me temblaba ya a causa del nerviosismo. Empezaba a solidarizarme claramente con la difícil situación de los aprendices de los talleres de Bartolommeo. A fin de ganar un poco de tiempo, me puse a rellenar las baldosas del suelo para practicar la perspectiva cuando se movió el picaporte de la puerta y ésta se sacudió contra la silla.

–Todavía no. –Saqué una sabana de la cama y cubrí con ella el dibujo–. Estoy... desnudándome.

Una vez, hacía unos meses, Tomaso me había sorprendido allí y «accidentalmente» tiró la botella de aceite de linaza, que utilizo para hacer papel de calco, en un mortero lleno de polvo de plomo blanco que Erila me había encontrado en la botica. Había comprado su silencio con mis traducciones de Ovidio que ella pugnaba por entender. Pero esta vez seguro que no era Tomaso. ¿Para qué iba a desperdiciar la velada atormentándome cuando podía estar engalanándose para las mujeres perdidas de las calles que, con sus campanillas prescritas por la ley y zapatos de tacón alto, reclamaban la atención de los jóvenes? Lo oía en el piso de arriba; las tablas crujían bajo sus pies probablemente mientras dudaba acerca de qué calzones combinaban mejor con la nueva túnica que le había entregado el sastre.

Aparté la silla y entró Erila, con un cuenco en una mano y un puñado de pastelitos de almendra en la otra. Pasando por alto el dibujo –aunque es mi cómplice, es mejor para ella fingir que no lo es– se sentó en la cama, repartió los pastelitos y atrajo hacia sí mis manos. Tras revolver la pasta de limón y azúcar aplicó sobre mi piel una gruesa capa.

–¿Y bien? ¿Qué ha pasado? ¿Te ha acusado María?
–Seguramente ha mentido. ¡Ay! Cuidado… ahí tengo un corte.
–Una lástima. Dice tu madre que si no las tienes blancas para el domingo te obligará a usar guantes de gamuza durante una semana.

La dejé trabajar un rato. Me encanta la presión de sus dedos en las palmas de mis manos y me encanta aún más el fabuloso contraste de su piel negro azabache contra la mía, pese a que siempre mermaba mis reservas de carboncillo cuando la dibujaba.

Dice que no recuerda nada de su tierra natal en el norte de África, excepto que allí el sol era más grande y las naranjas sabían más dulces. Su historia serviría de material a un Homero moderno. Había llegado a Venecia con su madre cuando tenía, creía recordar, cinco o seis años, y allí la habían vendido en el mercado de esclavos a un comerciante florentino que posteriormente había quebrado al perder tres barcos procedentes de las Indias. Mi padre la había aceptado en pago de una deuda. Yo era aún muy pequeña cuando vino, y a veces le encargaban cuidar de Plautilla y de mí, lo cual era más fácil que las tareas manuales que de otro modo la habrían agotado. Poseía una viva inteligencia combinada con un gran sentido común, y desde mi más tierna infancia era capaz de controlarme y divertirme. Creo que mi madre vio en ella la respuesta a sus plegarias por lo que se refería a la necesidad de moldear a su singular hija y por tanto, casi desde el principio, pasó a ser mía. Pero en realidad Erila no tenía dueño. Aunque por ley era propiedad de mi padre, que podía hacer con ella lo que deseara, Erila siempre disfrutó de la independencia y el sigilo de un gato; vagaba por la ciudad y traía después los rumores como si fueran fruta fresca, y ganaba dinero revendiéndolos. Ha sido mi mejor amiga en la casa desde que tengo memoria y gracias a ella conozco los lugares a los que puedo ir.

–¿Y? ¿Lo has conseguido?
–Puede que sí, puede que no.
–¡Oh, Erila! –Pero sabía que no me convenía reprenderla. Sonrió.

–He aquí una buena historia. Hoy han ahorcado a un hombre en la Porta di Giustizia. Un asesino. Había cortado en pedazos al amante de su mujer. Después de colgar durante media hora, lo han bajado y lo han colocado en la carreta de los muertos, donde ha vuelto a erguirse, quejándose de un gran dolor en la garganta y pidiendo agua.

–¡No! ¿Y qué han hecho?

–Lo han llevado al hospital, donde lo alimentan a base de pan empapado en leche hasta que pueda tragar y puedan ahorcarlo otra vez.

–¡No! ¿Cómo ha reaccionado la muchedumbre?

Erila se encogió de hombros.

–Ah, han gritado y lo han vitoreado. Pero entonces ha aparecido ese dominico con la cara como una piedra pómez y ha pronunciado un sermón diciendo que Florencia es un pozo negro tan rebosante de maldad que los perversos progresan mientras los buenos padecen.

–Pero ¿y si no hubiera maldad en eso? Es decir, ¿y si eso fuera una muestra de la infinita misericordia de Dios incluso para los más abominables pecadores? Ojalá hubiera estado allí para verlo. ¿Tú qué crees?

–¿Yo? –Se echó a reír–. Creo que el verdugo hizo mal el nudo. Ya, estás lista. –Sostuvo mis manos, examinando su trabajo. Estaban limpias por primera vez en muchos días, las uñas rosadas y relucientes, pero no era fácil decir hasta qué punto tenía la piel mucho más blanca–. Ten. –Del bolsillo sacó un pequeño tintero (lo que mis hermanos utilizaban en sus estudios a lo largo de un mes yo lo gastaba con mis dibujos en una semana) y un delgado pincel de cola de armiño, lo bastante delicado para añadir los toques de luz a la cara y el vestido de Nuestra Señora. Le rodeé el cuello con los brazos–. Mmm. Has tenido suerte. Los he conseguido baratos. Pero no los utilices hasta el domingo, o seré yo quien me veré metida en un lío.

Cuando se fue me quedé tumbada pensando en el hombre y la soga, y sobre cómo era posible distinguir entre la misericordia de Dios y un error en un nudo, o si quizá no serían lo mismo. Pedí perdón a Dios por si tales pensamientos eran impuros y luego rogué a la Virgen para que intercediera en mi nombre a fin de que pudiera mantener la mano firme al capturar su bondad en el papel. Aún estaba despierta cuando Plautilla descorrió la cortina y entró oliendo a aceite para el pelo, aplicado con abundancia para contrarrestar la fuerza secadora del sol. Dijo sus oraciones en susurros, una rápida letanía que parecía más cuestión de palabras que de sentimientos, pero aun así perfecta. Luego se acomodó en la cama, apartándome a un lado para quedarse ella con el mayor espacio posible. Esperé hasta oír que respiraba uniformemente y entonces la empujé yo.

Al cabo de un rato oí el zumbido de los mosquitos. El olor de su aceite lo impregnaba todo como miel para las abejas. Debía de imponerse al aroma de la pomada de hierbas que ardía colgada del techo. Cogí la ampolla de citronela que guardaba bajo la almohada y me la extendí por las manos y la cara. Un mosquito aterrizó en la rolliza y blanca muñeca de mi hermana. Lo observé ponerse cómodo antes de picarle. Imaginé que extraía su sangre como un largo trago de agua, se despegaba luego de su cuerpo y rápidamente salía por la ventana y cruzaba la ciudad hasta la casa de Maurizio, donde entraba en su dormitorio, encontraba un miembro descubierto y le perforaba la piel, mezclando así al instante la sangre de los amantes. La fuerza de la idea era casi irresistible, aun tratándose simplemente de dos aburridos como Plautilla y Maurizio. Pero si tal cosa era posible –y tras realizar un estudio sobre los mosquitos, me parecía que debía de serlo, pues qué podía ser aquello sino nuestra sangre; al fin y al cabo, cuando uno los mataba al principio de la noche, sus cuerpos eran sólo manchas negras y sin embargo si se los aplastaba más tarde salpicaban la más roja sangre–, si tal cosa era posible, sin duda podía ocurrir también caprichosamente. Había un millar de ventanas en la ciudad. Me preguntaba cuántos ancianos gotosos y desagradables habrían ya mezclado su sangre con la mía. Eso me llevó a pensar de nuevo que si tenía que encontrar un marido, desearía que viniera a mí, no con una elegante malla y perlas en el brocado, sino en forma de cisne, sus salvajes alas batiendo como una nube de tormenta, al igual que Zeus y Leda. Si realmente hacía eso, quizá lo amaría para siempre. Pero sólo si después me permitía dibujarlo.

Como tan a menudo ocurría en noches así, la actividad de mis pensamientos me desveló cada vez más hasta que al final me destapé y salí de la habitación.

Me encanta nuestra casa por la noche. No está demasiado oscura y su geografía interna es tan compleja que he aprendido a medirla en mi mente, de modo que sé dónde encontrar las puertas y cómo debo inclinarme para esquivar molestos muebles o peldaños imprevistos. A veces voy de habitación en habitación e imagino que estoy fuera, en medio de la ciudad, y sus callejones y esquinas se despliegan en mi mente como una elegante solución matemática. Pese a las sospechas de mi madre, nunca he paseado sola por la ciudad. Desde luego me he escapado alguna que otra vez de las garras de una acompañante para alejarme por una calle adyacente o merodear en torno a un puesto de mercado, pero nunca durante mucho tiempo y siempre de día. Nuestras escasas salidas nocturnas para los festejos o alguna misa tardía revelan un ambiente que sigue en plena efervescencia. No me explico por qué cambia tanto la atmósfera al encenderse las antorchas. Erila era una esclava y a pesar de eso conocía mi ciudad mejor que yo. Tengo tantas posibilidades de viajar a Oriente como de recorrer las calles sola por la noche. Pero puedo soñar.

Abajo el patio principal era un pozo de oscuridad. Descendí por la escalera. Uno de los perros de la casa abrió un soñoliento ojo cuando pasé a su lado, pero estaba ya habituado hacía tiempo a mis paseos nocturnos. Los pavos de mi madre, sueltos en el jardín, eran más de temer. No sólo tenían un oído más fino, sino que además sus chillidos eran como un coro de almas en el infierno. Despertarlos a ellos equivalía a despertar a toda la casa.

Abrí la puerta que daba al salón de invierno. Noté las baldosas lisas y limpias bajo mis pies. El nuevo tapiz colgaba como una densa sombra y la gran mesa de roble, el orgullo y la alegría de mi madre, estaba preparada para los fantasmas. Me senté hecha un ovillo en el alféizar de piedra y deslicé con cuidado el pestillo de la ventana. Desde allí la casa daba a la calle y yo podía observar la vida nocturna. Las antorchas de los grandes tederos de hierro de la pared iluminaban la fachada de la casa. El hecho de que hubiera casas con recursos suficientes para dar luz a quienes volvían tarde era una señal de la nueva riqueza del vecindario. Había oído contar que en las noches sin luna, en los barrios más pobres de la ciudad, había gente que moría al caer en una zanja o se ahogaba en un arroyo desbordado. Aunque probablemente el vino agravaba la ceguera de esas personas.

Sin duda a esas horas de la noche mis hermanos tendrían problemas similares con la vista. Pero compensaban la falta de visión con ruido: sus carcajadas de borrachos reverberaban en el empedrado y ascendían hasta las ventanas en un exagerado eco. A veces despertaban a mi padre con su alboroto. Pero esa noche no hubo esa clase de diversión, y los párpados empezaban ya a pesarme cuando percibí algo abajo.

A un lado de la casa apareció en la calle principal una figura, iluminada previamente por el resplandor de las antorchas. Era un hombre alto y desgarbado, con una capa ceñida alrededor, pero llevaba la cabeza descubierta y percibí un destello de blancura en su piel. Así que nuestro pintor se marchaba para adentrarse en la noche. A esas horas no vería mucho arte. ¿Qué había dicho mi madre? Que encontraba la ciudad bulliciosa después de la quietud de la abadía. Quizá ésa era su manera de disfrutar del silencio, aunque algo en su forma de andar, con la cabeza baja, deseoso de perderse en la oscuridad, inducía a pensar más bien en un objetivo concreto que en la búsqueda de un ambiente.

Me sentí dividida entre la curiosidad y la envidia. ¿Era así de sencillo? Bastaba con envolverse en una capa, encontrar la puerta adecuada y salir a la noche. Si apretaba el paso, estaría en la catedral de Santa Maria del Fiore en diez minutos. Luego cruzaría el baptisterio y seguiría hacia el oeste en dirección a Santa Maria Novella o hacia el sur, camino del río, desde donde se oía el repiqueteo de las campanillas de las mujeres. Otro mundo. Pero no me gustaba pensar en eso, y recordé a su Virgen, tan llena de gracia y luz que apenas podía mantener los pies en el suelo.

Me dispuse a permanecer en guardia hasta su regreso, pero al cabo de más o menos una hora empezó a vencerme el sueño y, para no arriesgarme a que me encontraran allí por la mañana, subí a mi habitación. Me deslicé entre las sabanas y advertí con malévola satisfacción que la picadura en la muñeca de Plautilla empezaba a hincharse. Me apreté contra su cuerpo cálido. Ella lanzó un quejumbroso resoplido, como un caballo, y siguió durmiendo.

Cinco

A primera vista, se nota poco la presencia de Dios en ese espacio. El pintor ha acordonado una pequeña parte de la nave donde da el sol a través de la ventana lateral formando una ancha franja de oro. Se sienta en la penumbra, junto a una mesita sobre la que hay papel, pluma y tinta, así como unos trozos de tiza negra recién afilados.

Entro lentamente, seguida por la vieja Ludovica. Por desgracia, María ha sufrido un ataque agudo de indigestión. Juro que si bien deseaba que aquel día se pusiera enferma, no tuve nada que ver con la cantidad de comida que consumió ni con su posterior indisposición. Volviendo la vista atrás, me maravillo de los extraños métodos que Dios utiliza. A menos que, como en el caso del nudo del verdugo, una prefiera pensar que aquello no fue obra suya.

Se levanta cuando nos acercamos, sin alzar la vista del suelo. Debido a la avanzada edad de Ludovica, nos aproximamos despacio y pido ya una silla cómoda para ella. A esa hora del día, no tardará mucho en quedarse dormida, y después sin duda se olvidará de haberlo hecho. Así que resulta una valiosísima ayuda en ocasiones como ésa.

Si recuerda nuestro último encuentro, no lo demuestra. Señala un pequeño estrado situado a la luz, con una silla de madera de respaldo alto colocada en ángulo para que nuestras miradas no se crucen. Subo un peldaño, cohibida ya por mi estatura. Tengo la impresión de que los dos estamos igual de nerviosos.

—¿Me siento?
—Como desee —masculla, aún sin mirarme directamente.

Adopto una pose que he visto en las mujeres retratadas en las capillas: la espalda erguida, la cabeza en alto, las manos entrelazadas sobre el regazo. No sé bien qué hacer con los ojos. Durante un rato miro al frente, pero la vista carece de interés y desvío la mirada a la izquierda, donde veo la mitad inferior de su cuerpo.

Lleva muy gastada la parte inferior de las calzas, advierto, pero tiene la pierna bien formada aunque un poco larga. Como yo. Allí sentada, tomo conciencia de su olor, esta vez mucho más intenso: un olor a tierra, mezclado con una nota acre, casi un hedor a podrido. Me induce a preguntarme qué habrá hecho la noche anterior para oler así. Es evidente que se lava menos de lo que debiera –es un comentario que he oído a mi padre respecto a los extranjeros–, pero si ahora dirigiera la atención sobre ese detalle impediría cualquier oportunidad de entablar conversación. Decido dejar ese punto en manos de Plautilla. Casi con toda seguridad a ella el hedor la sacará de quicio.

El tiempo pasa. Aquí, bajo el sol, hace calor. Lanzo una ojeada hacia Ludovica. Se ha traído un bordado, lo tiene sobre el regazo. Baja la aguja y nos observa durante un rato, pero nunca ha mostrado mucho interés por el arte, ni siquiera cuando la vista le permitía verlo. Cuento despacio hasta cincuenta, y cuando llego a treinta y nueve oigo que su respiración empieza a retumbar en su pecho. En el silencio de la capilla suena como el ronroneo de un gran gato. Me vuelvo a mirarla y luego le echo un vistazo a él.

Con la luz de hoy puedo examinarlo mejor. Para haber pasado la noche deambulando por la ciudad, no presenta mal aspecto. Va bien peinado, y aunque su cabello es todavía demasiado largo para la actual moda florentina, lo tiene espeso y saludable, siendo aún más pálido el color de su tez por el contraste. Es alto y delgado, como yo, pero eso en un hombre no resulta un defecto tan visible. Tiene los pómulos anchos y delicados y los ojos almendrados, con cierto aspecto marmóreo, de un color verde grisáceo salpicado de negro, de modo que me recuerdan la mirada de un gato. No se parece en nada a los otros hombres que he visto. Ni siquiera sé si es apuesto, aunque quizá eso se deba más a su actitud reservada. Aparte de mis hermanos y mis tutores, es el primer hombre que he tenido a tan corta distancia y noto que el corazón me late con fuerza en el pecho. Al menos sentada no parezco tanto una jirafa. Aunque no estoy muy segura de que él se fije en eso. Cuando me mira, da la impresión de no ser consciente de mi presencia. La luz se desplaza en torno al estrado al ritmo del ruido intermitente de la tiza contra el papel, cada línea cuidadosa, meditada, resultado de una singular comunión entre el ojo y la mano. Es una clase de silencio vibrante que me resulta familiar. Me acuerdo de todas las horas que he pasado en un estado de concentración similar, mis dedos doblados en torno a un trozo afilado de tiza negra. Intentando capturar la cabeza de un perro dormido en la escalera y la extraña fealdad de mi propio pie descalzo, lo que me ayuda a conservar la paciencia.

—Dice mi padre que ha tenido usted las fiebres —comento por fin, como si fuéramos parientes que llevaban una hora hablando y se habían quedado en silencio hacía un segundo.

Cuando resulta obvio que no va a contestar, pienso en sacar a relucir sus paseos nocturnos, pero no sé qué decir. Sigue oyéndose el roce de la tiza. Vuelvo a fijar la mirada en la pared de la capilla. La quietud es ahora tal que tengo la sensación de que nos quedaremos allí eternamente. Pero al final Ludovica se despertará y será ya demasiado tarde...

—Para triunfar aquí, pintor, quizá tenga que hablar un poco. Incluso con mujeres.

Mira de reojo por un instante, así que me consta que ha entendido mis palabras, pero aun mientras las pronuncio, se me antojan demasiado groseras y me avergüenzo. Al cabo de un rato me revuelvo en el asiento y cambio de postura. Él se interrumpe y espera a que vuelva a quedarme inmóvil. Hago un ligero ruido. Cuanto más intento permanecer quieta, más incómoda me encuentro. Me desperezo. Espera otra vez. Sólo ahora tomo conciencia de las posibilidades de portarme mal. Si él se niega a hablar, yo me niego a sentarme debidamente. Cuando me acomodo, me llevo la mano a los ojos, estorbando adrede su percepción. Las manos. Siempre son difíciles. Tan huesudas y, sin embargo, carnosas. Incluso nuestros mejores pintores tienen problemas con ellas. No obstante comienza a dibujarlas de inmediato; esta vez el insistente roce de la tiza me despierta deseos de hallarme ante el papel.

Pasado un rato me aburro de mi fracaso y vuelvo a colocar la mano en el regazo, flexionando los dedos hasta que parecen las patas de una araña monstruosa sobre mi falda. Observo cómo los nudillos adquieren una coloración blanca y cómo palpita una única vena bajo mi piel. ¡Qué extraño es el cuerpo, tan henchido de sí mismo! Tiempo atrás teníamos una joven esclava tártara, un vehemente personaje que padecía ataques; cuando se acercaban a ella, caía al suelo rígida en medio de un espasmo, echaba atrás la cabeza de tal modo que su cuello se estiraba hasta parecer el de un caballo y arañaba el suelo con los dedos. En una ocasión le salió espuma por la boca, y tuvimos que colocarle algo entre los dientes para que no se tragara la lengua. Luca, quien, como ahora pienso, estaba siempre más interesado en el diablo que en Dios, creía que estaba poseída por el demonio, pero mi madre sostenía que estaba enferma y había que dejar que se recuperase. Tiempo después mi padre la vendió, pero no sé si dijo toda la verdad respecto a su salud. Aunque se trataba de una enfermedad, podía pasar fácilmente por posesión. Si uno tuviera que pintar a Cristo realizando exorcismo, ella habría sido la modelo perfecta.

Ludovica ronca sonoramente, y haría falta un trueno para despertarla. Ahora o nunca. Me levanto y pregunto:

—¿Puedo ver cómo he quedado?

Noto que se pone tenso. Veo que quiere ocultar el papel, pero también sabe que no sería correcto. ¿Qué puede hacer? ¿Recoger su material y escapar a toda prisa? ¿Atacarme otra vez? Si lo hiciera, debería huir hacia los páramos del norte a lomos de una mula. Y pese a su silencio, no creo que sea estúpido.

Al llegar al borde de la mesa me abandona el valor. Estoy tan cerca de él que veo en su rostro la sombra de la barba y percibo con toda claridad su hedor dulzón. Me lleva a pensar en descomposición y muerte, y recuerdo la violenta reacción de nuestro anterior encuentro. Dirijo una nerviosa mirada a la puerta. ¿Qué ocurriría si entrara alguien? Quizá él está pensando lo mismo. Con un torpe movimiento, empuja la tabla a través de la mesa, cara arriba, de modo que puedo verla sin acercarme más a él.

Innumerables trazos llenan la hoja: un estudio de mi cabeza, luego partes de mi cara, mis ojos, los párpados medio entornados con una expresión entre timidez y malicia. No me ha dibujado favorecida como yo hago a veces con Plautilla a fin de comprar su silencio cuando posa para mí, sino que me ha hecho tal como soy, traviesa y nerviosa, como si no pudiera hablar pero tampoco pudiera quedarme callada. Ya sabe más de mí que yo de él.

Y luego están los esbozos de mi mano en alto sobre la cara, la palma y el dorso, mis dedos redondeados como pequeñas columnas de carne, del natural al papel. Su destreza me produce vértigo.

—Oh —digo y en mi voz se advierte a la vez pesar y asombro—. ¿Quién le ha enseñado a dibujar así?

Vuelvo a contemplar mis dedos, los reales y los dibujados. Y lo que más deseo es ver cómo lo hace, observar la manera en que cada trazo aparece en la hoja. Sólo por eso me arriesgaría a acercarme más. Contemplo su rostro. Si no es arrogancia lo que lo mantiene en silencio, es timidez. ¿Qué debe uno sentir cuando es tan tímido que le cuesta hablar?

—La vida aquí debe de ser difícil para usted —digo en voz baja—. Yo en su lugar, añoraría mi tierra.

Y como no espero respuesta, siento un ligero estremecimiento al oír su voz, que es más suave de lo que yo recordaba, aunque también más misteriosa que sus ojos.

—Es el color. De donde yo vengo, todo es gris. A veces no es posible saber dónde termina el cielo y empieza el mar. El color lo cambia todo.

—Ah, pero sin duda Florencia es como debía de ser en aquel tiempo la Tierra Santa, donde vivía Nuestro Señor. Con todo ese sol. Eso nos cuentan los cruzados. Sus colores debían de ser tan vivos como los nuestros. Debería visitar alguna vez el almacén de mi padre. Cuando las piezas de tela están acabadas y amontonadas es como un paseo por el arco iris.

Me resulta chocante pensar que probablemente ése sea el discurso más largo que ha oído de una mujer. Noto cómo el pánico vuelve a crecer en él y recuerdo su anterior descontrol, el modo en que todo su cuerpo se sacudió ante mí.

—No debe preocuparse por mí —balbuceo—. Sé que hablo mucho pero tengo sólo catorce años, es decir, soy una niña más que una mujer, así que no puedo hacerle ningún daño. Además, adoro el arte tanto como usted.

Extiendo las manos y las apoyo suavemente en la mesa entre nosotros, separando los dedos sobre la madera de modo que se advierte en la pose tensión y a la vez relajación.

—Ya que está estudiando las manos, quizá quiera tener un esbozo de ellas en reposo. Aquí le será más fácil verlas que en mi falda —digo, y creo que mi madre habría aprobado el tono de humildad en mi voz.

Me quedo muy quieta, con la mirada baja, esperando. Veo alejarse la tabla por la superficie de la mesa y aparecer un lápiz de color. Cuando oigo el contacto de la punta en la hoja, me arriesgo a alzar la vista. Sólo veo el papel oblicuamente pero me basta para contemplar la forma mientras aparece: docenas de ligeros e ininterrumpidos toques llueven sobre la hoja, sin tiempo para pensar o considerar, sin espacio entre la visión y el acto. Es como si leyera mis manos por debajo de la piel, construyendo la imagen desde dentro hacia fuera.

Le dejo trabajar durante unos momentos. Ahora el silencio entre nosotros resulta un poco menos incómodo.

–Dice mi madre que ha estado usted visitando nuestras iglesias.

Mueve la cabeza en un levísimo gesto de asentimiento.

–¿Qué frescos le gustan más?

La mano se detiene. Observo su rostro.

–Santa Maria Novella –contesta con firmeza–. La *Historia de san Juan Bautista*.

–Ghirlandaio. Ah, sí, su Capella Maggiore es una de las maravillas de esta ciudad.

–Y... otra capilla al otro lado del río –añade tras un breve silencio.

–¿El Santo Spirito? ¿Santa Maria del Carmine?

Asiente al oír el segundo nombre. Por supuesto. La Capilla Brancacci del convento del Carmine. Mi madre lo ha orientado bien, valiéndose sin duda de sus contactos y de la condición del pintor de monje lego para permitirle acceder a zonas normalmente prohibidas.

–Los frescos sobre la vida de san Pedro. Ah, aquí también se los tiene en muy alta estima. Masaccio murió antes de acabarlos, ¿sabía? Entonces tenía veintisiete años. –Advierto que este dato lo impresiona–. Me llevaron allí una vez de niña, pero apenas los recuerdo. ¿Cuál le gustó más?

Arruga la frente como si fuera una pregunta demasiado difícil.

–Hay dos escenas del Jardín del Edén. En la segunda, cuando son expulsados, Adán y Eva están llorando... no, peor aún, aullando, al ser desterrados. Nunca había visto tanto dolor por la pérdida de la gracia divina.

–¿Y qué pasa antes de la Caída? ¿Sienten tanto júbilo como después tristeza?

Niega con la cabeza.

–El júbilo no es tan profundo. Procede de la mano de otro pintor. Y la serpiente que cuelga del árbol tiene cara de mujer.

–Ah, sí, sí. –Asiento con la cabeza, nuestras miradas se cruzan, y por un instante está demasiado interesado para apartar la vista–. Mi madre me habló de eso. Aunque, como sabe, no hay pruebas bíblicas para representarla así.

Pero con la alusión al diablo en forma de mujer recobra la compostura y guarda silencio otra vez. Reanuda el dibujo. Miro la tabla. ¿De dónde había salido tanto talento? ¿Era realmente un don de Dios?

–¿Siempre ha sido tan hábil, pintor? –pregunto en voz baja.

–No me acuerdo –contesta con un hilo de voz–. El padre que me enseñó me decía que nací con Dios en las manos para compensarme la orfandad.

–Oh, y estoy segura de que tenía razón. En Florencia, creemos que el gran arte es el estudio de Dios en la naturaleza. Esa es la opinión de Alberti, uno de nuestros eruditos más destacados. Lo mismo piensa Cennini, el artista. Sus tratados sobre pintura son aquí muy leídos. Tengo ejemplares en latín si quiere... –Y si bien sé que tales conocimientos son una forma de exhibicionismo no puedo resistirme–. Según Alberti, la belleza de la forma humana refleja la belleza de Dios, aunque desde luego debe su concepción en parte a Platón. Pero es posible que usted tampoco haya leído a Platón. Si quiere que lo tengan en cuenta aquí en Florencia no puede permitirse desconocerlo. Aunque no supo nada de Cristo, tiene mucho que decir sobre el alma humana. La comprensión de Dios en la Antigüedad ha sido uno de los grandes descubrimientos florentinos.

Si mi madre hubiera estado presente ya se habría llevado las manos a la cabeza por mi inmodestia, tanto respecto a mí como respecto a la ciudad, pero sé que el pintor me escucha. Lo sé por la manera en que su mano se ha detenido sobre la hoja. Pienso que habría seguido hablando si Ludovica no hubiera lanzado de pronto un sonoro resoplido, que estuvo a punto de despertarla. Los dos nos quedamos paralizados.

–Bueno –me apresuro a decir retrocediendo–. Quizá debamos dejarlo ya. Pero puedo venir otra vez y usted puede ejercitarse con mis manos si quiere.

Pero cuando deja la tabla y miro el dibujo me doy cuenta de que ya ha tomado todos los apuntes que necesita.

Seis

Saqué de mi baúl los ejemplares de Alberti y Cennini y los dejé en la cama. No podía separarme del Cennini. Dependía de él para todo, desde la manera en que caía el ropaje hasta los colores que nunca conseguiría mezclar. Pero el texto de Alberti podía dejárselo.

Utilicé a Erila como mensajera ofreciéndole a cambio un pañuelo rojo de seda.

–No.

–¿Cómo puedes decir que no? Te encanta este color. Y te queda muy bien.

–No.

–Pero... ¿por qué? Es muy sencillo. Sólo tienes que bajar y dárselo. Sabes dónde está su habitación tan bien como yo.

–¿Y si se entera tu madre?

–No se enterará.

–Pero si se entera, sabrá que tú lo has enviado y que yo lo he llevado. Y se hará un bolso con mi piel.

–Eso no es verdad. –Busco las palabras–. Mi madre... comprenderá que a los dos nos interesa el arte, que es un designio de Dios que nos hayamos conocido.

–¡Ya! No es eso lo que cuenta Ludovica.

–¿A qué te refieres? Estaba dormida. No vio nada.

Erila se quedó en silencio, pero yo me precipité al responder y empecé a sonreír.

–Erila, me estás engañando. No te ha contado nada.

–Ella no, pero tú ahora sí.

–Hablamos de arte, Erila. De verdad. De las capillas y las iglesias y los colores bajo el sol. Te aseguro que tiene a Dios en los dedos. –Me interrumpí–. Pero tiene unos modales imposibles.

–Eso es lo que me preocupa. Los dos tenéis demasiado en común.

Pero se llevó el Alberti.

Los días siguientes fueron de una actividad frenética. Mientras mi madre y las criadas preparaban el ajuar de Plautilla, ésta dedicaba interminables horas a prepararse ella misma, aclarándose el pelo y blanqueándose la piel hasta que empezó a parecer más un fantasma que una novia. Cuando llegué a la ventana la noche siguiente, era ya tarde; lo recuerdo porque Plautilla se hallaba en tal estado de nerviosismo que tardó horas en conciliar el sueño y yo oí las campanas de Sant' Ambrogio dar la hora. El pintor apareció casi de inmediato, envuelto también con la capa, adentrándose en la oscuridad con el mismo paso resuelto de la otra vez. Pero en esta ocasión también yo estaba resuelta a esperarle. Era una noche clara de primavera, con el cielo tachonado de estrellas, así que cuando se oyó el trueno al cabo de un rato pareció salido de la nada y luego un rayo trazó un gigantesco punto de cruz en el cielo.

—¡Vaya!

—¡Sí!

Los vi cuando doblaban la esquina, mis hermanos y su séquito, como una banda de piratas con paso vacilante en tierra firme, dándose palmadas y abrazos mientras se tambaleaban por la calle. De inmediato me aparté de la ventana, pero Tomaso tiene vista de lince y oí su insolente silbido, el que usa para llamar a los perros.

—¿Eh, hermanita? —Su voz retumbó sobre el empedrado—. ¡Hermanita!

Asomé la cabeza y chisté para que guardara silencio. Pero estaba demasiado ebrio para entenderme.

—¡Vaya! ¡Fijaos en ella, chicos! Un cerebro tan grande como Santa Maria del Fiore y una cara como el culo de un perro.

Alrededor de él sus amigos elogiaron su ingenio con alaridos.

—Bajad la voz o padre os oirá —repliqué ocultando la humillación bajo mi ira.

—Si se despierta, tú tendrás más problemas que yo.

—¿Dónde habéis estado?

—¿Por qué no se lo preguntas a Luca? —Pero Luca apenas podía mantenerse de pie sin ayuda—. Lo encontramos con las manos en las tetas de piedra de Santa Catalina, echando las tripas sobre sus pies. Probablemente lo habrían arrestado por blasfemia si nosotros no lo hubiéramos encontrado antes.

El siguiente rayo iluminó el cielo como si fuera pleno día. El trueno sonó cerca, y no fue uno sólo sino dos, el segundo realmente ensordecedor, como si se hubiera abierto la tierra. Todos estábamos enterados de esa clase de cosas: la manera en que a veces la tierra se abría y el diablo atrapaba a unas cuantas almas perdidas por las hendiduras. Me levanté aterrorizada, pero ya había pasado.

Abajo también se habían sobresaltado, pero lo disimularon con gritos y fingido horror.

–¡Sí! Un movimiento de tierra –vociferó Luca.

–No. El fuego de cañones. –Tomaso se reía–. Es el ejército francés cruzando los Alpes para conquistar Nápoles. ¡Qué magnífica perspectiva! Piénsalo, hermana: violación y saqueo. He oído que esos ignorantes franceses se mueren de ganas por desvirgar a muchachas de la nueva Atenas.

En el jardín trasero de la casa, los pavos se habían asustado, y se oyó un griterío capaz de despertar a los muertos. Vi abrirse ventanas a lo largo de la calle y aparecer un resplandor en la zona de la catedral. El pintor tendría que esperar. En cuestión de segundos atravesé el salón y subí por la escalera. Justo cuando me acostaba oí abajo la colérica voz de mi padre.

A la mañana siguiente todo el mundo en la casa comentaba la noticia. En plena noche había caído un rayo en la linterna de la gran cúpula de Santa Maria del Fiore, desprendiendo un bloque de mármol y arrojándolo al vacío con tal fuerza que la mitad traspasó el tejado y la otra mitad aplastó una casa cercana dejando ilesa milagrosamente a la familia que allí vivía. Pero lo peor estaba aún por llegar. Esa misma noche Lorenzo el Magnífico, erudito, diplomático, político y el más noble ciudadano y benefactor de Florencia yacía en su villa de Careggi, inmovilizado a causa de la gota y el dolor de estómago. Cuando oyó lo que había ocurrido en la ciudad, mandó a alguien a averiguar cómo había caído la piedra, y cuando se lo dijeron, cerró los ojos y dijo: «Venía hacia aquí. Esta noche moriré».

Y así fue.

La noticia sacudió la ciudad con más fuerza que cualquier rayo. A la mañana siguiente mis hermanos y yo estábamos sentados en el estudio mal ventilado mientras nuestro profesor de griego pronunciaba a trompicones las palabras de la oración fúnebre de Pericles, marcando con sus lágrimas las páginas del manuscrito copiado especialmente, y si bien después nos reímos de su tono lúgubre, me consta que en ese momento incluso Luca estaba conmovido. Mi padre cerró aquel día el negocio en señal de duelo y en las habitaciones del servicio se oyeron los gemidos de María y Ludovica. Lorenzo de Médicis había sido el ciudadano más prominente desde antes de que yo naciera y con su muerte un frío viento sopló en las vidas de todos nosotros.

Esa noche trasladaron su cuerpo al monasterio de San Marcos, donde pudieron contemplarlo los ciudadanos más nobles. Nuestra familia fue una de las que realizaron la peregrinación. En la capilla, el féretro estaba colocado a tal altura que apenas pude ver el interior. El cadáver estaba vestido modestamente, como correspondía a una familia que si bien gobernaba Florencia en privado, había procurado dar una imagen muy distinta en público, y su plácido semblante no presentaba señal alguna de los padecimientos estomacales que, según se decía, sufrió al final (y para los cuales, contaba Tomaso, su médico le había recetado perlas y diamantes pulverizados; más tarde, sus detractores dirían que había muerto engullendo lo que quedaba de su riqueza privada para que la ciudad no pudiera echarle mano). Pero recuerdo sobre todo lo feo que era. Aunque debía de haber visto su perfil en una docena de medallones, en carne y hueso era mucho más impresionante: la nariz plana alargándose casi hasta el labio superior y el mentón sobresaliendo como un promontorio en una costa rocosa.

Mientras lo contemplaba boquiabierta, Tomaso me susurró al oído que su horroroso aspecto era su propio afrodisíaco, que provocaba en las mujeres una desenfrenada lujuria, a la vez que su poesía amorosa inflamaba incluso al más frío de los corazones femeninos. Al verlo así me acordé del día en Santa Maria Novella en que mi madre había comentado que en ese preciso momento la gran capilla de Ghirlandaio estaba haciendo historia. Y como éste era obviamente un momento así, me volví para localizarla en medio de la muchedumbre y cogerla desprevenida, y vi sus lágrimas resplandecer como gotas de cristal a la luz de las velas. Nunca la había visto llorar antes, y ese hecho me perturbó más que el cadáver.

El monasterio de San Marcos, donde yacía el cuerpo, había sido el lugar favorito de retiro del abuelo de Lorenzo, y la familia le había destinado una fortuna en donaciones. Pero el nuevo prior se había distinguido como pensador independiente y había despotricado contra los Médicis por fomentar la obra de estudiosos paganos más que la palabra de Dios. Algunos decían que incluso se había negado a darle a Lorenzo la extremaunción en su lecho de muerte, pero yo opino que eso era una difamación, la clase de rumor que se propaga como el fuego entre una multitud en una tarde calurosa. Desde luego aquel día el prior Girolamo Savonarola se limitó a hablar con el mayor respeto: pronunció un apasionado sermón sobre la fugacidad de la vida en comparación con la eternidad de la gracia divina y nos exhortó a vivir recordando que tarde o temprano moriríamos para no dejarnos tentar por los placeres mundanos y estar así siempre preparados para reunirnos con nuestro Salvador. Sus palabras fueron recibidas con gestos de asentimiento y aprobación desde los bancos, aunque sospecho que quienes podían permitírselo volverían al olor de los manjares suculentos y a la buena vida. Sé que eso es lo que hicimos nosotros.

Como tanto nosotros como la futura familia de Plautilla éramos conocidos seguidores de los Médicis, la boda tuvo que aplazarse. Mi hermana, que nunca estaba dispuesta a dejarse eclipsar, y cuyo sistema nervioso bordeaba ya el colapso, vagaba por la casa con el rostro blanco como una sábana y el humor negro como el diablo del baptisterio.

Pero eso no fue lo peor. La muerte de Lorenzo sembró el caos en la ciudad en muchos sentidos. En las semanas siguientes Erila volvió con toda clase de historias crueles: que dos de los leones, símbolo de nuestra grandeza, habían luchado y se habían matado mutuamente en su jaula detrás de la piazza della Signoria el día anterior de la muerte de Lorenzo, y que al día siguiente una mujer enloqueció durante la misa en Santa Maria Novella y echó a correr por los pasillos gritando que un toro salvaje la perseguía con los cuernos en llamas amenazando con derribar el edificio sobre ellos. Mucho después de llevársela de allí, la gente decía que aún oía el eco de sus gritos en la nave.

Pero lo peor de todo fue el cuerpo de la muchacha que los vigilantes nocturnos de Santa Croce encontraron en las tierras pantanosas entre la iglesia y el río una semana después.

Erila nos lo refirió con todos sus morbosos detalles a Plautilla y a mí mientras bordábamos en el jardín a la sombra de la pérgola, rodeadas por el amarillo de la retama primaveral, y por alguna razón los aromas de las lilas y la lavanda hicieron aún más insoportable el hedor de la propia historia.

—El cadáver estaba tan descompuesto que la carne se desprendía de los huesos. Los vigilantes tuvieron que taparse la nariz con paños alcanforados sólo para ir a buscarla. Dicen que murió la noche del rayo. Y el que la mató no se molestó siquiera en enterrarla debidamente. Estaba en un charco de su propia sangre y las ratas y los perros habían llegado a ella. Tenía el vientre medio devorado y marcas de dientes por todas partes.

En la proclama que se leyó después en la plaza del mercado decían que la joven había sido brutalmente agredida y se solicitaba al culpable que se presentara ante las autoridades por el bien de su propia alma y por el buen nombre de la República. El hecho de que algunas muchachas fueran violadas y a veces incluso resultaran muertas por ello era una verdad triste pero admitida en la ciudad. El diablo penetraba en los corazones de muchos hombres a través de su entrepierna y tales atrocidades sólo venían a demostrar la eficacia de las tradiciones que mantenían a hombres y mujeres respetables tan estrictamente separados hasta el matrimonio. Pero aquel crimen era distinto porque, según Erila, los estragos causados en el cuerpo eran tan horrendos, los órganos sexuales estaban tan heridos y desgarrados, que nadie tenía la total certeza de si el responsable había sido un hombre o una bestia.

Dado el horror del hecho, en realidad nadie se sorprendió cuando pasados unos meses los carteles cayeron de los tablones, se emborronaron a causa de la lluvia y fueron pisoteados por los cerdos y las cabras, sin que nadie se hubiera presentado para confesar una atrocidad que dejó semejante mancha en el alma de la ciudad.

Siete

La boda de Plautilla, cuando por fin se celebró, fue un testimonio de las telas de mi padre y la fortuna de nuestra familia. Cuando me acuerdo de ella, es siempre en ese día. Está sentada en el salón, ataviada para la ceremonia. Es temprano, la luz tenue y delicada, y se ha requerido la presencia del pintor para que capture su imagen por última vez con vistas a la futura decoración de nuestras paredes. Debe de estar cansada (ha pasado en vela casi toda la noche pese al bebedizo para dormir que le dio mi madre), pero tiene el mismo aspecto que si acabara de levantarse de los Campos Elíseos. La cara es redonda y suave, la tez extraordinariamente pálida, aunque el rubor de la emoción le colorea las mejillas. Los ojos son claros, los ribetes interiores rojos y relucientes como granos de granada contra el blanco, las pestañas ni muy espesas ni muy oscuras (las suyas no son setos de boj) y las cejas anchas en el centro y luego cada vez más finas, como el trazo de un pintor, hacia la nariz y las orejas. Tiene la boca pequeña y forma un perpetuo mohín como un arco de Cupido, y el cabello, lo que se ve de él bajo las flores y las joyas, refleja su admirable compromiso con la indolencia y numerosas tardes de exposición al sol.

Lleva un vestido a la última moda: el cuello festoneado, mostrando su abundante carne y el precioso encaje flamenco de mi padre, del que hay ya una gran demanda; las enaguas son suaves y tupidas como alas de ángel para que uno oiga el roce del material contra el suelo a su paso. Pero es la belleza del vestido lo que da ganas de llorar. Es de la más fina seda amarilla, del tono del más vivo azafrán de primavera cultivado especialmente por su tinte en los campos de los aledaños de San Gimignano, y lleva la falda bordada, no toscamente como algunos de los vestidos que se ven en la iglesia y parecen rivalizar con el paño del altar, sino tan sutilmente que da la impresión de que los pájaros y las flores se entretejen entre los puntos.

Así ataviada mi hermana está tan adorable que si damos crédito a Platón cabría esperar de ella que resplandeciera de bondad, y desde luego esta mañana parece más amable y agradable que de costumbre, casi ingrávida por la emoción. Pero si bien desea ser retratada, la impaciencia le impide posar demasiado rato. Como en la casa está todo el mundo ocupado, he de intervenir como acompañante y carabina para entretenerla, mientras en el otro lado del salón las manos del pintor se desplazan sin cesar sobre el papel.

Lógicamente yo estoy tan interesada en él como en ella. En la casa todos han recibido ropa nueva en celebración del día, y él está apuesto con la suya aunque no se le ve especialmente cómodo. Hace semanas que le envié el Alberti, pero aún no he tenido noticias suyas. Ha engordado (nuestro cocinero es famoso) y no sé si son imaginaciones mías o realmente parece que mantiene la cabeza un poco más alta. Nuestras miradas se cruzan cuando entro y creo percibir en él una sonrisa, pero en un día como éste él debe también hacer un ejercicio de humildad. Lo único que no ha cambiado es su mano, tan concentrada como siempre, cada trazo aportando más vida a la imagen, añadiendo números a las telas para saber qué colores añadir después.

Sigo sin saber qué hace por las noches. Ni siquiera mi reina de las habladurías tiene nada que contarme. En la casa mantiene aún una vida solitaria, rehúye la compañía de los demás, sólo que ahora ven esa actitud más como pedantería que como enfermedad, la de un hombre que cree estar por encima de los demás, lo cual, dada su posición como artista de la familia, es lo que corresponde. Sólo mucho después me doy cuenta de que no es tanto la pedantería lo que le impide hablar como el hecho de que no sabe qué decir. Los niños educados en un monasterio en compañía de adultos aprenden mejor que la mayoría el valor de la soledad y la disciplina pura pero áspera de hablar sólo con Nuestro Señor.

Lo sorprendo mirándome y me doy cuenta de que ahora su mano se dedica a mí. Pero mi retrato no forma parte de las instrucciones que ha recibido, y me ruborizo por su atención. Como hermana menor, es importante que no eclipse a la novia, aunque es poco probable que eso ocurra. Pese a todos los ungüentos de mi madre, mi piel es tan oscura como clara es la de mi hermana, y últimamente mi cuerpo de jirafa ha empezado a crecer de manera que ni Erila con su habilidad en el uso del encaje ni el sastre con sus amplios pliegues pueden ocultar. El pintor no tiene tiempo de acabarme. El salón se llena de pronto de gente y nos obligan a salir. En el patio, la verja principal está abierta, y Erila y yo observamos cómo suben a Plautilla al caballo blanco, el vestido dispuesto de manera que fluya como un lago dorado alrededor de ella. Los mozos cargan en hombros el cofre nupcial (Erila dice que se requieren tantos hombres para llevarlo como el féretro de Lorenzo), y así se inicia la procesión hacia la casa de sus futuros suegros.

Mientras desfilamos por las calles se congrega una multitud que proporciona a mi padre un especial placer, pero él, claro está, es consciente de que nuestra fortuna se amasa convirtiendo en tela los deseos de las mujeres, y que en casa de Maurizio nos esperan para darnos la bienvenida docenas de las familias más acaudaladas de Florencia, todas ellas interesadas en la buena ropa.

En la fachada del palacio penden tapices ornamentales alquilados especialmente para la ocasión. Dentro, en el patio, hay largas mesas de caballetes donde está preparado el banquete nupcial. Si mi padre es el señor de las telas, su consuegro está a su altura en cuestiones de comida. No hay un solo animal de caza en los alrededores de Florencia que no haya perdido como mínimo a un miembro de su familia para acabar en el horno en este día. La principal exquisitez del festín son las lenguas de pavo asadas, aunque dado el griterío de sus parientes en nuestra casa no puedo compadecerlos demasiado. Más lástima siento por las tórtolas y las gamuzas, que ofrecen un aspecto mucho menos magnífico muertas que vivas, aunque el olor de su carne con especias basta para que a los ancianos se les caiga la baba y se manchen los jubones de terciopelo. Junto con la carne de caza hay también animales de granja: capones y pollos cocidos, seguidos de ternera, cabrito asado y un gran pastel de pescado sazonado con naranja, nuez moscada, azafrán y dátiles. Hay tantos platos que al cabo de un rato se huelen tanto los eructos como la comida; tal exceso culinario naturalmente no cuenta con la aprobación oficial. Florencia, como toda buena ciudad cristiana, tiene leyes para limitar el lujo. Pero del mismo modo que todo el mundo sabe que el ajuar de una mujer es una manera de ocultar a las autoridades el exceso de joyas y exquisitas telas, el banquete que sigue a la ceremonia es privado. De hecho, no es raro ver a las mismas personas cuya misión es velar por el cumplimiento de la ley atracarse con el resto de glotones, aunque de más está pensar qué opinaría de tales muestras de hipocresía y decadencia el devoto nuevo prior de San Marcos.

Después de comer empieza el baile. Plautilla en este momento actúa como toda una novia, convirtiendo un movimiento de la mano en una invitación de tan sutil coquetería que no puedo menos que desesperarme una vez más por mi propia torpeza. Cuando ella y Maurizio encabezan la *Bassa Danza Lauro*, composición del propio Lorenzo (y en sí misma una declaración de lealtad bailada tan poco después de su muerte), es imposible apartar de ella la mirada.

Yo, en contraste, soy todo pies. En uno de los giros más complejos pierdo por completo el paso, y sólo me salvo porque mi compañero de ese momento me susurra al oído los pasos siguientes al pasar a mi lado. Cuando me recobro, mi rescatador, un hombre mucho mayor, me mira fijamente durante el siguiente movimiento, guiándome, y cuando nos entrelazamos por última vez –me enorgullezco de decir que con cierta elegancia–, inclina la cabeza hacia mí de nuevo y en voz baja dice: «Dime, pues ¿es mejor destacar en griego o en baile?». Acto seguido se vuelve para cortejar a la muchacha que está junto a mí.

Puesto que sólo mi familia conoce íntimamente mis fracasos, en especial mis hermanos, que me desprecian lo suficiente para utilizarlos en sus chismorreos, me sonrojo de repentina vergüenza. Naturalmente mi madre ha seguido todo el encuentro como un halcón. Preveo un reproche en su mirada, pero simplemente me mira un instante y desvía la vista.

La celebración se prolonga hasta bien entrada la noche. La gente come hasta que apenas puede andar y el vino corre como el Arno cuando se desborda, así que muchos hombres, en su ebriedad, se comportan con bastante grosería. Pero de lo que hablan yo no me entero, porque a esas alturas me han desterrado ya a una de las habitaciones del piso superior con dos severas carabinas y una docena de muchachas de mi edad por compañía. La segregación en este punto de las jóvenes solteras es una costumbre aceptada (las flores todavía en capullo deben protegerse de cualquier advenimiento precipitado del verano), pero últimamente la brecha entre las otras chicas y yo parecía mayor que la de la edad, y mientras contemplaba la fiesta esa noche, juré que sería la última vez que me quedaría como observadora en lugar de como participante.

Y no me equivocaba, pero aún no conocía el coste.

Para mi sorpresa, eché de menos a Plautilla. Al principio la amplia extensión de sábanas blancas e indiscutida soberanía en lo que había sido nuestra habitación me proporcionó un gran placer. Pero pronto la cama empezó a antojárseme demasiado grande sin ella. Ya no oía sus ronquidos, ni me agotaba su cháchara. Su incesante balbuceo, por trivial o molesto que me hubiera parecido, había sido el telón de fondo de mi vida durante tanto tiempo que no había podido imaginar cómo era el silencio. La casa empezó a resonar en torno a mí. Mi padre se había marchado otra vez de viaje y en su ausencia mis hermanos se echaron más a menudo a las calles. Incluso el pintor había desaparecido, para practicar el arte del fresco (que necesitaría para el altar) en un taller cerca de la Santa Croce. Con el maestro adecuado y con el dinero de mi padre detrás, conseguiría entrar en la Guilda de médicos y boticarios, sin lo cual ningún pintor podía trabajar oficialmente en la ciudad. La sola idea de tal ascenso me llenaba de anhelo.

Por lo que se refería a mi futuro, mi madre cumplió su palabra y no se habló de inmediato de acuerdos matrimoniales. A su regreso, mi padre tenía la mente puesta en otras cosas. Incluso yo me daba cuenta de que tras la muerte de Lorenzo la geometría de las influencias en la ciudad había empezado a cambiar. En Florencia todo eran especulaciones respecto a la capacidad de Pedro de Médicis para ocupar el lugar de su padre, y sobre qué ocurriría si no daba la talla y los enemigos de la familia, después de muchos años de represión conseguían apoyo suficiente para decantar la balanza. Aunque por entonces yo sabía poco de política, era imposible no percibir el veneno que manaba a borbotones desde el púlpito de Santa Maria del Fiore. Al prior Savonarola se le había quedado corta su iglesia de San Marcos y ahora pronunciaba sus sermones semanales en la catedral ante una concurrencia cada vez mayor. El santo fraile, por lo visto, estaba en contacto directo con Dios, y cuando, juntos, contemplaban Florencia, veían una ciudad corrompida por los privilegios y la vanidad intelectual. Después de tantos años abandonándome a mis ensoñaciones mientras oía sermones plagados de citas bíblicas pero sin pasión, el río de lava de sus palabras me fascinó. Cuando despotricaba contra Aristóteles o Platón tachándolos de paganos cuya obra socavaba la verdadera iglesia mientras sus almas ardían en el fuego eterno, yo encontraba argumentos con los que defenderlos, pero sólo después, cuando su voz no vibraba ya en mis oídos. Exhibía una pasión que parecía posesión y ofrecía unas descripciones del infierno que le llenaban a uno las entrañas de olor a azufre.

Era difícil saber cómo incidiría todo esto en mis futuros planes matrimoniales, pero estaba claro que debía casarme. En la visión de Savonarola de esta ciudad inhóspita y manchada, las vírgenes corrían más peligro que nunca, bastaba sólo con acordarse de la pobre muchacha cuyo cuerpo había sido destrozado por la lujuria y abandonado a orillas del Arno para que los perros lo devoraran. Mis hermanos, que se quedarían solteros hasta cumplidos los treinta años, edad a la que se los consideraría lo bastante maduros para convertirse en maridos tras arruinar la vida de sabía Dios cuántas criadas, se dedicaron a burlarse de mí con el asunto del matrimonio.

El encuentro que recuerdo tuvo lugar el verano posterior a la boda de mi hermana. La casa volvía a estar llena, mi padre, ocupado con las cuestiones de su último viaje y el pintor, recién llegado de su acelerado aprendizaje, encerrado a cal y canto en su habitación y concentrado en concretar los esbozos para la capilla. Yo estaba sentada en mi cuarto, con un libro en el regazo, tramando maneras posibles de visitarlo, cuando Tomaso y Luca pasaron por delante. Iban vestidos para una noche de placer, pero el nuevo corte de la túnica a la altura de muslo favorecía más a Tomaso que a Luca, quien lucía las telas de mi padre con la elegancia de una carreta de bueyes. Tomaso, en contraste, tenía buen ojo para la moda y desde muy temprana edad caminaba como si el mundo entero lo observara y aprobara lo que veía. Su vanidad era tan manifiesta que me entraron ganas de reír, pero sabía que no me convenía burlarme de él. Ya me había maltratado demasiadas veces en el pasado.

—Alessandra, querida —dijo, saludándome con una burlona reverencia—. ¡Mira, Luca, nuestra hermana está leyendo otro libro! Encantadora. Con una pose tan pudorosa. Pero vale más que tengas cuidado, porque a los maridos les gustan las esposas dóciles que mantienen baja la cabeza, aunque a veces hay que levantar la vista para mirarlos.

–Perdona, ¿a qué te refieres?

–Me refiero a que tú serás la próxima, ¿no, Luca?

–¿La próxima en qué?

–¿Se lo digo yo o se lo dices tú?

Luca se encogió de hombros.

–Remover y tirar –dijo como si se tratara de algo que hacía el cocinero en la cocina.

Aunque fueran lentos con la gramática griega, mis hermanos tenían un especial talento para el más reciente argot callejero, que utilizaban siempre que mi madre no los oía.

–¿Remover y tirar? ¿Y eso qué es, Luca, si puede saberse?

–Es lo que ha estado haciendo Plautilla –contestó él.

Sonrió. Se refería al hecho de que nuestra hermana recientemente había organizado un revuelo en casa con el anuncio de su temprano embarazo y la promesa de un heredero varón.

–¡Pobre hermanita! –La compasión de Tomaso era peor que su desdén–. ¿No te ha contado ella en qué consiste? Veamos, pues, sólo puedo hablar desde el punto de vista del hombre. Con uno maduro sería como... chupar por primera vez una sandía jugosa.

–¿Y qué haces con la cáscara?

Se echó a reír.

–Depende de cuánto quieres que dure. Pero quizá deberías hacerle esa misma pregunta a tu querido pintor.

–¿Qué tiene él que ver con eso?

–¿No lo sabes? Querida Alessandra, pensaba que lo sabías todo, o eso dicen siempre los tutores de ti.

–Lo dicen sólo en comparación con vosotros –repliqué sin poder contenerme–. ¿Qué dices del pintor?

Y mostré demasiado interés, lo cual le dio ventaja.

Me hizo esperar.

–Lo que digo es que nuestro artista, en apariencia tan devoto, ha estado dedicando las noches a husmear por los barrios bajos florentinos. Y no va allí a pintar cuadros, ¿no es así, Luca?

Mi hermano Luca asintió con una estúpida sonrisa en el rostro.

–¿Cómo lo sabes?

–Porque nos lo encontramos, por eso.
–¿Cuándo?
–Anoche, volviendo furtivamente por el viejo puente.
–¿Hablaste con él?
–Le pregunté dónde había estado, sí.
–¿Y?
–Y con cara de culpabilidad dijo que estaba «tomando el aire de la noche».
–Quizá era verdad.
–Vamos, hermanita. No tienes ni idea. El pobre estaba hecho un asco, la cara como un fantasma, manchas por todas partes. Desde luego apestaba a eso, olía a coño barato.

Aunque yo no había oído antes esa palabra, supe por el modo en que la decía a qué debía referirse y si bien yo opté por no exteriorizarlo, me sorprendió el desprecio que percibí en su voz.

–Así que más vale que vayas con cuidado –continuó Tomaso–. Si vuelve a pintarte, envuélvete bien con tu manto. Podría ser que te hiciera algo más que un retrato.

–¿Le has hablado a alguien más de esto?

Sonrió.

–¿Me preguntas si lo he delatado? ¿Por qué iba a hacerlo? Pienso que probablemente pinte mejor tras estar con una buena puta que estando a dieta de Evangelios. ¿Quién era ese artista que te gustaba tanto? ¿El que se tiró a la monja que le servía de modelo para su Madona?

–Fra Filippo –contesté–. Era muy guapa. Y después él se ofreció a casarse con ella.

–Únicamente porque los Médicis lo obligaron. Me juego algo a que el viejo Cosme le descontó una parte del precio del retablo.

Era evidente que Tomaso había heredado algo de la aptitud de mi padre para los negocios.

–¿Y a qué acuerdo llegaste con el pintor a cambio de tu silencio, Tomaso?

Se echó a reír.

–¿Tú qué crees? Tuvo que prometer que nos pintaría a Luca y a mí con unas buenas piernas y una frente ancha, nuestra belleza para la posteridad. Y que a ti te sacaría con un labio leporino, y una pierna más corta... para mostrar lo mal que bailas.

Aunque siempre la veía venir, su crueldad seguía desconcertándome. Nuestras discusiones siempre llegan a este mismo punto: su necesidad de castigarme por las humillaciones del aula, mi rechazo a dejarme aplastar. A veces pienso que la trayectoria de toda mi vida se refleja en mis batallas con Tomaso, que cada vez que ganaba de algún modo también perdía.

–¡Oh, no vayas a decirme que he herido tus sentimientos! Por si no lo sabes, estamos haciéndote un favor, ¿no, Luca? No es fácil encontrar un marido para una chica que cita a Platón pero se tropieza con sus propios pies. Todo el mundo sabe que vas a necesitar mucha ayuda.

–Vale más que os andéis los dos con cuidado –dije enigmáticamente, levantando la voz para disimular mi humillación–. Creéis que podéis hacer lo que os plazca, que el dinero de nuestro padre y nuestro escudo de armas os dan licencia para todo. Pero si abrís los ojos, veréis que las cosas están cambiando. La espada de la cólera de Dios se alza sobre la ciudad. Os acecha en las calles por las noches y ve todas las maldades que cometéis.

–¡Vaya, hablas igual que él! –dijo Luca, y dejó escapar una risa nerviosa.

Se me da bien imitar las voces cuando me lo propongo. Me vuelvo hacia él y lo taladro con la mirada como he visto hacer a Savonarola desde el púlpito.

–Ahora te ríes, pero pronto llorarás. El Señor enviará la peste, la inundación, la guerra y el hambre para castigar a los impíos. Aquellos que siguen el buen camino se salvarán; los demás se asfixiarán entre los vapores del azufre.

Por un momento tengo la clara sensación de que incluso mi estúpido hermano percibe el calor del infierno.

–No la escuches, Luca. –Tomaso no se asusta tan fácilmente–. Ese hombre es un loco. Todos lo saben.

–No todos, Tomaso. Sabe predicar y cita bien las Escrituras. Deberías prestarle atención alguna vez.

–Ah, al principio le presto atención, pero luego empiezan a pesarme los párpados.

–Eso es porque te has acostado muy tarde la noche anterior. Mira alrededor y verás el efecto que tienen sus palabras en aquellos que han dormido en sus propias camas. Tienen los ojos tan abiertos como platos. Y le creen. –Noto que Luca me escucha ahora con los cinco sentidos.

–¿Guerra? ¿Hambre? ¿Inundación? Vemos las aguas de Arno en las calles un año sí un año no, y si las cosechas son malas la gente pasa hambre. No tiene nada que ver con los designios de Dios.

–Sí, pero si Savonarola lo predice y luego ocurre, la gente verá la conexión entre lo uno y lo otro. Piensa en el Papa.

–¿Qué? Nos dice que un anciano enfermo va a morir, y cuando muere todo el mundo dice que el Papa es profeta. Habría pensado que no te impresionabas por tan poco. En todo caso tú deberías estar más preocupada que la mayoría. Si el fraile recela del saber en los hombres, cree que en las mujeres reside el diablo. Desde su punto de vista las mujeres ni siquiera deberían hablar... ya que, mi querida hermana, por si no lo recuerdas, fue Eva quien usó la palabra para tentar a Adán...

–¿Por qué es que cuando se oyen voces en esta casa sois siempre vosotros dos? –Mi madre entró en la habitación vestida para viajar, seguida al trote por María y otra criada cargadas con bolsas de piel–. Vociferáis como camorristas callejeros. Ofende los oídos. Tú, caballerete, no deberías burlarte de tu hermana, y tú, Alessandra, eres la deshonra de tu sexo.

Los tres agachamos la cabeza. Al bajarla crucé una mirada con Tomaso, y él tomó mi ruego en consideración. Había momentos en que la necesidad de ayudarnos era tan grande como nuestras diferencias.

–Perdónanos, querida madre, simplemente hablábamos de religión –dijo con un encanto capaz de desnudar a ciertas mujeres pero que de nada le valía con mi madre–. ¿En qué medida debemos hacer caso de los últimos sermones del buen fraile?

–¡Oh! –Dejó escapar un iracundo suspiro–. Desearía que mis hijos se atuvieran a la voluntad de Dios sin que las palabras de Savonarola los azuzaran.

–Pero no estás de acuerdo con él, supongo, madre –me apresuré a decir–. Para él, el estudio de los antiguos es una traición a la verdad de Cristo.

Mi madre se detuvo y me miró fijamente con el pensamiento medio puesto aún en otras cosas.

–Alessandra, ruego a Dios cada día para que encuentres una vía de satisfacción que implique cuestionar menos y aceptar más. En cuanto a Girolamo Savonarola... en fin, es un santo varón que cree en el reino de los cielos. –Frunció el entrecejo–. Aun así, me asombra que Florencia haya necesitado traer un fraile de Ferrara para que sostenga ante ella un espejo en el que se refleje su alma. Si uno ha de oír malas noticias, mejor que vengan de alguien de la propia familia. Como ahora. –Suspiró–. Tengo que ir a ver a Plautilla.

–¿A Plautilla? ¿Por qué?

–Ha surgido algún problema con el niño. Me ha pedido que vaya. Casi con toda seguridad me quedaré allí a pasar la noche y os enviaré noticias a través de Angélica. Alessandra, deja de vociferar y prepárate para la clase de baile; vuestro profesor, según parece, aún cree en los milagros. Luca, tú vete a estudiar y tú, Tomaso, quédate aquí y habla con tu padre cuando llegue. Está en una reunión del Consejo de Seguridad en la Signoria y es posible que venga tarde.

–Pero, madre...

–Sean cuales fueran tus planes para esta noche, Tomaso, pueden esperar hasta que vuelva tu padre. ¿Queda claro?

Y mi apuesto hermano, que siempre tiene respuesta para todo, guardó silencio.

Ocho

Me quedé levantada hasta tarde, comiendo arroz con leche que robé de la despensa –nuestro cocinero me adoraba por mi buen apetito y veía esa clase de hurtos como el más sincero halago– y jugando al ajedrez con Erila para arrancarle chismorreos. Era el único juego al que podía ganarla. Con los dados y los naipes era una auténtica tahúr, aunque sospecho que eso se debía a su habilidad tanto para el engaño como para el juego. Probablemente en las calles habría amasado una fortuna, aunque el juego era uno de los pecados que Savonarola condenaba desde el púlpito.

    Cuando me cansé de jugar, le pedí que me ayudara a mezclar mis aguadas de tinta y que luego posara para mí con mi vestido de seda de la Anunciación de la Virgen. Coloqué la lámpara a su izquierda para que las sombras creadas se parecieran lo más posible al efecto de la luz del sol. Todo lo que sabía de tales técnicas procedía de Cennini. Aunque llevaba mucho tiempo muerto, era lo más parecido que podía encontrar a un maestro y lo estudié con la devoción con que una novicia se entrega a las Escrituras. Siguiendo su tratamiento del ropaje, utilicé la aguada más densa para crear la parte más oscura de la sombra, luego aligeré la tinta hasta la parte superior de los pliegues, donde añadí un poco de blanco de plomo aguado para que la concentración de tela pareciese capturar el brillo de la luz. Pero si bien le daba cierta profundidad al traje de Nuestra Señora, incluso yo lo veía tosco, más un truco del pincel que una manifestación de la verdad. Mis limitaciones me desesperaban. Mientras yo fuera a la vez mi propio maestro y aprendiz, permanecería atrapada en la telaraña de la inexperiencia.

    –¡Oh, quédate quieta! No puedo capturar el pliegue si te mueves.

    –Tendrías que probar tú quedarte aquí quieta como un trozo de piedra. Los brazos van a caérseme del dolor.

–Eso es por la velocidad con la que has movido tus piezas de ajedrez. Si posaras para un auténtico pintor, tendrías que quedarte inmóvil como una estatua durante horas.

–Si posara para un auténtico pintor, tendría la bolsa llena de florines.

Sonreí.

–Me sorprende que ninguno se haya apoderado de ti cuando vas por las calles. Brillas tanto cuando te da el sol.

–¡Ja! ¿Y en qué historia encajaría mi piel oscura?

Volviendo la vista atrás, lamento no haber tenido el valor de convertirla en mi Madona, sólo por capturar aquel resplandor negro como el carbón. En la ciudad había quienes aún encontraban extraña su piel: se volvían y la miraban boquiabiertos, a medio camino entre la fascinación y la repulsión, cuando regresábamos juntas de la iglesia. Pero ella, sin dejarse amilanar, mantenía la mirada hasta que ellos se sentían obligados a desviar la suya. Para mí, su color siempre había sido magnífico. En algunas ocasiones me había sido imposible resistir la tentación de trazar con mi pincel una línea de plomo blanco en su antebrazo sólo para maravillarme ante el contraste entre lo claro y lo oscuro.

–¿Y qué sabes de nuestro pintor? Mi madre dice que los frescos de la capilla serán sobre la vida de santa Catalina de Alejandría. Allí habrá espacio suficiente para ti. ¿No te lo ha propuesto, el pintor?

–¿Mi retrato hecho por ese esqueleto? –Me miró atentamente–. ¿Qué te has creído?

–No… no sé. Creo que tiene muy buen ojo para la belleza.

–Y también tiene el miedo propio de un monje joven. Para él soy sólo un color que desea capturar.

–¿Crees, pues, que no le interesan las mujeres?

Resopló.

–Si no le interesan, será el primero que conozco. Simplemente actúa así por la rigidez de la pureza.

–Entonces no me explico por qué te molestas tanto en alejarme de él.

Fijó en mí la mirada por un momento.

–Porque en las manos adecuadas la adolescencia puede tender más trampas que el conocimiento.

–Bueno, eso demuestra lo poco que sabes –dije con tono triunfal porque estaba, por una vez, más al corriente de las habladurías que ella–. Según he oído contar, pasa las noches con mujeres que tienen el alma más negra que tu piel.

–¿Quién te ha dicho eso?

–Mis hermanos.

–¡Bah! Ésos no saben ni dónde tienen la mano izquierda. Tomaso está demasiado enamorado de sí mismo, y por lo que se refiere al cuerpo de una mujer, Luca sería incapaz de encontrar un cuervo en un cuenco de leche.

–Ahora dices eso, pero recuerdo una época en que te devoraba con los ojos.

–¿Luca? –dijo, y se echó a reír–. Sólo tiene valor para el pecado cuando lleva medio tonel de cerveza. Cuando está sobrio, yo soy una creación del diablo.

–Y eso eres. Estate quieta. ¿Cómo voy a capturar la sombra si te mueves tanto?

Más tarde, cuando se fue, empecé a notar una palpitación en el vientre que iba y venía a ritmo irregular, aunque no sabía hasta qué punto era debida al arroz con leche. Apretaba el calor del verano y podía asarle a uno los sesos. Pensé en Plautilla. ¿Podía ser su dolor el que yo sentía? Estaba embarazada a lo sumo de cuatro o cinco meses. ¿Qué significaba eso? Entre los chismorreos de Erila y la vulgaridad de mis hermanos, probablemente sabía más del acto sexual que la mayoría de las muchachas enclaustradas de mi edad, pero para cada hecho me encontraba con un pequeño mar de ignorancia, y el crecimiento de un niño en el vientre de su madre era uno de esos mares. No obstante, percibía el desasosiego de mi madre cuando había detrás una razón de peso. El dolor volvió como un puño que me estrujaba las entrañas. Me levanté y empecé a pasearme en un intento de aliviarlo.

No podía apartar al pintor de mi cabeza. Pensaba en su talento, en el modo en que había capturado mis manos en reposo, qué plácidas las había dibujado, qué rebosantes de alma. Luego me lo representé cruzando con paso tambaleante el Ponte Vecchio y tropezándose con la pandilla de mi hermano. Y por más que me esforzara, no podía encajar las dos imágenes. No obstante, al margen de las dudas de Erila, el hecho de que estuviera allí era sumamente incriminatorio. El viejo puente tenía una reputación temible: a este lado, las carnicerías y las cererías con sus interiores como úteros y su denso olor a cera hirviendo y a carne podrida emanando hacia la calle. Incluso de día había perros y mendigos por todas partes, husmeando en busca de restos o entrañas, mientras que por la noche a cada lado del puente la ciudad se dividía en un laberinto de callejones donde la oscuridad ocultaba toda clase de pecados.

Las prostitutas eran muy cuidadosas. Tenían pautas de comportamiento. Las campanillas y los guantes que llevaban eran imposiciones de la ley pero también instrumentos de la tentación. Además, era una ley aplicada sin excesivo rigor. Como ocurría con la Policía Suntuaria, se aceptaba la diferencia entre el espíritu y la letra. Erila volvía a casa muchas veces contando anécdotas de cómo las mujeres abordadas por los agentes por usar pieles o botones de plata eludían una multa mediante un astuto uso de la semántica: «Ah, no, señor, no son pieles, sino un nuevo tejido que se parece a las pieles. ¿Y éstos? No son botones. No hay ojales, ¿lo ve? Son más bien prendedores. ¿Prendedores? Sí, seguramente ha oído hablar de ellos. Desde luego, Florencia es la maravilla del mundo, con cosas tan nuevas». Pero, por lo que contaba, estas demostraciones de ingenio de poco valían con los nuevos agentes. La pureza volvía a estar de moda y el ojo ciego de las autoridades recobraba la vista.

Sólo había visto una cortesana una vez. El Ponte alle Grazie había sido cerrado debido a los daños causados por las inundaciones y tuvimos que cruzar por el Ponte Vecchio. Anochecía. Ludovica nos precedía a Plautilla y a mí, y María iba detrás. Pasamos frente a la puerta abierta de un taller, una cerería, recuerdo, en penumbra pero con una ventana al fondo que daba al río, por la que se veía la puesta de sol. Había una mujer sentada a contraluz, con los pechos desnudos y un hombre arrodillado a sus pies con la cabeza entre sus faldas, en actitud de veneración. Era preciosa, su cuerpo iluminado por los últimos rayos de sol, y en ese momento volvió la cabeza para mirar hacia la calle y estoy segura de que me vio mirarla. Sonrió y pareció tan... bueno, segura de sí misma... Me sentí tan inquieta y alterada que tuve que apartar la vista.

Más tarde pensé en su belleza palpable. Si Platón estaba en lo cierto, ¿cómo era posible que una mujer sin virtud fuera tan hermosa? La amante de Filippo Lippi como mínimo era una monja al servicio de Dios cuando le pidieron que posara para su Madona. En cierto modo después siguió al servicio de Dios, su imagen invitando a otros a la oración. Era bellísima. Su rostro iluminó docenas de cuadros de Fra Filippo: ojos claros, serena, sobrellevando su carga con gracia y gratitud. Me gustaba más su Madona que la de Botticelli. Aunque Fra Filippo había sido su maestro, él había tomado una modelo distinta, una mujer que, como sabía todo el mundo, había sido la amante de Giuliano de Médicis. En cuanto uno conocía su cara empezaba a verla en todas partes: en sus ninfas, sus ángeles, sus heroínas clásicas, incluso sus santos. Con la Madona de Botticelli, uno tenía la sensación de que pertenecía a todo aquel que la mirara. La de Fra Filippo pertenecía sólo a Dios y a sí misma.

Volví a notar una punzada en el estómago. Mi madre tenía una botella de *liquore* digestivo en el armario de las medicinas del vestidor. Si tomaba un poco, me aliviaría el dolor. Salí de mi habitación y bajé silenciosamente un tramo de escalera, pero cuando doblé hacia los aposentos de mi madre, me sentí atraída por otra cosa, una línea de luz parpadeante que salía por debajo de la puerta de la capilla a mi izquierda. Los criados tenían prohibido el acceso a la capilla, y hallándose ausentes mi madre y mi padre, sólo podía estar allí una persona. Ya no recuerdo si esa idea me detuvo o me acicateó.

Dentro, la luz de una palmatoria ilumina la pared detrás del altar, pero la luz se contrae de inmediato y luego desaparece por completo al apagarse la última vela. Espero y luego cierro la puerta al entrar, dejando que chirríen los goznes y dando un portazo. Sea quien fuere, pensará que me he marchado otra vez.

Durante largo rato permanecemos a oscuras, en un silencio tan profundo que cuando trago saliva oigo el sonido dentro de mis oídos. Finalmente, aparece un punto de luz allí donde estaban las velas. Observo mientras la mecha oculta enciende uno tras otro los pabilos hasta que varias lenguas de fuego anaranjado bañan la pared detrás del altar, y su cuerpo alto y desgarbado se revela dentro del semicírculo de luz.

Avanzo unos pasos hacia él. Estoy descalza y tengo mucha práctica en paseos nocturnos. Pero también él, según parece. Alza la cabeza repentinamente, como un animal al percibir un olor en la noche.

–¿Quién hay ahí?

Habla con voz tan áspera que me altera el ritmo del corazón, pese a que sé que su reacción se debe al miedo y no a la ira. Me acerco a la periferia de la luz. El resplandor de las velas proyecta sombras sobre su cara y le brillan los ojos, un verdadero gato en la oscuridad. Ninguno de los dos vestimos adecuadamente para estar en compañía. Él no lleva túnica, y su camiseta abierta me permite ver el abultamiento de la clavícula y, debajo, la piel suave y desnuda, de un brillo perlado a la luz de las velas. Yo estoy paralizada y boquiabierta, con el camisón arrugado y el pelo suelto cayéndome por la espalda. El mismo olor a levadura que recuerdo de mi sesión para el retrato impregna el aire que nos envuelve. Sólo que ahora sé de dónde procede. ¿Cómo lo llamó mi hermano? ¿Olor a coño barato? Pero si Erila tiene razón, ¿cómo es posible que un hombre tan atemorizado por las mujeres se sienta a la vez tan atraído por ellas? ¿Y si ha venido aquí a confesar?

–He visto luz desde el pasillo. ¿Qué hace?
–Estoy trabajando –contesta, malhumorado.

Ahora, detrás de él, veo el *cartone* pegado a la pared este del altar, un dibujo tamaño real del fresco con el contorno recortado para que pueda traspasarse a la pared con carboncillo. Aquello que yo conozco tan bien en teoría, él lo conoce en realidad. Su nuevo conocimiento me da ganas de llorar, sé que no debería estar aquí. Sea o no un libertino, si nos encontraran juntos nuestras vidas se verían arruinadas. Pero mi afán y mi curiosidad se imponen a mi miedo y paso ante él para estudiar mejor el dibujo.

Ahora lo veo: el esplendor de Florencia evocado mediante un centenar de diestras pinceladas; en primer plano dos grupos de personas reunidas a los lados contemplando unas parihuelas en el suelo sobre las que yace el cuerpo de una muchacha. Los espectadores son magníficos; hombres y mujeres de la ciudad de carne y hueso, sus personalidades visibles en los rostros, la edad, la bondad, la serenidad, la tenacidad. La etérea plumilla del pintor ha entrado en contacto con la realidad. Pero el cambio se nota sobre todo en la muchacha. Ésta atrae la vista inmediatamente. No sólo porque sea el punto central de la composición, sino por su intensa fragilidad. Con las obscenidades de Tomaso zumbándome aún en los oídos, no puedo evitar preguntarme dónde ha encontrado la modelo. Quizá sólo busca a esas mujeres para pintarlas. ¿Realmente había prostitutas tan jóvenes? Salta a la vista que no es una mujer sino casi una niña; bajo el camisón se ven los pechos aún formándose y su cuerpo presenta una forma angulosa y sin gracia, como si la feminidad le llegara demasiado pronto. Pero el rasgo más impresionante de ese cuerpo es su absoluta falta de vida.

—¡Oh! —Hablo antes de que me dé permiso—. Ha aprendido mucho en nuestra ciudad. ¿Cómo lo consigue? ¿Cómo es posible que yo sepa que está muerta? Cuando la miro parece evidente. Pero ¿cuáles son las líneas que me lo indican? Explíquemelo. Cuando yo dibujo un cuerpo, soy incapaz de diferenciar el sueño y la muerte. A veces simplemente parece despierto con los ojos cerrados.

Ahí está. Por fin lo he dicho. Espero que se ría en mi cara, que me muestre su desdén de cualquiera otra manera. El silencio se hace más profundo y experimento el mismo miedo de cuando estábamos los dos a oscuras.

—Debo decirle que esto no es una confesión ante Dios, señor, porque Él ya lo sabe —digo en voz baja—, sino que es una confesión ante usted. Así que quizá podría decir algo.

Miro más allá de él hacia la oscuridad de la capilla. Es tan buen sitio como cualquier otro. Posiblemente sus paredes oirán cosas peores en los años venideros.

—¿Dibuja? —pregunta en un susurro.

—Sí. Sí. Pero quiero hacer más. Quiero pintar. Como usted. —De pronto tengo la impresión de que eso es lo más importante que tengo que decirle—. ¿Tan terrible es? Si fuera un chico y tuviera talento sería ya aprendiz de algún maestro, tal como lo ha sido usted. Así también yo sabría cómo iluminar estas paredes con pintura. Sin embargo vivo aislada en esta casa mientras mis padres me buscan un marido. Al final me comprarán uno con un buen apellido e iré a vivir con él, administraré su casa, le daré hijos, y desapareceré en el tejido de su vida como un hilo de color tenue en un tapiz. Entretanto la ciudad estará llena de artistas glorificando a Dios con sus obras. Y yo nunca sabré si podría haber hecho lo mismo. Pintor, incluso si no tengo su talento, tengo su deseo. Ayúdeme, por favor.

Y sé que me ha entendido. No se ríe, ni me desprecia. Pero ¿qué puede decir? ¿Qué podría decirme nadie? Soy tan arrogante, incluso en mi desesperación.

—Si necesita ayuda, debe pedírsela a Dios. Ésa es una cuestión entre usted y él.

—Pero ya se la he pedido. Y Él lo ha enviado a usted —contesto. Su rostro tiembla a la luz de las velas y no veo ya su expresión. Pero soy demasiado joven y demasiado impulsiva para soportar demasiado tiempo su silencio–. ¿No lo entiende? Usted y yo somos aliados. Si yo hubiera pretendido causarle algún daño, aquella primera tarde habría explicado a mis padres que me atacó.

–Excepto, creo, que aquel día usted faltó tanto al decoro como yo –dice sin alterarse–. Como faltamos al decoro ahora los dos aquí juntos. –Empieza a recoger sus cosas preparándose para apagar las velas, y yo veo que todo se me escapa de las manos.

–¿Por qué me desprecia? ¿Es porque soy mujer? –respiro hondo–. Porque me parece que usted ha aprendido lo suficiente de las mujeres en otros sentidos –continúo. Él se detiene, pero no se vuelve ni da el menor indicio de haber oído mis palabras–. Me refiero... me refiero a la niña de las parihuelas. Me pregunto cuánto le pagó para que posara.

Se vuelve por fin y me mira, su rostro lívido a luz de las velas. Pero ya no hay vuelta atrás.

–Sé qué hace por las noches, señor –añado–. Lo he visto salir de la casa. He hablado con mi hermano Tomaso. Creo que mi padre se disgustaría mucho si descubriera que el pintor de su capilla se pasa las noches con rameras en los barrios bajos de la ciudad.

En ese momento tengo la impresión de que podría echarse a llorar. Pese a tener a Dios en las yemas de los dedos, resulta lastimeramente inepto a la hora de tratar con la malicia de nuestra ciudad. Para él debía de haber sido una decepción llegar a la nueva Atenas y encontrarse un lugar en exceso tolerante y a merced de la tentación. Quizá, después de todo, Savonarola tenía razón. Quizá nos habíamos vuelto demasiado mundanos para nuestro propio bien.

–No entiende nada –dice con la voz empañada por el dolor.

–Lo único que le pido es que vea mi trabajo. Dígame qué opina, sinceramente. Si hace algo tan simple como eso, no diré una sola palabra. Más aún, lo protegeré de mi hermano. Él puede ser mucho más cruel que yo y...

Los dos lo oímos. Era el ruido de la puerta principal de la casa al abrirse en el piso de abajo. Nos asaltó a ambos la misma sensación de terror y, sin pensar, corrimos a apagar las velas. Si entraba alguien en ese momento... ¿Cómo se me ocurría arriesgarme tanto?

-Mi padre -susurré mientras nos envolvía la oscuridad-. Estaba en una reunión en la Signoria.

En ese momento oí su voz llamando desde el hueco de la escalera y luego, más cerca, se abrió otra puerta. Tomaso debía de haberse quedado dormido esperando. Sus voces se mezclan y luego se cierra una puerta. Todo queda en silencio.

En la oscuridad, el punto rojo de su mecha resplandece como una luciérnaga. Estamos tan cerca el uno del otro que noto su aliento en la mejilla. Su olor me rodea, caliente y acre, y siento un repentino malestar en la boca del estómago. Si extendiera ahora la mano tocaría la piel de su pecho. Retrocedo como si me hubiera abrasado y tiro un candelabro que cae al suelo de losas. Hace un ruido espantoso. Un momento antes y...

-Yo saldré primero -digo cuando recupero el equilibrio, y mi voz destila miedo-. Quédese hasta que oiga cerrarse la puerta.

Asiente con un gruñido. El parpadeo de una vela aparece junto al resplandor de su mecha, y encima de ella se ilumina su cara. La levanta y me la entrega. Nuestras miradas se cruzan en el resplandor. ¿Habíamos llegado a un acuerdo? No tengo la menor idea. Vuelvo apresuradamente sobre mis pasos hacia la puerta. Cuando llego a ella, miro atrás y veo su figura en una silueta agrandada contra la pared mientras tira del papel para retirarlo de la pared del altar, con los brazos extendidos como un hombre crucificado.

Nueve

De regreso a mi habitación, las voces de mi padre y de mi hermano en el estudio resonaban en el hueco de la escalera. Volvió a dolerme el estómago de tal modo que apenas podía mantenerme erguida. Dejé pasar un rato para que terminara la discusión y finalmente volví a salir, resuelta esta vez a llegar al armario de las medicinas de mi madre.

Pero no era yo la única que estaba levantada cuando no debía. Tomaso bajaba por la escalera casi con la misma delicadeza que un toro herido. Pero al menos lo intentaba. Tan absorto estaba en andar con sigilo que chocó conmigo y me miró con expresión de culpabilidad al sujetarme. Lo cual significaba que yo tenía algo con qué negociar.

–¡Alessandra! ¡Por Dios, me has asustado! –exclamó en un susurro–. ¿Qué haces aquí?

–He oído que discutíais tú y nuestro padre –mentí sin problema–. Me habéis despertado. ¿Qué haces? Está a punto de amanecer.

–Tengo... que ver a una persona.

–¿Qué te ha dicho padre?

–Nada.

–¿Sabe ya algo de Plautilla?

–No, no... aún no hay noticias de ella.

–¿De qué habéis hablado, pues? –insistí. Él apretó los labios–. ¿Tomaso? –dije con un ligero tono de amenaza–. ¿De qué habéis hablado tú y padre?

Me lanzó una fría mirada, como para darme a entender que si bien comprendía las condiciones de nuestro trato, esa concesión en particular no le causaba demasiado pesar.

–Hay problemas en la ciudad.

–¿Qué clase de problemas?

Guardó silencio por un momento.

–Problemas graves –contestó por fin–. Los vigilantes nocturnos del Santo Spirito han encontrado dos cadáveres.

–¿Cadáveres?
–Un hombre y una mujer. Asesinados.
–¿Dónde?
Respiró hondo.
–En la iglesia.
–¡En la iglesia! ¿Qué ha ocurrido?
–Nadie lo sabe. Los encontraron ayer por la mañana, estaban debajo de los bancos, degollados.
–¡Oh!
Pero había algo más que no me contaba. Lo notaba en su mirada. Sin poder evitarlo acudió a mi mente aquella joven con mordeduras de perro por todo el cuerpo.
–¿Qué más?
–Estaban los dos desnudos. Y ella tenía algo metido en la boca –dijo sombríamente. Se interrumpió como si ya hubiera dicho bastante. Fruncí el entrecejo para que viera que no lo entendía–. Era la polla de él.
Advirtió mi desconcierto y, con una lúgubre sonrisa, se llevó la mano a la entrepierna.
–¿Lo entiendes ahora? Quienquiera que los matara le cortó la polla y se la metió a ella en la boca.
–¡Oh! –Sé que mi reacción debió de parecer infantil, porque en ese instante volví a sentirme como una niña–. ¿Quién haría una cosa así? ¡En el Santo Spirito!
Pero los dos conocíamos la respuesta: el mismo loco que había mutilado el cuerpo de la muchacha en los pantanos cerca de la iglesia de la Santa Croce.
–Ése era el motivo de la reunión de nuestro padre. La Signoria y el Consejo de Seguridad han decidido trasladar los cadáveres.
–¿Trasladarlos? Quieres decir...
–Para que los encuentren fuera de la ciudad.
–¿Eso te ha dicho padre esta noche?
Asintió con la cabeza.
Pero ¿por qué habría hecho eso mi padre? Si uno deseaba mantener en secreto una atrocidad así, no se lo contaba a nadie, y menos a un joven como Tomaso, que se pasaba media vida en la calle, un joven que por tanto corría un riesgo si no cambiaba de comportamiento... Obviamente el dolor de estómago me había ofuscado el cerebro.

—Pero... ¿por qué han de trasladarlos? Si ahí es donde los encontraron, ¿no deberían...?

—¿Qué te pasa, Alessandra? ¿Te vuelves estúpida por la noche? —Dejó escapar un suspiro—. Piénsalo. La profanación provocaría un alboroto.

Tenía razón. Eso ocurriría. Hacía sólo unas semanas un joven había estado arrancando trozos de las estatuas de las hornacinas del exterior de la vieja iglesia de Orsanmichele y había escapado con vida milagrosamente tras caer en manos de la muchedumbre. Erila dijo que el muchacho tenía una vena de locura, pero Savonarola había excitado la crispación de la ciudad por semejante blasfemia y, tras un juicio sumario, el verdugo lo ajustició tres días más tarde con menos violencia pero también con un sentido más escaso de la ceremonia. Un sacrilegio como aquél proporcionaría excelentes argumentos al fraile. ¿Qué decía de Florencia? «Cuando el diablo reina en una ciudad, su consorte no coronada es la lujuria, y así prolifera el mal hasta que hay sólo miseria y desesperación.»

Sentía tales náuseas y tanto miedo que tuve que disimularlo. Riendo sin convicción, dije:

—Tomaso, ya sabes que algunos hermanos protegerían a sus hermanas menores de estas historias.

—Y hay hermanas que no se pasan el día metiéndose con sus hermanos.

—Pero, dime, ¿qué diversión iba a proporcionarte una hermana así? —musité—. Seguramente te aburriría.

Por primera vez, mientras nos mirábamos, me pregunté cómo habrían sido nuestras vidas de no haber estado marcadas por nuestra enemistad. Hizo un leve gesto de indiferencia y siguió adelante.

—No puedes salir ahora. No, sabiendo eso. Podría ser peligroso.

No dijo nada.

—De eso discutíais tú y padre, ¿verdad? Te ha prohibido salir.

Movió la cabeza en un gesto de negación.

—Tengo una cita, Alessandra. Debo irme.

Respiré hondo.

—Quienquiera que sea esa mujer, puedes esperar.

Me miró en la penumbra y al cabo de un instante sonrió.

–No lo entiendes, hermanita. Aunque yo pudiera esperar, ella no puede. Así que buenas noches. –Lo dijo en voz baja y se dispuso a marcharse.

Apoyé una mano en su brazo.

–Ve con cuidado.

Él aceptó el contacto por un momento y luego me retiró la mano con delicadeza. ¿Estaba a punto de decir algo más, o lo imaginé yo? De pronto retrocedió un paso.

–¡Dios mío, Alessandra! ¿Qué te pasa? Estás herida.

–¿Cómo?

–Mírate, estás sangrando.

Bajé la vista y, en efecto, en la parte delantera del camisón tenía una oscura mancha de sangre.

Y de pronto lo comprendí todo. Yo no sentía el dolor de Plautilla sino el mío. Me había llegado. El momento que más temía en la vida. Me subió un rubor de vergüenza intenso como una fiebre. Noté el calor en la cara y me cogí el camisón con las manos, arrugándolo entre mis dedos hasta que la mancha se perdió de vista. Y al hacerlo sentí un hilillo de líquido caliente deslizándose por el interior de mi muslo.

Naturalmente Tomaso lo entendió todo. El terror ante la perspectiva de su venganza agravó más aún mis náuseas. Sin embargo hizo algo que nunca he olvidado: se inclinó hacia mí y me tocó la mejilla.

–Vaya –dijo casi con amabilidad–, parece que ahora los dos tenemos secretos. Buenas noches, hermanita.

Se fue escaleras abajo y oí cerrarse la puerta con suavidad. Me acosté y noté fluir mi sangre.

Diez

Mi madre llegó a casa antes de que nos levantáramos. Ella y mi padre desayunaron con la puerta cerrada. A las diez Erila me despertó para decirme que mi padre me había llamado a su estudio. Cuando Erila vio la sangre dejó escapar una maliciosa sonrisa, cambió las sábanas de la cama y me trajo un paño para que me lo colocara bajo la ropa interior.

–Ni una sola palabra –advertí–. ¿Queda claro? Ni una sola palabra hasta que yo te lo diga.

–Entonces vale más que te des prisa. María no tardará en olerlo.

Erila me vistió rápidamente y me presenté ante mi familia. En la mesa del comedor me encontré con Luca, que tenía los ojos legañosos y estaba atiborrándose de pan y manteca de cerdo. A mí las náuseas no me permitían comer. Me lanzó una mirada de desdén y yo se la devolví. Mis padres me esperaban. Tomaso llegó unos minutos después. Pese a que se había cambiado la ropa tenía aspecto de no haber dormido.

El estudio de mi padre se hallaba al fondo de su sala de muestras, en un ala del palacio, donde las damas de la ciudad traían a sus sastres para elegir las telas recién llegadas. El lugar apestaba a alcanfor y a otras sales mezcladas con pomadas y suspendidas del techo para evitar que las polillas y el olor impregnaran su estudio. Normalmente esas zonas quedaban fuera de nuestro alcance, en especial del de Plautilla y el mío, y por esa razón a mí me atraían aún más. Desde aquel exiguo despacho con las paredes forradas de pergamino, mi padre dirigía un pequeño imperio comercial que se extendía por toda Europa y algunas zonas de Oriente. Además de lana y algodón de Inglaterra, España y África, importaba muchos de los tintes de todos los colores; bermellón y arsénico del mar Rojo, cochinilla y *oricello* del Mediterráneo, agallas de roble de los Balcanes y, para fijarlos, alumbre del mar Negro. Cuando la tela estaba acabada, las piezas que no se ajustaban a la moda florentina regresaban a los barcos para abastecer los mercados de lujo de los países de donde procedían. Cuando ahora me acuerdo de aquello, pienso que mi padre vivía con el peso del mundo sobre los hombros porque si bien es cierto que prosperábamos, me consta que en ocasiones llegaban malas noticias; por ejemplo cuando perdía un barco a causa de las tempestades o la piratería y pasaba la noche en vela, y al día siguiente mi madre nos obligaba a caminar de puntillas para no despertarlo. Desde luego en mi memoria lo veo siempre con sus libros de contabilidad o sus cartas, calculando beneficios y ganancias y mandando despachos a otros comerciantes, agentes y fabricantes textiles que vivían en ciudades con nombres que yo era prácticamente incapaz de pronunciar, a veces en lugares donde no creían que Jesucristo hubiera sido el hijo de Dios, pese a que sus paganos dedos entendían de sobra la belleza y la verdad de una pieza de tela. Esas cartas partían a diario de nuestra casa como palomas mensajeras, firmadas, selladas y envueltas en paños impermeables para protegerlas de los elementos, meticulosamente copiadas y archivadas por si se perdían por el camino debido a algún percance.

Con la responsabilidad de tal negocio, no era raro que mi padre dispusiera de tan poco tiempo para los asuntos domésticos. Pero esa mañana se lo veía especialmente cansado, su rostro más flácido y arrugado de lo que yo recordaba. Era diecisiete años mayor que mi madre y a la sazón debía de tener más de cincuenta. Era un hombre rico y con prestigio y en dos ocasiones lo habían elegido para cargos públicos menores, siendo el más reciente su puesto en el Consejo de Seguridad. Si hubiera utilizado de un modo más estratégico sus influencias, habría ascendido socialmente más deprisa, pero aunque era astuto en los negocios, también era un hombre sencillo, más apto para el transporte de telas que para la política. Creo que quería a sus hijos y sabía sermonear a Tomaso y Luca cuando el comportamiento de éstos lo exigía, pero en cierto sentido se encontraba más a gusto en sus fábricas que en casa. Su educación se había limitado a las cuestiones de su oficio –su padre se había dedicado a aquello mismo antes que él–, y carecía de los conocimientos y la elocuencia de mi madre. No obstante, era capaz de decir si el color de una pieza de tela era irregular sólo con echarle un vistazo y siempre sabía qué tono de rojo agradaría más a las damas cuando brillara el sol.

Así que el sermón que pronunció esa mañana fue, para él, largo y sin duda había reflexionado mucho antes de hablar, sospecho que con la colaboración de mi madre.

—En primer lugar he de daros una buena noticia. Plautilla está bien. Vuestra madre ha pasado la noche con ella y se ha recuperado.

Mi madre estaba sentada con la espalda erguida y las manos cruzadas sobre el regazo. Había perfeccionado hacía tiempo el arte de la pasividad femenina. Si una no la conociera habría pensado que no sentía nada.

—Pero hay otra noticia, que si bien oiréis pronto por las habladurías, hemos decidido que es preferible que os enteréis antes en casa.

Lancé una mirada a Tomaso. ¿Realmente iba a hablar de mujeres desnudas con pollas en la boca? Sin duda mi padre no haría una cosa así.

—La Signoria se ha reunido durante toda la noche porque ciertos acontecimientos en el extranjero afectan a nuestra seguridad. El rey de Francia ha entrado por el norte al frente de un ejército para reclamar el ducado de Nápoles. Ha destruido la flota napolitana en Génova y firmado tratados con Milán y Venecia. Pero para seguir avanzando hacia el sur debe atravesar la Toscana y nos ha enviado emisarios para pedirnos apoyo y permiso para el paso de su ejército.

Por la mueca de Tomaso, me di cuenta de que él sabía más de lo que me había contado. Pero las mujeres, claro está, no son aptas para la política.

—¿Habrá combates, pues? —A Luca le brillaron los ojos como medallones de oro—. He oído decir que los franceses son guerreros feroces.

—No, Luca. No habrá combates. Hay más gloria en la paz que en la guerra —contestó mi padre con severidad, consciente sin duda de que la demanda de telas delicadas disminuiría durante el conflicto—. La Signoria, asesorada por Pedro de Médicis, ofrecerá neutralidad pero no apoyo. De ese modo mostraremos una mezcla de fuerza y prudencia.

Si el nombre de Pedro se hubiera pronunciado seis meses antes, probablemente nos habría tranquilizado a todos, pero incluso yo sabía que su reputación se había venido abajo tras la muerte de su padre. Según se rumoreaba, le costaba calzarse las botas sin quejarse o perder el control. ¿Cómo iba a tener el encanto o la sagacidad necesarios para negociar con un rey que no necesitaba la adulación de nuestra ciudad-estado cuando le bastaba con entrar y pisotearnos?

—En fin, si ponemos nuestras esperanzas en Pedro, lo mismo sería que abriéramos hoy las puertas y les diéramos la bienvenida.

Mi padre suspiró.

—¿Y qué charlatán te ha contado eso, Tomaso?

Tomaso se encogió de hombros.

—Os estoy diciendo que la Signoria confía en el apellido Médicis. Nadie más infunde tanto respeto a un rey extranjero.

—Pues yo no creo que debamos dejarlos pasar sin más. Creo que deberíamos luchar contra ellos —afirmó Luca, quien como de costumbre había oído sin escuchar.

—No, no lucharemos contra ellos. Hablaremos con ellos y pactaremos unas condiciones, Luca. Su batalla no tiene nada que ver con nosotros. Será un acuerdo entre iguales. Puede que incluso nos den algo a cambio.

—¿Cómo? ¿Crees que Carlos resolverá nuestras disputas y nos entregará Pisa? —preguntó Tomaso. Nunca lo había visto tan abiertamente pendenciero ante mi padre. Mi madre lo observaba con expresión severa pero él no se dio cuenta o no quiso darse cuenta—. Sencillamente hace lo que le viene en gana. Sabe que le basta con amenazarnos y nuestra gran República se desmoronará como un castillo de naipes.

—Y tú eres un niño que intenta hablar como un hombre y sólo consigue dar risa —repuso mi padre—. Hasta que tengas edad suficiente para entender estos asuntos, más valdría que te reservaras esas peligrosas opiniones. No quiero oírlas en esta casa.

Se produjo un incómodo silencio y yo desvié la mirada. Por fin Tomaso dijo malhumorado:

—Muy bien.

—¿Y si vienen? —preguntó Luca ajeno a todo—. ¿Entrarán en la ciudad? ¿Les permitiremos llegar tan lejos?

—Eso sólo podremos decidirlo cuando tengamos más información.

—¿Y qué pasará con Alessandra? —dijo mi madre en un susurro.

—Querida, si los franceses nos atacan, enviaremos a Alessandra a un convento con las demás jóvenes de la ciudad. Ya hay planes…

–No –prorrumpí.

–Alessandra...

–No. No quiero irme. Si...

–Harás lo que yo considere oportuno –dijo mi padre, ahora con tono muy airado.

No estaba habituado a tanta rebeldía en la familia. Pero olvidaba que todos nos habíamos hecho mayores. Mi madre, más pragmática y sensata, se limitó a mirarse las manos cruzadas y decir con delicadeza:

–Creo que antes de que sigamos hablando debéis saber que vuestro padre tiene otra noticia que daros.

Se miraron y ella esbozó una débil sonrisa. Mi padre se dejó guiar por ella agradecido.

–Esto... es posible que en un futuro cercano me honren con el cargo de *priore*.

Miembro del Consejo de los Ocho. Todo un honor, sin duda, pese a que su conocimiento previo de cada ascenso demostraba que el proceso de elección era corrupto. Volviendo ahora la vista atrás, aún percibo el orgullo en su voz al anunciarlo. Tanto era así que habría sido una grosería incluso pensar que en un momento de crisis como aquél nuestra ciudad podría haber estado mejor servida por hombres más sabios y expertos. Porque admitir eso hubiera equivalido a admitir que algo se había torcido gravemente en el seno del Estado, y no creo que en aquel momento ninguno de nosotros, ni siquiera Tomaso, deseara llegar tan lejos.

–Padre –dije al quedar claro que ninguno de mis hermanos iba a hablar–, traes gran honor a nuestra familia.

Y me acerqué y arrodillé ante él para besarle la mano, de nuevo una hija obediente.

Mi madre me miró con aprobación cuando me levanté.

–Gracias, Alessandra –dijo–. Lo recordaré si llego a ocupar ese puesto en el gobierno.

Y mientras cruzábamos sonrisas no pude evitar pensar en aquellos cuerpos mutilados y la sangre que habían derramado bajo los bancos del Santo Spirito, y que Savonarola podía utilizarlos contra una ciudad donde la amenaza de una invasión lo convertía en un profeta aún mayor a ojos de la gente.

Mi madre estaba sentada junto a la ventana en su habitación. Por un momento creí que podría estar rezando. Desde que recuerdo, siempre tuvo una manera de estar a solas con su paz que le daba un aire casi ausente. Pero si era reflexión u oración no siempre supe deducirlo ni tuve valor para preguntarle. Observándola desde la puerta vi lo hermosa que aún se conservaba, pese a que ya no era joven y su belleza resultaba más frágil bajo la dura luz de la mañana. ¿Cómo se siente una cuando su familia empieza a escapársele y su primera hija está a punto de ser madre? ¿Tiene una sensación de triunfo por haber navegado por las aguas de Escila y Caribdis, o se pregunta qué va hacer en adelante con su vida? Afortunadamente para ella aún tenía que preocuparse por mí.

Aguardé hasta que advirtió mi presencia, cosa que hizo sin volverse.

—Estoy muy cansada, Alessandra —musitó—. Si no se trata de algo importante, preferiría que lo dejaras para más tarde.

Respiré hondo.

—Quiero que sepas que no entraré en un convento.

Ella arrugó la frente.

—La decisión aún está lejos. No obstante, si llega el caso, obedecerás.

—Pero tú misma dijiste...

—¡No! No quiero hablar de esto ahora. Ya has oído a tu padre. Si vienen los franceses..., y eso aún no es seguro..., la ciudad no será un lugar seguro para las jóvenes.

—Pero él ha dicho que no vendrían como enemigos. Si pactamos una tregua...

—Atiéndeme —dijo con firmeza, y se volvió por fin hacia mí—. No es cosa de mujeres entender los asuntos de Estado. Y tú en particular sólo te complicarás aún más la vida demostrando esa clase de interés. Pero eso no significa que debas ser estúpida en privado. Ningún ejército ocupa una ciudad sin atribuirse ciertos derechos sobre ella. Y cuando los soldados están en guerra, no son ciudadanos, son sólo mercenarios, y las jóvenes vírgenes son quienes más peligran. Irás a un convento.

Tomé aire.

—¿Y si estuviera casada? ¿Y si ya no fuera virgen y contara con la protección de un marido? En ese caso estaría a salvo.

Me miró sorprendida.

—Pero tú no quieres casarte.
—No quiero marcharme.
Mi madre suspiró.
—Aún eres joven.
—Sólo en edad –contesté. ¿Por qué, me pregunté, tenía que haber siempre dos conversaciones? ¿Una que sostenían las mujeres cuando había hombres presentes y otra que sosteníamos cuando estábamos solas?–. En otros sentidos soy mayor que todos los demás. Si debo casarme para quedarme aquí, lo haré.
—¡Oh, Alessandra! No hay una razón de peso.
—Madre –dije–, en cualquier caso todo ha cambiado. Plautilla se ha ido. Estoy en guerra con Tomaso, y Luca vive envuelto por una espesa bruma. No puedo estudiar eternamente. Quizá eso significa que estoy preparada. –Y en ese instante, me parece, realmente lo creí.
—Pero tú sabes que no estás preparada.
—Ahora lo estoy –afirmé rotundamente–. Anoche empecé a sangrar.
—¡Oh! –Levantó las manos y las bajó de nuevo al regazo, tal como hacía siempre cuando pretendía tranquilizarse. Y luego se echó a reír y se levantó, y vi que también estaba llorando–. ¡Oh, querida hija mía! –dijo y me estrechó entre sus brazos–. ¡Querida mía, querida hija!

Once

Con Carlos y su ejército en la frontera toscana y el pánico en torno a las puertas de la ciudad, Florencia se concentró en la iglesia.

Aquel domingo había tanta gente en Santa Maria del Fiore que la multitud llegaba hasta la escalinata. Mi madre dijo que era la mayor congregación que había visto en una misa, pero a mí me daba la impresión de que estábamos esperando el día del Juicio Final. Al contemplar la bóveda, sentí, como siempre, un repentino vértigo, como si su magnitud desequilibrara la mente. Según mi padre, el prodigio de Brunelleschi seguía siendo motivo de conversación en toda Europa: ¿cómo era posible que una estructura de tal tamaño pudiera sostenerse sin el tradicional soporte de las vigas? Incluso ahora, cuando imagino el advenimiento final, pienso en Santa Maria del Fiore llena de una muchedumbre de almas resucitadas y en su bóveda repleta de ángeles batiendo las alas. Aun así, espero que el día del Juicio Final huela mejor, ya que aquel día el hedor de tal cantidad de cuerpos hacinados flotaba en el aire como una bruma de fétido incienso. Se habían desmayado ya unas cuantas de las mujeres más pobres, pero ello se debía posiblemente a que, al parecer, los más devotos habían empezado a ayunar siguiendo las instrucciones de Savonarola para que la ciudad volviera al seno de Dios. Los ricos tardarían más en desvanecerse, si bien observé que habían tenido la cautela de vestir con moderación: no era momento para arriesgarse a cometer el pecado de la vanidad.

Cuando Savonarola subió al púlpito, un rumor de devoción se elevó de la muchedumbre, pero enseguida se hizo un silencio sepulcral. Era la máxima ironía de la época que el hombre más feo de Florencia fuera también el más piadoso. Sin embargo, daba fe de su elocuencia el hecho de que cuando predicaba se olvidaba su cuerpo enano, sus ojos pequeños y penetrantes y aquella nariz en forma de gancho como el pico de un águila. Juntos, él y su gran enemigo Lorenzo habrían sido dignos modelos para una gárgola. Casi podía imaginarme el díptico con sus perfiles enfrentados, sus narices tan poderosas como sus personalidades, la ciudad de Florencia, su campo de batalla, de fondo. Pero ¿quién se arriesgaría a pintar ahora algo así? ¿Quién se atrevería a encargarlo?

Sus rivales decían que era tan bajo que debía subirse a una pila de libros, traducciones de Aristóteles y los clásicos que sus monjes le proporcionaban para que pudiera pisotearlas. Otros afirmaban que utilizaba el taburete de su celda, uno de los pocos muebles que se permitía en una vida de extremo ascetismo. Se decía que su celda era la única de San Marcos que no contenía ninguna imagen devota, por lo mucho que recelaba del poder del arte para socavar la pureza de la fe, y que aplacaba cualquier deseo de la carne azotándose a diario. Si bien siempre había habido en la Iglesia personas propensas a la flagelación, éste era un sufrimiento exquisito que no atraía a todo el mundo. En retrospectiva, creo que los florentinos fuimos siempre personas más interesadas en el placer que en el dolor, aunque en tiempos de crisis el miedo engendraba el deseo de autocastigarse.

Savonarola guardó silencio por un momento, aferrándose con las dos manos al borde de la piedra, recorriendo a la multitud con la mirada.

—Está escrito que el prior debe dar la bienvenida a su grey. Pero hoy yo no os doy la bienvenida. —Su voz empezó siendo un susurro y cobró volumen a cada palabra hasta llenar la catedral y elevarse al cielo de la bóveda—. Porque hoy habéis venido en tropel a la casa de Dios sólo porque el miedo y la desesperación os lamen los pies como las llamas del infierno y porque ansiáis la redención.

»Por eso venís a mí. A un hombre cuya falta de méritos sólo es comparable a la generosidad del Señor al convertirlo en su portavoz. Sí, el Señor se me ha revelado, me ha bendecido con su visión y me ha mostrado el futuro. El ejército que aguarda en nuestras fronteras estaba anunciado. Es la espada que vi suspendida sobre la ciudad. No hay furia como la furia de Dios. "Arrojarán su plata a las calles y serán despojados de su oro: ni toda su plata ni todo su oro los librará en el día de la cólera del Señor." Y Florencia yace como un cadáver bajo un enjambre de moscas en el camino en llamas de la venganza de Dios.

Incluso para quienes conocían bien las Escrituras era difícil ver la relación. El fraile, ya sudoroso, se había echado atrás la capucha y su nariz se movía de arriba abajo como un gran pico que ataca a los gorriones. Se decía que en su primera etapa tenía la voz débil y resollante, y en sus sermones las ancianas se dormían y los perros aullaban a la puerta de la iglesia. Pero ya había encontrado el tono adecuado, y retumbaba como un tren. Los griegos podían llamarlo demagogia, pero no era sólo eso. Se dirigía a todo el mundo; según su sentido de la devoción, el pecado era el gran nivelador, que minaba el poder y la riqueza. Sabía cómo dar fuerza a su mensaje mezclándolo con la política. Por eso los privilegiados lo temían tanto. Pero ésas fueron reflexiones a posteriori. En aquel momento la gente simplemente escuchaba.

Sacó un pequeño espejo de sus vestiduras. Lo alzó hacia los fieles. En cierto ángulo, capturó la luz de una vela e hizo bailar su reflejo por toda la iglesia.

–¿Ves esto, Florencia? Pongo un espejo ante tu alma y ¿qué muestra? Descomposición y podredumbre. Esta ciudad, en otro tiempo piadosa, vierte ahora más inmundicia en sus calles que el Arno cuando se desborda. «No entres en el camino de los perversos ni sigas la dirección de los mandados.» Pero Florencia tiene los oídos cerrados a las palabras del Señor. Cuando cae la noche, la bestia sale a pasear y empieza la pugna por su alma.

A mi lado noto moverse en el banco a Luca. En el aula, los únicos textos que le interesaban mínimamente eran los que contenían episodios de guerra y derramamiento de sangre. Si había lucha, fuera quien fuese el enemigo, él estaría allí.

–En cada callejón oscuro donde se impide la entrada a la luz de Dios, hay pecado y violación. Recordad el cuerpo quebrantado de aquella joven pura. Hay inmoralidad y sodomía. «Quema su suciedad, Señor, y deja que sus cuerpos renuncien al pecado en el tormento y el fuego eterno.» Hay lujuria, hay fornicación. «Los labios de mujeres desconocidas gotean como panales de miel, pero al final su sabor es amargo como el ajenjo, penetrante como una espada de doble filo. Sus pies descienden hacia la muerte y sus pasos se adentran en el infierno.»

En ese momento incluso Tomaso prestaba atención, Tomaso el malcriado, cuya apostura atraía a las mujeres como la llama de una vela a las mariposas nocturnas. ¿Cuándo había pensado por última vez en el infierno? Sin duda en eso pensaba ahora. Se le veía en los ojos. Pese a su habitual despreocupación, el recuerdo de aquellos cadáveres mutilados y la amenaza de un ejército francés a las puertas de la ciudad pesaban en él. Observé su rostro, intrigada por este insólito desasosiego. Él percibió mi mirada y, con expresión ceñuda, bajó la cabeza.

Cuando lo hizo, vi otra cara unos bancos más allá, la de un hombre que me miraba directamente con un claro resplandor en los ojos. Me resultó familiar de inmediato, pero tardé un momento en reconocerlo. Por supuesto. En la boda de Plautilla. Era el hombre que me había hablado del griego y me había ayudado con los pasos de danza. Al cruzarse nuestras miradas, movió la cabeza en un ligero gesto de asentimiento y me pareció ver una sonrisa en su semblante. Su descarada atención me desconcertó y volví la cabeza hacia el púlpito.

–Hombres y mujeres de Florencia, preguntaos por qué Dios envía al ejército francés contra nosotros ahora. Es para demostrarnos que nuestra ciudad ha olvidado el mensaje de Cristo, una ciudad que se ha dejado deslumbrar por el oro falso, que ha antepuesto el conocimiento a la devoción, la supuesta sabiduría de los paganos a la palabra de Dios.

Cuando el torrente de cólera cayó de nuevo sobre nosotros, en el centro de la iglesia se elevaron voces quejumbrosas, una especie de coro de la desesperación.

–«Comportaos como es debido, porque habéis pasado por alto mis consejos, y me reiré de vuestra desdicha –dijo el Señor–. Me burlaré cuando vuestro miedo se convierta en desolación, cuando la destrucción llegue como un torbellino, y cuando la aflicción y la angustia caigan sobre vosotros, no obtendréis respuesta alguna de mí.» ¡Oh, Florencia! ¿Cuándo abrirás tus ojos y volverás al camino de Dios?

Los gemidos se hicieron más audibles. Incluso oí iniciarse el ruido en la garganta de Luca. Volví a dirigir la vista hacia aquel hombre. No escuchaba a Savonarola. Seguía mirándome a mí.

Doce

Cuatro días después los cadáveres mutilados del hombre y la mujer aparecieron delante de las murallas de la ciudad, en un olivar junto a la carretera que iba de Florencia a la aldea de Impruneta.

El calor arreciaba desde hacía tanto tiempo que empezaba a temerse la sequía y la pérdida de las cosechas, y la iglesia había organizado una procesión para traer la milagrosa imagen de Nuestra Señora de Impruneta a la ciudad para ofrecerle una misa y elevar plegarias. Si Dios estaba furioso con Florencia, quizá escuchara la intercesión de Nuestra Señora. Pero a medida que se sumaba a la procesión una muchedumbre cada vez mayor en su camino hacia las puertas de la ciudad, algunos dejaron la carretera y se desperdigaron por los campos; fue así como un niño que bajaba por el linde de un viñedo vio carne ensangrentada bajo las viñas. Si yo hubiera sido mi padre y hubiera formado parte del Consejo de Seguridad, habría preguntado a qué necio se le había ocurrido trasladar los cuerpos a un lugar tan evidente, pero naturalmente nadie dijo nada.

Como el crimen se había producido más allá de las murallas de la ciudad, no era en rigor un problema florentino, de modo que no hubo pregones condenatorios en la plaza. Así y todo, la noticia del asesinato corrió como la peste. La mujer era una prostituta y el hombre su cliente. Los cadáveres apestaban y las heridas estaban infestadas de gusanos. La nuestra no era una ciudad escrupulosa. Si la mujer hubiera sido condenada por conducta licenciosa, una muchedumbre se habría congregado para presenciar cómo le cortaban la nariz. Probablemente esas mismas personas habían visto ya antes entrañas desparramadas en nombre de la justicia, pero el blasfemo castigo de aquella violencia penetró en la cabeza de la gente y despertó el eco de las siniestras profecías del fraile. ¿Quién había sido capaz de una cosa así? Era un acto de tal depravación que resultaba más fácil interpretarlo como represalia: el diablo salido del infierno se paseaba por las calles reclamando antes de hora lo que le pertenecía.

En casa mi padre nos reunió otra vez para informarnos de que los emisarios franceses habían venido y se habían ido cargados de regalos y almibaradas promesas de neutralidad, pero sin salvoconducto. ¿Bastaría con eso, o tendría Carlos el valor de invadir la Toscana? Sólo podíamos esperar. Y el calor continuaba. La intercesión de Nuestra Señora, por lo visto, no había sido suficiente.

Me senté en mi habitación. Mi *Anunciación* estaba acabada, pero yo me sentía ya insatisfecha con ella. La inquietud de Nuestra Señora quedaba relativamente bien reflejada y el movimiento del ángel poseía cierta expresividad, pero su mundo era monocromo, y mis dedos anhelaban el color. Tiempo atrás había sacado el mayor partido posible a la alquimia doméstica. Había utilizado yemas de huevo robadas en la cocina (mi pasión por el merengue era legendaria para el cocinero), y tras mezclarlas con plomo blanco, conseguía un tono parecido al de la piel. Había obtenido mi propio negro triturando cáscaras de almendras quemadas y hollín extraído del candil de aceite de linaza. Y en una ocasión había logrado un tono aceptable de verde gris echando vinagre fuerte en recipientes de cobre, pero en la cocina se había organizado un alboroto al descubrirse los recipientes manchados y estropeados, y la calidad de la pintura resultante era escasa. Y en todo caso, ¿qué escenas podían ilustrarse usando negro, blanco y verde?

Había pasado casi una semana desde que el pintor y yo nos despedimos en la capilla. Los trabajadores habían empezado a levantar el andamio para que él comenzara a pintar. Yo no podía esperar más. Llamé a Erila.

Desde que sabía que sangraba, estaba entusiasmada por mí. En cuanto me eligieran un marido, ella se encontraría en una casa donde su señora sería *la* señora y su influencia no tendría límites. Tenía muchas más ganas de vivir que la mayoría de los esclavos. Pero, claro está, su vida no había sido tan cruel como la de otras. En algunas casas, al hacerse mayor, habrían abusado de ella –en la ciudad abundaban las esclavas con grandes barrigas que servían a sus señores tanto en el dormitorio como en el comedor–, pero mi padre no era esa clase de hombre, y aunque Luca había probado suerte, ella lo había echado con cajas destempladas. Tomaso, que yo supiera, ni siquiera se había molestado. Respetaba demasiado su propia vanidad para poner su empeño en algo que no condujera a cierta victoria.

–Y cuando encuentre al pintor, ¿qué le digo?
–Pregúntale cuándo puedo dárselos. Él sabrá de qué se trata.
–¿Y tú lo sabes? –preguntó con aspereza.
–Erila, por favor, haz esto por mí una sola vez. Ya no queda mucho tiempo.

Y aunque me lanzó una severa mirada, se fue, y cuando volvió más tarde y me dijo que él estaría en el jardín a primera hora de la mañana siguiente, le di las gracias y le dije que iría yo sola.

Me levanté al amanecer. El olor a pan recién hecho impregnaba el aire y me abrió el apetito. El jardín del patio trasero era la mayor alegría de mi madre. Aún era nuevo, plantado hacía apenas media docena de veranos, pero mi padre lo había aprovisionado de plantas traídas de su villa de modo que aun entonces ofrecía cierto aspecto de madurez. Había una higuera en flor, un granado y un nogal, un seto de boj salpicado de aromático mirto, un herbario lo bastante fértil para abastecer a la cocina de salvia, menta, romero y albahaca, además de flores de vistosos colores que cambiaban con las estaciones. Mi madre, que apreciaba la dulzura platónica, pensaba que los jardines estaban cerca de Dios y siempre encomiaba las virtudes de la contemplación para el crecimiento del alma. Yo lo utilizaba sobre todo para copiar arbustos y flores, de los que había variedades suficientes para poblar una docena de escenas distintas de la Anunciación y el Nacimiento.

No obstante, había un inconveniente. Mi madre había añadido fauna a las plantas: palomas con las alas recortadas y sus adorados pavos, dos machos y tres hembras. Estas aves reservaban para ella su respeto, incluso su afecto. Sabían distinguir sus pisadas, y cuando llegaba, normalmente con una bolsa de semillas, los machos corrían hacia ella. Después de comer se paseaban desplegando sus colas para ella. Yo los odiaba, tanto por su vanidad como por su perversidad. En una ocasión, cuando yo era más joven, fascinada por sus colores intenté acariciar a uno y me picó; desde entonces sus picos aparecían en mis pesadillas. Al pensar en los cadáveres abandonados en los campos o en la joven llena de mordeduras, no podía evitar imaginar lo que los picos de aquellos pavos podrían haber hecho en sus ojos.

Pero aquella mañana encontraron otra presa. El pintor estaba sentado en el banco de piedra con un juego de pinceles y una docena de botes pequeños de pintura mezclada a su lado. Enfrente, los pavos picoteaban semillas, sus colas obstinadamente cerradas y caídas tras ellos, mientras él los observaba con atención. Pero cuando me vieron, uno de ellos dejó escapar un furioso chillido, y su plumaje se erizó de manera amenazante al volverse hacia mí.

–Ah... no se mueva –dijo el pintor.

Cogió los pinceles, y sus manos volaron por encima de los botes, mezclando los colores en su mente antes que con los dedos. Pero mi parálisis era auténtica.

–¡Por favor! –dije. Ahora le tocaba a él ver mi malestar.

Me miró por un momento, indeciso entre el pincel y mi pánico; entonces sacó unas semillas de una bolsa y tendió la mano a la vez que producía un extraño chasquido desde el fondo de la garganta, el ave volvió la cabeza con una sacudida, como si hubiera reconocido la situación, y avanzó hacia la mano extendida.

–No les tenga miedo. Son inofensivos.

–Eso es lo que usted cree. Aún tengo una cicatriz en la mano que demuestra lo contrario. –Me quedé observándolo. Se requería cierto valor para dar de comer a aquellas aves en la palma de la mano. Sólo había visto conseguirlo a mi madre y a él–. ¿Cómo lo hace? Es injusto que Dios le haya concedido los dedos de Fra Angélico y el tacto de san Francisco.

Él mantenía la mirada fija en el pavo.

–En el monasterio era yo quien daba de comer a los animales.

–No animales de esta clase –masculé.

–No –dijo, sin apartar la mirada de su estrafalario plumaje–. Nunca había visto criaturas como éstas, aunque había oído hablar de ellas.

–¿Qué necesidad tiene de pintarlos? Creía que santa Catalina no tenía nada en común con los animales.

–Alas de ángel –respondió mientras el pico pequeño y cruel del ave caía una y otra vez sobre su mano–. Para la *Asunción* del techo del altar. Necesito plumas.

–Siendo así, procure que sus ángeles no eclipsen a Dios. –Y al decirlo pensé en lo fácil que nos resultaba hablar de ese modo, como si la discordia de la oscuridad de la capilla se hubiera disipado con el sol de la mañana–. ¿Qué utilizaba en el norte?

—Palomas… gansos y cisnes.

—Claro. Su Gabriel blanco. —Y volví a ver las alas hinchadas del tosco fresco de su habitación. Pero aprendía a usar el color de manera cada vez más fluida. Lo notaba en sus manos. ¿Qué habría dado yo por tener las uñas manchadas con la sangre seca de tantas pinturas? Tras picotear su ración, el pavo se alejó altivamente, dirigiéndome el insulto final de la indiferencia. El aire luminoso de la mañana seguía entre nosotros, mi anhelo tan vivo como el rocío de las hojas. Él volvió a coger el pincel y yo me acerqué–. ¿Quién le mezcla los colores, pintor?

—Yo.

—¿Es difícil?

Negó con la cabeza a la vez que movía ágilmente los dedos.

—Al principio quizá sí. Ahora ya no.

Noté en los dedos el deseo de tocar los colores, hasta tal punto que tuve que cerrar los puños y mantener los brazos a los costados.

—Conozco el nombre de todos los colores de todas las paredes de Florencia y conozco las fórmulas de una docena de ellos. Pero aunque pudiera conseguir los ingredientes, no tengo un taller donde mezclarlos ni tiempo a solas sin vigilancia. —Me interrumpí–. Estoy cansada de la pluma y la tinta. Da un tono sin vida y todo lo que capturo tiene un aire melancólico.

Esta vez alzó la vista y cruzamos una mirada y, como en la capilla, tuve la clara impresión de que me entendía. El rollo de dibujos me quemaba la palma de la mano. Contenía mi *Anunciación* y una docena más elegidos tanto por su ambición como por su precisión. Era ahora o nunca. Noté el miedo en forma de repentino sudor en las manos, y me indujo a hablarle con mayor aspereza de la que pretendía. Se los tendí.

—No quiero diplomacia, ¿queda claro? Quiero la verdad.

Él no se movió, y en el silencio posterior me di cuenta de que había estropeado algo que empezaba a crecer entre nosotros, pero estaba demasiado nerviosa para comportarme de otro modo.

—Lo siento –susurró–. No puedo juzgarlos. Lo único que sé hacer es mi propio trabajo.

Aunque no lo dijo de manera descortés, sus palabras fueron como un picotazo del pavo en mi alma.

—En ese caso mi padre se equivocó respecto a su talento y siempre será un aprendiz, nunca llegará a maestro. –Mantenía aún la mano extendida. Dejé caer los papeles en el banco a su lado–. Su opinión o su reputación. No me deja alternativa, pintor.

–¿Y qué alternativa me deja eso a mí?

Esta vez no desvió la vista. Su mirada se prolongó mucho más allá de lo que se consideraba correcto, hasta que al final fui yo quien bajó los ojos.

Al fondo del jardín apareció Erila. Por guardar las apariencias me volví hacia ella, aunque sabía que había estado vigilándonos.

–¿Qué haces? –pregunté en italiano–. ¿Me espías?

–Por favor, señora, no me pisotee –dijo con mansedumbre, su humildad descaradamente falsa–. Su madre la busca.

–¡Mi madre! ¿A estas horas? ¿Qué le has dicho?

–Que estaba en el jardín dibujando hojas.

–¡Oh! –Me volví hacia él–. Debe irse –dije en latín–. Deprisa. Ella no debe encontrarlo aquí conmigo.

–¿Y sus hojas?

Su italiano debía de haber mejorado. Cogió un trozo de carboncillo. El naranjo de mi madre cobró forma bajo sus dedos, la fruta tan madura que daba la sensación de estar a punto de caer de la rama. Cuando me entregó el papel, no supe si reír o llorar. Recogió sus pinturas y las guardó en una bolsa. Luego cogió mis dibujos y los metió también.

–No me importa lo que diga –insistí cuando se iba–. Pero no me mienta.

El pan recién hecho del cocinero sabía bien con trozos de membrillo. Comí demasiado mientras mi madre, normalmente nerviosa, sólo bebió vino con agua. La carta había llegado a primera hora, aunque sin duda ella debía de haberse enterado antes: mi hermana Plautilla había invitado a la familia y los amigos a una pequeña reunión. El niño nacería en unos meses y era el momento de enseñar todas las prendas y la ropa blanca compradas en preparación para el acontecimiento. Yo no le di mayor importancia. Mi madre, en cambio, no parecía pensar en otra cosa. Ordenó a Erila que me peinara y sacara una selección de vestidos de mi ropero.

–Si él no es de tu agrado, vale más que busques una buena

razón –dijo Erila con la boca llena de prendedores mientras me echaba atrás el pelo con los pesados peines de nácar.

–¿Qué quieres decir?

Extrajo el segundo bucle de entre las púas calientes y lo vimos enroscarse a un lado de mi cara. Por un segundo los dos permanecieron en perfecta simetría; a continuación dejó que uno cayera claramente por debajo del otro.

Cuando mi madre me vio, ni siquiera intentó ocultar su inquietud.

–¡Oh, querida! Tienes el pelo tan oscuro, ¿verdad? Quizá deberíamos haber usado tinte después de todo. Pero estoy segura de que con el vestido acertaremos. Veamos. El dorado está aún de moda, pero creo que tu padre preferiría una de sus sedas de colores más vivos. El rojo del Brasil llegado de las Indias favorece tu piel.

Mi padre, aunque creía en la eficacia de que vistiéramos las telas del negocio, nunca había hecho comentario alguno sobre mi vestuario que yo recordara.

–¿No te parece un poco ostentoso? –pregunté–. No nos conviene provocar las iras de los devotos en las calles.

–El predicador aún no gobierna esta ciudad –replicó mi madre, y me pareció advertir por primera vez un tono de desdén hacia él en su voz–. Todavía podemos vestirnos como nos venga en gana cuando se trata de visitar a la familia. El color te sienta bien. Y esfuérzate un poco con la cara. Quizá baste con un toque de polvos blancos para aclarar tu tez. Erila puede hacerlo si no pierde demasiado tiempo con sus chismorreos.

–Madre –dije–, si por casualidad todo esto tiene que ver con un hombre, sería más fácil elegir a uno ciego. Así no vería mis defectos.

–Querida, te equivocas. Eres encantadora, encantadora. Tu espíritu brilla y florece.

–Soy inteligente –contesté con acritud–. No es lo mismo. Como me han dicho muchas veces.

–¿Y quién te ha dicho eso? Plautilla no, seguro. Ella no es tan cruel.

Vacilé.

–No, Plautilla no.

–Tomaso.

Me encogí de hombros.

Mi madre reflexionó un momento.

–Tu hermano tiene una lengua cáustica. Quizá sería mejor que no lo hubieras convertido en tu enemigo.

–Eso no ha sido culpa mía –respondí malhumorada–. Se ofende con facilidad.

–Bueno, da igual. Cuando llegan los momentos importantes, los lazos de sangre se imponen –dijo con firmeza–. Pensemos, pues, en los zapatos.

Trece

Plautilla era como un barco a toda vela. Tenía hinchada incluso la cara. Daba la impresión de que estuviera desapareciendo dentro de su propia carne. Su cabello había perdido el tono claro. Ya no tenía tiempo para teñirse. Con semejante volumen probablemente ya no podía llegar siquiera al terrado. No parecía importarle. Se la veía plácida y parsimoniosa, como un animal relajándose en un abrevadero. Demasiado grande para moverse. Además, hacía mucho calor.

Fuimos los primeros en llegar. Mi madre llevó dulces y almendras garrapiñadas y Plautilla nos mostró el dormitorio recién decorado. Había tapices nuevos en la pared y un juego de sábanas bordadas a mano en la cama, marcadas con la divisa de la familia y una cenefa alrededor. La cuna estaba a un lado, cubierta por una colcha blanca de damasco con flecos de oro y plata. El cofre nupcial ocupaba un lugar preferente y las Sabinas danzantes que lo decoraban tenían ahora un aspecto demasiado enérgico para el sofocante calor. ¿Disminuye la lujuria de los hombres en épocas como ésta? Desde luego se consideraba sospechoso que un niño fuera concebido en pleno verano; tenía algo que ver con el doble calor del aire y la lujuria, pero yo no tenía edad suficiente para que me hubieran enseñado la lógica interna de tales cosas. Sin duda era un aprendizaje pendiente.

Por Tomaso, sabía que Maurizio había apostado treinta florines contra cuatrocientos a que sería niña, así su decepción se vería compensada por sus ganancias, aunque dudo que con ellas cubriera lo que había pagado por todos los accesorios. Todo era conforme a la moda: fragantes vinos blancos para la futura madre y un par de pichones para después del parto, porque su carne era fácil de digerir. Abajo, en el patio, se oía el arrullo de las dos aves, ajenas a su destino. La comadrona estaba ya contratada, seguía la búsqueda de una nodriza apta, y la habitación había sido decorada con objetos de buen gusto: pequeños cuadros y estatuas devotos para que durante el parto Plautilla contemplara sólo cosas hermosas y de ese modo aumentara la belleza y la personalidad del recién nacido. Yo estaba impresionada. Maurizio, debe admitirse, había hecho todo lo que su regordeta esposa podía desear.

—Me ha dicho nuestra madre que el pintor ha hecho la placa del nacimiento —añadió Plautilla sin aliento cuando llegábamos al final de su inventario—. Dice que es maravillosa. Pedí el jardín del amor por un lado y la cuadrícula del tablero de ajedrez por el otro. A Maurizio le gusta jugar —explicó, y se rió como una niña de sus propias palabras.

¿Haría yo comentarios como ése cuando estuviera casada? Observé con cierto horror a mi feliz y carnosa hermana. Ella sabía mucho más que yo. ¿Cómo iba a reunir valor para preguntarle?

—No te preocupes —dijo, tocándome el brazo en un gesto de complicidad—. Ahora que has empezado a sangrar, no tardarás en entenderlo todo. —Hizo una mueca—. Aunque debes saber que no se parece en nada a eso de leer libros.

¿Y a qué se parece, pues?, deseé preguntar. Cuéntamelo, cuéntamelo todo.

—¿Duele? —dije casi sin pensar.

Apretó los labios y me miró, saboreando ese instante de superioridad.

—Claro —se limitó a decir—. Así es como saben si eres pura. Pero se pasa. Y luego ya no es tan malo. De verdad.

Y mirándola, pensé que lo decía en serio, y por primera vez me di cuenta de que mi estúpida y vanidosa hermana quizá había encontrado algo en la vida que sabía hacer bien. Eso me alegró por ella y me aterrorizó más aún por mí.

Llegaron otros invitados, e interrumpimos la conversación. Amigos de la familia, todos con sus obsequios. Plautilla se movía entre ellos riendo y sonriendo. Finalmente el caballero se unió a nosotros.

Vestía una capa de terciopelo de color vino, más elegante que la de la iglesia, y de la clase que mi padre habría aprobado con toda seguridad. Aparentaba mayor edad que las otras veces que lo había visto, pero la luz del día es más cruel que las velas y el aceite. Me vio nada más entrar, pero primero saludó a mi madre. Noté que ella cruzaba las manos y le prestaba toda su atención. Cabía suponer que no era la primera vez que se encontraban. ¿Me sorprendía? La verdad, aún no estoy muy segura. Alguien me dijo mucho tiempo después que siempre se sabe qué personas van a desempeñar un papel decisivo en la vida de uno desde el momento en que se las ve. Incluso si ni siquiera te inspiran la menor simpatía. Y yo me había fijado en él, del mismo modo que él se había fijado en mí. Dios nos asista.

Le salí al paso a Plautilla en una de sus hinchadas idas y venidas a través de la habitación y la arrinconé contra la pared más cercana, en la medida en que su barriga lo permitió.

–¿Quién es?

–¿A quién te refieres?

–Plautilla, ya no puedo pellizcarte como hacía antes. Podrías ponerte de parto y yo no soportaría tus gritos. Pero en cuanto nazca el niño, podré pellizcarte con impunidad, ya que pasarán muchos años hasta que él pueda culparme.

–¡Alessandra!

–¿Y bien? ¿Quién es?

Plautilla dejó escapar un suspiro.

–Se llama Cristòforo Langella. Es de una familia noble.

–De eso no me cabe duda –contesté–. Y siendo así, ¿por qué se interesa por mí?

Pero no había tiempo para seguir de charla. Él ya había dejado a mi madre y se encaminaba hacia nosotras. Plautilla se apartó de mí y cruzó la habitación sonriente. Yo me quedé tensa, mirándome los pies, desafiando con mi postura todas las normas del encanto y la feminidad.

–Creo que no nos han presentado formalmente –dijo, saludándome con una ligera reverencia.

–No –mascullé, lanzándole una ojeada.

Tenía unas marcadas patas de gallo. «Como mínimo sabe reír –pensé–. Pero ¿puede reírse conmigo?» Volví a fijar la vista en el suelo.

–¿Y cómo están hoy sus pies? –preguntó en griego.

–Quizá debería preguntárselo usted mismo –respondí con una voz que me recordó a la de las rabietas de mi infancia.

Noté que mi madre me observaba, instándome a comportarme como era debido. Si bien no oía la conversación, conocía mis gestos faciales de sobra para distinguir el sarcasmo de la aquiescencia.

Él hizo otra reverencia, esta vez mucho más profunda, y se dirigió al dobladillo de mi vestido.

–¿Cómo estáis, pies? Debe de ser un alivio para vosotros que no haya música. –Se interrumpió. Luego alzó la vista y sonrió–. Nos vimos el otro día en la iglesia. ¿Qué le pareció el sermón?

–Creo que si fuera una pecadora, estaría oliendo ya el aceite hirviendo.

–Es una suerte que no lo sea, pues. ¿Cree que hay muchos que no huelen el aceite al oírlo?

–No muchos. Pero me parece que si fuera pobre oiría antes los gritos de los que están por encima de mí.

–Mmm. ¿Opina que incita a la rebelión?

Reflexioné un momento.

–No. Pero creo que incita a la amenaza.

–Es cierto. Sin embargo le he oído verter su cólera sobre todos, no sólo sobre los ricos y los temerosos. A veces también es muy crítico con la Iglesia.

–Quizá la Iglesia lo merezca.

–En efecto. ¿Sabe que nuestro actual Papa tiene una imagen de la Virgen pintada sobre la puerta de su dormitorio? Sólo que la cara es la de su querida.

–¿De verdad? –dije, seducida momentáneamente por tan elevado chismorreo.

–Sí. Dicen que su mesa cruje bajo el peso de tantos pájaros cantores asados que los bosques de alrededor de Roma se han quedado en silencio, y que sus hijos son bien recibidos en la casa, como si el pecado no fuera pecado en absoluto. Pero errar es humano, ¿no cree?

–No lo sé. Supongo que para eso está el confesonario.

Se echó a reír.

–¿Conoce los frescos de Andrea Orcagna del refectorio de la Santa Croce?

Negué con la cabeza.

–Pinta el Juicio Final con cabezas de monja entre los dientes del diablo. Y da la impresión de que Satán esté indigesto por la cantidad de capelos cardenalicios que ha engullido.

A mi pesar, empecé a reír.

–Dígame, Alessandra Cecchi, ¿le gusta el arte de nuestra bella ciudad?

–Lo adoro –contesté–. ¿Y a usted?

—Soy de la misma opinión. Por eso las palabras de Savonarola no me hielan el alma.

—¿No es usted pecador?

—Todo lo contrario, peco con frecuencia. Pero creo en la fuerza del amor y la belleza como camino alternativo a Dios y la redención.

—¿Es seguidor de los pensadores antiguos?

—Sí —contestó con un susurro teatral—. Pero no se lo diga a nadie, porque la definición de herejía se amplía a cada momento.

Y aunque sé que era pura ingenuidad por mi parte, aquel tono de conspiración me resultó muy emocionante.

—Su secreto está a salvo conmigo —aseguré.

—Sabía que así sería. Dígame, ¿qué defensa nos queda cuando nuestro monje loco afirma en sus sermones que las ancianas analfabetas saben más de fe que todos los pensadores griegos y romanos juntos?

—Deberíamos darle un ejemplar de *La defensa de la poesía* de Boccaccio. Sus versiones de las historias de los dioses clásicos presentan sólo las virtudes y las verdades morales más cristianas.

Retrocedió y me contempló, y juro que no me equivoqué al ver admiración en sus ojos.

—Ya había oído decir que es usted una hija digna de su madre.

—Yo no diría que eso es demasiado reconfortante, señor. A mi hermano le complace contar a todo el mundo que cuando me llevaba en su vientre, vio violencia en las calles y ésta cuajó en mí mientras estaba en su matriz.

—Entonces su hermano es un hombre cruel.

—Sí. Pero es posible que también sea sincero.

—Aun así. En ese caso ha cometido un error. Usted disfruta con el estudio. No hay nada de malo en eso. ¿Sólo lee a los clásicos o le gustan también nuestros escritores?

—Opino que Dante Alighieri es el mayor poeta que ha dado Florencia.

—Y que dará. A ese respecto no discutiremos. ¿Es capaz de recitar la *Divina Comedia*?

—¡No toda! —exclamé—. Sólo tengo quince años.

—Mejor así. Si fuera capaz de recitarla entera, estaríamos aquí hasta el Segundo Adveniemiento. —Me miró por un momento—. He oído decir que dibuja.

—Yo... ¿Quién se lo ha dicho?

–No tiene por qué estar tan nerviosa conmigo. Ya le he confiado mi secreto, ¿recuerda? Sólo lo he comentado porque me impresiona. Es muy poco habitual.

–No siempre lo ha sido. En la Antigüedad...

–Lo sé. En la Antigüedad la hija de Varro, María, era famosa por su arte. –Sonrió–. No es la única que conoce a Alberti. –Aunque él no podía saber por entonces que nuestro propio Paolo Uccello tenía una hija que trabajaba en el taller de su padre. El Pequeño Gorrión, la llamaban. Hizo una pausa–. Quizá podría dejarme ver sus dibujos en algún momento. Me encantaría.

Junto a él apareció un sirviente que ofrecía dulces y vinos con especias. Cogió un vaso y me lo entregó. Pero se había roto el hechizo. Permanecimos en silencio un rato, mirando los dos en otra dirección. El silencio se hizo, si no incómodo, al menos denso. Finalmente, con la misma voz baja que había utilizado durante el baile, preguntó:

–Alessandra, ¿sabe por qué nos hemos reunido hoy aquí?

Noté un nudo en el estómago. Naturalmente debía decir que no, como me habría aleccionado mi madre. Pero el hecho es que sí lo sabía. ¿Cómo no iba a saberlo?

–Sí –contesté–. Creo que sí.

–¿Le parecería aceptable?

Lo miré.

–Ignoraba que mis sentimientos fueran a tomarse en consideración.

–Pues así es. Por eso se lo pregunto.

–Es usted muy amable, señor. –Y sé que me ruboricé.

–No. En realidad no. Pero me gustaría creer que soy justo. Aquí los dos somos peces fuera del agua. El tiempo en que era posible luchar solos se está acabando. Hable con su madre. Sin duda volveremos a vernos.

Se alejó de mí y poco después se marchó.

Catorce

–Es recomendable por muchas razones, Alessandra. Su padre y su madre están muertos. Así que serás la señora de tu casa. Tiene una buena educación. Escribe poesía y es buen conocedor y mecenas de las artes.

Mi madre estaba demasiado nerviosa para mantener las manos quietas en el regazo. Yo había dispuesto de una noche y un día para aumentar mi inquietud.

–Parece el mejor partido de la ciudad. ¿Por qué no se ha casado aún?

–Creo que estaba escribiendo algo y concentraba en eso todas sus energías. Recientemente han muerto dos de sus hermanos, ambos sin heredero. El apellido es importante y necesita conservarlo.

–Necesita un hijo.

–Sí.

–Y por eso necesita una esposa.

–Sí. Pero creo que es posible que también desee una esposa.

–No la había deseado hasta ahora.

–La gente cambia, Alessandra.

–Es viejo.

–Mayor que tú, sí. Pero eso no es siempre un defecto. Habría pensado que tú precisamente entenderías una cosa así.

Estaba sentada con la vista fija en las tallas de madera del banco. Era media tarde y en la casa los demás dormían. Nuestra logia de verano, en lo alto de la casa, estaba abierta para que corriera la escasa brisa y las paredes estaban pintadas del verde más fresco para evocar la naturaleza. Pero incluso allí hacía demasiado calor para pensar. Normalmente en esa época del año estábamos en el campo, en la villa de mi padre. El hecho de que siguiéramos en la ciudad era la más clara señal de su preocupación cívica.

–¿Tú qué piensas de él, madre?

—Alessandra, no lo conozco demasiado. Es de buena familia, y en ese sentido sería una alianza honorable. Por lo demás, lo único que puedo decir es que te vio en la boda de Plautilla y hace unas semanas se dirigió a tu padre. No forma parte de nuestro círculo. He oído decir que si bien apoya el conocimiento, no interviene en política. Pero es culto y serio, y dadas las tensiones de estos tiempos quizá eso sea lo más sensato. Aparte de eso, lo conozco casi tan poco como tú.

—¿Y qué cuentan de él? ¿Qué dice Tomaso?

—Tu hermano habla mal de todo el mundo. Aunque curiosamente, ahora que lo pienso, no ha hablado mal de él. No sé si lo conoce. Pero, Alessandra, tiene cuarenta y ocho años. Habrá vivido su vida hasta ahora, de eso no hay duda.

—Los hombres viven, las mujeres esperan.

—¡Oh, Alessandra! Eres demasiado joven para hablar con tanta madurez —dijo, con la misma voz con la que había aplacado un millar de mis pequeñas tormentas—. No es una tragedia tan grande. Ya verás como consigues organizarte una vida razonable. Es posible que él disfrute de su propia compañía tanto como tú de la tuya.

—¿Será, pues, un matrimonio basado en la ausencia?

—Y no por ello menos satisfactorio. Hay cosas que aún no entiendes, aunque te resulte difícil creerlo.

Nos sonreímos. Este pacto nuestro se había fraguado mucho tiempo antes. Las virtudes que yo no tenía —una larga lista: silencio, obediencia, modestia, timidez— ella las pasaba por alto en privado a condición de que yo no la humillara en público. Me había enseñado lo mejor que pudo. Y yo me había esforzado. Sinceramente.

Me pregunté si ésa era la conversación que teóricamente mantenían una madre y su hija antes del matrimonio, y si era así, cuándo abordaríamos la cuestión de la noche de bodas. Intenté saltar el gran abismo que se abría ante mí. Me vi despertando en una cama extraña, junto a un desconocido, abriendo los brazos para recibir el nuevo día...

—Quiero a Erila como parte de la dote —dije.

—La tendrás. Él debe de tener sus propios esclavos, pero estoy segura de que aceptará cualquier cosa que te permita sentirte como en casa. Cuando tu padre habló con él, se mostró muy solícito a ese respecto.

Se produjo un largo silencio. Hacía un calor asfixiante. Tenía el pelo empapado de sudor y la piel tan húmeda como si me hubieran rociado con agua caliente. En las calles se decía ya que también aquello era castigo de Dios: que había interrumpido las estaciones para mostrarnos el alcance de su disgusto. Sólo deseaba bañarme y acostarme luego en mi cama para dibujar al gato que yacía sobre la colcha, demasiado indolente para moverse. Con mi propio consentimiento, mi vida estaba a punto de hacerse pedazos y a mí ni siquiera me importaba a causa del cansancio.

–¿He de entender, pues, que hemos tomado una decisión, Alessandra? –preguntó mi madre con delicadeza.

–No lo sé. Me parece todo tan precipitado.

–Tú lo decidiste. Según tu padre, si vienen los franceses estarán aquí este mismo mes. En ese caso no nos quedará tiempo para ceremonias.

–Pero yo pensaba que el matrimonio sería para demostrar nuestra posición al resto de Florencia. Ahora no habrá tiempo para eso.

–Es verdad. Sin embargo, dado el actual clima de tensión, tu padre opina que eso no es malo. Me cuesta creer que realmente quieras desfilar por las calles ante todo el mundo, después de pasar varias semanas preparándote y acicalándote.

Durante un segundo pensé lo horrible que sería vivir sin la persona que me conocía casi tan bien como yo misma, aunque ella no siempre lo admitiera.

–¡Oh, madre! Si por mí fuera, preferiría quedarme aquí, leer mis libros, pintar y ser doncella hasta la muerte. Pero... –dije con firmeza– sé que eso no puede ser, y por tanto, ya que debo aceptar a alguien, ¿por qué no a él? Creo que será... –titubeé en busca de una palabra–. Creo que será bondadoso. Si me equivoco, teniendo en cuenta que es viejo, quizá muera pronto y quede libre.

–No desees eso ni en broma –replicó con vehemencia–. No es tan viejo, y debes saber que no hay libertad en la viudez. Mejor sería que te acostumbraras ahora al convento.

La miré con perplejidad. ¿Había sido esa una opción para ella en algún momento?

–Sabes que todavía sueño con eso. –Suspiró–. Con un lugar donde se me permitiría hacer lo que quisiera, honrando a la vez a Dios por el privilegio.

–Si existiera un convento así, Alessandra, la mitad de las mujeres de la ciudad desearían entrar en él –contestó con tranquila aspereza–. ¿Está decidido, pues? Bien. Se lo diré a tu padre. Me parece que tu futuro marido se mostrará igualmente dispuesto a una ceremonia rápida. No tenemos tiempo para encargar un *cassone*, lo cual significa que debemos conseguir un cofre de segunda mano o utilizar uno de algún miembro de la familia. Si pregunta, ¿tienes alguna preferencia respecto a la pintura?

Pensé por un momento.

–Me da igual la escena, siempre y cuando no se trate de la de aquella triste muchacha de la historia de Nastagio, perseguida por los perros y destripada. Hay referencias de sobra en el arte. –Volví a verme en un dormitorio extraño en casa de un desconocido y de pronto el valor me abandonó–. Cuando me case y me vaya de aquí, ¿con quién hablaré? –dije, y noté que se me quebraba la voz.

Mi madre me miró desconcertada, y supe que la perspectiva le dolía también a ella.

–¡Oh, querida Alessandra, hablarás con Dios! Como sin duda debes hacer ya. Allí te será más fácil porque estarás sola. Y Dios te escuchará. Como siempre. Como hizo conmigo. Te ayudará a hablar con tu marido. De ese modo te convertirás en una buena esposa y una buena madre. Y no todo será dolor. Te lo prometo. –Hizo una pausa–. No permitiría que te ocurriera algo así.

Y pienso que en la medida de sus posibilidades, realmente lo creía.

Así pues, esa noche habló con mi padre, y esa semana se redactó el contrato de consentimiento entre las familias, con la condición de que los requisitos de la dote se cumplieran en el plazo de un mes y la boda se celebrara y se consumara en el mismo día.

Lo cual poco importaba, porque cinco días después de nuestra conversación, Carlos VIII respondió al ofrecimiento de neutralidad de Florencia. Después de cruzar la frontera Toscana, atacó la fortaleza de Fivizzano, saqueó el pueblo y mató a toda la guarnición.

En la catedral los fieles gimieron bajo la lengua de Savonarola:
    –Mira, Florencia, el azote ha caído. Las profecías se están cumpliendo. No lo anuncié yo, sino Dios. Es Dios quien está al frente de los ejércitos. La espada ha descendido... Ya se acerca. Ya.

Quince

No volví a ver a mi futuro marido hasta la mañana de mi boda. Fueron unos días horribles. El gobierno estaba diariamente al borde del desmoronamiento y el fatalismo pendía sobre la ciudad como un negro nubarrón de tormenta. Pedro de Médicis promovía la defensa de Florencia, pero incluso sus seguidores más cercanos empezaban a abandonarlo y proponían abiertamente la negociación con el enemigo. Mi padre estaba consternado, pero seguía sin convocarse una reunión del gobierno. La influencia de los Médicis se desvanecía tan deprisa que pronto resultaría ruinoso estar relacionado con ellos.

Finalmente, en los últimos días de octubre, Pedro partió de la ciudad con su séquito personal camino del campamento francés.

En el aula, nuestro tutor nos hizo rezar para que volviera sano y salvo. Desde el púlpito, Savonarola pronunció un sermón de bienvenida a Carlos, saludándolo como el instrumento de Dios para salvar el alma de Florencia y tachando a Pedro de cobarde, un Médicis cuya familia había destruido nuestra devota República. La expectante ciudad se estremecía de ansiedad. Tres días antes mi padre había llegado a casa con la noticia de la proclama de la Signoria de que si el ejército francés entraba en la ciudad, ciertas familias tendrían que alojar a los soldados. Los oficiales vinieron y dibujaron con tiza tantas cruces blancas que daba la impresión de que nos hubiera azotado otra vez la peste. Al igual que con las epidemias, la riqueza y la influencia no proporcionaban protección alguna. Fueron elegidas tanto mi antigua casa como la nueva. Si los franceses venían, tendría que ejercer por primera vez como anfitriona en mi hogar conyugal.

A diario se oía hablar de familias que mandaban a sus hijas, y a veces incluso a las esposas, a la seguridad de los claustros, pese a que como oí decir entre dientes a mi madre un día en que el pánico estaba en todo su apogeo: «¿Cuándo ha respetado un ejército extranjero la inviolabilidad de los conventos?», y faltaban menos de dos semanas para el día de mi boda, el 26 de noviembre.

El día anterior, por fin había pasado el calor y había empezado a llover. Sentada junto a mi ventana, con mis posesiones alrededor, observaba el agua que se llevaba el polvo por los surcos y me preguntaba si también aquello formaba parte de los planes de Dios para limpiar la ciudad. Erila me ayudó a guardar mis cosas en el cofre.

–Todo esto está ocurriendo demasiado deprisa.

–Sí –dije, mirándola a los ojos–. ¿Te preocupa?

Hizo un ligero gesto de indiferencia.

–Quizá no era necesario que aceptaras al primero que te ofrecían.

–Ah, ¿no? ¿Acaso no vi la cola que esperaba ante la puerta de la casa? ¿O preferirías haberme visto pasando las cuentas de mi rosario en una celda húmeda de algún lugar inhóspito en el campo? También habría podido pedir que me dejaran llevarte allí.

Guardó silencio.

–¿Erila? –dije, y esperé–. Será también tu señor. Si sabes algo que yo ignoro, vale más que me lo digas ahora.

Negó con la cabeza.

–Ya nos han vendido a las dos. Sencillamente tendremos que sobrellevarlo de la mejor manera posible.

Tuve la sensación de que se me escapaba la vida como la arena de un reloj y se me agotaba el tiempo. Seguía sin saber nada del pintor. Su silencio era como un eco al que yo intentaba no prestar atención; sin embargo a veces, en la cama, cuando el calor apretaba, sucumbía a él sin poder evitarlo, y en esos momentos me veía de nuevo en la fresca capilla, su piel nacarada a la luz de las velas, o en el jardín durante aquel agradable amanecer contemplando sus dedos mientras volaban sobre el papel, fascinada por el modo en que las alas de los ángeles crecían bajo sus manos. En noches así dormía mal y me despertaba empapada en un sudor frío y caliente a la vez.

Decidí que la franqueza era el mejor método de engaño y pedí permiso a mi madre para visitar la capilla, dado que pronto me marcharía.

Estaba demasiado ocupada para acompañarme, y obviamente ya no tenía la misma necesidad de carabinas. Bastaría con Erila.

La capilla se había transformado. El altar parecía algo a medio camino entre un solar en construcción y la cueva de un hechicero: había andamios y vigas sujetas para crear una serie de pasarelas y plataformas a todas las alturas, y en el centro una pequeña fogata impregnaba el aire de humo. Encima de ésta, extendida bajo el techo, había una rejilla de lo que parecía un grueso alambre negro cuya sombra se proyectaba, por efecto de las llamas, sobre la bóveda. El pintor se hallaba suspendido en el aire mediante un arnés. Estaba cerca del techo, absorto en dibujar las líneas de sombra de la rejilla en el techo. Cuando completaba un tramo, daba instrucciones a los trabajadores para que aflojaran o tensaran la cuerda y lo desplazaran de un lado a otro.

Erila y yo lo contemplamos inmóviles y absortas. Diestro y muy concentrado, parecía una araña desgarbada tejiendo una tela tosca pero geométricamente perfecta. Se movía rápidamente evitando en la medida de lo posible el calor de las llamas. Una de las paredes mostraba ya figuras perfiladas con sinopia de color marrón rojizo en preparación para aplicar el yeso. Abajo un muchacho, probablemente no mayor que yo, trabajaba en una mesa con el mortero y la mano, moliendo el pigmento. Cuando se iniciara en serio la pintura al fresco habría más ayudantes, pero de momento bastaba con él. Desde arriba el pintor lo llamó. El muchacho miró en nuestra dirección y dejó lo que estaba haciendo para recibirnos.

Nos saludó con una profunda reverencia.

—Dice el maestro que ahora no puede interrumpir su trabajo. El fuego chamuscará el techo si arde demasiado tiempo, así que debe acabar la cuadrícula esta tarde.

—¿Qué está haciendo? —preguntó Erila en un susurro, obviamente horrorizada por el espectáculo.

—Ah, está dibujando una cuadrícula en el techo para tener puntos de referencia al pintar el fresco —respondió el muchacho con entusiasmo. Lo miré con atención. Tenía la cara sucia pero le brillaban los ojos. ¿A qué edad habría sentido por primera vez el cosquilleo en los dedos?

Erila se encogió de hombros, tan perpleja como antes.

—Cuando se está pintando, la curva del techo resulta engañosa —expliqué—. Es imposible calcular correctamente la perspectiva. Las líneas de la cuadrícula le permitirán mantenerse fiel al dibujo original. Las líneas se superponen al esbozo, como un mapa, y así podrá trasladar toda las imágenes con precisión del papel al techo.

El muchacho me lanzó una mirada. Yo se la devolví como si le dijera: no discutas conmigo; yo he leído y sé más de lo que tú sabrás nunca sobre esto, aunque al final seas tú, y no yo, quien cubras nuestros techos con visiones celestiales.

—Dile, pues, a tu maestro que miraremos y esperaremos —contesté con tranquilidad—. Quizá podrías traernos unas sillas.

Parecía un poco asustado pero, sin decir nada, corrió hasta el altar y buscó unas sillas adecuadas. Mientras las traía, el pintor lo llamó, y por un momento quedó atrapado entre dos órdenes. Me complació ver que el pintor ganaba y el muchacho dejaba las sillas en medio de la capilla para volver a su trabajo. Erila fue a por ellas.

Tardó casi una hora en bajar. El material de combustión era paja, un material barato y caprichoso que prendía en cuestión de segundos. Una o dos veces bramó cuando las llamas llegaron demasiado alto y los trabajadores tuvieron que sofocarlas, lo cual provocaba ataques de tos al pintor. Había oído contar que en esa etapa se producían en ocasiones espantosas heridas, de modo que la habilidad de los izadores debía ser comparable a la del pintor. Finalmente les indicó que lo bajaran. La cuerda se enredó y giró mientras descendía. Casi se cayó del arnés y, una vez abajo, se tiró al suelo tosiendo de manera incontrolable, expulsando flema, que escupía en bocanadas mientras intentaba recuperar el aliento. ¿Podría una mujer alguna vez llegar a hacer una cosa así? Quizá la hija de Uccello pintó partes de ropaje en *La casa de María Magdalena*, pero seguro que no la izaron hasta lo alto del techo abovedado. Los hombres actúan, las mujeres aplauden. Empezaba a perder la fe. Desde el púlpito, Savonarola proponía que nos enviaran de regreso a nuestras casas. Se rumoreaba que pronto sólo dirigiría sus sermones a los hombres, y si los franceses venían, las mujeres que no hubieran buscado refugio en los conventos quedarían encerradas a cal y canto, y entonces que Dios se apiadara de nosotros.

Se incorporó y se sujetó la cabeza entre las manos. Al cabo de un instante miró hacia nosotras y vio que seguíamos allí. Se levantó, se arregló la ropa lo mejor que pudo y se acercó. Tenía un aspecto algo distinto, como si su cuerpo se hubiera robustecido con aquellos movimientos propios de una araña y el trabajo hubiera eclipsado su anterior timidez. Erila se levantó para saludarlo, creando una momentánea barrera entre él y yo. El pintor tenía el rostro más negro que el de ella y olía a sudor y a chamusquina, y parecía percibirse en él algo del aplomo del diablo.

—Ahora no puedo parar. —Se le quebró la voz a causa del humo—. Necesito tanto la luz del día como la del fuego.

—Está loco —dije—. Acabará herido.

—No si trabajo deprisa.

—Mi padre tiene unos espejos que utiliza para aumentar la luz de las velas cuando trabaja de noche. Le pediré que le envíe uno.

Él inclinó la cabeza.

—Gracias.

Desde el altar los trabajadores, a voz en grito, le preguntaron algo y él contestó en nítido dialecto.

—Su italiano mejora.

—Con el fuego uno aprende más deprisa. —Y entre la mugre que le cubría la cara se dibujó un asomo de sonrisa.

Se produjo un silencio.

—Erila —dije—, déjanos un momento.

Ella me lanzó una mirada sañuda.

—Por favor —añadí porque no sabía qué más decir.

Tras mirarlo también a él con furia, bajó la vista y se alejó hacia el altar contoneándose con despreocupación, como hacía a veces cuando deseaba que los hombres la miraran. El muchacho no podía apartar la vista de ella, pero el pintor ni se fijó.

—¿Les ha echado un vistazo? —pregunté.

Movió la cabeza en un escueto gesto de asentimiento, pero no supe interpretar la expresión de sus ojos de tan enrojecidos como los tenía a causa del humo. Dirigió una breve ojeada al fuego.

—Y si no es ahora, ¿cuándo? Me marcho dentro de unos días.

—¿Se marcha? ¿Adónde?

Era evidente que no se había enterado.

—Voy a casarme. ¿No lo sabía?

—No. —Guardó silencio por un momento—. No, no lo sabía.

Estaba tan aislado que vivía al margen incluso de los chismorreos de los sirvientes.

—Si es así, quizá no sepa tampoco que un ejército invasor amenaza nuestra ciudad, o que el diablo vaga por las calles mutilando y asesinando.

–He... he oído algo, sí –masculló, y el aplomo pareció abandonarlo por un instante.
–Va a la iglesia, ¿verdad? Habrá oído sus sermones, pues.
Y en esta ocasión asintió eludiendo mi mirada.
–Debe andarse con cuidado –continué–. El monje es capaz de obligarlo a sustituir el pincel por un devocionario.
–Yo...
Pero Erila volvía a estar a mi lado, chascando con la lengua en señal de irritación. Su misión consistía en asegurarse de que yo llegara pura al lecho nupcial y no se había tomado ya tantas molestias para ver frustradas sus expectativas debido a mis intrigas con un artesano.
Tomé aire.
–Así pues, pintor, ¿cuándo? ¿Esta noche...?
–No –contestó con aspereza–. No, esta noche no puedo.
–¿Tiene otra cita, quizá? –dejé la pregunta flotando en el aire–. ¿Mañana entonces?
Él vaciló.
–Pasado mañana. Para entonces la cuadrícula estará acabada y se habrá retirado la fogata.
Desde el altar lo llamó uno de los hombres. Él hizo una reverencia, dio media vuelta y se alejó. Desde donde nos hallábamos, notábamos aún el calor de las llamas.

Dieciséis

Por supuesto lo esperé. Salió tarde, cuando las antorchas estaban ya apagadas, y si yo no hubiera tenido la ventana abierta, posiblemente no habría oído el chirrido de la puerta lateral ni lo hubiera visto entrar furtivamente en la oscuridad de la noche. ¿Cuántas veces lo había seguido en mi imaginación? Era fácil. Conocía paso a paso y adoquín a adoquín el camino hasta la catedral y, a diferencia de la mayoría de las muchachas de mi edad, no me daba miedo la oscuridad. ¿Qué podía ocurrirle a alguien con vista de gato como yo?

Toda aquella noche me atormenté fantaseando con mi propio valor. Me había quedado vestida intencionadamente para poder acercarme más al borde. Al cabo de unos días estaría encerrada en la vida de otra persona, en una casa y una parte de la ciudad de las que no tenía mapa interno y, por tanto, mi preciada libertad nocturna se habría terminado. A mi lado, en el asiento contiguo a la ventana, había un sombrero de Tomaso que había cogido de su vestidor. Había pasado horas haciendo pruebas, así que sabía cómo ponérmelo para que no se me viera la cara. Desde luego me delataba también la falda, pero ocultándola con una de las capas largas de mi padre y caminando deprisa en la oscuridad, sólo me identificarían si me tropezaba con... ¿Con qué? ¿Una luz? ¿Una figura? ¿Un grupo de hombres? Interrumpí mis pensamientos. El mío era un juego muy elaborado, un pacto conmigo misma. Si tenía que casarme y enterrarme en vida, no moriría sin ver como mínimo un poco de mi Oriente. Eso me lo debía. Y si el diablo rondaba por las calles, sin duda tendría a peores pecadores que castigar que a una muchacha que desobedecía a sus padres para respirar el aire de la noche a fin de conservar un recuerdo de libertad.

Bajé por la escalera y atravesé el patio trasero hasta la puerta de servicio, que daba acceso a la calle adyacente. Normalmente a esa hora de la noche estaba cerrada por dentro, y él se arriesgaba marchándose por allí en sus salidas. Si alguien se despertaba y la encontraba así... Estaba en mis manos, comprendí, arruinar su vida con sólo volver a echar el cerrojo. En lugar de eso salí detrás de él.

Puse un pie en la calle. La puerta seguía entreabierta a mis espaldas. La cerré y volví a empujarla para asegurarme de que se abría.

Permanecí allí inmóvil durante un rato esperando a que aminorara el ritmo de mi corazón.

Cuando me tranquilicé, avancé media docena de pasos en la oscuridad. La puerta desapareció en la negrura detrás de mí. Sin embargo, al mismo tiempo, mi vista empezó a acostumbrarse. Brillaba una tenue luna, lo suficiente para distinguir los adoquines que tenía justo ante mis pies. Me obligué a seguir adelante. Esta vez di quince o veinte pasos. Luego treinta. Llegué al final de una calle y al principio de otra. El silencio era más profundo que la oscuridad. Casi había llegado a la siguiente esquina cuando oí un leve ruido y algo correteó por encima del dobladillo de mi vestido. Ahogué un grito involuntario, pese a saber que debía de ser una rata. ¿Qué era lo que había dicho el fraile? Que el manto de la noche hacía salir a las alimañas de la ciudad, que vertía lujuria como veneno en las venas de los hombres. Pero ¿por qué? Aunque la inmundicia de los hombres quedara oculta al resto de la humanidad, cabía suponer que el ojo de Dios la veía con igual claridad en la noche. ¿Podía ocurrirle eso a cualquiera? ¿Eran las prostitutas mujeres corrientes que pasaban demasiado tiempo fuera de casa ya entrada la noche? Una idea absurda. Aun así, noté un escalofrío de miedo como escarcha en torno a mi corazón.

Respiré hondo varias veces. El olor de la libertad se confundía con el hedor acre de la orina y la comida descompuesta. Los florentinos dejaban su huella en las calles como los gatos descarriados. Por más que Savonarola predicara la pureza, la descomposición y la inmundicia nos rodeaban por todas partes. Sin embargo el miedo no me detuvo. Mis hermanos, que eran groseros y estúpidos en grado sumo, se abrían paso en la oscuridad de la ciudad cada noche sin percance alguno. Me limitaría a emular su aplomo y recorrer las calles hasta el Duomo y desde allí hasta el río. Luego regresaría. No me alejaría tanto como para perderme, pero sí lo suficiente para que cuando mis propias hijas acudieran a mí con fantasías de libertad pudiera explicarles que no había nada que temer ni nada que mereciera especialmente la pena. Era sólo la misma ciudad sin luz.

Allí la calle se ensanchaba. Apreté el paso. Mis zapatos resonaban sobre los adoquines irregulares, la capa de mi padre barría el suelo alrededor. ¿Dónde estaría en estos momentos el pintor?, me pregunté. Había esperado un rato antes de seguirle. Sin duda habría cruzado ya el puente, ¿cuánto tardaría él en ir y volver? Eso dependía de lo que hiciera entretanto. Pero prefería no pensar en eso. Al doblar la esquina, cobró forma frente a mí al final de la calle la enorme mole de la catedral, la curva de la gran cúpula elevándose hacia el cielo más negra que la noche. Cuanto más me acercaba, más inverosímiles parecían sus dimensiones, como si toda la ciudad yaciera bajo su sombra. Casi la imaginé levantándose frente a mis ojos, alzando el vuelo lentamente como una colosal ave negra por encima de las casas, más allá del valle, hacia el firmamento; una ascensión de piedra y ladrillo, el milagro final de su construcción.

Mantuve a raya mis fantasías mientras cruzaba rápidamente la plaza con la cabeza gacha. Más allá del baptisterio tomé por la calle que iba al sur y pasé frente a la iglesia de Orsanmichele, donde sus santos me contemplaron desde las hornacinas con sus ojos pétreos. De día el mercado estaba lleno de comerciantes de telas, así como de banqueros y prestamistas con sus mesas recubiertas de paños verdes, cuyas sonoras voces se mezclaban con los chasquidos de los ábacos. Cuando el negocio de mi padre aún no había crecido, tenía un puesto allí, y yo fui una vez a visitarlo con mi madre y me maravillé del ruido y del bullicio. Él se alegró mucho de verme, y recuerdo que hundí la cara en las montañas de terciopelo, la hija de un mercader con futuro, orgullosa y mimada. Pero ahora el espacio vacío reverberaba y había zonas de oscuridad aún más negra bajo los arcos.

–Está en la calle a una hora muy avanzada, joven señor. ¿Lo saben sus padres?

Me quedé paralizada. La voz, espesa como la melaza, procedía de la oscuridad. Si me daba media vuelta y retrocedía podía llegar a la plaza del baptisterio en un momento. Pero si huía, también delataría mi miedo.

Vi salir de la noche la figura de un monje, un hombre corpulento con el hábito de los dominicos y cubierto con la cogulla. Apreté el paso.

–No hay ningún sitio donde esconderse de Dios. Quítese el sombrero y muestre la cara. –La voz era ahora más áspera, pero yo ya casi había llegado a la esquina y sus palabras me persiguieron cuando me sumergí en la oscuridad–. Eso es. Corra a casa, muchacho. Y asegúrese de ir con el sombrero al confesonario para que yo sepa a quién debo administrarle penitencia.

Tuve que tragar varias veces para humedecerme la garganta. Me distraje de lo ocurrido concentrándome en el mapa dibujado en mi cabeza. Doblé una vez a la izquierda y luego otra. Era un callejón estrecho entre casas altas. Debía de estar otra vez cerca de la catedral cuando oí las risas y distinguí las sombras de dos hombres que salían de la oscuridad frente a mí. Se me heló la sangre. Iban cogidos de la cintura, tan absortos el uno en el otro que por un momento no repararon en mi presencia. Si retrocedía llegaría hasta el fraile y no había más calles adyacentes entre ellos y yo. Cuanto más rápido caminara, antes me cruzaría con ellos y los dejaría atrás.

Uno de los dos me vio primero. Retiró el brazo de la cintura de su acompañante y se apartó un paso en dirección a mí. Al instante el otro lo siguió, hasta que los dos avanzaban deliberadamente hacia mí como en un movimiento de tijera, separados por sólo unos pasos. Agaché la cabeza hasta que el sombrero de Tomaso me ocultó por completo el rostro y me ceñí la capa. Más que verlos, los oía acercarse. Me costaba respirar y la sangre me zumbaba en los oídos. Casi sin darme cuenta, los tuve ya encima, uno a cada lado. Deseé echarme a correr pero temía que eso los provocara. Encorvé los hombros y conté los pasos mentalmente. Cuando me alcanzaron, oí sus voces como susurros de animales, sibilantes y amenazadores. Después unas risas ahogadas casi femeninas. Hice esfuerzos para no gritar. Cuando pasaron a mi lado, noté el roce de sus cuerpos.

Desaparecieron tan deprisa como habían llegado. Oí elevarse sus carcajadas estridentes y seguras, destilando malicia, y al mirar atrás, los vi unirse otra vez como agua en movimiento, entrelazando los brazos, olvidado el juego, atentos de nuevo a sus asuntos.

Estaba a salvo, pero el poco valor que me quedaba se había esfumado con la tensión. Esperé a que se perdieran de vista y entonces me di media vuelta y eché a correr hacia casa. Con paso menos firme, en mi precipitación tropecé con una piedra y estuve a punto de caer de bruces. Al final la rústica fachada de nuestro palacio apareció ante mí, con su prometedor santuario de la Virgen que daba la bienvenida a los viajeros cansados. Corrí hasta la entrada. Cuando la puerta se cerró a mis espaldas, me flaquearon las piernas y me desplomé. Estúpida, estúpida, me dije. Había recorrido una docena de calles y había vuelto a casa a la carrera, asustada de los primeros indicios de vida, no tenía valor, ni ánimo. Me merecía el encierro. Puede que el diablo se llevara a los temerarios, pero sin duda los buenos morían de aburrimiento y frustración.

En una mezcla de nerviosismo y rabia, noté que se me saltaban las lágrimas. Me levanté del suelo, y cuando había cruzado medio patio, oí abrirse otra vez la puerta.

Me oculté entre las sombras. Tenía que ser él. La puerta volvió a cerrarse, esta vez silenciosamente y me llegó el sonido del cerrojo interior al correrse. Durante un segundo no se oyó nada; luego unas sigilosas pisadas atravesaron el patio. Aguardé hasta que se encontró casi frente a mí. Tenía la respiración entrecortada. Quizá también él había corrido. Si me quedaba quieta, pasaría ante mí y se alejaría. ¿Por qué lo hice? ¿Porque había sido una cobarde? ¿Para demostrarme que no se me iba la fuerza en las palabras? O quizá era peor que eso, quizá era la necesidad de ver a alguien tan asustado como lo había estado yo.

–¿Se ha divertido?

Le salí al paso al mismo tiempo en que decidí hablar. Se sobresaltó y oí caer algo, un ruido sordo como el de un objeto duro al golpear el suelo. Pareció más alterado por la pérdida de aquello que por mi presencia, ya que se arrojó a tierra y empezó a buscarlo a tientas desesperadamente. Pero yo lo encontré primero. Cerré los dedos en torno a la áspera tapa de un libro. Nuestras manos se encontraron. Él retiró la suya de inmediato como si se hubiera quemado. Le tendí el libro y él lo cogió.

–¿Qué hace aquí? –susurró.
–Espiarle.
–¿Por qué?
–Ya se lo dije. Necesito su ayuda.
–Yo no puedo ayudarla. ¿No lo entiende?

Percibí miedo en su voz.

–¿Por qué? ¿Qué hay ahí fuera? ¿Qué ha visto?
–Nada. Nada. Déjeme en paz.

Se levantó, me apartó de un empujón y se alejó a trompicones. Pero habíamos hecho demasiado ruido y una voz sonó en la oscuridad desde algún lugar del patio cercano, paralizándonos a los dos.

–¡Callaos, quienesquiera que seáis! ¡Id a fornicar a otra parte!

Permanecí agazapada en la oscuridad. La voz se desvaneció pero al cabo de unos segundos oí alejarse al pintor. Esperé hasta que todo quedó en silencio y me dispuse a levantarme ayudándome con las manos. Al hacerlo encontré algo en el suelo, un papel que debió de haber caído del libro. Lo cogí, atravesé el patio sigilosamente y subí por la escalera de servicio hacia la parte principal de la casa.

A salvo en mi habitación, encendí torpemente un candil. Tardó un rato en brillar con luz suficiente para permitirme ver.

Desplegué el papel y lo alisé en la cama.

Estaba roto por la mitad, así que sólo se veía media imagen, pero bastaba para interpretarla. Era parte del cuerpo de un hombre, con las piernas y la mayor parte del torso desnudos, y el papel había sido rasgado justo por debajo de donde habría estado el cuello. Los trazos de tiza eran toscos e imprecisos, como si apenas hubiera habido tiempo de capturarlos, pero lo que revelaban era inolvidable. Desde la clavícula hasta las ingles, el cuerpo estaba abierto en canal de un solo tajo, con la carne retirada a los lados como la de un animal en una carnicería y las entrañas quedaban a la vista.

Me llevé las manos a la boca para ahogar un gemido y al hacerlo percibí un olor en mis dedos: era el hedor dulzón de la descomposición que despedía el cuerpo del pintor el día que posé en la capilla para el retrato, sesión que, recordé, había tenido lugar tras otra de sus salidas nocturnas. Y así averigüé que lo que nuestro devoto artista hacía por la noche guardaba más relación con la muerte que con el sexo.

Diecisiete

Debían de haber pasado sólo unas horas cuando me despertaron los gritos de la calle. Me había quedado dormida en la cama totalmente vestida, con el papel en la mano. El candil aún ardía y el cielo estaba veteado de rosa. Alguien aporreaba la puerta principal del palacio. Me puse una bata sobre la ropa y encontré a mi padre que bajaba por la escalera.

–Vuelve a la cama –dijo lacónicamente.

–¿Qué pasa? –pregunté, pero él no me contestó.

En el patio un sirviente había ensillado ya el caballo de mi padre. Vi a mi madre en el descansillo todavía en bata.

–¿Madre?

–Han convocado a tu padre. Pedro de Médicis acaba de llegar a la Signoria.

Naturalmente, después de eso ya no fue posible conciliar el sueño. Puesto que no tenía otro lugar donde esconderlo, dejé el papel entre mis dibujos ya agrupados para guardarlos en el cofre nupcial. Ya pensaría más adelante qué hacer al respecto. En esos momentos había asuntos más acuciantes. Abajo, Tomaso y Luca se disponían a marcharse. Me acerqué a mi madre y la seguí hasta su dormitorio para suplicarle, aunque sabía que sería inútil.

–Una vez me dijiste que la historia debía tenerse en cuenta. Estábamos en la capilla de Ghirlandaio y me dijiste estas mismas palabras. Y ahora que ocurre algo más importante en nuestra ciudad, ¿no se nos permite ser testigos?

–Imposible. Dice tu padre que Pedro ha entrado en la ciudad con la espada en la mano y acompañado de un puñado de hombres. Habrá derramamiento de sangre y violencia. Una mujer no debe presenciar estas cosas.

–¿Qué hacemos, pues? ¿Nos sentamos a bordar nuestras mortajas?

–No seas melodramática, Alessandra. No es propio de ti. Sí,

puedes coser si te apetece. Pero te sería más útil rezar. Por ti y por la ciudad.

¿Qué podía decir? Ya no sabía qué era lo correcto. Todo lo que en otro tiempo me había parecido claro y seguro se venía abajo ante mis ojos. Los Médicis habían gobernado la ciudad durante cincuenta años, pero en ese tiempo nunca se habían levantado en armas contra el Estado. En el mejor de los casos, Pedro era un mal político, en el peor era un traidor. Tomaso tenía razón. La República se desmoronaba como una baraja de naipes. ¿En qué había quedado todo? El esplendor, la riqueza y la erudición. ¿Acaso tenía razón Savonarola? Ni siquiera todo el arte del mundo podía impedir la entrada de un ejército invasor. ¿Eran nuestros pecados y nuestro orgullo la causa de nuestro castigo?

Mi madre andaba ocupada en sus asuntos domésticos.

Cuando bajaba por la escalera me encontré con Erila, que se disponía a salir.

–Dicen que va a haber derramamiento de sangre en las calles –advertí–. Más vale que vayas con cuidado. Según mi madre, la ciudad no es un sitio para mujeres.

–Lo recordaré –contestó, y sonrió mientras se ajustaba la capa.

–Llévame contigo –susurré cuando se iba–. Por favor...

Y me consta que me oyó, porque la vi vacilar antes de dirigirse rápidamente a la puerta.

Permanecí atenta en mi asiento contiguo a la ventana del salón. Poco después del mediodía empezó a sonar la gran campana de la Signoria. Nunca antes la había oído, y sin embargo supe de inmediato qué era. ¿Cómo la habían llamado mis tutores? *La vacca*, por lo triste y grave de su tono. Pero si bien su nombre resulta cómico, aquel sonido señalaba el fin del mundo, porque se oía sólo en momentos de profunda crisis: una llamada a los ciudadanos de Florencia para reunirse en la piazza della Signoria porque el gobierno corre peligro.

Mi madre vino corriendo y se sentó conmigo junto a la ventana. La gente salía ya a la calle. Ahora ella estaba tan alterada como yo. La vi tan pálida que por un momento pensé que estaba enferma.

–¿Qué pasa?

No contestó.

–¿Qué pasa? –insistí.

–Hacía mucho tiempo que no la oía –dijo sombríamente. Movió la cabeza como para despejarse la mente–. Sonó el día que asesinaron a Giuliano y cuando atacaron a Lorenzo en la catedral. La ciudad estaba alborotada. La gente iba gritando de un lado a otro. –Se interrumpió y percibí que le costaba continuar. Recordé sus súbitas lágrimas ante el cadáver de Lorenzo–. Yo... te llevaba en mi vientre, y cuando empezó a oírse el tañido de las campanas, noté que te movías de manera violenta. Supongo que probablemente ya por entonces querías enterarte de todo. –Una débil sonrisa se dibujó en sus labios.

–¿Qué hiciste? –pregunté recordando lo que contaban los sirvientes acerca de su transgresión.

Cerró los ojos.

–Me acerqué a la ventana, igual que tú.

–¿Y?

–Y vi a la turba que llevaba a rastras a uno de los asesinos, el sacerdote De Bagnone, por la calle hacia la horca. Lo habían castrado y sangraba.

–¡Oh! –Así que era verdad. Me había revuelto en el útero a causa del horror. Casi sin pensarlo, me aparté de la ventana–. Y debido al susto salí monstruosa.

–No. No eres monstruosa, Alessandra. Sólo curiosa. Y joven. Como lo era yo. –Hizo una pausa–. Por si te sirve de consuelo, más que conmocionada o asustada, me sentí profundamente afligida por él, por el hecho de que alguien se hallara en una situación de tanto dolor y pánico... Sé lo que dicen los demás sobre estas cosas, pero he pensado mucho al respecto desde aquel día, y creo que si algo te transmití en mi vientre, tuvo que ser compasión por el sufrimiento de aquel hombre.

Fui a sentarme a su lado y ella me rodeó con su brazo.

–¿Qué será de nosotras, madre? –dije al cabo de un rato.

Ella dejó escapar un suspiro.

–No lo sé. Temo que Pedro no tenga la inteligencia y el poder para salvaguardar el gobierno, aunque quizá pueda salvar su propia vida.

–¿Y los franceses?

–Dice tu padre que vienen de camino. Pedro ha aceptado

unas condiciones humillantes, cediéndoles la ciudad, la fortaleza de Pisa y un gran préstamo para los fondos de guerra de Carlos.

—¿Todo eso? ¿Cómo ha podido hacer una cosa así? ¿Cuándo llegarán?

—Es cuestión de días. —Me miró casi como si de pronto me viera por primera vez—. Creo que debemos aceptar la posibilidad de que tu boda se adelante aún más de lo que pensábamos, Alessandra.

Como siempre, fue Erila quien trajo la noticia. Para entonces era ya tan tarde que creo que incluso mi madre estaba preocupada y por una vez no se sintió con ánimos de confinarme en mi habitación.

—Pedro se ha ido, señora. Ha huido de la ciudad con sus hombres. La Signoria lo ha expulsado al enterarse de las condiciones del pacto. Pero él se ha negado a abandonar la plaza y sus hombres a desenvainar la espada. Ha sido entonces cuando han hecho sonar la campana. Tendría que haber visto a la multitud. En pocos minutos se presentó allí media Florencia. Sin pérdida de tiempo votaron para formar un nuevo gobierno. La primera decisión de éste ha sido condenar a Pedro al exilio y poner un precio de dos mil florines a su cabeza. Yo he vuelto por la vía Tornabuoni. El palacio de los Médicis ya está sitiado. Esto parece una guerra.

Así que Savonarola no se había equivocado. La espada pendía sobre nosotros.

Me levanté a las seis de la mañana. Eché a María y ese día tan especial me salí con la mía. Erila me vistió y me arregló el pelo. Estábamos las dos agotadas. Para mí era la segunda noche de insomnio. En el patio, los mozos de cuadra ponían los arreos a los caballos y un grupo de guardias contratados por mi padre comían en la cocina. Media ciudad seguía en las calles y corrían rumores de que el palacio de los Médicis había sido saqueado. No se correspondía con la idea que cualquiera pueda tener de un día de boda.

Me contemplé en el espejo. No había habido tiempo para que mi esposo me proporcionara un nuevo vestuario, como era la costumbre, así que tuve que arreglármelas con el mío. En los últimos meses se me había quedado pequeño mi mejor brocado carmesí, pero me lo enfundé a pesar de todo y apenas podía mover los brazos de tanto como me tiraban las mangas. Nada más lejos de las susurrantes sedas y la piel clara de mi hermana. Yo nunca había poseído gracia ni belleza. Pero aquel no era momento para orgullosos retratos de familia. Mejor así. ¿Cómo podía posar tranquilamente para un hombre que por la noche dibujaba carne abierta en canal y perfiles de entrañas?

Sentí náuseas sólo de pensarlo.

–Estate quieta, Alessandra. No puedo prenderte las flores si te mueves tanto.

El problema no era tanto mi inquietud como el lamentable estado de las flores. Flores del día anterior para la novia. Cruzamos una mirada a través del espejo. No sonrió y supe que también ella estaba asustada.

–¿Erila...?

–Chist... ahora no hay tiempo para eso. Saldremos de ésta. Es una boda, no un entierro. Recuerda que fuiste tú quien prefirió esto al convento.

Pero creo que me contestó con un tono tan cortante sólo para no caer en el desánimo ella misma, y cuando vio mis lágrimas, me abrazó y después, una vez que acabó de peinarme, se ofreció a traerme vino y unas castañas asadas. Sólo cuando se iba, me acordé del pintor y nuestra cita para un rato más tarde.

–Dile... –Pero ¿qué podía decirle? ¿Que me había marchado de la casa de mi padre mientras él pasaba las noches entre el hedor de la muerte y las vísceras ensangrentadas?–. Dile que ya es demasiado tarde. –Y en efecto lo era.

Poco después de salir Erila, la puerta se abrió y Tomaso apareció en el umbral como si le diera miedo acercarse. Llevaba aún la ropa de la noche anterior.

–¿Cómo van las cosas por ahí fuera, hermano? –pregunté con voz tranquila mirándolo a través del espejo.

–Es como si la invasión hubiera empezado ya. Están arrancando las divisas de los Médicis de todos los edificios y pintando en su lugar el emblema de la República.

–¿Corremos peligro?

–No lo sé.

Se quitó la capa y se enjugó el rostro con ella.

–Espero que no vayas así vestido para mi boda –comenté, alegrándome casi de encontrar un motivo para discutir con él–.

No harás muchas conquistas con tanta mugre encima. Aunque creo que la lista de invitados se verá un tanto reducida debido a las circunstancias.

Hizo un leve gesto de indiferencia.

—Tu boda —repitió en un susurro—. Por lo visto, soy el único que no te ha felicitado. —Guardó silencio por un instante y nos miramos a través del espejo—. Estás... preciosa.

Y resultaba tan extraño oír un cumplido tan simple en sus labios que no pude contener la risa.

—¿Como para un remover y tirar, quieres decir?

Frunció el entrecejo, como si le molestara que yo usara una expresión así. Se apartó para poder contemplarme directamente, y no reflejada en el espejo.

—Aún no entiendo por qué lo has hecho.

—¿Hacer qué?

—Acceder a casarte con él.

—Para escaparme de ti, claro —respondí con despreocupación, pero esta vez tampoco reaccionó. Me encogí de hombros—. Porque en un convento moriría lentamente y aquí no puedo vivir. Quizá con él me sea posible.

Dejó escapar un leve sonido gutural, como si la respuesta no le hubiera aclarado las cosas.

—Espero que seas feliz.

—¿De verdad?

Vaciló.

—Es un hombre culto.

—Eso he oído.

—Creo... creo que te concederá la libertad que deseas.

Lo miré con expresión ceñuda. Sus palabras me recordaron un comentario de mi madre.

—¿Y por qué lo crees?

Se encogió de hombros.

—Lo conoces, ¿no?

—Un poco.

Moví la cabeza en un gesto de escepticismo.

—No. Sólo un poco no, me parece. —Por supuesto. Estaban ocurriendo tantas cosas que no me había detenido a pensar con claridad. ¿Cómo podía estar enterado mi futuro marido de asuntos como mi interés por el estudio y la pintura? ¿Quién, si no, podía facilitarle esa información?—. Fuiste tú quien le habló de mí,

¿verdad? De que hablo griego, de mis dibujos, de mi torpeza en el baile.

—Tu manera de bailar habla por sí sola, y en cuanto a tu sabiduría, hermana..., en fin, tu sabiduría es legendaria. —Y por un momento apareció un destello del Tomaso de siempre, el cuchillo impregnado de sarcasmo.

—Dime una cosa, Tomaso: ¿por qué nos peleamos siempre?
—Porque... —Se interrumpió—. Porque... ya no lo recuerdo.
Suspiré.

—Eres mayor que yo, tienes más libertad y más influencia, incluso bailas mejor... —Hice una pausa—. Y eres mucho más atractivo.

Guardó silencio.

—O desde luego te miras al espejo más a menudo —añadí, y solté una carcajada.

Él podría haberse reído también. Tenía la oportunidad. Pero calló.

—Bueno —proseguí en un susurro—, quizá no nos convenga hacer las paces ahora. Posiblemente sería una conmoción para nosotros, y ya tenemos conmociones suficientes tal como están las cosas.

No quedaba nada por decir, pero él se quedó allí.

—Lo digo en serio, Alessandra. Estás preciosa.

—Estoy preparada —lo corregí—. Aunque en realidad no estoy muy segura de eso. Da igual..., la próxima vez que nos veamos después del día de hoy yo seré una esposa y Florencia una ciudad ocupada. Vale más que dejes de fanfarronear por las calles durante una temporada. Podrías encontrarte con la punta de una espada francesa.

—Entonces iré a visitarte a ti.

—Siempre serás bien recibido en mi casa —contesté de manera formal, y me pregunté hasta cuándo me sonaría extraña esa palabra en mis labios.

—Siendo así, iré con frecuencia. —Hizo un pausa—. Saluda a tu marido de mi parte.

—Lo haré.

Ahora sé, por supuesto, que esa conversación lo incomodó más a él que a mí.

Aquello apenas pudo llamarse desfile nupcial.

Yo iba a caballo, pero casi no se me veía entre los guardias y en la calle nadie se detenía a admirar mi vestido. La ciudad estaba conmocionada. Había corrillos de hombres en las esquinas, y cuando llegamos a la catedral, nos detuvieron y nos ordenaron tomar otro camino porque la plaza estaba acordonada.

Pero a través de una brecha entre la gente vi claramente la plaza.

En la escalinata del baptisterio yacía una figura, el cuerpo desplomado contra las puertas resplandecientes y esculpidas de Ghiberti. Una capa le cubría la cabeza, pero por la longitud de sus piernas y los colores de su ropa resultaba evidente que era joven. Casi podría haberse pensado que se había quedado allí dormido tras una noche de borrachera a no ser por el charco de sangre negra que fluía como agua bajo su cuerpo.

El mozo de cuadra tiró de mi caballo, pero éste debió de percibir el olor de la sangre, porque de pronto se negó a seguir, resoplando y piafando contra los guijarros. Me sujeté a la silla sin dejar de mirar el cadáver. Y en ese momento la capa se deslizó y vi su rostro ensangrentado y desfigurado, la cabeza parcialmente separada del tronco y un orificio donde antes estaba la nariz. Sobre él, en las puertas, estaba representada la escena del ángel del Señor que detenía la mano de Abraham en el *Sacrificio de Isaac*. Pero allí no había habido tal muestra de misericordia. Otro cuerpo mutilado ante otra iglesia. Savonarola estaba en lo cierto: Florencia estaba en guerra consigo misma y el diablo recorría la ciudad en las horas de oscuridad.

El mozo tiró de la cabeza del caballo y seguimos nuestro camino.

Dieciocho

El palacio de mi esposo era viejo, tenía corrientes de aire y las piedras despedían olor a humedad. Mis sospechas sobre la lista de invitados se confirmaron. La asistencia no se redujo sólo debido a la elección de la fecha, sino también al desasosiego que suscitaban las lealtades pasadas. Con el gobierno cambiando de manos, muchos no deseaban ser vistos en una boda de la vieja guardia, y mi padre, aunque quizá no fuera un ciudadano tan prominente como él habría deseado, sin duda pertenecía a un bando. No puedo decir que me preocupara. ¿Qué necesidad había de espectadores? La ceremonia fue sencilla y breve. El notario estaba más nervioso que nosotros y miraba por encima del hombro cada vez que llegaba de la calle un grito o un ruido. Pero llevó a cabo su trabajo, supervisando la firma de los contratos y el intercambio de anillos entre nosotros. Con las prisas, mi marido no había tenido tiempo de traer la compensación por la dote, pero había hecho lo que había podido, y creo que mi madre se sintió conmovida por el pequeño broche de ámbar que él le dio, una reliquia de su madre. A Luca le obsequió con una petaca y a Tomaso con un cinturón de plata, precioso, me pareció, acompañados de la promesa de futuros regalos.

Mientras la ciudad se sacudía en plena crisis, el interior de la vieja casa de Cristòforo era tranquilo y refinado. Era un hombre sosegado y durante toda la ceremonia me trató con cortesía, como a una conocida más que como a una esposa, pero de hecho eso era, cosa que me resultó reconfortante, como si fuera prueba de su honestidad y sus buenas intenciones. Nos colocamos uno al lado del otro, y él era suficientemente alto para que yo no tuviera que encorvarme a fin de halagarlo, como habría hecho con muchos otros hombres. Era atractivo, más que yo, debe admitirse. Seguramente en su juventud había sido un hombre espectacularmente guapo y entre las arrugas y la ligera rubicundez se advertía aún una demacrada belleza, suficiente para llamar la atención.

Después de la ceremonia se ofreció una sencilla comida a base de fiambres, gelatina de cerdo y lucio recién asado relleno de pasas. No fue un gran festín de boda, pero a juzgar por la expresión de mi padre, los vinos de la bodega eran magníficos. Cuando acabamos de comer, hubo música y baile en el salón de invierno. Plautilla resoplando y sudando, bailó unas cuantas piezas, pero su gracilidad de gacela había desaparecido con la hinchazón de su vientre. Al cabo de un rato se sentó y se limitó a contemplar a los otros. Cuando mi marido me sacó a bailar el *Balli Rostiboli*, no me caí ni me equivoqué en los pasos. Mi madre me observó en silencio. Y mi padre, a su lado, simuló cierto interés, pero tenía la cabeza puesta en otros asuntos. Intenté imaginar el mundo a través de sus ojos. Había fundado su vida entera en el bienestar de su familia y la gloria del Estado. Ahora sus hijas estaban cada una en su propia casa, sus hijos sin control en las calles, la República en crisis, y el ejército francés a un día de marcha. Entretanto, nosotros nos entregábamos al baile como si no hubiera nada mejor que hacer.

La celebración se interrumpió temprano debido al toque de queda. Mi familia se marchó, despidiéndose con abrazos primero de mí y luego de mi marido. Mi madre me besó solemnemente en la frente y creo que me habría dicho algo más, pero yo no la miré a los ojos. Estaba nerviosa y dispuesta a culpar a cualquiera menos a mí misma de mi aprieto. «Tienes que ser valiente –me había dicho apresuradamente esa mañana mientras me examinaba el vestido, sin tiempo para el sermón completo–. Él sabe que eres joven y te tratará con la debida atención. La noche de bodas quizá sea un tanto dolorosa, pero eso enseguida pasará. Esto es una gran aventura, Alessandra, cambiará tu vida, y creo que si te adaptas, te proporcionará una paz y una satisfacción que, de otro modo, el futuro podría negarte.»

No estoy segura de que ella lo creyera realmente. En cuanto a mí, en esos momentos estaba tan distraída que apenas la escuchaba.

–Y bien, Alessandra Langella, ¿qué hacemos ahora tú y yo?

Se quedó observando los restos de la fiesta. El silencio después de la música era alarmante.

–No lo sé.

Sabía que notaba mi nerviosismo. Se sirvió otra copa. «Por favor, emborráchate», pensé. Pese a mi ignorancia, incluso yo sabía que si bien un marido no debía acudir a la novia con una lujuria descontrolada (y no había habido el menor indicio de eso; de hecho desde la ceremonia sólo me había tocado durante el baile), tampoco debía hacerlo borracho. En cuanto a los otros tabúes, sin duda los descubriría sobre la marcha.

–Quizá deberíamos explorar algún interés común durante un rato. ¿Te gustaría ver un poco de arte?

–Sí, claro –contesté, y creo que mi rostro debió de iluminarse, porque él se rió de mi inseguridad como uno se reiría del exagerado entusiasmo de un niño.

Recuerdo que mientras lo oía reír pensé que parecía un buen hombre y que una vez convertidos en marido y mujer podíamos volver a hablar como habíamos hecho en casa de Plautilla y dedicar nuestro tiempo libre a sentarnos juntos para leer y estudiar cuestiones del intelecto, como con el hermano que en realidad nunca había tenido. Y así, aunque el Estado se desmoronara alrededor, mantendríamos dentro de nosotros algo de la vieja Florencia y, de ese modo, aún saldría algo bueno de todo aquel horror.

Cuando subimos por la escalera, advertí que arriba hacía más frío. Su colección de escultura estaba en la segunda planta. Le había dedicado una sala completa. Había cinco estatuas: dos sátiros, un *Hércules* con los músculos como una cuerda anudada bajo la piel de mármol, y un memorable *Bacco* cuyo cuerpo, aun siendo de piedra, parecía más de carne que el mío propio. Pero la más hermosa era el joven atleta: un muchacho desnudo apoyando el peso en el pie echado atrás, su torso a punto para lanzar el disco que sujetaba con la mano derecha. Todo en su cuerpo destilaba agilidad y gracia, como si Medusa lo hubiera paralizado en el preciso instante en el que pensamiento y acción estaban a punto de aunarse. Seguramente Savonarola se habría conmovido al verlo. Esculpido mucho antes de Cristo, se percibía en su perfección una divinidad palpable.

–¿Te gusta?

–Sí –susurré–. Me gusta mucho. ¿Es muy antigua?

–Es moderna.

–No. Es...

–¿Clásica? Te entiendo, es un error lógico, una prueba de mi filisteísmo.

—¿Qué quieres decir?
—La compré en Roma, a un hombre que juró que la había desenterrado en la isla de Creta dos años antes. En el torso tenía aún restos de tierra y hongos. ¿Ves los dedos rotos de la mano izquierda? Le pagué una fortuna. Cuando la traje a Florencia, un amigo con contactos en el taller de escultura de los Médicis me dijo que era obra de un joven artista de allí, una copia de una estatua que tenía Cosme. Por lo visto, no era la primera vez que se llevaba a cabo ese engaño.

Contemplé al joven. Casi era posible imaginarlo volviendo la cabeza hacia nosotros y sonriendo al descubrir el fraude. No obstante, sería una sonrisa encantadora.

—¿Qué hiciste?
—Felicité al artista y me quedé la estatua. En mi opinión, vale el dinero que pagué. Ven. Tengo cosas que, creo, te interesarán aún más.

Me llevó a una habitación más pequeña. De un armario cerrado sacó una exquisita copa de malaquita y dos jarrones de ágata, engastados por orfebres florentinos en bases doradas con el nombre de Cristòforo grabado al pie. Luego abrió unos pequeños cajones de taracea que contenían monedas y joyas romanas. Pero dejó para el final la pieza más preciada: una enorme carpeta que colocó con sumo cuidado en una mesa ante mí.

—Son ilustraciones de un texto que habrá que encuadernar en forma de libro. ¿Imaginas lo maravilloso que será cuando esté acabado?

Las saqué una por una hasta tener quizá una docena dispuestas en secuencia sobre la mesa. El pergamino era tan fino que se transparentaba la escritura del dorso, pero no necesité leer las frases para saber qué libro era. Los dibujos a tinta mostraban visiones celestiales: una Beatrice de sublime delicadeza llevaba a Dante de la mano y lo guiaba a través de un enjambre de pequeños espíritus hacia la divinidad en lo alto.

—*Paradiso*.
—Así es.
—¿Y están también el *Purgatorio* y el *Inferno*?
—Claro.

Retrocedí, repasando canto por canto. A medida que los dibujos descendían hacia el infierno, eran más complejos y descomedidos. Algunos de ellos eran hervideros de figuras desnudas atormentadas por demonios; otros mostraban a hombres convertidos en árboles o sodomizados por serpientes. Aunque conocía bien a Dante, jamás habría imaginado tal torrente de imágenes acompañando el texto.

–¿Quién ha dibujado esto?
–¿No reconoces el estilo?
–Yo no he visto tanto arte como tú –musité.
–Prueba con éste.

Hojeó la pila y extrajo un canto del *Paradiso* en particular en el que los mechones de Beatrice ondeaban en torno a su rostro con la misma exuberancia que los pliegues de su vestido sobre el cuerpo. En su semblante medio tímido, medio sereno, me pareció ver los rasgos de una querida, una mujer capaz de atraer los deseos de los hombres y apartarlos de sus esposas.

–Alessandro Botticelli.
–Muy bien. Es realmente su Beatrice, ¿no crees?
–Pero... pero ¿cuándo los dibujó? No sabía que había ilustrado la *Divina Comedia*.
–Ah, nuestro Sandro ama a Dante casi tanto como a Dios. Aunque según he oído, eso está cambiando bajo el azote de las palabras de Savonarola. Esto lo dibujó hace unos años, al regresar de Roma. Al principio lo hizo por su propia pasión, más que por encargo, aunque siempre tiene un cliente. Le llevaron mucho tiempo. Y como ves, siguen inacabados.

–¿Cómo han llegado a tus manos?
–Ah, por desgracia yo los tengo sólo en custodia. Se los guardo a un amigo que se ha dedicado a la política y teme que su colección sea vulnerable a la violencia extranjera.

Naturalmente sentí curiosidad por saber quién podía ser ese amigo, pero él no dijo nada más. Pensé en mis padres, y en que si bien mi madre era más inteligente que mi padre en muchos sentidos, había muchas cuestiones que él no compartía con ella y por las que ella no mostraba interés. Sin duda yo pronto aprendería dónde estaba la frontera.

Volví a concentrarme en los dibujos. El viaje a través del *Paradiso* era elegante, incluso profundo, pero el *Inferno* atraía una y otra vez mi atención. Aquellas ilustraciones destilaban sufrimiento y dolor: cuerpos ahogándose en ríos de sangre, ejércitos de almas perdidas corriendo por la eternidad y perseguidas por vientos de fuego, en tanto que Dante y Virgilio, en algunas escenas, vestidos de vivos colores, se paseaban por el borde de un precipicio de fría piedra lamido por las llamas.

—Dime una cosa, Alessandra, ¿por qué, en tu opinión, el infierno siempre fascina más que el cielo? —preguntó mi marido, mirando por encima de mi hombro.

Pensé en los demás cuadros y frescos que había visto, instructivos en su horror: demonios en cuclillas con garras y alas de murciélago, devorando carne y aplastando huesos. El propio diablo, su enorme cuerpo de animal cubierto de espeso pelaje, metiéndose pecadores horrorizados en la boca como si fueran zanahorias. ¿Qué recordaba del cielo comparable a esas imágenes? Multitudes de beatíficos santos y ángeles en irregulares filas, unidos por una muda serenidad.

—Quizá sea porque todos hemos sentido dolor —dije—. En tanto que para nosotros es más difícil comprender lo sublime.

—¿Cómo? ¿Ves lo sublime como lo contrario al dolor? ¿Y qué me dices del placer?

—Creo… creo que el placer es una palabra demasiado débil para expresar la unión con Dios. Sin duda el placer es un concepto terrenal: es el resultado de ceder a la tentación.

—Exactamente. —Se echó a reír—. Así pues el dolor del infierno nos recuerda el placer terrenal. Una poderosa conexión, ¿no te parece? Porque nos recuerda la vida.

—Aunque también debería recordarnos el pecado —repliqué con severidad.

—Por desgracia, sí. —Suspiró—. El pecado. —Sin embargo la idea no pareció entristecerle demasiado—. Los dos crecen juntos como la hiedra en torno a la corteza del tronco.

—¿Y tú adónde irás? —pregunté, pero mi severidad había desaparecido y sentí curiosidad por saber qué sentiría si la próxima vez utilizaba la palabra «marido».

—¿Yo? Ah, iré allí donde encuentre la mejor compañía.

—¿Y buscarás chismorreos o filosofía?

Sonrió.

—Filosofía, naturalmente. Déjame los clásicos para toda la eternidad.

—Entonces ya no eres apto, porque esas grandes mentes siguen en el limbo, pues nacieron antes de venir al mundo el verdadero Salvador. Y si bien no sienten dolor, padecen la desesperación que produce no tener esperanzas de trascendencia. Se les ha negado incluso el purgatorio.

Se echó a reír.

–Bien razonado. Pero debo decir que me olía tu trampa. Te lo he puesto en bandeja por cortesía. –E inevitablemente mientras lo decía, pensé en el placer de nuestra conversación, preguntándome si, en caso de estar él en lo cierto, ese hecho en sí mismo la convertía en motivo de pecado–. Añadiría, no obstante, que si Dante ha de ser nuestro Virgilio en el más allá, estoy seguro de que coincidiremos en que hay lugares en el infierno donde uno encontraría buenos compañeros para el debate: entre tormento y tormento, sus pecadores consiguen enhebrar algún que otro perspicaz discurso.

Nos hallábamos más cerca, con un centenar de cuerpos desnudos al alcance de los dedos. El *Inferno* de Dante poseía una elegante simetría metafísica: para cada pecado, la tortura oportuna. Así pues, los glotones padecían hambre eterna; los ladrones, incapaces de distinguir sus propiedades de las ajenas, veían sus cuerpos metamorfoseados en serpientes y los libertinos consumidos por el ardor de la lujuria eran arrastrados en un vuelo interminable por vientos llameantes, sin poder aplacar el intenso escozor por más que se rascaran.

Sin embargo allí estábamos los dos examinándolos, marido y mujer, nuestro deseo consagrado por el matrimonio. Si se producía un contacto físico entre nosotros, más que pecado sería un paso hacia la divinidad. Los dos habíamos leído a Marsilio Ficino. *Vinculum Mundi*: el amor une en gozoso vínculo a todas las criaturas de Dios, Platón y la cristiandad. Así que el acto físico del amor entre el hombre y la mujer era el primer peldaño de una escalera que podía llevar a una extática unión final con Dios. Yo, que tan a menudo había soñado con la trascendencia, notaba ahora una vaga sensación en el vientre, una mezcla de dolor y placer.

Quizá Dios sí tenía algo que ver con aquello al fin y al cabo. Si mi marido había preferido hasta el momento la lujuria al amor, sin duda mi pureza podía llevarnos a los dos a la salvación a través del espíritu. Podíamos encontrar nuestros cuerpos, y a través del cuerpo podíamos aspirar a Dios.

–¿Dónde conociste a mi hermano? –pregunté, porque si la nuestra tenía que ser una unión de dos almas necesitaba saberlo.

—Creo que ya lo sabes —respondió al cabo de un instante.
—¿En una taberna?
—Te sorprende mucho.
—Tampoco tanto —respondí—. No olvides que he convivido con él mucho tiempo. Sé que pasa en esos sitios buena parte de su vida.
—Pero él es joven. —Hizo una pausa—. Yo no tengo esa excusa.
—Lo que hayas hecho antes no es asunto mío —dije, complacida de mi docilidad.
—Lo expresas con mucha delicadeza —dijo, y sonrió.
Sí, pensé; las mujeres lo encontrarían atractivo. Pese a su buena presencia, no las acosa. Dada la apremiante actitud que algunos hombres adoptan movidos por la lujuria, comprendía que este otro comportamiento debía de ejercer su propia sutil seducción.
Guardamos silencio. Creo que los dos sabíamos que había llegado el momento. A pesar de su cortesía, deseé que me tocara. Un simple contacto: un roce de la ropa o las manos sobre las ilustraciones. Aunque quizá lo habría querido más puro, en ese instante necesitaba su saber hacer. Bostecé.
—¿Estás cansada? —preguntó de inmediato.
—Un poco. Ha sido un largo día.
—Entonces nos retiraremos. Llamaré a tu esclava. ¿Cómo se llama?
—Erila.
—Erila. Ella te ayudará a prepararte.
Asentí con la cabeza, casi incapaz de hablar por la presión que sentía en la garganta. Me concentré en las ilustraciones mientras él hacía sonar la campanilla. Alrededor tenía los cuerpos del infierno, retorciéndose con el atroz recuerdo del placer pasado. Aquél era un hombre habituado a la carne desnuda. Como esposa, yo disfrutaría de la ventaja de sus años de experiencia. Sí, podría haber sido peor.

Erila me quitó primero los zapatos, y extrajo del interior de la suela el florín de oro que mi madre había colocado allí para asegurar la riqueza y fertilidad de mi unión. Cuando lo tenía en la palma de la mano, por un momento temí echarme a llorar, hasta tal punto simbolizaba aquella moneda mi hogar perdido. Luego me desató los cordones y me despojé del vestido y la ropa interior hasta quedar desnuda frente a ella. El camisón nupcial estaba preparado en la cama. En la habitación hacía frío, y cuando me estremecí, la piel se me erizó como la de una gallina desplumada. Inmóvil con el camisón en las manos, Erila me observó. Me había vestido desde que era niña y había visto los cambios en mi cuerpo año tras año. En ese instante las dos nos preguntábamos de dónde habían surgido aquellas caderas ensanchadas y aquel vello púbico.

–Oh, mi señora –dijo, aparentando despreocupación y utilizando en broma el trato de respeto–. Fíjate, eres ya una fruta madura.

Me reí a mi pesar.

–Yo me veo más bien gorda. Estoy hinchada como una vejiga enferma.

–Eso es carne que viene y se va con la luna. Pero te favorece. Estás a punto.

–Oh, Erila, tú también no. Ya he tenido bastante con Tomaso. Lo único que ha cambiado en mí es que sangro como un cerdo empalado. Por lo demás sigo igual que antes.

Sonrió.

–No exactamente igual, créeme.

Una vez más deseé que ella hubiera sido mi madre. Así podría haberle preguntado todo aquello que no sabía para salvarme la vida, o como mínimo, la dignidad en las siguientes horas. Pero ya era demasiado tarde. Agarré el camisón y me lo puse por la cabeza. La seda cayó hasta el suelo, acariciándome las caderas y las piernas desnudas. Con él incluso yo tenía cierto encanto.

Me senté para que Erila me deshiciera el peinado. Tenía el cabello tan abundante y rebelde que cuando retiró las últimas horquillas, cayó pesadamente sobre mi espalda.

–Es como un río de lava negra –comentó Erila al empezar a cepillármelo y desenredármelo.

–Un campo de ruidosos cuervos más bien.

Ella se encogió de hombros.

–En mi tierra este color es hermoso.

–¡Ah! ¿Por qué no me voy a vivir allí, pues? –Crucé una mirada con ella a través del espejo–. O tengo una idea mejor: ¿por qué no vas tú con él esta noche en mi lugar? De verdad. Sería perfecto. Estará oscuro, y no notará la diferencia. Apenas hemos cruzado veinte palabras. No, no te rías. Lo digo en serio. Estás casi tan regordeta como yo. Mientras no te hable en griego, será sencillo.

Su risa siempre había sido contagiosa, y durante un rato no pudimos contenernos. ¿Qué pensaría él si lo sabía? Respiré hondo, retuve el aire en los pulmones y cerré los ojos. Cuando volví a abrirlos, Erila me sonreía.

–¿Piensas que soy demasiado joven para esto, Erila? –pregunté, inquieta.

–Tienes edad suficiente.

–¿Cuándo fue para ti la primera vez?

Apretó los labios.

–No me acuerdo.

–¿De verdad?

–No. –Guardó silencio por un instante–. Sí me acuerdo.

Suspiré.

–Al menos dame algún consejo, por favor. Dime qué debo hacer.

–No hagas nada. Si lo haces, pensará que lo has hecho ya antes y pedirá que se anule el contrato.

Nos reímos de nuevo.

Concentrándose en sus tareas, Erila puso orden en la habitación, cogió el vestido de novia y, colocándoselo delante, se miró en el espejo con una misteriosa sonrisa y un gracioso movimiento. Le habría quedado mejor a ella que a mí. Cuando consiga la libertad o un marido, lo que llegue antes, le regalaré algo así como una dote, algo majestuoso para acompañar esa piel aterciopelada y esa mata de cabello rizado. Que Dios se apiade del pobre hombre.

–¿Qué me dijiste una vez? Antes de la boda de Plautilla... Que no era tan malo como cuando te arrancan un diente pero que podía ser tan dulce...

–... como el sonido de la primera cuerda de un laúd.

Solté una carcajada.

–¿Y qué poeta ha dicho eso?

–Éste –dijo, señalándose entre las piernas.

–¿Y por qué no... tan dulce como una sandía jugosa?

–¿Cómo?

–Eso dijo mi hermano Tomaso.

Se encogió de hombros.

–Tu hermano no sabe nada –replicó con severidad.

–Pues se esfuerza mucho en aparentarlo.

Pero ya había dejado de bromear.

–Vamos, ya basta –dijo, y tras arreglarme el camisón, acabó de cepillarme el pelo–. Tu marido te espera.

–¿Y tú dónde estarás? –pregunté, un tanto desesperada.

–Abajo, con los demás esclavos, donde, debo decir, el ambiente es más húmedo y frío que en la casa de tu padre. No eres tú la única que necesitará maneras de entrar en calor en nuestra nueva casa. –Sin embargo, me compadeció–. Todo irá bien –añadió, pellizcándome la mejilla–. Sobrevivirás. Deja de pensar en ello. Las mujeres inteligentes no mueren de esto. Recuérdalo.

Diecinueve

Me deslicé entre las limpias sábanas bordadas, procurando que no se me levantara el camisón. No había ni rastro de mi marido. Esperé. El día anterior ni siquiera sabía cómo era aquella casa por dentro. Al cabo de una hora lo sabría todo acerca de lo que ahora ignoraba. ¿Bastaba con una hora? En realidad, pese a todos los chismorreos, no sabía nada.

Se abrió la puerta. Aún estaba vestido. Daba la impresión de que fuera a salir de casa en lugar de acostarse. Se acercó a la mesa, donde había un botellón de vino y sirvió dos copas. Por un momento me pareció que ni siquiera me había visto. Vino hasta la cama y se sentó.

–Hola –dijo. El aliento le olía a vino–. ¿Cómo te encuentras?
–Bien. Quizá un poco cansada.
–Ha sido un largo día. –Tomó un sorbo de vino y me ofreció la otra copa.
Moví la cabeza en un gesto de negación.
–Deberías tomártela –dijo–. Te relajará.
Pensé que ya estaba relajada o, como mínimo, tan relajada como podía llegar a estar. Pero me bebí el vino. Tenía un sabor distinto, más intenso que el del vino a que estaba habituada. En la cena había comido poco, y de eso hacía ya unas cuantas horas. El líquido me abrasó la garganta. Noté cierto mareo. Le lancé un vistazo por encima de la copa. Él tenía la mirada fija en el suelo, como si tuviera el pensamiento en otra parte. Dejó la copa. Se le veía un poco vacilante. Si yo no era su primera virgen, sin duda sería su primera esposa virgen.
–¿Estás preparada? –preguntó.
–¿Cómo?
–¿Sabes qué viene ahora?
–Sí –contesté, bajando la vista y ruborizándome sin querer.

—Bien.

Se acercó y retiró la sábana dejándola pulcramente plegada al pie de la cama. Yo estaba sentada con mi camisón de seda y los dedos de los pies me asomaban bajo el dobladillo. Por alguna razón me indujeron a pensar en Beatrice, en sus pies desnudos volando hacia Dios bajo los alegres trazos de la pluma de Botticelli. Pero Dante la había amado demasiado para tener trato carnal con ella. También estaba el inconveniente, claro está, de que era la esposa de otro hombre. ¿Qué había dicho Erila? Deja de pensar en ello. Las mujeres inteligentes no mueren de esto.

Apoyó una mano en la parte inferior de mi pierna, sobre la seda, y noté su palma sudorosa. La dejó allí un rato. Luego, con las dos manos, recogió la tela del camisón cuidadosamente, la fue doblando hasta dejar mis piernas al descubierto casi hasta la altura de mis genitales. Esta vez, cuando bajó la mano hasta mi pantorrilla, encontró la carne desnuda. Observé sus dedos más que su rostro, tragando saliva y procurando no ponerme tensa. Trazó una línea con los dedos sobre mi rodilla y mi muslo hasta el camisón recogido y me lo subió un poco más hasta revelar mi vello, tan oscuro como el pelo de mi cabeza, si no más. ¿Se habría teñido también eso Plautilla? Ya era demasiado tarde, pensé con desesperación. Instintivamente, deseé cubrirme. Me habían inculcado el pudor durante demasiado tiempo para librarme de él de manera tan repentina. Apartó la mano y me examinó por un momento. Tuve la sensación de que algo no andaba bien, de que algo le había desagradado. Pero ignoraba si tenía que ver conmigo o con él. Recordé sus estatuas: la lisa carne de mármol, tan perfecta, tan joven. Quizá le incomodaban las imperfecciones de mi torpeza y su edad.

—¿No te desvistes? —pregunté, y para mi consternación mi voz sonó como la de un niño.

—No será necesario —contestó casi con rigidez.

Acudió de pronto a mi mente la imagen de la cortesana y el hombre con la cabeza hundida en su regazo. Y sentí náuseas. Me pregunté si me besaría. Sin duda ése era el momento. Pero no lo hizo.

En lugar de eso se alejó hacia el borde de la cama y, con una mano, empezó a desabotonarse el jubón. Una vez desabrochada la prenda, se metió la mano y se sacó el pene, sosteniéndolo flácido en la palma de la mano. Me quedé paralizada de pánico, sin saber si mirar o desviar la vista. Por supuesto había visto antes los penes de las estatuas y, como todas las muchachas, me había asombrado de su escuálida fealdad, sin entender cómo algo tan blando y encogido podía aumentar de tamaño hasta convertirse en un arma lo bastante dura como para penetrar en el orificio de una mujer. En ese momento, aunque era incapaz de mirar, tampoco podía apartar los ojos. ¿Por qué no se acercaba? Erila había dicho que había muchas maneras de que un hombre y una mujer hicieran aquello, pero ésta no la reconocía. Cerró la mano en torno a su pene y empezó a estirárselo y acariciarse, deslizando la mano arriba y abajo con un movimiento regular y casi rítmico. La otra mano permanecía inerte sobre mi pierna.

Lo contemplé petrificada. Pareció entrar en trance. Ya no me miraba. Daba la impresión de estar observándose a sí mismo, los ojos medio cerrados y la boca medio abierta, y salían gruñidos casi inaudibles de su garganta. Al cabo de un rato apartó su otra mano y la aplicó también a la tarea. En cierto momento me lanzó una mirada, pero tenía los ojos vidriosos, y aunque creo que sonreía, sus labios dejaban los dientes parcialmente al descubierto, como si fuera más bien una mueca. Intenté sonreír también, pero el pánico estaba adueñándose de tal modo de mí que tenía la certeza de que él lo notaba. Tuve la sensación de que se me habían pegado las piernas.

Sus esfuerzos eran cada vez mayores, y el pene empezó a hincharse entre sus dedos. Medio riendo, respiró hondo repetidas veces y bajó la vista.

—Así está mejor —masculló, tomando aire a bocanadas.

Se deslizó hacia mí en la cama, sin dejar de manipularse el miembro para mantenerlo erecto. Liberó una mano para sacar algo de la cómoda. Era un tarro de cristal azul. Torpemente abrió la tapa, hundió dentro los dedos y extrajo una sustancia clara. Se frotó con ella. Luego volvió a hundir la mano en el tarro y se aproximó a mí. Retrocedí involuntariamente.

—No te muevas —dijo con voz tajante.

Me quedé inmóvil. Con los dedos buscó a tientas la abertura entre mi vello. El ungüento era viscoso y estaba helado, tanto que grité.

—No puede ser que te duela —dijo con la respiración entrecortada—. Aún no he hecho nada.

Temblando, negué con la cabeza.

–Está frío –dije–. Está frío. –Intentaba no llorar.

Él soltó una carcajada. Yo me reí también de puro terror.

–Por Dios, no te rías ahora o echarás a perder todo mi esfuerzo –se apresuró a decir y empezó a masajearse de nuevo enérgicamente. La risa se me heló en la garganta.

–Eres virgen, ¿no?

–Sí.

–Entonces voy a romperte el himen. Así será más fácil cuando te penetre. ¿Lo entiendes?

Asentí con la cabeza. ¿Cuál era la máxima que enseñaban a las jóvenes? «La virtud es una dote más valiosa que el dinero.» Pero ahora ese consejo no me servía de consuelo. Nada daba sentido a la confusa escena que se desarrollaba ante mí.

Comenzó a introducir en mí dos dedos, y justo antes de hacerlo advertí un estremecimiento en su rostro. Esta vez no pudo disimular su aversión. De pronto empujó con fuerza. Grité. Me dolió. Fue el abrasador dolor de un desgarro, como un corte en la carne. Pensé en la extracción de un diente pero no percibí el menor indicio del laúd.

–Buena chica –masculló con voz gutural–. Buena chica. Muy bien. –Volvió a presionar y lancé otro alarido, aunque esta vez no tan estridente, porque esta vez el dolor fue menor–. Buena chica –repitió. Daba la impresión de que estuviera hablando con un animal, una perra o una gata de parto. Sacó la mano y vi un poco de sangre en sus dedos. Advertí también que su pene había empezado a decaer–. Maldita sea –dijo, y tiró de él con las dos manos–. Maldita sea. –Y casi parecía furioso.

Cuando consiguió que el pene volviera a la vida, se colocó sobre mí, de modo que el pene quedara sobre mis genitales, y a tientas comenzó a empujar para meterlo. Perdió su dureza en cuanto me tocó, pero se lo sostuvo con los dedos y finalmente consiguió introducir juntos los dedos y el pene. Pero ni siquiera con el himen roto yo tenía espacio ni lubrificación suficiente para acogerlo.

Después de todo, la transgresión de mi madre sí me había transformado y volví a gritar, sólo que esta vez ya no pude dejar de hacerlo. Él empujó aún más. Cerré los ojos apretando los párpados, como un niño aguardando a que pase el peligro, y me recorrió una sensación de vergüenza, extraña y vertiginosa. Pero él ya estaba demasiado ocupado para prestarme atención.

Entregado de pleno a su esfuerzo, gruñó, embistió y juró entre dientes.

–Maldita sea, maldita sea...

A pesar del dolor noté hincharse su miembro dentro de mí. Retiró los dedos y embistió un poco más, jadeando, resoplando como un caballo cargado cuesta arriba. Abrí los ojos y vi su rostro sobre mí. Tenía los ojos abiertos, y una mueca como la de una calavera, sus músculos tensos como si fueran a romperse. De pronto brotaron de él un resoplido y un grito contenidos, y lo noté flácido dentro y fuera y un chorro de líquido caliente me salpicó las piernas cuando él salió de mí y rodó pesadamente al otro lado de la cama, sin aliento, como un hombre rescatado del borde de la asfixia.

Se quedó tendido para recobrar el aliento, medio riendo, medio jadeando.

Había acabado. Estaba desvirgada. Erila tenía razón. Había sobrevivido. Pero no había el menor indicio de *Vinculum Mundi*.

Al cabo de un rato se levantó de la cama y se dirigió hacia el extremo opuesto de la habitación. Por un momento pensé que se marchaba. Pero se acercó a la mesa, donde había una jarra de agua y un paño. Colocándose de perfil respecto a mí, se limpió el pene y volvió a guardárselo bajo el jubón. Parecía haberse olvidado ya de mí. Dejó escapar un profundo suspiro, como para dejar atrás el recuerdo, y cuando se volvió tenía otra vez el semblante sereno y juro que casi parecía satisfecho de sí mismo.

Sin embargo al verme debió de alarmarse. Yo aún estaba llorando. Me dolía demasiado para cerrar las piernas. Así que me cubrí con el camisón y me incorporé para tirar de la sábana, con muecas de dolor a cada movimiento, notando extenderse debajo de mí la mancha rojiza como mi propia vergüenza en la sábana blanca.

Me observó por un momento, llenó otras dos copas y tomó un largo trago. Se acercó a la cama y me tendió la otra copa.

Negué con la cabeza. No podía mirarlo.

–Bebe –dijo–, te ayudará. Bebe. –Y su voz, aun sin ser descortés, sonaba firme y no admitía negativas.

Acepté la copa y bebí. Pero con el llanto, el vino se me atragantó y empecé a toser violentamente. Él esperó.

–Más.

Obedecí. La mano me temblaba de tal modo que derramé

parte en la sábana. Más sangre roja por todas partes. Pero esta vez el líquido entró por donde debía, y noté una oleada de calor en la garganta y el estómago. Me observó con atención.

—Ya basta —dijo al cabo de un rato, y me quitó la copa y la dejó en el aparador.

Me recosté contra las almohadas. Me miró fijamente. Me observó y finalmente se sentó en el borde de la cama. Creo que retrocedí.

—¿Estás bien? —preguntó al cabo de un rato.

Asentí con la cabeza.

—Estupendo. Si es así, quizá podrías dejar de llorar. No te he hecho tanto daño, ¿verdad?

Negué con la cabeza. Contuve un sollozo. Cuando tuve la certeza de que lo había controlado, dije:

—¿Tendré... un hijo ahora?

—Esperemos que sí —se echó a reír—. Porque dudo que ninguno de los dos queramos pasar por esto otra vez.

Y creo que debí de palidecer porque la risa se le heló en la garganta y me miró fijamente.

—¿Alessandra?

Pero yo seguía sin poder mirarlo a los ojos.

—Alessandra —repitió, ahora en voz más baja, y creo que en ese instante me di cuenta de que ocurría algo grave, más grave aún que lo que acababa de pasar entre nosotros—. Yo... ¿Estás diciéndome que no lo sabías?

—Saber ¿qué? —pregunté, y vi horrorizada que empezaba a sollozar de nuevo—. No sé de qué me hablas.

—Te hablo de mí. Te estoy preguntando si sabías lo mío.

—¿Si sabía qué de ti?

—¡Dios santo! —Hundió la cabeza entre las manos, y apenas oí lo que dijo a continuación—. Pensaba que lo sabías. Pensaba que lo sabías todo. —Alzó la vista—. ¿No te lo contó?

—¿Quién? No sé de qué me hablas —repetí, desconcertada.

—¡Oh! —exclamó, y esta vez estaba indignado, con una rabia súbita y vehemente que me asustó.

—¿No te he complacido? —pregunté, sorprendida por la debilidad de mi voz.

—¡Oh, Alessandra! —gimió.

Se inclinó e hizo ademán de cogerme la mano, pero yo estaba temblando y la retiré. Él no volvió a intentarlo.

Permanecimos inmóviles por un momento, unidos en el desconcierto y la desesperación. Entonces, con tono más sereno pero firme, dijo:

—Escúchame. Esto debes oírlo. ¿Me estás atendiendo?

Y de repente todo pareció cobrar gran importancia. A pesar del temblor, asentí con la cabeza.

—Eres una muchacha maravillosa. Tu mente brilla como un florín recién acuñado y tienes un cuerpo joven y tierno. Y si fuera el cuerpo joven y tierno de una mujer lo que deseo, sin duda te desearía. —Hizo una pausa—. Pero no es así. —Suspiró—. El canto decimocuarto. «El páramo era una árida extensión de arena espesa y ardiente... Muchos rebaños de almas desnudas vi, todas llorando de desesperación, cada grupo con un castigo distinto asignado... Algunos yacían sobre la espalda; otros, los más, vagaban sin detenerse.

»Y sobre esa tierra arenosa caían lentamente, sin cesar, grandes ascuas de fuego... y los desdichados, sin un momento de descanso, agitaban las manos a un lado y al otro, apartando las llamas recién caídas.» —Mientras hablaba, yo veía la ilustración, los cuerpos de hombres atormentados, cubiertos de marcas y cicatrices a causa de las interminables quemaduras en la carne—. Prefiero Dante a Savonarola —añadió—, pero quizá nuestro monje sea el más claro de los dos. «Y los sodomitas se pudrirán en el fuego del infierno, que es demasiado bueno para ellos, ya que su perfidia es un atentado contra la propia naturaleza.» —Se interrumpió—. ¿Lo entiendes ahora?

Tragué saliva y asentí. Una vez revelado, ¿cómo no iba a entenderlo? Había oído hablar de eso, claro está. ¿Quién no? Comentarios soeces y chistes crueles. Pero aquello, más aún que la simple fornicación, se había mantenido oculto a los niños por considerarse el peor de los pecados del hombre: no tenía cabida ante la pureza de la familia y el honor de un Estado devoto. Así que mi marido era sodomita. Un hombre que rechazaba a las mujeres por favorecer el diablo presente en la carne de otros hombres.

Pero si eso era cierto, todo tenía aún menos sentido. ¿Por qué había hecho lo que acababa de hacer? ¿Por qué se había sometido a una experiencia que para él, a juzgar por su semblante, resultaba repugnante?

—No lo entiendo —dije—. Si eres así, ¿por qué...?

—¿Por qué me he casado contigo?

—Sí.

—Vamos, Alessandra; utiliza ese despierto cerebro tuyo. Los tiempos están cambiando. Ya has oído el veneno que mana del púlpito. Me sorprende que no hayas visto los bandos de denuncia de las iglesias. Antes aparecían sólo unos cuantos nombres, la mayoría ya conocidos por los vigilantes nocturnos, y aun entonces todo se perdonaba y olvidaba con tal de que la debida suma de dinero cambiara de manos. En cierto modo éramos la salvación de la ciudad. Un Estado lleno de hombres jóvenes esperando esposa genera cierta tolerancia a una forma de lujuria que no inunda las inclusas de niños no deseados. Además, ¿no es acaso Florencia la nueva Atenas de Occidente?

»Pero ya no. Dentro de poco los sodomitas arderán en la tierra antes de arder en el infierno. Los jóvenes harán bien en andarse con cuidado y los de más edad serán los primeros en ser señalados con el dedo y avergonzados, sea cual fuere su posición y su riqueza. Savonarola ha aprendido de san Bernardino: "Cuando veas a un hombre adulto con buena salud que no esté casado, mala señal".

—Y necesitabas una esposa para desviar la atención –susurré.

—Como tú necesitabas un marido para disfrutar de libertad. Parecía un intercambio justo. Él me dijo...

—¿Él? –pregunté, y el corazón me dio un vuelco al pronunciar la palabra.

Me miró fijamente.

—Sí. Él. ¿Aún no lo sabes?

Pero claro que lo sabía.

Era, como podía afirmarse de otras muchas cosas en nuestra hermosa ciudad, un asunto familiar.

Tomaso. Mi apuesto y estúpido hermano. Sólo que ahora era yo la estúpida. Tomaso, a quien tanto le gustaba pavonearse de noche por las calles elegantemente vestido, quien tan a menudo volvía henchido de sexo y el placer de la conquista. En algunas ocasiones, si me hubiera parado a pensar, habría visto en su coquetería el afán de ser deseado más que su propio deseo. ¡Qué ciega había estado! Un hombre que hablaba de sexo y tabernas pero despreciaba tanto a las mujeres que apenas era capaz de escupir la palabra «coño».

Tomaso, mi apuesto y adulador hermano, a quien nunca le faltaban nuevas y suntuosas prendas, ni siquiera cinturones de plata en la boda de su hermana. Y lo recordé mirándome a través del espejo esa mañana —¿realmente era aún el mismo día?—, por una vez incómodo ante lo que se sentía incapaz de decir.

—No —dije—, no me lo dijo.

—Pero él...

—Me temo que no eres consciente de lo mucho que desagrado a mi hermano.

Suspiró, frotándose la cara con las manos.

—Creo que más que desagradarle, le inspiras miedo. Pienso que tu inteligencia le asusta.

—Pobrecito —dije. Y en ese momento hasta yo pude percibir al diablo en mi voz.

Claro. Cuanto más me contaba, más encajaba todo: el desconocido que cuando bailó conmigo estaba al corriente de mi torpeza y de que sabía griego. El regocijo de Tomaso la noche en que vio la sangre en mi camisón y encontró la manera de salvar a su amante y vengarse de su hermana a la vez. La mañana en la iglesia en que agachó la cabeza ante las acusaciones de Savonarola y me encontré con la mirada de Cristòforo clavada en la mía. Sólo que, claro está, no era a mí a quien miraba. No. Aquella sonrisa de adoración iba dirigida a mi hermano. Al estúpido, apuesto, adulador, pretencioso, vulgar y vicioso de mi hermano.

Rompí a llorar otra vez.

Tuvo la compasión de no intentar impedírmelo. Se quedó mirándome, y cuando, al cabo de un rato, tendió la mano, dejé que la posara sobre la mía.

—Lo siento mucho, las cosas no tenían que haber salido así.

—No tenías que haber confiado en que él me lo contaría —dije cuando recuperé el aliento—. ¿Qué mentiras te contó sobre mí?

—Sólo que los dos saldríamos ganando. Que tú querías libertad e independencia más que un marido. Que harías cualquier cosa por conseguirlo.

—Era verdad —dije en voz baja—. Aunque no cualquier cosa.

Nos quedamos un rato en silencio. Fuera se oyeron gritos, pasos de hombres que corrían por la calle y de pronto un alarido de dolor, y me acordé del joven en medio de un charco de sangre ante las puertas del baptisterio. Florencia se había vuelto contra sí misma y ya no era una ciudad segura.

—Pese a mis pecados, debes saber que no soy mala persona, Alessandra —dijo al cabo de un rato.

–¿Y a ojos de Dios? ¿No temes la arena ardiente y las tempestades de fuego?

–Como decíamos, al menos en el infierno tendremos el recuerdo del placer. –Hizo una pausa–. Te sorprendería saber cuántos somos. Las grandes civilizaciones de la Antigüedad han encontrado trascendencia en el culo de un hombre.

Me estremecí.

–Perdona mi vulgaridad, Alessandra. Pero será mejor que me conozcas ahora, pues tendremos que pasar cierto tiempo juntos.

Se levantó otra vez a llenarse la copa. Lo observé cuando atravesó la habitación. Ahora su rostro atractivo y demacrado y su elegancia afectada casi parecían una burla. ¿Cómo no me había dado cuenta antes? ¿Estaba tan ensimismada que no supe interpretar las señales?

–En cuanto al día del Juicio Final –prosiguió–, estoy dispuesto a arriesgarme. En esa misma arena ardiente hay blasfemos y usureros, y seguro que a ellos les esperan tormentos peores. Creo que aunque yo no hubiera deseado a muchachos, no habría ido al cielo de todos modos. Al menos tendré el consuelo de compartir las llamas con pecadores como yo. Y gozaré de la compañía de más de un religioso. Te aseguro que si esa legión de sodomitas no hubiese estado siempre huyendo, habrías visto entre ellos muchas cabezas tonsuradas.

–¡No!

Sonrió.

–Para ser tan refinada, Alessandra, eres de una ingenuidad encantadora.

«Aunque no por mucho tiempo», pensé. Lo miré. Ya no me rechazaba. Al verlo más animado y bien dispuesto, volví a sentir por él la misma simpatía de antes.

–Al menos no podrás decir que te indujo la renuencia de tu esposa –dije en voz baja. Puso cara de desconcierto–. El sodomita con el que habla Dante en el decimosexto canto, ¿no dice algo así? No recuerdo cómo se llamaba.

–Claro, te refieres a Luca Rusticci. Un hombre sin el menor mérito público. Dicen que era comerciante más que erudito. –Sonrió–. Tomaso me dijo que me encontraría una esposa que conocería la *Divina Comedia* tan bien como yo. –Bajé la vista–. Lo siento. Oír su nombre te produce dolor.

–Sobreviviré –susurré.
Pero sentí las lágrimas calientes que asomaban a mis ojos.
–Eso espero. Detestaría ser la causa de la muerte de un intelecto tan exquisito.
–Por no hablar de una cortina de humo tan perfecta.
Se rió.
–Me alegro de que hayas recuperado el buen humor. Me gusta más tu agudeza que tu autocompasión. Eres una joven excepcional –dijo. Miré a mi marido y me pregunté cómo habría sido si sus cumplidos hubiesen reconfortado mi cuerpo además de mi mente–. Así que tal vez debamos hablar del futuro. Como ya te he dicho, ahora ésta es tu casa. La biblioteca, las obras de arte. A excepción de mi estudio puedes hacer lo que te venga en gana con ella. Eso formaba parte del trato.
–¿Y tú?
–No te molestaré mucho. En público puede que nos vean en las ceremonias de Estado, si sigue habiendo un Estado con suficiente independencia para celebrarlas. Por lo demás, estaré fuera la mayor parte del tiempo. Es lo único que necesitas saber.
–¿Vendrá él aquí? –pregunté.
Me miró fijamente.
–Es tu hermano. Como miembro de tu familia sería lo más natural. –Esbozó una ligera sonrisa al pronunciar esa última palabra–. La cuestión es que la ciudad ya no es tan segura como antes. –Hizo una pausa–. Digamos que es posible que venga alguna vez, pero no de momento.
–Eres muy diplomático –dije.
Se encogió de hombros.
–El hombre debe dirigir a sus esclavos como un tirano, a sus hijos como un rey y...
–A su mujer como un político –acabé la frase por él–. No sé si Aristóteles se refería a eso.
Se echó a reír.
–Es verdad. En cuanto a lo demás, bueno, tú verás. Depende de ti. No dejes que esto destruya tu vida, Alessandra. Te sorprendería saber lo que pasa en las alcobas de esta ciudad tan devota. Esta clase de matrimonios da resultado. De todos modos, tú no querrías ser como los demás. Si con mis atenciones te cargara con una docena de hijos, seguro que te vendrías abajo. Basta con que me des un heredero y te dejaré en paz para siem-

pre. –Hizo una pausa–. En cuanto a tu placer, bueno, eso es asunto tuyo. Sólo te pido que seas discreta.

Me miré las manos. Ya no me dolía tanto el estómago, aunque me quedó una sensación de ardor más profunda. ¿Cómo podía saber si tenía un hijo en el vientre? ¿Mi placer? ¿Qué era lo que yo más quería en la vida?

–Me dejarás pintar.

Hizo un gesto de indiferencia.

–Ya te lo he dicho. Puedes hacer lo que quieras.

Asentí.

–Y quiero ver a los franceses –dije con firmeza–. O sea, quiero verlos de verdad. Cuando llegue el ejército de Carlos, quiero estar en la calle y presenciar el curso de la historia.

Hizo un leve gesto.

–Muy bien. Los verás. Sin duda será una entrada triunfal.

–¿Me acompañarás?

–Me temo que sin mí sería peligroso.

Se interpuso un silencio entre nosotros y, sin embargo, el nombre de mi hermano estaba en todas partes.

–¿Y Tomaso?

–Tú yo somos marido y mujer. Lo lógico es que nos vean juntos. –Vaciló–. Hablaré con Tomaso. Lo entenderá.

Bajé la mirada para que él no viera la chispa de satisfacción que los iluminó.

–Bien, ¿no quieres pedirme nada más, esposa mía?

–No... –hice una pausa–..., esposo.

–De acuerdo. –Se levantó de la cama–. ¿Quieres que mande llamar a tu esclava?

Negué con la cabeza. Se agachó y por un instante pensé que me besaría la frente, pero en lugar de ello me rozó la mejilla con los dedos.

–Buenas noches, Alessandra.

–Buenas noches.

Se marchó, y poco después oí que la puerta de la calle se abría y cerraba.

Al cabo de un rato el escozor entre mis piernas desapareció y me levanté para lavarme. Me dolía un poco al caminar y la piel del muslo me tiraba por su semen seco, aunque tan cuidadoso fue que no me manchó el camisón, que cayó con suavidad en torno a mis piernas al ponerme en pie.

Me lavé con cuidado, demasiado asustada para examinarme. Pero cuando dejé caer el camisón me recorrí el cuerpo con las manos, sólo para sentir la seda contra mi piel. Y desde los pechos y la cadera deslicé los dedos hacia mi hendidura. ¿Y si él me había roto algo y me había abierto una herida que ya no volvería a cerrarse? Tanto mi madre como su hermana habían sufrido desgarros al dar a luz a niños demasiado grandes. ¿Me podía haber pasado lo mismo?

Vacilé, luego avancé la mano un poco más y, al separar los dedos, noté que el del medio se introducía con más facilidad en mi sexo. Y la yema se topó con lo que parecía un pequeño montículo de carne y, al tocarlo, me estremecí. Se me cortó la respiración y volví a trazar suavemente un movimiento circular con el dedo. No sabía si lo que sentí era placer o dolor, pero me quedé sin aliento y temblé. ¿Era ésa la herida que me había infligido con su pene, poniendo al descubierto una terminación nerviosa entre los labios de mi sexo?

¿A quién podía preguntárselo? ¿A quién podía contar lo ocurrido entre nosotros? Retiré la mano rápidamente, sonrojándome de vergüenza. Pero mi curiosidad pudo más que el dolor, y esta vez me levanté el camisón antes de dejar que mis dedos vagaran hasta volver a encontrar el punto. Por la cara interna del muslo me corría un hilo de sangre rosada como el cielo del amanecer, como una mancha de tinta en mi piel. Seguí la línea hasta el vello y volvieron a asomarme las lágrimas por la ternura de mis caricias. Doblé el dedo y ahora el montículo casi parecía en carne viva. Localicé la zona más sensible y presioné con delicadeza, preparándome para sentir más dolor. Pareció hincharse al tocarlo y en lugar de dolor me invadió una sensación tan placentera que ahogué una exclamación y me doblé ligeramente por la cintura. Volví a presionar con la yema. Otra vez lo mismo, y una vez más, como rápidas ondas en la superficie del agua, hasta que tuve que sujetarme a la mesa por temor a perder el equilibrio mientras jadeaba, tan absorta estaba en el placer de mi dolor.

Después tenía las piernas tan débiles que tuve que sentarme en la cama. Me sobrevino una extraña sensación de pérdida al ver que aquello ya había acabado y, para mi sorpresa, me eché a llorar otra vez, aunque no sé muy bien por qué, pues creo que lo que sentía ya no era pena.

Poco después la angustia se apoderó de mí. ¿Y ahora qué sería de mí? Me había marchado de casa, mi ciudad estaba sumida en el caos y acababa de casarme con un hombre que no podía soportar ver mi cuerpo, pero que se derretía sólo con pensar en mi hermano. Si eso fuera una fábula, probablemente sería sacrificada y moriría de vergüenza y pena para que mi marido pudiera arrepentirse ante Dios.

Me acerqué a mi cofre nupcial, un objeto monstruoso que antaño había pertenecido a la madre de mi marido. Lo habían llevado de su casa a la mía y luego finalmente lo habían vuelto a traer aquí esa tarde (para satisfacción de mi padre pesaba tanto como el de mi hermana, aunque era por los libros y no por sedas y terciopelos). De sus profundidades saqué el misal de mi madre, con el que ella me enseñó a descifrar las letras cuando yo apenas sabía hablar. ¿Qué fue lo que me dijo el día en que cayó el gobierno? Que cuando estuviera sola en la casa de mi marido me sería más fácil hablar con Dios. Y que nuestras conversaciones harían de mí una buena esposa y una buena madre.

Me arrodillé junto a la cama y abrí el misal. Pero yo, que tenía tanta facilidad con las palabras, en ese momento no supe qué decir. ¿De qué podíamos hablar Dios y yo? Mi marido era un sodomita. Si no era mi arrogancia lo que me había conducido a eso, tenía la obligación de llevarlo ante la justicia por el bien de su propia alma así como de la mía. Pero si lo denunciaba, arrastraría con él a todos los demás y, aunque podía odiar a mi hermano, ¿cómo iba a destruir a mi propia familia? Seguro que mi padre se moriría de vergüenza.

No. La verdad era que yo sola me había metido en eso y mientras que el castigo de ellos sería la condena eterna, el mío sería vivir con eso. Volví a guardar el misal en el cofre. Dios y yo no teníamos nada de que hablar.

Lloré un poco más, pero se me habían agotado las lágrimas y al cabo de un rato decidí refugiarme en un consuelo más seguro y escarbé entre las telas y los libros donde había escondido mis dibujos, plumas y tintas.

Así que pasé el resto de mi noche de bodas entregada al arte. Y esta vez mis trazos corrieron, si no como el agua, sí con soltura y fluidez, lo que me dio mucho placer. Aunque cualquiera que hubiera visto la imagen que se formó bajo mi pluma habría pensado que era un indicio de mi distanciamiento de Dios.

En la hoja de papel ante mí una joven vestida con finas sedas estaba tumbada en su tálamo nupcial y miraba a un hombre sentado a su lado, con el jubón desabrochado y el pene entre las manos. Tenía en la cara una expresión mezcla de dolor y éxtasis, como si en ese momento lo hubiera poseído la luz divina, llevándolo al borde mismo de la trascendencia.

Era, y no es porque yo lo diga, el dibujo más verdadero que había hecho en mucho tiempo.

Segunda parte

Carlos VIII y su ejército entraron en Florencia el 17 de noviembre de 1494. Si bien la historia lo recordaría como un día de vergüenza para la República, en la calle fue una fiesta más que una humillación.

El recorrido desde la Porta San Frediano hasta el palacio de los Médicis, atravesando el río y pasando ante la catedral de Santa Maria del Fiore con su gran cúpula, estaba abarrotado de gente. Y entre los espectadores de este momento tan señalado estaba la pareja de recién casados, los Langella: Cristòforo, el caballero erudito, y su tierna esposa, Alessandra, la menor de la familia Cecchi que, rozagante tras su boda, iba cogida del brazo de su marido entre la multitud, con los ojos brillantes como cristal tallado mientras observaba el vibrante colorido de las calles alrededor. Cuando llegaron a la plaza de la catedral, él tuvo que sujetarla con fuerza mientras se abrían paso entre la muchedumbre hacia unas gradas de madera construidas apresuradamente contra una pared.

Allí él entregó dos florines a un hombre (una cantidad exorbitante, pero Florencia era una ciudad de comerciantes incluso en tiempos de crisis), y marido y mujer se subieron a lo alto de la grada y desde allí no sólo veían la fachada de la catedral, sino la calle por la que, en menos de una hora, Florencia sería testigo de la llegada del primer, y sin duda el único, ejército invasor.

Y fue así como mi marido demostró ser fiel a su palabra.

Veinte

Cristòforo había llegado a casa esa mañana mientras Erila y yo vaciábamos mi cofre, deteniéndonos de vez en cuando para mirar por la ventana a la multitud que se dirigía hacia la plaza, y aunque no vino a verme directamente, envió a su criado a decirme que no me preocupara; no me perdía nada, pues sabía de buena fuente que el rey y su ejército estaban bien pero tan cansados que avanzaban hacia la ciudad muy despacio y no llegarían casi hasta la puesta de sol.

Sus noticias eran tan recientes que hasta Erila se quedó impresionada. Y eso estaba bien, porque ninguna de las dos nos sentíamos a gusto con nuestros nuevos papeles de señora y criada en esa casa gris y fría.

Nuestra comunicación desde la noche de bodas había sido nula. Yo había dibujado hasta el amanecer y dormido casi todo el día, y lógicamente ella había interpretado el hecho de que me levantase a esa hora como señal de vigor conyugal. Cuando se interesó por mi salud, le contesté que me encontraba bien y bajé la vista, dándole a entender que no deseaba decir nada más. Habría dado cualquier cosa por contárselo. Necesitaba con urgencia una confidente, y creo que hasta entonces le había contado todo lo que me había ocurrido. Pero los secretos que había tenido eran pequeños e inocuos; no hacían daño a nadie salvo a mí misma. Aunque las dos estábamos muy unidas, ella además era una esclava, y hasta yo me daba cuenta de que si se veía tentada, el impulso a chismorrear podía ser más fuerte que su lealtad. En cualquier caso, ésa fue la excusa que me había dado a mí misma cuando esa tarde desperté en mi lecho conyugal, con mis dibujos dispersos alrededor. Tal vez en realidad lo que me pasaba era que apenas me sentía con ánimos de recordar lo sucedido, y menos aún de compartirlo con nadie.

Por eso cuando Cristòforo se presentó y nos encontró sentadas junto a la ventana ordenando la ropa blanca y contemplando la multitud, ella ya tenía razones para sospechar algo y se había levantado y despedido sin siquiera mirarlo. Cristòforo esperó a que la puerta se cerrara tras ella para hablar.

–¿Está muy unida a ti, tu esclava?

Asentí.

–Me alegro. Te hará compañía. Pero ¿no se lo cuentas todo? Más que una pregunta, era una afirmación.

–No –contesté–, no todo.

En el silencio que siguió me entretuve doblando una tela con la mirada fija en el suelo. Él sonrió como si yo realmente fuera su amada esposa y, tras tenderme la mano, bajamos juntos la escalera y salimos a reunirnos con la multitud.

Si yo hubiese sido el rey de Francia habría estado muy satisfecho con el impacto de mi llegada a mi nuevo Estado vasallo. Aunque quizá habría reprendido a mis generales por no haber iniciado la marcha triunfal antes, ya que para cuando el rey llegó a la plaza, el sol ya casi se había puesto, por lo que había menos luz para hacer refulgir su armadura dorada o para iluminar el palio que sus caballeros y sus guardias sostenían por encima de él. El sol poniente también fue la causa de que la muchedumbre apenas lo viera cuando descabalgó para subir la escalinata hasta la catedral, aunque sospecho que eso también fue porque para ser rey era inesperadamente bajo, lo cual se puso de manifiesto sobre todo cuando desmontó de su gran caballo negro, sin duda elegido porque lo hacía parecer más alto de lo que era.

Sin duda ése fue el único momento en que los volubles florentinos vacilaron en su humillante entusiasmo por el soberano invasor. En especial porque cuando ese pequeño rey empezó a caminar hacia la entrada de nuestra gran catedral, cojeó como un hombre deforme, y en cierto modo lo era, ya que tenía los pies desproporcionadamente grandes. Así que pronto toda Florencia supo que el conquistador enviado para absolvernos de nuestros pecados en realidad era un enano con seis dedos en cada pie. Tengo el placer de decir que yo fui una de las personas de la multitud que hizo correr el rumor por la plaza ese día. Y así aprendí algo de cómo se escribe la historia: que aunque uno no siempre sea fiel a la realidad, de todos modos puede participar en su desarrollo.

Pese al chismorreo, era imposible no quedarse embelesada con el espectáculo. Horas después de que el rey hubiera abandonado la plaza entre gritos de «Viva Francia», que se elevaron como cánticos corales tras él, y de que se hubiera instalado sano y salvo en el palacio de los Médicis, Florencia seguía rebosante de entusiasmo cuando llegaron la infantería y la caballería. Eran tantos los caballos que el aire apestaba a bosta, que quedó aplastada entre los adoquines por los cañones que arrastraban tras de sí. Pero lo más impresionante fueron los arqueros y los ballesteros: miles y miles de campesinos armados; tantos que temí que Francia fuera un país custodiado tan sólo por sus mujeres, hasta que mi marido me explicó que la mayor parte del ejército no era en absoluto francés, sino que estaba constituido por mercenarios contratados para la campaña: por grandes sumas de dinero en el caso de la Guardia Suiza y por muy poco en el de los guerreros escoceses. Y me alegré de no tener que alojar a esos hombres, porque nunca había visto nada igual: gigantes del norte con largas melenas de pelo pajizo y barbas tan rojas como los tintes de mi padre, y tan mugrientas que uno no podía evitar preguntarse cómo no se les enredaban con el arco cuando disparaban.

La invasión duró once días. Las tropas que tuvimos que alojar se comportaron: dos caballeros de la ciudad de Toulouse con sus criados y su séquito. Cenamos con ellos la noche después de su llegada, con la mejor vajilla y la mejor cubertería de mi marido –aunque no supieron usar los cuchillos que tenían ante sí–, y me trataron con el debido respeto, besándome la mano y elogiando mi belleza. Eso me hizo pensar que estaban ciegos o eran unos mentirosos, y como no tuvieron ningún problema para ver la jarra de vino llegué a la conclusión de que se trataba de lo segundo. Más tarde supe por Erila que en la mesa sus criados tenían los modales propios de los cerdos, pero que, por lo demás, se comportaron; instrucciones que debió de recibir todo el ejército, porque nueve meses después no hubo una ostensible epidemia de expósitos franceses depositados en el molinete del Ospedale degli Innocenti, aunque habríamos de descubrir otra consecuencia de su ocasional cortejo que nos causaría más pena que unas cuantas almas de más en la tierra.

En la cena hablaron apasionadamente de su gran rey y la gloria de su campaña, pero tras beber unas cuantas copas de vino confesaron que añoraban sus hogares y estaban cansados de la guerra. Su destino final era Tierra Santa, pero se notaba que en realidad tenían la mirada fija en las comodidades de Nápoles, donde habían oído hablar de hermosas mujeres morenas y riquezas a la espera de que las cogieran. En cuanto a la grandeza de Florencia, bueno, eran hombres de guerra más que aficionados a las artes y, aunque la colección de estatuas de mi marido les impresionó, les interesó más saber dónde podían comprar telas nuevas. (Más tarde supe que algunos hicieron pequeñas fortunas con la invasión tragándose su patriotismo en beneficio de sus bolsillos.) Para ser justos, uno de los caballeros habló con entusiasmo de la catedral y mostró interés cuando le dije que podía encontrar una estatua dorada de san Luis, el patrón de su ciudad natal, de nuestro gran Donatello, encima de la puerta de la fachada de Santa Croce. Pero no sé si fue a verla. Lo que sí sé es que comieron y bebieron mucho durante esos once días, porque el cocinero llevó la cuenta de todo lo consumido, pues se había acordado en la tregua que el ejército pagaría su manutención.

Al principio la ciudad intentó dar la mejor imagen posible de sí misma para impresionar a sus conquistadores. Se representó una función especial de la *Anunciación* en Santa Felice y mi marido se las ingenió para que asistiéramos, lo que fue toda una hazaña ya que no vi a ningún partidario de los Médicis entre los presentes. De niña me habían llevado una vez a ver esa obra en el monasterio del Carmine, y recordaba que había nubes de gasa a lo largo de la nave de la iglesia y que de pronto apareció un coro de niños suspendido entre ellas, todos vestidos de ángeles; cuando los demás empezaron a cantar, uno de ellos, aterrorizado, chilló de tal modo que fue necesario bajarlo.

Ese día también había niños vestidos de ángeles en Santa Felice, pero ninguno lloró. La iglesia estaba transformada. Habían construido una cúpula parecida a un segundo techo que colgaba de las vigas por encima de la nave central; tenía el interior pintado de azul oscuro y de ella pendían cien lámparas pequeñas, de modo que parecía un cielo nocturno tachonado de estrellas. Alrededor de la base, en el cielo, había doce niños vestidos de resplandecientes ángeles sobre pequeños pedestales. Pero eso fue lo de menos. Porque cuando llegó el momento de la Anunciación, descendió una segunda esfera rotatoria con ocho ángeles, esta vez niños mayores, y a continuación salió de su interior otra esfera que contenía al arcángel san Gabriel, un niño de más edad que los anteriores. Mientras bajaba, movía las alas hacia delante y hacia atrás al tiempo que innumerables luces parpadeaban alrededor, como si hubiera traído con él las estrellas del firmamento.

Mientras yo observaba el espectáculo, más asombrada incluso que la propia María, mi marido me pidió que alzara la vista otra vez para fijarme en que cada esfera de ángeles podía verse como una lección de perspectiva: los mayores, abajo, se desplazaban hacia los más pequeños, situados en lo alto. Así apreciábamos no sólo la gloria de Dios, sino la perfección de las leyes de la naturaleza y el dominio de nuestro artista sobre ellas. Me explicó que ese complejo recurso escénico había sido inventado por el mismísimo Brunelleschi y tras su muerte su secreto se había transmitido a lo largo de los años.

Si bien no consta en ningún sitio la opinión del rey de Francia, sé que nosotros los florentinos estábamos muy orgullosos e impresionados con la obra. Sin embargo, cuando lo recuerdo ahora, me cuesta discernir entre el júbilo que me produjo el propio espectáculo y el placer más sereno que me proporcionó la erudición de mi marido y su manera de enseñarme a profundizar en cosas que de lo contrario me habrían pasado inadvertidas. Cuando esa noche volvimos por las calles abarrotadas de gente, me sujetó por el codo de modo que avanzábamos como dos resplandecientes peces por un mar revuelto. Cuando llegamos a casa, nos quedamos un rato charlando de todo lo que habíamos visto y él me acompañó a mi dormitorio, donde me besó en la mejilla y me agradeció mi compañía antes de retirarse a su estudio. Acostada en la cama pensando en todo lo que había visto, casi creí que mi libertad había valido cualquier sacrificio que hubiera hecho por conseguirla. Y que hiciera lo que hiciese Cristòforo en el futuro, de momento había cumplido con su parte del trato.

En los días siguientes el gobierno permaneció ocupado intercambiando cumplidos con el rey y ratificando un tratado por el que la ocupación quedó como una invitación y mediante el cual se concedía un importante préstamo a las arcas de guerra del rey, presumiblemente en señal de agradecimiento por no saquear la ciudad. Si bien los funcionarios y los oficiales mantuvieron unas relaciones cordiales, el ambiente en las calles pronto empezó a caldearse cuando unos cuantos jóvenes aspirantes a guerreros se dedicaron a tirar piedras a los invasores; éstos a su vez se defendieron a estocadas, y fue así como murieron alrededor de una docena de florentinos. No fue exactamente una masacre, ni siquiera una gloriosa resistencia, pero sí al menos un recordatorio del espíritu que habíamos perdido. Consciente de que la acogida no era ya tan calurosa como al principio y convencido por Savonarola de que Dios lo acompañaría si se apresuraba a marcharse, Carlos movilizó su ejército y partió a finales de noviembre, con mucha menos ceremonia y menos multitudes que los vitorearan por el camino, lo cual posiblemente tuvo que ver con el hecho de que se fueron sin pagar las facturas, incluidos nuestros buenos nobles de Toulouse. Esos mentirosos redomados.

Dos días después, mi marido, que había dormido en casa todas las noches como un caballero, para velar por la seguridad de su mujer, también se marchó.

Sin él y sin los invasores, el palacio de pronto se volvió frío e inhóspito, con las habitaciones oscuras, los revestimientos de madera manchados por los años, los tapices carcomidos por la polilla y las ventanas demasiado pequeñas para dejar pasar la luz. Y como temía que la soledad me arrastrara a un pozo de autocompasión, a la mañana siguiente desperté a Erila al amanecer y las dos nos dispusimos a probar en la calle la nueva libertad de mi vida de casada.

Veintiuno

El cadáver en el puente de Santa Trinita revelaba locura a la vez que sed de sangre. Colgaba de un poste junto a la pequeña capilla, y cuando lo descubrieron los monjes, los perros ya habían dado buena cuenta de él. Erila dijo que por suerte estaba muerto cuando lo destriparon, aunque eso era difícil de saber, dado que aun cuando el hombre hubiera gritado mientras le extraían los intestinos, la mordaza en la boca habría impedido oírlo. Los carroñeros debieron de aparecer poco después de marcharse los asesinos, porque cuando llegamos –la noticia se supo en el mercado poco después del amanecer, y sólo tuvimos que seguir al gentío– lo que quedaba de sus tripas ya estaba esparcido sobre los adoquines. Los vigilantes habían ahuyentado a los perros a palos, pero los más salvajes seguían merodeando por allí, tendidos en el suelo, con la cabeza gacha, fingiendo desinterés, sus patas trémulas por la energía contenida. En determinado momento, cuando se congregó la multitud, uno de ellos se acercó por un lado y arrancó un despojo con las fauces. Al instante recibió una patada y, lanzando un aullido, sin soltar la presa, aterrizó en mitad del puente.

Aunque los vigilantes se mostraron casi igual de duros con la muchedumbre, les fue imposible dispersarla. Erila insistió en que permaneciéramos al fondo, sujetándome con fuerza por el brazo. La asustaba mi curiosidad, más por los problemas que podía acarrearle que por cualquier tipo de pusilanimidad por su parte: si hubiese estado sola, se habría deslizado hasta las primeras filas del gentío. En cuanto a mí, bueno, por supuesto ver ese cadáver destrozado me revolvió el estómago –había estado tan protegida en casa de mis padres que ni siquiera había visto una ejecución pública–, pero me obligué a superarlo. No había ido tan lejos en mi búsqueda de libertad para volver a casa gimoteando ante la primera señal de sangre o violencia. De todos modos, pese a la delicadeza de mi sexo, sentía verdadera curiosidad, si es que ésa era la palabra exacta.

–¿Lo ves, Erila? –dije con apremio–. Ya es el quinto.

–El quinto ¿qué?

–El quinto cadáver desde la muerte de Lorenzo.

–¿Qué quieres decir? –dijo, y chasqueó la lengua–. La gente muere en las calles todos los días. Lo que pasa es que tienes la cabeza demasiado metida entre los libros para darte cuenta.

–Así no. Piénsalo: la chica en Santa Croce, la pareja en el Santo Spirito cuyos cadáveres fueron llevados a Impruneta, y luego el chico ante el baptisterio hace tres semanas. Todos fueron asesinados en una iglesia o cerca y mutilados de una manera espantosa. Tiene que haber una relación.

Erila se echó a reír.

–¿Y qué te parece el pecado? Dos fulanas, un cliente, un sodomita y un chulo. A lo mejor iban todos a confesarse. Al menos el que acabó con éste evitó que los monjes le echaran un buen rapapolvo.

–¿A qué te refieres? ¿Acaso lo conoces?

–Todo el mundo lo conoce. ¿Por qué crees que ha venido tanta gente? Es Marsilio Trancolo. Marsilio puede conseguirte todo lo que quieras. O podía. Vino, dados, mujeres, hombres, muchachos..., tenía todo un surtido a su disposición y a un buen precio. Era el proveedor más importante de Florencia. Y por lo que me han dicho, estas últimas dos semanas ha estado haciendo horas extra atendiendo a los extranjeros. Bueno, ahora estará bien acompañado en el infierno, eso seguro. ¡Eh! –gritó, e intentó golpear a un hombre que se nos había echado encima, ansioso por acercarse al frente–. ¡Vigila dónde pones las manos, canalla!

–Pues quita ese culo negro de en medio –gritó él, apartándola–. ¡Puta! No necesitamos a mujeres del color del diablo en nuestras calles. Ten cuidado con lo que haces o serás la próxima víctima de su cuchillo.

–No antes de que cuelguen tus pelotas junto a la divisa de los Médicis –murmuró ella mientras, a empujones, me obligaba a retroceder entre la multitud.

–Pero Erila...

–Nada de peros. Ya te lo he dicho, éste no es lugar para una dama. –Estaba enfadada, y resultaba difícil discernir la preocupación del miedo–. Si tu madre se entera, me cuelga del poste al lado de ese hombre.

Consiguió alejarnos del puente. A lo largo del río la concurrencia era menos numerosa y luego volvió a aumentar cuando llegamos a la piazza della Signoria. En los días posteriores a la marcha de los franceses, la plaza había estado abarrotada de ciudadanos deseosos de votar en el gobierno nuevo, con Savonarola al mando a todos los efectos. Ahora sus partidarios estaban muy ufanos en el ayuntamiento, formulando leyes nuevas con las que convertir una ciudad impía en una ciudad devota. Desde la sala consistorial tenían una vista panorámica del puente de Santa Trinita. Sin duda tener tan a mano una lección del castigo infligido al diablo los ayudaba a concentrarse en la tarea que debían acometer.

En los siguientes días, Erila se impacientó con mi vehemente deseo de salir a la calle.

—No puedo salir contigo a todas horas del día. Tengo trabajo en la casa. Y tú también si has de ser su señora.

Por supuesto, seguía enfadada conmigo por mis reservas sobre mi noche de bodas y me lo hacía pagar con detalles pequeños pero importantes. No era la única. Los criados ahora me miraban con extrañeza. En los primeros días de mi matrimonio, yo había representado el papel de esposa, interesándome por las cuentas y dando órdenes a quienquiera que me escuchara. Pero mi falta de confianza me traicionó y una casa que había funcionado durante años sin una esposa no acogía con agrado mis intervenciones pueriles. A veces hasta les oía reírse de mí a mis espaldas, como si estuvieran al corriente de la farsa que se representaba en beneficio de la reputación de mi marido.

Para mantener a raya mi desesperación, me refugié en la biblioteca. Situada bajo la logia en el segundo piso, lejos de la humedad y las inundaciones, era la única habitación de la casa que me procuraba verdadero solaz. Debía de albergar cerca de cien volúmenes, algunos de principios de siglo. El más extraordinario era un ejemplar de las primeras traducciones que hizo Ficino de Platón por encargo del propio Lorenzo de Médicis, sobre todo porque dentro encontré una nota escrita con una letra exquisita.

A Cristòforo, cuyo amor por el conocimiento es casi tan grande como su amor por la belleza.

Estaba fechada en 1477, un año antes de mi nacimiento. Como la firma era una obra de arte en sí misma, ¿de quién podía ser sino del propio Lorenzo? Me quedé mirando la tinta. De seguir con vida, Lorenzo habría tenido casi la misma edad que mi marido. Mi marido conocía la corte mejor de lo que pensaba. Si alguna vez volvía a casa, ¡qué apasionantes conversaciones tendríamos sobre ello!

Leí unos cuantos capítulos del texto, embelesada por su procedencia, pero me avergüenza decir que aunque unos meses antes su sabiduría me habría deslumbrado, para mí ahora esos libros de filosofía eran como los ancianos: venerables pero ya sin la energía para influir en un mundo que los había dejado atrás.

De los libros pasé al arte. Sin duda la evocación de Dante realizada por Botticelli seguiría inspirándome. Pero el gran armario donde mi marido guardaba la carpeta estaba cerrado con llave, y cuando se la pedí al criado, éste dijo no saber dónde estaba. ¿Fueron imaginaciones mías o esbozó una sonrisa de suficiencia al decirlo?

Una hora después me trajo una noticia más grata.

—Tiene visita, señora.

—¿Quién es?

Se encogió de hombros.

—Un caballero. No ha dado su nombre. La espera abajo.

¿Mi padre? ¿Mi hermano? ¿El pintor? El pintor... Sentí que me ruborizaba y me levanté rápidamente.

—Hazle pasar a la sala de recepciones.

Lo encontré de pie junto a la ventana, mirando a través de la estrecha calle hacia la torre de enfrente. No nos habíamos visto desde la víspera de mi boda, y si desde entonces algún pensamiento de él había vagado por mi cabeza, lo había sofocado con la misma fuerza que cuando se apagan las velas del altar al final de la misa. Pero ahora, de nuevo ante él, casi temblaba cuando se volvió hacia mí. No tenía buen aspecto. Había vuelto a adelgazar y la tez, siempre pálida, parecía queso de cabra, con profundas ojeras. Tenía las manos manchadas de tinta y vi que sostenía un rollo de dibujos envueltos en muselina. Mis dibujos. Me costaba respirar.

—Bienvenido —dije, sentándome con cuidado en una de las duras sillas de madera de mi marido—. Siéntese, por favor.

Emitió un sonido incomprensible, que interpreté como una negativa, ya que permaneció en pie. ¿Qué era lo que nos ponía tan nerviosos cuando estábamos juntos, y qué hacía que tanto el uno como el otro estuviéramos tan torpes? ¿Qué me había dicho Erila en una ocasión sobre los peligros de la inocencia frente al conocimiento? Pero desde luego yo ya no era inocente. Y cuando me acordé de las tripas del hombre eviscerado en los esbozos nocturnos de él supe que, de un modo u otro, tampoco él lo era.

—Se ha casado —dijo él al fin, escudándose otra vez en su timidez casi arisca.

—Sí.

—En ese caso espero no molestarla.

Me encogí de hombros.

—¿Por qué habría de molestarme? Ahora mis días me pertenecen —dije, sin poder apartar la mirada del rollo que sostenía—. ¿Cómo va la capilla? ¿Ya ha empezado?

Asintió.

—¿Y va bien?

Murmuró algo que no entendí y añadió:

—Le... le he traído esto —dijo, y me tendió los dibujos con torpeza.

Cuando fui a cogerlos, noté que me temblaba un poco la mano.

—¿Los ha visto?

Asintió.

—¿Y?

—Comprenderá que no soy ningún juez... pero creo... creo que hay algo de verdad tanto en su mirada como en su pluma.

Sentí que se me encogía el estómago, y aunque sé que es una blasfemia siquiera pensarlo, en ese momento me sentí como la Santísima Señora en la Anunciación cuando, ante una noticia de tal magnitud, experimentó terror y alegría en igual medida.

—Ah... ¿Eso cree?... ¿Me ayudará, pues?

—Es que...

—Pero ¿es que no se da cuenta? Ahora estoy casada. Y sé que mi marido, que se preocupa por mi bienestar, dará permiso para que usted me instruya, para que me enseñe las técnicas. A lo mejor incluso puedo ayudarle en la capilla. Yo...

—¡No, no! —exclamó, con una inquietud tan intensa como mi entusiasmo—. No es posible.

—¿Por qué no? Usted sabe tantas cosas, y...

–No, no lo entiende –me interrumpió con vehemencia–. No puedo enseñarle nada. –Y era tal su terror que cualquiera habría pensado que acababa de proponerle un acto de una indecencia terrible.

–¿No puede? ¿O no quiere? –pregunté con frialdad, mirándolo de hito en hito.

–No puedo –murmuró, y luego lo repitió en voz más alta, pronunciando cada palabra con cuidado, como si se lo dijera a sí mismo además de a mí–. No puedo ayudarla.

Me costaba respirar. Pensar que me habían ofrecido tanto y luego me lo habían quitado...

–Ya veo. Bueno... –Me levanté, demasiado orgullosa para dejarle ver el alcance de mi aflicción–. Estoy segura de que tiene otros asuntos que atender.

Él permaneció un momento inmóvil como si tuviera algo más que decir. Después se volvió y se dirigió hacia la puerta. Pero de pronto se detuvo.

–Esto..., hay algo más.

Esperé.

–La otra noche..., la víspera de su boda, cuando estábamos... cuando usted estaba en el patio...

Aunque yo sabía qué iba a decir, estaba demasiado enfadada para ayudarlo.

–¿Y qué?

–Se me cayó algo... un papel. Un esbozo. Me gustaría recuperarlo.

–¿Un esbozo? –Noté que mi voz se volvía distante. Él había truncado mis esperanzas, y yo haría lo mismo con él–. Me temo que no lo recuerdo. ¿Tal vez si me dice qué era?

–Era..., en realidad, no era nada. Es decir, nada importante.

–Pero sí lo suficientemente importante para desear recuperarlo.

–Sólo porque... lo hizo un amigo. Y... debo devolvérselo.

Era una mentira tan evidente –la primera y tal vez la única que le oí– que no se atrevió a mirarme cuando lo dijo. Recordé la hoja de papel rota: el cuerpo del hombre abierto en canal desde el cuello hasta la ingle, con las tripas expuestas como si colgaran del gancho de un carnicero. Aunque ahora, claro, tenía un compañero en mi mente: el chulo más famoso de la ciudad colgado del poste de la capilla, con los perros arrancándole las entrañas. Aunque el dibujo se hizo varias semanas antes, la evisceración era casi idéntica. Recordé las palabras de mi hermano: «Tu querido pintor estaba hecho un asco, la cara como un fantasma, manchas por todas partes». Un rostro demacrado y los ojos inyectados en sangre podían ser no sólo los signos de un hombre que se paseaba por las calles de noche, sino de alguien que no podía dormir ni siquiera cuando descansaba.

–Lo siento –me disculpé, y con mi respuesta rendí un frío homenaje a sus palabras–. No puedo ayudarle.

Durante un momento permaneció inmóvil, a continuación se volvió y oí la puerta cerrarse tras él. Me quedé sentada con los dibujos enrollados sobre mi regazo. Al cabo de un rato los cogí y los tiré al otro extremo de la habitación.

Veintidós

No tuve mucho tiempo para pensar en lo ocurrido. Mi marido regresó pocos días después, con un sentido de la oportunidad de una fría precisión. Los sermones de Navidad de Savonarola empezaban a la mañana siguiente, y cuando los devotos fueran a la iglesia, tenían que ser vistos abandonando los lechos de sus esposas, y no los de sus amantes.

Incluso tuvo el detalle de llevarme de paseo esa misma tarde para que se nos viera juntos en público. Había sido mi sueño desde hacía tiempo: recorrer las calles a esa hora mágica entre el crepúsculo y el anochecer, cuando el sol poniente iluminaba la vida de la ciudad. Pero aunque la luz era hermosa, las calles estaban un tanto apagadas. Había menos gente de la que imaginaba y casi todas las mujeres que vi llevaban velo y –para un ojo acostumbrado a los brillantes tejidos de mi padre– vestían tristemente, mientras que las pocas que iban solas caminaban con la cabeza gacha, resueltas a llegar a casa. En un momento dado, bajo la logia de la piazza Santa Maria Novella, pasamos junto a un joven petimetre que lucía una capa de moda y un sombrero con pluma que, me pareció, intentó captar la atención de mi marido, pero Cristòforo bajó la mirada, me apartó y enseguida lo dejamos atrás. Cuando llegamos a casa al anochecer, la ciudad estaba casi vacía. El toque de queda imaginario ejercía un impacto tan poderoso como cualquier ley nueva. Era toda una ironía que yo hubiera conseguido mi libertad justo cuando ya no quedaba una Florencia que explorar.

Esa noche nos sentamos en la fría sala de recepción junto al fuego de leña de mirto y hablamos de asuntos de Estado. Aunque una parte de mí estaba herida y deseaba castigar a Cristòforo por su ausencia, sentía demasiada curiosidad y su compañía me parecía demasiado interesante para oponerle resistencia durante mucho tiempo. Creo que el placer era mutuo.

–Deberíamos ir pronto para conseguir un buen sitio. Alessandra, te apostaría algo, aunque eso ahora sería ilegal, a que mañana la catedral estará llena a rebosar.

—¿Vamos para ver o para que nos vean?

—Como muchos, sospecho, para las dos cosas. Es increíble que de pronto los florentinos se hayan vuelto tan piadosos.

—¿Hasta los sodomitas? —pregunté, orgullosa de mi coraje al emplear la palabra.

Sonrió.

—Veo que pronunciar esa palabra en voz alta te da el placer de la rebeldía. Aunque te aconsejo que la elimines de tu vocabulario. Las paredes oyen.

—¿Cómo? ¿Crees que los criados traicionarían a sus propios amos?

—Creo que desde que los esclavos obtienen la libertad a cambio de delatar a sus amos, Florencia se ha convertido en una ciudad de la Inquisición, sí.

—¿Eso es lo que dicen las leyes nuevas?

—Entre otras cosas. Los castigos por fornicar son severos. Para la sodomía lo son todavía más. Para los jóvenes, azotes, multas y mutilación. Para los pecadores de mayor edad y más experimentados, la hoguera.

—¡La hoguera! Dios mío. ¿Por qué tanta diferencia?

—Porque se supone, esposa mía, que los jóvenes son menos responsables de sus acciones que los mayores. Igual que las vírgenes desfloradas se consideran menos culpables que sus seductores.

De modo que la fanfarronería insinuante de Tomaso no sería tan castigada como el silencioso deseo de mi marido por él. Aunque Tomaso era de mi propia sangre, la cruda realidad era que me preocupaba menos su bienestar que el del hombre que lo deseaba.

—Debes tener cuidado —dije.

—Eso pretendo. Tu hermano se ha interesado por ti —añadió, como si me adivinara el pensamiento.

—¿Qué le has dicho?

—Que debería preguntártelo él mismo. Pero creo que teme verte.

«Bien», pensé. Espero que tiemble entre tus brazos. Me di cuenta de que me escandalizaba la imagen, una imagen que hasta entonces no me había permitido evocar. Tomaso entre los brazos de mi marido. Así que ahora mi hermano era la esposa. Y yo... ¿qué era yo?

—Esto ha estado muy tranquilo con la casa tan vacía —dije por fin.

Él hizo una pausa. Los dos sabíamos lo que iba a venir. Savonarola podía vigilar las noches, pero al final lo único que conseguiría era que los pecados se escondieran todavía más en la oscuridad.

—Si lo prefieres, no tienes que verlo —dijo en voz baja.

—Es mi hermano. Si viene a casa, sería extraño que no lo viera.

—Es cierto.

Tenía la mirada fija en el fuego y las piernas separadas. Era un hombre culto, educado, con más inteligencia en el pulgar que mi hermano en todo su cuerpo blando y coqueto. ¿Qué tenía ese deseo, que lo obligaba a arriesgarlo todo por su consumación?

—¿Supongo que no tendrás ninguna novedad que contarme? —preguntó al cabo de un rato.

En realidad, sí había una novedad, recordé. Esa misma tarde había sentido un dolor agudo en el vientre, pero en lugar de un bebé prematuro había alumbrado un chorro de sangre. Pero no sabía cómo contárselo, así que simplemente negué con la cabeza.

—No, no hay ninguna novedad.

Cerré los ojos y recordé mi dibujo de nuestra noche de bodas. Cuando volví a abrirlos, él me miraba fijamente, y juro que en su lástima había algo de afecto.

—Me han dicho que has estado en la biblioteca durante mi ausencia. Espero que te haya gustado.

—Sí —contesté, aliviada de volver a las tierras áridas del estudio—. Encontré un volumen de Platón traducido por Ficino con una dedicatoria para ti en su interior.

—Ah, sí. Que alaba mi amor por la belleza y el conocimiento. —Se echó a reír—. Ahora cuesta imaginar que hubo un tiempo en que nuestros gobernantes pensaban esas cosas.

—¿Así que era de Lorenzo el Magnífico? ¿De verdad lo conociste?

—Un poco. Como sugiere la dedicatoria, le gustaba que sus cortesanos fueran hombres de buen gusto.

—¿Sabía... sabía lo tuyo?

—¿A qué te refieres? ¿A mi sodomía, como te gusta llamarlo? Había pocas cosas que Lorenzo ignorara sobre las personas que lo rodeaban. Era un estudioso del alma humana tanto como del intelecto. Su mente te habría cautivado. Me extraña que tu madre no te haya hablado de él.

—¿Mi madre?

—Sí. Cuando su hermano estaba en la corte, a veces iba de visita.

—¿De verdad? ¿Y la conociste entonces?

—No, yo estaba... ocupado en otras cosas. Pero la vi unas cuantas veces. Era hermosa. Y tenía algo del ingenio y la erudición de su hermano cuando hacía falta. Me acuerdo de que la apreciaban mucho. ¿Nunca te ha hablado de ello?

Moví la cabeza en un gesto de negación. En toda mi vida jamás me había dicho nada. ¿Cómo había podido tener semejantes secretos con su propia hija? Y me acordé de cuando contó que había visto cómo arrastraban a los asesinos de los Médicis por la calle, castrados, mientras se ahogaban en la sangre de sus propias heridas. Con razón el horror me había afectado en su vientre.

—En ese caso espero no haber sido indiscreto. Me han dicho que también has preguntado por las llaves del armario. Lamento decepcionarte, pero me temo que el manuscrito pronto ya no estará aquí.

—¿Por qué?

—Será devuelto a su dueño.

—¿Quién es? —Y como mi marido no contestó, añadí—: Si crees que no puedo mantener tus secretos, significa que has elegido mal a tu esposa.

Sonrió ante la lógica de mis palabras.

—Se llama Pedro Francisco de Médicis, el antiguo mecenas de Botticelli.

Claro. El primo de Lorenzo el Magnífico y uno de los primeros en huir al campamento francés.

—Lo considero un traidor —dije con firmeza.

—En ese caso eres más tonta de lo que pensaba —dijo con aspereza—. Deberías medir más tus palabras, incluso aquí. Fíjate bien en lo que te digo: no pasará mucho tiempo antes de que los partidarios de los Médicis huyan temiendo por sus vidas. Además, sólo conoces una parte de la historia. Ese hombre tiene razones suficientes para justificar su deslealtad. Cuando su padre fue asesinado, Lorenzo se hizo cargo de las propiedades de sus hijos y les chupó la sangre cuando la fortuna del banco de los Médicis se fue a pique. El resentimiento de Pedro Francisco es lógico. Pero no es un mal hombre. De hecho, como mecenas, la historia puede colocarlo al mismo nivel que al propio Lorenzo.

–No he visto ninguna donación suya a la ciudad.

–Porque de momento se queda con todo. Pero en su villa de Cafaggiolo tiene pinturas de Botticelli que seguro que el propio artista se arrepentirá de habérselas dado. Hay una tabla donde Marte, tras ser conquistado por Venus, está postrado con tal languidez que cuesta saber si Venus derrotó su alma o su cuerpo. También está la propia Venus, de pie y desnuda sobre una concha entre las olas. ¿Has oído hablar de ella?

–No.

Mi madre me había hablado una vez de una serie de pinturas sobre la leyenda de Nastapio que Botticelli había hecho para una boda, y de como todos los que las habían visto se habían quedado embelesados por los detalles y su vitalidad. Pero, como mi hermana, no soportaba las historias de mujeres con la carne desgarrada, por bueno que fuera el artista.

–¿Cómo es su Venus?

–Bueno, no soy experto en mujeres, pero sospecho que verías en ella el abismo que hay entre la visión del arte de Platón y de Savonarola.

–¿Es hermosa?

–Hermosa, sí. Pero es más que eso. Representa el punto de unión entre lo clásico y lo cristiano. Su desnudez es pudorosa, y sin embargo su gravedad es pícara. Incita y se resiste al mismo tiempo. Hasta su conocimiento del amor parece inocente. Aunque supongo que la mayoría de los hombres que la ven piensan más en llevarla a la cama que a la iglesia.

–¡Ah! Daría cualquier cosa por verla.

–Deberías desear que nadie la viera durante un tiempo. Si se conociera su existencia, seguramente nuestra piadoso fraile querría destruirla junto con sus pecadores. Esperemos que el propio Botticelli no se sienta obligado a entregársela al enemigo. Por lo que me han dicho, ya tiene cierta tendencia a apoyar al Partido de los Llorones.

–¡No!

—Ah, sí. Creo que te sorprendería cuántos de nuestros grandes personajes lo seguirán. Y no sólo artistas.

—Pero ¿por qué? No lo entiendo. Estábamos construyendo una nueva Atenas en esta ciudad. ¿Cómo pueden soportar ver cómo la tiran abajo?

Él se quedó mirando el fuego, como si pudiera encontrar la respuesta allí.

—Porque —contestó por fin—, en su lugar, este monje loco y astuto les ofrecerá la visión de otra cosa. De algo que es para todos y no sólo para los ricos o los listos.

—¿Y qué será?

—La creación de la Nueva Jerusalén.

Mi marido, que aparentemente siempre había sabido que acabaría en el infierno, en ese momento pareció casi triste. Y yo supe que tenía razón.

Veintitrés

Fueron tantos los criados que pidieron permiso para asistir al sermón a la mañana siguiente que casi no quedó nadie para vigilar la casa. Lo mismo ocurrió en toda la ciudad. Ese día un ladrón astuto habría hecho su agosto, aunque también habría necesitado tener agallas para pecar en semejante ocasión: era como aprovechar la oscuridad después de la crucifixión de Cristo para hurgar en los bolsillos de la multitud.

Mientras que los pobres lucieron sus mejores galas, los ricos se vistieron para la ocasión, doblando los cuellos de piel hacia dentro y asegurándose de que sus joyas quedaran ocultas de acuerdo con las nuevas leyes suntuarias. Antes de salir, Erila y yo nos inspeccionamos por si se veía algo sospechoso o frívolo por debajo de nuestras capas. Pero nuestra modestia no bastó. Cuando cruzábamos la plaza en dirección a la catedral era evidente que ocurría algo. El lugar estaba lleno de gente y se oían voces airadas, mezcladas con el llanto de mujeres. Nada más llegar a la escalinata, un hombre vestido toscamente nos interceptó el paso.

–Ella no puede entrar –dijo con brusquedad a mi marido–. Se prohíbe la entrada a las mujeres.

Lo dijo con tal agresividad que por un instante temí que supiera algo más de nosotros y me quedé petrificada.

–¿Y eso por qué? –preguntó mi marido muy sereno.

–El fraile va a predicar sobre la construcción del Estado devoto. No son cosas para sus oídos.

–Pero si el Estado es devoto, ¿qué puede decir que nos ofenda? –pregunté en voz alta.

–Las mujeres no pueden entrar –repitió, sin hacerme caso y dirigiéndose a mi marido–. Los asuntos del gobierno son para los hombres. Las mujeres son débiles e irracionales y deben ser siempre obedientes, castas y calladas.

–Bueno, señor –dije–, pero si las mujeres realmente son...

—Mi esposa es un dechado de virtudes. —Cristòforo me pellizcó por debajo de la manga—. No hay nada que nuestro diligentísimo prior Savonarola pueda instruirle que ella no practique de manera natural.

—En ese caso lo mejor que puede hacer es volver a su casa y dedicarse a sus tareas, y dejar que los hombres se ocupen de sus asuntos —dijo—. Y ese velo no debería estar ribeteado y debería taparle bien la cara. Éste es un Estado de una virtud sencilla, sin los caprichos de los ricos.

Seis meses antes lo habrían enviado a casa tras asestarle unos cuantos azotes por semejante falta de respeto, pero ahora se le veía tan seguro en su insolencia que no se le podía contestar nada. Al volverme, vi que la misma escena se repetía una docena de veces en la escalinata alrededor de nosotros: prominentes ciudadanos humillados por esa devoción nueva y burda. Era fácil ver lo que ocurría: como los ricos vestían pobremente, los pobres tenían menos razones para respetarlos. Y pensé, no por última vez, que si eso era realmente el principio de la Nueva Jerusalén, entonces se trataba de algo más que de una revolución espiritual.

Mi marido, sin embargo, que lo habría visto con la misma claridad que yo, fue lo bastante cauto para no ofenderse. En lugar de eso se volvió y me sonrió.

—Querida esposa —dijo con una dulzura afectada y una manera de hablar intencionadamente ridícula—. Vete a casa con Dios y reza por nosotros. Luego me reuniré contigo y te contaré todo lo que se haya dicho que te concierna, si lo hay.

Nos inclinamos y despedimos como actores en una mala representación de los cuentos de Boccaccio y él desapareció en el interior cavernoso.

A los pies de la escalinata Erila y yo nos vimos rodeadas de mujeres divididas entre la piedad y la indignación por su exclusión. Reconocí a unas cuantas que mi madre habría considerado sus iguales, mujeres elegantes y pudientes. Al cabo de un rato un grupo de muchachos, de pelo corto y vestidos más como penitentes que como jóvenes, se acercó y empezó a empujarnos hacia el borde de la plaza. Me pareció que aprovechaban la excusa de su santidad para provocarnos y denigrarnos de una manera que antes nunca les habrían permitido.

—Por aquí. —Erila me cogió y me apartó hacia un lado—. Si nos quedamos aquí nunca entraremos.

—Pero ¿cómo vamos a entrar? Está todo lleno de guardias.

—Sí, pero no todas las puertas son para los ricos. Con suerte habrán elegidos matones menos severos para los pobres.

La seguí mientras nos alejábamos de la multitud y circundábamos la catedral hasta que encontramos una puerta donde la muchedumbre era menos espléndida pero avanzaba con tal fuerza que era imposible que los sacristanes de la entrada controlaran quién entraba. Mientras avanzábamos oímos un rumor creciente procedente del interior. Al parecer, Savonarola se había acercado al altar y de pronto la concurrencia se apretujó y avanzó más deprisa a la vez que las puertas de la catedral empezaban a cerrarse.

Una vez dentro, Erila me empujó rápidamente hacia el fondo de la iglesia, de modo que nos escabullimos en el espacio entre la segunda celosía y la pared de la iglesia. Un poco antes sin duda nos habrían visto; un poco más tarde no habríamos podido entrar. Dirigí una mirada furtiva hacia la masa de cuerpos y vi que no éramos las únicas mujeres que habíamos desafiado la prohibición, ya que poco después de empezar le misa se produjo una gran conmoción a mi izquierda y vi que sacaban con brutalidad a una anciana mientras los hombres le silbaban al pasar. Erila y yo agachamos la cabeza, replegándonos en la penumbra de la iglesia.

Llegado el momento del sermón, se hizo un silencio en toda la catedral mientras el pequeño fraile se acercaba al púlpito. Sería su primer sermón en público desde la formación del nuevo gobierno. Si bien no había ganado en estatura (aunque, para ser justos, he de añadir que desde donde estaba no pude verlo), era evidente que estaba poseído de una fuerza aún mayor. O a lo mejor era realmente la presencia de Dios. Hablaba de Él con tal familiaridad...

—Bienvenidos, hombres de Florencia. Hoy nos hemos reunido para algo importante. Igual que la Virgen se dirigió a Belén para esperar la llegada de nuestro Salvador, nuestra ciudad está dando los primeros pasos por la senda que la conducirá a la redención. Regocijaos, ciudadanos de Florencia, pues la luz está a vuestro alcance.

Un murmullo de aprobación recorrió la multitud.

—Ya se ha iniciado la travesía. Se ha botado la nave de la salvación. Estos días he estado con el Señor, pidiéndole consejos, rogándole indulgencia. Él no me ha dejado nunca, me ha acompañado día y noche, mientras me postraba ante Él en espera de sus órdenes. «Ah, Dios –he gritado–. Encárgale a otro este gran deber. Permite que Florencia se guíe sola por este tormentoso mar y déjame volver a mi refugio solitario.» «Eso es imposible –me contesta el Señor–. Tú eres el navegante y el viento impulsa las velas. Ya no hay vuelta atrás.»

Se elevó otro clamor, esta vez más fuerte, urgiéndolo a seguir, y no pude evitar acordarme de Julio César, que cada vez que rechazaba la corona incitaba a la multitud a volver a ofrecérsela con más fervor.

—«Señor, señor –le digo–, predicaré si es necesario. Pero ¿por qué he de inmiscuirme en el gobierno de Florencia? No soy más que un simple monje.» Entonces el Señor contesta con voz estentórea: «Escucha, Girolamo. Si quieres convertir Florencia en una ciudad santa, su santidad debe fundarse en cimientos sólidos. En un gobierno de auténtica virtud. Ése es tu cometido. Y aunque tengas miedo, yo estoy a tu lado. Cuando hables, mis palabras fluirán por tu lengua. Y así se penetrará en la oscuridad, hasta que ya no quede ningún sitio donde los pecadores puedan esconderse.

»"Pero no confundas la seriedad de la travesía. La propia esencia está podrida, carcomida por el gusano de la lujuria y la avaricia. Incluso los que se consideran devotos deben ser presentados ante la justicia: los hombres y mujeres de la Iglesia que beben mi sangre con cálices de oro y plata y que se preocupan más por las copas que por mí deben volver a aprender el significado de la humildad. A los que idolatran a dioses falsos con lenguas paganas hay que sellarles la boca. A los que avivan el fuego de la carne hay que quemarlos para expulsar su lujuria... y a los que miran su propia cara antes que la mía hay que romperles los espejos y girarles los ojos para que vean la mancha de su propia alma...

»"Y en esta gran obra serán los hombres los que indicarán el camino. Pues así como la corrupción del hombre empezó con la corrupción de la mujer, su vanidad y flaqueza deben ser guiadas por manos más fuertes. Un verdadero Estado devoto es uno donde las mujeres permanecen encerradas en sus casas y su salvación depende de su obediencia y silencio.

»"Al igual que el orgullo del cristianismo va a la guerra para recuperar mi Tierra Santa, la gloriosa juventud de Florencia saldrá a la calle para librar una batalla contra el pecado. Formará un ejército de devotos. El mismo suelo cantará al sentir sus pasos. Y los débiles, los tahúres, los fornicadores y los sodomitas, todos los que violen mis leyes sentirán mi ira". Así me habló el Señor. Y así obedezco. Alabado sea su nombre. En el cielo y en la tierra. Alabada sea nuestra gran obra en la construcción de la Nueva Jerusalén.»

Y juro que si no era Dios, no sé quién estaba dentro de él, porque realmente parecía un hombre poseído. Sentí un estremecimiento y en ese momento quise romper mis dibujos y pedir perdón y la luz de Dios, aunque fue más por miedo que por la alegría de la salvación. Sin embargo, ni siquiera en ese momento, cuando la congregación entera se levantaba para alabarlo, pude evitar acordarme del sonido que se elevaba de la piazza de Santa Croce el día en que la ciudad celebraba el campeonato anual de balompié, y la manera en que los hombres de la multitud vitoreaban ante cada muestra de habilidad o agresividad.

Me volví hacia Erila para ver cómo reaccionaba y, al hacerlo, levanté ligeramente la cabeza justo cuando el hombre delante de mí decidió cambiar de postura para ver mejor. Miró de soslayo, y su mirada se cruzó con la mía y en ese mismo instante supe que nos había descubierto. Un murmullo se dirigió hacia nosotras, y Erila, más familiarizada que yo con la violencia masculina, me cogió del brazo y me arrastró entre la multitud hasta que llegamos a la rendija de la puerta y salimos rápidamente, sanas y salvas pero temblando, a la luz del sol de una mañana fresca y luminosa de diciembre en la Nueva Jerusalén.

Veinticuatro

Mientras Savonarola predicaba sobre su ciudad devota desde el púlpito, Erila y yo nos dedicamos a recorrer las calles. La idea de vivir encerradas, aisladas y entregadas a la devoción, me ponía los pelos de punta. Incluso sin la mancha de los pecados de mi marido, no superaría ninguna de las pruebas a las que me sometería el Dios de Savonarola, y había arriesgado demasiado para aceptar dócilmente esa oscuridad.

Casi siempre íbamos al mercado. Aunque las mujeres fueran una tentación en la calle, alguien tenía que ocuparse de las compras y las comidas, y si el velo era lo suficientemente grueso, en general no se distinguían las curiosas de las obedientes. No sé cómo será ahora el Mercato Vecchio, pero entonces era una maravilla: un circo de sensaciones. Como todo lo demás en nuestra ciudad, tenía la impronta del caos de la vida, pero eso también le daba su efervescencia y estilo. En el interior de la plaza había espaciosas logias, cada una decorada y construida por los gremios que albergaban. Bajo los medallones con retratos de animales estaban los carniceros y bajo los peces los pescadores, compitiendo por la atención de nuestro olfato con panaderos, curtidores, fruteros y centenares de tenderetes humeantes donde se podía comprar cualquier cosa, desde anguilas estofadas o lucios asados recién pescados en el río hasta trozos de cerdo relleno con romero y cortados cuando la carne todavía despedía jugos en el asador. Era como si los olores de la vida –la levadura, la comida cociéndose, la muerte y la descomposición– se hubieran mezclado todos en una gran olla. Nunca he visto nada comparable, y en esos primeros y oscuros días de invierno del reinado de Dios en Florencia aquello representaba para mí todo lo que había deseado y más temía perder.

Todo el mundo tenía algo que vender, y los que no lo tenían vendían la nada. Aunque no había ninguna logia para los mendigos, también ellos tenían su puesto: en las escalinatas de las cuatro iglesias que se erguían como centinelas en torno a la plaza. Erila decía que había más mendigos desde que Savonarola se había hecho con el poder. No sé si eso era porque aumentó la penuria o la devoción y, por lo tanto, se esperaba que la gente fuera más caritativa. Pero el que de verdad me cautivó fue el luchador. Estaba de pie sobre un pedestal al lado de la entrada occidental de la plaza y ya se había formado un corro a su alrededor. Erila dijo que lo conocía desde hacía tiempo: que antes de exhibirse en el mercado había sido un luchador profesional que aceptaba pelear en la cuenca del río con cualquiera que se ofreciera voluntario. En aquella época tenía un agente que recogía las apuestas por él, y siempre había una multitud que arengaba a los contendientes mientras éstos se tambaleaban y gruñían en el lodo negro hasta que los dos parecían demonios. Más tarde, Erila me contó que una vez lo había visto enterrar la cabeza de un hombre tan profundamente en el barro que la única manera que tuvo el hombre de anunciar su rendición fue agitando los brazos.

Pero como esos espectáculos se basaban en el juego, con las nuevas leyes no le quedó más remedio que dar otro uso a su magnífico cuerpo. Estaba desnudo de cintura para arriba, y exhalaba vaho por la boca a causa del frío. El torso se parecía más al de un animal que al de un hombre, con los músculos tan prominentes y duros que su cuello me recordaba al de un toro. Al verlo me acordé del minotauro y su salvaje ataque al gran Teseo en medio del laberinto. Pero la suya era otra clase de aberración de la naturaleza.

Le brillaba la piel, untada de aceite, y a lo largo de los brazos y a través del pecho tenía pintada (¿aunque qué clase de pintura podía adherirse a esa piel humana aceitosa?) una enorme serpiente. Al flexionar los músculos y tensársele la piel, las gruesas curvas negras y verdes de la serpiente relucían y se deslizaban por sus brazos y en el torso. Era una imagen monstruosa y mágica. Yo quedé fascinada. Tanto fue así que avancé hasta la primera fila de la multitud y me detuve justo debajo de él.

Al ver la riqueza de mis ropas, se interesó por mi monedero y se inclinó hacia mí.

—Observe atentamente, señora —dijo—, aunque tal vez deba quitarse el velo para verlo bien.

Retiré la muselina y él me sonrió, mostrando un hueco tan ancho como el Arno entre los dientes delanteros; luego tendió los brazos hacia mí, y esta vez, cuando la serpiente se deslizó, se acercó tanto que casi pude tocarla.

–El diablo es una serpiente. Cuidado con los pecados que se ocultan en el placer de los brazos de un hombre.

Para entonces Erila me tiraba de la manga, pero yo la aparté.

–¿Cómo se ha hecho eso en el cuerpo? –pregunté con avidez–. ¿Qué pinturas ha usado?

–Ponga una moneda de plata en la caja y se lo diré.

La serpiente se elevó hacia arriba por el otro hombro.

Busqué en mi monedero y tiré medio florín en la caja, que brilló entre las apagadas monedas de cobre. Erila suspiró de manera exagerada por mi credulidad y me quitó el monedero, guardándoselo en el corpiño para no perderlo.

–¡Ahora dígamelo! –dije–. No puede ser pintura. Por lo tanto, ¿es un tinte?

–Es un tinte mezclado con sangre –contestó misteriosamente, agachándose tanto que yo podía tocarlo y ver la capa de sudor y aceite en la piel y percibir el olor amargo de su cuerpo–. Primero se hacen cortes en la piel, muy pequeños, uno tras otro, y luego se inyectan los colores.

–Ah, ¿y duele?

–Ja... Chillé como un bebé –contestó–. Pero una vez iniciado el trabajo, ya no dejé que pararan. Así que cada día mi serpiente se va volviendo más hermosa y flexible. El demonio en forma de serpiente tiene la cara de una mujer. Para tentar a los hombres. La próxima vez que me someta a la navaja pediré que le pongan su rostro.

–¡Uf! –exclamó Erila con desprecio–. Mira cómo te adula. Sólo quiere otra moneda.

Pero yo no le hice caso.

–Sé quién lo hizo –dije rápidamente–. Fueron los tintoreros de Santa Croce. Usted es uno de ellos, ¿no es así?

–Lo fui –repuso, y me miró con más atención–. ¿Cómo lo sabe?

–He visto sus dibujos en la piel. Fui allí una vez, de niña.

–Con su padre. El comerciante de tejidos –dijo.

–¡Sí! ¡Sí!

–Me acuerdo de usted. Era pequeña y mandona y metía las narices en todo.

Solté una sonora carcajada.

–¿De verdad? ¿De verdad se acuerda de mí?

Erila chasqueó la lengua.

–Tengo su monedero, idiota. Ya no recibirás más monedas de plata.

–No necesito tu dinero –gruñó–. Gano más moviendo los brazos que tú en la calle a oscuras cuando no se distingue tu piel negra de la negrura de la noche. –Y se volvió hacia mí–. Sí, me acuerdo de usted. Iba muy bien vestida y tenía la cara fea y arrugada, pero nada le daba miedo.

Registré sus palabras como una puñalada. Iba a retroceder pero él acercó su rostro.

–Pero le diré una cosa. No pensé que fuera fea. En absoluto. Pensé que era exquisita. –Y cuando pronunció la palabra, hizo que la serpiente se deslizara lánguidamente por su cuerpo hacia mí, al tiempo que él sacaba la lengua y me apuntaba con ella. Fue un gesto de una lujuria tan descarnada que sentí que se me revolvía el estómago con una excitación nerviosa. Me aparté rápidamente y seguí a Erila que ya se alejaba de la multitud, y mientras lo hacía oí su risa ordinaria que resonaba por encima de mi cabeza.

Erila estaba tan enfadada por mi desobediencia que al principio no me habló. Pero cuando disminuyó el gentío, se detuvo y se volvió hacia mí.

–¿Estás bien?

–Sí –contesté, aunque sospecho que era evidente que no lo estaba–. Sí.

–Bueno, puede que ahora entiendas por qué las señoras salen a la calle acompañadas. No te preocupes por él. Tiene los días contados. En cuanto lo encuentre el nuevo ejército, lo prenderán tan deprisa que sus dos preciosas serpientes se quedaran flácidas de terror.

Pero yo no pude pasar por alto la belleza de su cuerpo ni la verdad de su observación sobre el mío.

–¿Erila? –La obligué a detenerse una vez más.

–¿Qué pasa?

–¿Realmente soy tan fea como para que él haya podido reconocerme tras tantos años?

Erila resopló y se acercó para darme un rápido abrazo.

–No era tu fealdad lo que recordaba. Era tu valor. Y que Dios nos asista, porque eso te traerá más problemas que tu aspecto.

Y me llevó por las estrechas calles hasta casa.

Pero esa noche no pude dejar de pensar en su piel. Dormí mal, los músculos de la serpiente convirtieron mis sueños en pesadillas hasta que desperté empapada en sudor, alejando de mi cuerpo la serpiente enroscada. Tenía el camisón mojado y frío. Me lo quité y me acerqué a trompicones al cofre para coger otro. A la tenue luz de las antorchas de fuera vi el reflejo de mi busto en el pequeño espejo bruñido de la pared revestida de paneles. La visión de mi desnudez me retuvo un instante. Tenía el rostro oculto por una gran sombra y mis curvas atrapaban la oscuridad bajo mis pechos. Pensé en mi hermana el día de su boda, resplandeciente en la seguridad de su belleza, y de pronto no pude soportar el contraste. El luchador tenía razón. No había nada en mí que deleitara la vista. Era tan fea que los hombres sólo me recordaban por lo espantosa que era. Era tan fea que hasta a mi marido le resultaba desagradable. Me acordé de la descripción que hizo el pintor de Eva cuando huyó del paraíso, aullando en la oscuridad, de pronto avergonzada de su desnudez. También a ella la había cortejado una serpiente, su lengua bífida atravesó su inocencia mientras se enroscaba en torno a su presa hasta matarla. Volví a la cama y me acurruqué. Al cabo de un rato deslicé el dedo hacia mi hendidura, en busca de un consuelo de mi cuerpo que nadie más podría darme. Pero la noche estaba llena de pecados y mis dedos temieron la dulzura que pudieran hallar y, en lugar de eso, lloré hasta quedar dormida con la soledad como única compañía.

Veinticinco

Las semanas siguientes Dios y el diablo compitieron en las calles de la ciudad. Savonarola predicaba a diario mientras bandas de jóvenes, en representación de los guerreros de la nueva iglesia, castigaban a los florentinos por su falta de devoción y enviaban a las mujeres a sus casas para que se ocuparan de sus asuntos.

Mi hermana Plautilla que, por otro lado, siempre había tenido talento para guardar las apariencias, eligió ese momento para superarse a sí misma. Erila me despertó al amanecer del día de Navidad con la noticia.

–Ha llegado un mensajero de casa de tu madre. Tu hermana ha dado a luz a una niña. Tu madre está con ella y vendrá a vernos de camino a su casa.

Mi madre. No la había visto desde mi boda seis semanas antes. Si bien hubo momentos en mi vida en que su amor había sido absoluto e implacable, nadie más entendía tan bien mi perversidad y me quería tanto a pesar o incluso a causa de ella. Sin embargo, esa misma mujer ahora tenía un pasado que la relacionaba con mi marido y un hijo que había orquestado la ruina de su propia hermana. Cuando llegó por la tarde, casi me daba miedo verla. No contribuyó a mi fragilidad el hecho de que mi marido se hubiera ido la noche anterior y todavía no hubiera vuelto.

La recibí en la sala de recepción, como haría una buena esposa, aunque la estancia estaba fría y desangelada en comparación con la que ella había decorado con tanta gracia. Me puse en pie cuando entró y nos abrazamos. Tras sentarnos, me miró con su habitual mirada escrutadora.

–Tu hermana te envía recuerdos. Está orgullosa como un pavo real y en excelente estado de salud. El bebé también está bien.

–A Dios gracias –dije.

–Sí. ¿Y tú, Alessandra? Se te ve bien.

–Lo estoy.

–¿Y tu marido?

—También está bien.
—Siento no poder verlo.
—Sí..., seguro que volverá pronto.
Hizo una pausa.
—Así que... las cosas entre vosotros van...
—De maravilla –dije con firmeza.
Observé cómo asimilaba el rechazo a hablar del tema y volvía a intentarlo.
—La casa está muy tranquila. ¿Qué haces todo el día?
—Rezo –contesté–. Como tú me has dicho. Y en respuesta a tu próxima pregunta, todavía no estoy embarazada.
Sonrió por mi ingenuidad.
—Bueno, yo de ti no me preocuparía. En eso tu hermana ha sido más rápida que muchas mujeres.
—¿Ha sido fácil el parto?
—Más fácil que el tuyo –contestó ella con suavidad, y la alusión a mi nacimiento fue, lo sé, un intento de ablandarme. Pero yo no estaba dispuesta a seguirle el juego.
—Hoy Maurizio será un hombre rico.
—Sin duda. Aunque seguro que habría preferido un niño.
—Aun así. Apostó cuatrocientos florines a que sería niña. Puede que no tenga un heredero, pero no está mal para empezar la dote. Tengo que hablar con Cristòforo y proponerle que hagamos lo mismo. Cuando llegue el momento.
Y me quedé muy satisfecha con esa frase, pues sonaba tal como creía propio de una esposa.
Mi madre me miró fijamente.
—¿Alessandra?
—Sí –contesté alegremente.
—¿Va todo bien, hija mía?
—Claro. Ya no tienes que preocuparte por mí. Recuerda que estoy casada.
Calló. Quiso decir algo más, pero me di cuenta de que esa joven serena y frágil que estaba sentada ante ella la tenía desconcertada. Dejé que el silencio se alargara.
—¿Cuánto tiempo estuviste en la corte, madre?
—¿Cómo?
—Mi marido ha estado compartiendo conmigo sus recuerdos de los tiempos de Lorenzo el Magnífico. Me ha hablado de cómo toda la corte alababa tu belleza e ingenio.

Creo que si la hubiese atacado físicamente no se habría sorprendido tanto. Sin duda nunca la había visto tan falta de palabras.

–Yo no... nunca estuve en la corte. Sólo fui de visita... un par de veces... de joven. Me llevó mi hermano. Pero...

–¿Así que conocías a mi marido?

–No. No... O sea, puede que lo viera alguna vez si estaba allí, pero no lo conocía. Yo... fue hace mucho tiempo.

–De todos modos, me extraña que nunca hayas hablado de eso. Precisamente tú, a quien tanto te preocupa que conozcamos la historia. ¿No pensaste que nos interesaría?

–Fue hace mucho tiempo –repitió–. Yo era muy joven... no mucho mayor que tú ahora.

Sólo que en ese momento yo me sentía muy vieja.

–¿Mi padre también estuvo en la corte? ¿Fue así como os conocisteis? –Porque para mí era evidente que si mi padre se hubiera codeado con semejante grandeza, no habría parado de recordárnoslo a nosotros, sus hijos.

–No –contestó, y al pronunciar esa palabra noté el cambio en la voz, vi que había recobrado la compostura–. Nos casamos después. ¿Sabes, Alessandra?, aunque tu pasión por el pasado es admirable, creo que sería mejor hablar del presente. –Se detuvo–. Debes saber que tu padre no está bien.

–¿Ah, no? ¿Qué le pasa?

–Tiene... muchas tensiones. La invasión y las vicisitudes de Florencia le han afectado mucho.

–Pensaba que le había ido bien. Por lo que me han dicho, por lo único que los franceses estaban dispuestos a pagar era por nuestros tejidos.

–Sí. Sólo que tu padre se negó a vendérselos. –En ese momento lo quise todavía más por haber actuado así–. Me temo que su actitud lo habrá señalado como miembro de la oposición. Confío en que no nos dé problemas en el futuro.

–De todos modos, tenía que saber que ya no lo llamarían a la Signoria. A partir de ahora nuestra gran sala del gobierno estará llena de Llorones –dije, empleando el apodo de los seguidores de Savonarola. –Mi madre puso cara de espanto–. No te preocupes. No digo estas palabras en público. Mi marido me mantiene al corriente de los cambios en la ciudad. Como tú, he oído hablar de las leyes nuevas: contra el juego, y la fornicación. –Hice una pausa–. Y contra la sodomía.

Una vez más mis palabras la dejaron sin aliento. Enseguida me di cuenta. Se hizo un silencio. Desde luego, no era posible que mi propia madre hubiera permitido algo así...

−Sodomía −repetí−. Un pecado tan grave que no entendí su significado hasta hace poco. Aunque me temo que mi educación en ese sentido ha sido un poco deficiente.

−Bueno, ésas no son cosas que deban preocupar a una buena familia −dijo, y en ese momento ella estaba tan crispada como yo. En esas palabras vi la enormidad de su traición de una manera evidente y, aunque apenas si podía creerlo, me embargó tal furia que me costó permanecer en la misma habitación que ella. Me puse en pie con la excusa de que tenía trabajo. Pero ella no se movió.

−Alessandra −dijo.

La miré fijamente.

−Querida hija, si eres infeliz...

−¿Infeliz? ¿Por qué? ¿Por qué mi matrimonio habría de hacerme infeliz? −pregunté, sin apartar la mirada.

Ella se levantó, derrotada por mi agresividad.

−Ya sabes que a tu padre le gustaría que fueras a verlo. Está muy agobiado por los problemas de trabajo. Nuestro Estado no es el único sumido en el caos, y tanta política es mala para el comercio. Creo que le distraería recibir la visita de su hija preferida −dijo suavemente−. Y a mí también.

−¿De verdad? Pensaba que la casa ya estaría suficientemente llena con mis hermanos, dado que ahora nos hemos vuelto más severos con las locuras de la juventud.

−Bueno, es verdad que Luca ha cambiado de estilo de vida −dijo−. De hecho, me temo que Savonarola ha conquistado a tu hermano. Debes tenerlo en cuenta cuando trates con él. Y Tomaso... −Calló y de nuevo vi que se estremecía−. Bueno, últimamente no lo vemos mucho. Creo que ése es otro de los motivos de preocupación de tu padre. −Bajó la vista.

Llegó a la puerta y yo seguía sin decir nada, y entonces se volvió.

−Ah, lo olvidaba. Te he traído algo. Del pintor.

−¿Del pintor? −repetí, y sentí el familiar dolor que se me arremolinaba en el estómago. Aunque nuestra vida había sido tan agitada que hacía tiempo que no pensaba en él.

−Sí. −Sacó algo del bolso: un paquete envuelto en muselina

blanca–. Me lo ha dado esta mañana. Es su regalo de boda. Creo que le dolió que no le encargáramos el cofre nupcial, aunque tu padre le explicó que no hubo tiempo.

–¿Cómo está?

Se encogió de hombros.

–Ha empezado los frescos. Pero no podemos verlos hasta que los haya acabado. De día trabaja con sus ayudantes, y por la noche solo. Únicamente sale de casa para ir a misa. Es un joven extraño. En el tiempo que lleva con nosotros no he cruzado con él más de medio centenar de palabras. Creo que le gustaba más estar en su monasterio que en esta ciudad mundana. Pero tu padre sigue creyendo en él. Esperemos que sus frescos estén a la altura de su fe.

Calló. Tal vez esperara ablandarme y hacerme hablar con la promesa de más cotilleos. Pero no hice nada para ayudarla, de modo que me abrazó rápidamente y se fue.

La sala se enfrió en torno a mi nueva soledad. No me permití pensar en lo que acababa de descubrir, porque si lo hacía, con toda seguridad me precipitaría en un abismo de dolor del que nunca saldría. En lugar de eso, dirigí mi atención hacia el regalo del pintor.

Desenvolví la muselina con cuidado. Debajo, pintado al temple sobre una tabla de madera de aproximadamente el tamaño de una gran Biblia de iglesia, había un retrato de Nuestra Señora. La escena vibraba con la paleta de colores del sol florentino y los detalles del fondo mostraban elementos de la ciudad: la gran cúpula, las complejas perspectivas de sus logias y plazas, y un sinfín de iglesias. En el centro estaba la Virgen, las manos (unas manos hermosas) dobladas delicadamente sobre el regazo y la aureola de pan de oro brillando ante el mundo, definiéndola como la madre de Dios.

Eso estaba claro. Lo que no estaba tan claro era el momento de su vida en que el pintor había decidido captarla. Su juventud era evidente y, por la manera en que miraba con audacia más allá de la mirada del espectador, era obvio que miraba a alguien. Sin embargo, no se veía la menor señal de un ángel ansioso por darle una buena noticia ni ningún bebé dormido o bailando que le procurara alegría. Tenía el rostro alargado y regordete, demasiado regordete para ser hermoso, y el cutis no presentaba la palidez de moda; sin embargo, pese a su aspecto, había algo en ella:

un gravedad, casi una intensidad, que obligaban al espectador a mirarla dos veces.

Esa segunda mirada revelaba algo más. Más que suplicar, María inquiría: había una pregunta en su mirada, como si tuviera que entender de manera satisfactoria o aceptar algo que se esperaba de ella. Y si no lo entendía era posible que optara por no obedecer.

En pocas palabras, se adivinaba cierta rebeldía en ella, de un tipo que nunca había visto en una Madona. Pero pese a su transgresión, yo conocía a esa mujer muy bien. Porque su rostro era el mío.

Veintiséis

Permanecí despierta hasta tarde, con mis pensamientos divididos entre la culpabilidad de mi madre y la transgresión del pintor. ¿Cómo fue ella capaz de semejante traición? ¿En qué pensaba él para crear semejante obra? Sentada junto a la ventana de mi dormitorio, mirando la ciudad que ahora me estaba más prohibida que cuando era una virgen en casa de mi padre, pensé en cómo los avatares de mi vida me habían llevado de tanta esperanza a tanta desesperación. Entonces vi los primeros copos de nieve que surgían de la oscuridad junto a la ventana. Y como no solía nevar en la ciudad, me quedé, pese a mí misma, fascinada, y permanecí allí sentada, mirando. Así fue como presencié la llegada de la gran ventisca.

La tormenta rugió dos días y dos noches; la nieve era tan espesa y sopló tanto viento que de día incluso costaba ver la acera de enfrente. Cuando por fin amainó, la ciudad quedó transformada: las calles parecían más bien campos, con hondonadas y dunas que cubrían muchas casas hasta el primer piso, mientras que era tanta el agua de lluvia convertida en hielo en los aleros de los tejados que Florencia parecía colgada de cortinas de cristal en cascada. Estaba tan hermosa que casi podía haber sido obra de Dios; una imagen para celebrar nuestra nueva pureza. Aunque algunos dijeron que era una señal de que el Señor se había unido a Savonarola y, como no había podido quemar el pecado con el calor, ahora pretendía extirparlo congelándolo con el frío.

Durante unas semanas el tiempo formó parte de nuestras vidas. El río estaba tan congelado que los niños hicieron fogatas en la superficie y los remeros fueron los primeros en morir de hambre cuando los florentinos aprendieron a caminar por el agua. Varios años antes, cuando yo era pequeña y estalló una tormenta tan violenta que toda la ciudad se cubrió de blanco, la gente había salido a la calle para modelar estatuas de nieve y uno de los aprendices de la escuela de escultura de Lorenzo había esculpido un león como símbolo de Florencia en el jardín del palacio de los Médicis. Era tan real que Lorenzo abrió las verjas para dejar entrar a los ciudadanos. Pero esta vez no hubo fruslerías. Cada día, al anochecer, la ciudad se volvía tan silenciosa que parecía que sus habitantes se habían congelado junto con el paisaje. La casa de mi marido tenía tantas corrientes de aire que era como si estuviéramos en la calle, aunque sé que es una tontería decir eso porque hubo gente que realmente murió en sus casas, mientras que nosotros al menos teníamos un fuego que nos abrasaba las piernas en tanto que se nos congelaba la espalda.

La segunda semana la nieve se convirtió en hielo negro y era tan peligrosa que nadie salía a la calle a menos que no le quedara más remedio. La oscuridad del invierno empezó a hacer mella en nuestros ánimos. Parecía que iba a durar eternamente. Apenas había luz de día, aunque los días se hacían dolorosamente largos y la creciente impaciencia de mi marido por verse separado de mi hermano era tan manifiesta que al cabo de un tiempo su anhelo pudo más que su gentileza y empezó a alejarse de mí, refugiándose en su estudio hasta muy tarde por la noche. Su ausencia me disgustó más de lo que me atreví a reconocer. Hasta que una mañana, a pesar del tiempo, abandonó la casa y ya no regresó por la noche.

Pero si él podía salir, yo también. Al día siguiente, tras dejar una nota a Erila, me fui sola a visitar a mi hermana.

En la calle, el aire era tan frío que tenía que respirar despacio para que no me cauterizara la nariz. La gente caminaba a paso lento, centrando toda su atención en dónde ponía los pies. Algunos llevaban bolsas de tierra mezclada con arenilla que esparcían como semillas de maíz ante ellos. La sal habría ido mejor, pero era un bien demasiado preciado para malgastar pisándolo. Yo no tenía ninguna de las dos cosas, y por lo tanto la calle era un peligro, y si bien no mediaba una gran distancia entre las dos casas, en cuanto recorrí cien metros ya tenía la falda desgarrada y llena de manchas de suciedad.

Plautilla me acogió con los brazos abiertos pero sorprendida, instalándome junto al fuego y riñéndome por mi osadía y estupidez. Su casa era muy distinta de la mía. Menos magnífica y más nueva, había menos grietas por donde pudiera pasar el frío, aunque también tenía más chimeneas encendidas y el incesante ajetreo de una familia que yo recordaba con tanto cariño de mi infancia. En contraste con mi nariz roja y mi rostro aterido, ella estaba bien y no tenía frío, aunque también debo decir que seguía casi tan gorda sin el bebé como cuando lo esperaba.

Pese a la maravillosa coincidencia de la fecha, la natividad de mi hermana había sido a todas luces mucho menos humilde que la de Nuestra Señora. En su defensa podría argumentarse que como la fecha de su parto había coincidido con la invasión, Plautilla no había salido desde hacía cierto tiempo y nadie le había explicado lo mucho que habían cambiado las cosas. Sin embargo, si la Policía Suntuaria hubiese decidido visitar la habitación de la niña en ese momento, habría despojado al bebé de casi toda su ropa y gran parte de los muebles habrían acabado en la calle. Por suerte no habíamos llegado a eso. De momento.

Me dejó sostener en brazos a mi pequeña sobrina arrugada y llorona, que chilló diligentemente hasta que la cogió el ama de cría y se la acercó al pecho, donde se atiborró como una corderita, y mientras la oía chupar y mover la mandíbula con avidez, Plautilla guardaba un silencio sereno, regordeta y triunfante con sus pezones suaves.

—Ahora me doy cuenta de que las mujeres están hechas para esto —dijo con un suspiro—. Aunque ojalá Eva nos hubiera ahorrado parte de la agonía del parto. No te puedes imaginar el dolor. Creo que debe de ser peor que el *strappado*. Dios fue muy misericordioso con Nuestra Señora al descargarla de ese peso. —Se llevó otro caramelo a la boca—. Pero mírala, ¿quieres? ¿No te parece que el tejido de color crema de papá es ideal para los pañales? Esto es lo que tienes que desear. Es una creación mucho más magnífica que todos esos garabatos tuyos, ¿no te parece?

Yo asentí, pero como Plautilla sólo la tuvo en sus brazos tres o cuatro veces durante mi visita y se pasó el resto de los días preparando el equipaje que acompañaría al bebé y al ama de cría al campo al cabo de una semana, no entendí muy bien de qué modo eso había cambiado su vida. En cuanto a Maurizio, bueno, en los pocos y breves momentos en que lo vi, parecía un tanto aburrido con todo aquello. Pero también había que tener en cuenta que los hombres de Estado tenían preocupaciones más importantes que los bebés. Y para colmo esta sólo era una niña.

—Madre dice que estás bien, pero que te has vuelto más humilde. Debo decir que se te ve un poco sencilla.

—Muy sencilla —aclaré—. Pero es que el mundo se ha vuelto sencillo. Me sorprende que no te lo hayan dicho.

—Ah, ¿por qué habría de salir de casa? Aquí tengo todo lo que necesito.

—¿Y cuando ella se vaya? ¿Qué harás, entonces?

—Ordenaré la casa, y cuando haya descansado, nos dispondremos a tener otro hijo —dijo con una sonrisa coqueta—. Maurizio no cejará hasta que tengamos una tropa de niños que estén al mando de la nueva República.

—Me alegro por él —dije—. Si te das prisa podrán convertirse en los nuevos guerreros de Dios.

—Sí. Y ya que hablamos de guerreros, ¿has visto a Luca últimamente?

Negué con la cabeza.

—Pues ha cambiado. Vino a ver a Illuminata hace un par de días. ¿No te encanta el nombre? Es como una nueva luz en el cielo. Dijo que era un buen nombre para estos tiempos y que bendito era el fruto de mi vientre. —Se echó a reír—. ¿Te imaginas a nuestro Luca hablando así? Aunque tenía muy mal aspecto, con la nariz azul por el frío de tanto patrullar por las calles. Y se ha cortado el pelo, lo lleva como un monje. Pero me han dicho que los más jóvenes parecen ángeles de verdad.

«Seguro que pinchan como demonios —pensé—, acordándome del grupo en la plaza.» Eché una mirada al ama de cría, que miraba fijamente a Illuminata, y ésta, a su vez, le devolvía la mirada sin pestañear. ¿Sería ella también una seguidora del nuevo Estado? Era difícil saber lo que se podía decir delante de según qué personas.

—No te preocupes —susurró Plautilla, comprendiendo el motivo de mi mirada—. No es de Florencia. Apenas nos entiende.

Pero vi un pequeño brillo en sus ojos de párpados caídos que me hizo pensar lo contrario.

—Adivina qué me trajo Luca de regalo por el parto. Un libro con los sermones de Savonarola. ¿Te das cuenta? Recién salido de la imprenta. Los están imprimiendo. Últimamente han abierto tres imprentas nuevas en la Via dei Librai, me contó, todas para difundir la palabra nueva. ¿Te acuerdas de cuando madre decía que era una vulgaridad comprar libros procedentes de medios mecánicos? Que la belleza de las palabras... –Se le trabó la lengua.

–... procedía en gran medida de los trazos de la pluma que las copiaba –dije–. Porque los copistas añadían su amor y devoción al texto original.

–Ah, te acuerdas de todo. Bueno, pues eso se acabó. Ahora hasta los caballeros compran libros impresos. Me han dicho que es la última moda. ¿Te imaginas? En cuanto el Fraile dice algo, ya lo tenemos en un libro. Y a los que no saben leer se lo pueden leer en voz alta. No me extraña que tenga unos seguidores tan devotos.

Aunque se dejaba llevar fácilmente por las fruslerías de moda, mi hermana no era tonta, y creo que si hubiera estado en la iglesia escuchando las apasionadas palabras del Fraile, también a ella le habría infundido cierto miedo además de asombro. Pero los placeres del matrimonio y la maternidad le estaban ablandando el cerebro.

–Tienes razón –dije en voz baja–. De todos modos, esperaría un poco antes de leérselos a Illuminata.

Vi que el ama de cría desviaba ligeramente la mirada mientras apartaba un momento el bebé de su pecho, y entonces los chillidos de indignación interrumpieron la conversación. No volví a sacar el tema durante el resto de mi estancia.

Cuando volví a casa pocos días después, el hielo había empezado a derretirse.

En la esquina de nuestra calle el deshielo había expuesto el cuerpo medio congelado de un perro. Estaba abierto en canal y las entrañas cobraron vida cuando los primeros gusanos empezaron a sobrevivir al frío. Era imposible saber si el hedor procedía de la vida o de la muerte. Mi casa también olía distinto. Como si hubiera entrado un animal extraño. O puede que fuese porque vi el caballo de Tomaso atado junto al de Cristòforo en el patio. Los dos relucían de sudor, muy cerca el uno del otro como buenos compañeros en espera de que el mozo acabara de cepillarlos. El muchacho interrumpió su tarea para saludarme con la cabeza. Yo le devolví el saludo. ¿Por qué estaba tan segura de que había atendido de igual modo a los dos caballos muchas veces antes?

Erila me abordó antes de que llegara a mi dormitorio. Creí que me reprendería por mi ausencia, pero en cambio mostró una jovialidad casi exagerada.

—¿Cómo estaba tu hermana?

—Pesada —contesté—. En más de un sentido.

—¿Y el bebé?

—Difícil saberlo. Estaba cubierta de vómito de leche. Pero tiene una buena voz. Y creo que sobrevivirá.

—Ha venido tu hermano. Tomaso —anunció, y no sé si fueron imaginaciones mías o si realmente me observó con atención.

—¿De verdad? —pregunté con naturalidad—. ¿Cuándo ha llegado?

—El día después de tu marcha —contestó, y su naturalidad afectada parecía casi tan real como la mía. ¿Conque también ella lo sabía? ¿Lo había sabido siempre? ¿Es que lo había sabido todo el mundo menos yo?

—¿Dónde están?

—Acaban de venir de montar a caballo. Creo... creo que están en la sala de visitas.

—Tal vez debas avisarlos de que he vuelto. No... no, pensándolo bien, iré yo misma.

La esquivé y subí rápidamente la escalera antes de flaquear, sintiendo su mirada clavada en mi espalda. Al día siguiente de marcharme. Me avergoncé de mi marido por su deseo tan manifiesto. Y también de mí misma.

Abrí la puerta con sigilo. Los dos estaban cómodamente instalados. La mesa seguía puesta con los restos de la cena y una botella abierta de buen vino, y en el aire flotaba el olor de las especias. Se notaba que en la cocina los habían tratado bien. Estaban de pie ante la chimenea, cerca del fuego y todavía más cerca el uno del otro aunque sin tocarse. Para alguien poco observador podían haber sido dos amigos que compartían el calor de la chimenea, pero yo percibí algo entre ellos, como el estallido de energía entre dos leños en llamas.

Tomaso vestía de una manera menos ostentosa, claramente consciente de los nuevos códigos, aunque me pareció que su atractivo rostro empezaba a estar un poco demasiado orondo. Pronto cumpliría veinte años. No era exactamente un adulto, pero sí tenía edad suficiente para recibir castigos algo más severos. ¿Había sido el día anterior cuando Plautilla me había contado que a los jóvenes condenados por sodomía les cortaban la nariz, un castigo que normalmente se aplicaba a las prostitutas, concebido para poner de manifiesto su falta de virilidad y para herir su vanidad? En ese momento entendí el motivo de la mutilación del chico en la escalinata del baptisterio el día de mi boda. En todos los años de conflictos con Tomaso, nunca había albergado unos pensamientos tan crueles con respecto a él y me daba miedo hacerlo ahora.

Fue el primero en verme, y cruzó una mirada conmigo por encima del hombro de mi marido. Nos habíamos pasado la vida atormentándonos: él haciendo de mula que asestaba brutales coces, y yo de mosquito que infligía una docena de ampollas rojas por cada uno de sus golpes.

–Hola, hermana –saludó, y habría jurado que su triunfo estaba teñido de miedo.

–Hola, Tomaso –dije, y supe que mi voz debió de sonar extraña porque apenas si pude tomar aliento para pronunciar su nombre.

Mi marido se volvió de inmediato, apartándose de su amante y acercándose a mí con fluido movimiento.

–Querida. Bienvenida a casa. ¿Cómo estaba tu hermana?

–Pesada. En más de un sentido. –Gracias a Dios que tenemos memoria.

A continuación dimos unos confusos pasos de danza para acomodarnos en la sala, Cristòforo en una butaca, yo en otra y Tomaso en un pequeño sofá: marido, mujer y cuñado, un encantador grupo familiar de la élite más culta de Florencia.

–¿Y el bebé?

–Bien. –Se hizo un silencio. ¿Cómo eran las sabias palabras de Savonarola sobre las mujeres? Tras la obediencia, la mayor virtud de una esposa es el silencio. Aunque para ser una esposa de verdad hay que tener un marido de verdad.

–Plautilla te echa de menos –dije a Tomaso–. Dice que eres el único que no la ha visitado.

Él bajó la vista.

–Lo sé. He estado ocupado.

«Sí, cortando los flecos de tu ropa», pensé, y en ese mismo momento advertí que llevaba el cinturón de plata de la boda. Al verlo, sentí como si me hubieran asestado un puñetazo en el estómago.

—Me sorprende que hayas salido tanto. Habría jurado que últimamente la ciudad te habría resultado menos atractiva.

—Bueno... —dirigió una rápida mirada a Cristòforo—, en realidad no... —Calló y se encogió de hombros, obedeciendo la orden de seguirme la corriente que sin duda había recibido.

Se hizo otro silencio. Miré a mi marido. Él me miró a mí. Sonreí, pero no puedo asegurar que me devolviera la sonrisa.

—Tomaso me ha contado que están vaciando los conventos —dijo—, llevándose todas las obras de arte que no coinciden con su concepto de la decencia y todo adorno o vestidura demasiado ostentoso.

—¿Y qué harán con todas las riquezas confiscadas? —pregunté.

—Nadie lo sabe. Pero no me extrañaría que pronto empezáramos a oler a humo de madera quemada.

—No se atrevería, ¿no?

—No creo que sea una cuestión de atrevimiento. Puede hacer lo que le plazca mientras su gente lo siga.

—¿Y qué hay del resto de la colección de los Médicis? —pregunté—. ¿La destruirá?

—No. Lo más probable es que proponga subastarla.

—En ese caso habrá que hacer un inventario de todos los compradores —dije con aspereza—. Tendrás que contener tu deseo de adquirir más belleza, Cristòforo, o de lo contrario podrán señalarnos por otras razones.

Él movió la cabeza en un leve gesto de asentimiento, dándome la razón. Lancé una mirada a Tomaso.

—¿Y tú qué piensas de la actitud de nuestro Fraile hacia el Renacimiento? —pregunté, deseosa de poner en evidencia su superficialidad—. Seguro que es algo que te preocupa mucho.

Tomaso frunció ligeramente el ceño. «No me desprecies —pensé—. Has hecho más daño en tu vida del que te han hecho a ti.»

—Por cierto —proseguí, cuando fue obvio que no iba a contestar—, me he enterado de que Luca se ha convertido en un guerrero de Dios. Esperemos que no hayas ganado un enemigo.

—¿Luca? No, lo que le pasa es que le gustan los ejércitos. Antes nunca salía a la calle. Él lo que busca es armar camorra. Si no lucha contra los franceses, tiene que luchar contra los pecadores. Eso es lo que le da placer.

—Bueno, todos lo obtenemos de distintos lugares. —Hice una

pausa–. Madre dice que nunca estás en casa. –Hice otra pausa. Esta vez más larga–. Sabe lo tuyo, ¿verdad?

Él alzó la vista, alarmado.

–No. ¿Por qué lo dices?

–Porque es la impresión que da. A lo mejor Luca sintió la necesidad de confesar por ti.

–Ya te lo he dicho. Él no me traicionaría –dijo malhumoradamente–. De todos modos, sabe muy poco.

«No como yo», pensé. El ambiente empezaba a caldearse. Sentí que la temperatura ascendía como el vómito en la garganta. Y sentí que mi marido, *nuestro* marido, se ponía tenso en el otro extremo de la sala. Tomaso le dirigió otra mirada, esta vez de un modo más ostensible, una mirada en la que había algo de pereza y que expresaba conspiración, sudor y deseo. Mientras yo había estado arrullando bebés y cambiando pañales, ellos habían estado revolcándose en la gloriosa seguridad de mi ausencia. Puede que aquélla fuera mi casa, pero en ese momento la intrusa era yo. Eso me enloqueció de dolor.

–De todos modos, debes reconocer que hay cierta simetría: un hijo se acerca a Dios mientras el otro se acerca al diablo. Por suerte para nuestros padres sus dos hijas están casadas. Qué alegría debieron de sentir cuando propusiste a mi pretendiente, Tomaso –dije bajando la voz, pero no por ello con menos virulencia.

–Ah, y tú, claro, eras tan inocente –dijo, rápido como un imán al adherirse al metal–. A lo mejor si yo hubiese tenido una hermana más dulce, las cosas habrían sido diferentes.

–¡Vaya! –Me volví para no ver las señales de advertencia que seguro me lanzaba mi marido–. De modo que fue así como ocurrió. Naciste con el alma pura, dispuesto a acercarte corriendo a Dios, pero de pronto apareció una niña mala que te humilló tanto porque no quisiste tomarte la molestia de estudiar nada, que odiaste a todas las mujeres y fue así como ella te lanzó por el camino de la sodomía.

–Alessandra. –La voz de Cristòforo a mis espaldas sonó tan débilmente que habría podido no oírla.

–Ya te lo he dicho, es inútil –dijo Tomaso con amargura–. Ella no perdona.

Sacudí la cabeza.

–Ah, creo que de ese pecado eres más culpable que yo –dije

con frialdad, y me di cuenta de que estaba perdiendo el control–. ¿Sabes que Cristòforo y yo hablamos de ti? ¿No te lo ha dicho? De hecho, lo hacemos bastante a menudo. De lo apuesto que eres, y lo estúpido.

Oí que mi marido se ponía en pie.

–Alessandra –dijo, esta vez con más severidad.

Pero ya no podía detenerme. Era como si un dique se hubiera roto dentro de mí. Me volví hacia él.

–Claro que no usamos esas palabras exactamente, ¿no es así, Cristòforo? Pero cada vez que te hago pensar o reír con un dato o una observación sobre arte, en lugar de un gesto tonto o una caída de ojos..., cada vez que veo que te brillan los ojos con el placer de nuestra conversación, y que tu mente se olvida durante un momento de su cuerpo..., entonces pienso que he conseguido una pequeña victoria. Si no para Dios, al menos para la humanidad.

Pero yo no quería que fuera así. Había imaginado que sería muy distinto: que me mostraría amable e ingeniosa, que sonreiría y los tranquilizaría y luego, poco a poco, los conduciría hacia una conversación con la que expondría sutilmente la vanidad superficial de mi hermano tal como era, mientras vería cómo le brillaban los ojos a mi marido de un orgullo involuntario por mi inteligencia y buen talante.

Pero no pude hacerlo. Por el odio, claro está, o tal vez por amor.

Vi cómo me observaban, una mezcla de piedad y desprecio en su mirada, y de pronto todo se esfumó: mi temeridad, mi valor, mi monstruosa seguridad manaron de la herida que, comprendí, yo misma acababa de infligirme. Lo que debía ser su vergüenza se había convertido en la mía. Creo que en ese momento hasta me habría unido a los Llorones si ellos hubiesen aliviado el dolor.

Me levanté y me di cuenta de que temblaba. La mirada de mi marido era fría y de pronto lo vi más viejo, o tal vez fuera simplemente el contraste con la juventud de Tomaso.

–Lo siento, esposo –dije, mirándolo directamente–. Parece que he olvidado mi parte del trato. Perdóname. Iré a mi habitación. Bienvenido, hermano. Espero que disfrutes tu estancia.

Me di la vuelta y me dirigí a la puerta. Cristòforo me observó. No me siguió. Podía haber dicho algo. Pero no lo hizo. Cuando cerré la puerta, los imaginé acercándose con un largo y dulce suspiro, enroscándose y fundiéndose el uno en el otro como los ladrones y las serpientes de Dante, de tal modo que no habría podido distinguir a mi hermano de mi marido. Y me hice todavía más daño con la ternura y la violencia de la imagen.

Veintisiete

Erila abrió la puerta y permaneció inmóvil en el otro extremo de la habitación, y a pesar de mi histeria, me di cuenta de que le daba miedo entrar. Eso me asustó todavía más, porque yo nunca le había infundido miedo, ni siquiera cuando de pequeña la había tratado mal.

–Vete, Erila –grité, hundiendo la cabeza entre las mantas.

Pero eso sólo sirvió para decidirla. Atravesó la habitación, se acostó en la cama a mi lado y me abrazó. Yo la aparté.

–Vete.

Pero ella se quedó.

–Lo sabías. Todo el mundo lo sabía y nadie me lo dijo.

–¡No! –Y esta vez me sujetó hasta que tuve que mirarla–. ¿Crees que si yo lo hubiese sabido te habría dejado hacerlo? ¿Lo crees? Claro que no. Yo sabía que era un libertino. Que picoteaba donde podía. Sabía eso. Pero los hombres la meten en toda clase de agujeros cuando no tienen nada más a mano. Eso lo sabe todo el mundo y tu madre y yo nos equivocamos si te protegimos tanto que tú lo ignorabas. Pero es que esos mismos hombres pueden pasar de una cosa a otra sin ningún problema. De modo que efectivamente, son capaces de tirarse a un hombre si no tienen una mujer a mano. Son así. Puede que no sean como querría vuestro Dios, pero así son las cosas. –Algo en la propia violencia de su lenguaje hizo que me sintiera mejor. O al menos me hizo escucharla–. Pero en general todo eso se acaba con el matrimonio. Los chicos se secan y las mujeres permanecen húmedas para ellos. O al menos para los niños. Por eso pensé, tal vez porque quise pensarlo, que a él le pasaría lo mismo. Por lo tanto, ¿para qué decírtelo? Sólo habría empeorado esa primera noche.

La primera noche. Las mujeres inteligentes no mueren de algo así. Pero no íbamos a hablar de eso.

–¿Y Tomaso? –pregunté, conteniendo el llanto–. ¿Sabías lo de él?

Suspiró.

—Corrían rumores. Pero es que tu hermano es un provocador. Habría podido ser otro de sus juegos. A lo mejor yo tenía que haber estado más atenta. Pero en cuanto a lo de ellos dos, de eso yo no sabía nada. Si hubiera corrido ese rumor, seguro que yo lo habría oído y nadie me dijo nada.

—¿Y mi madre?

—Ah, que Dios nos ampare, tu madre no lo sabía.

—¡Sí lo sabía! De joven conoció a Cristòforo en la corte. Él me dijo que la vio allí.

—¿Y qué? Ella era joven. Debía de estar menos enterada de las cosas que tú. ¿Cómo has podido siquiera pensar algo así de ella? Le partiría el alma.

En cambio, me había partido la mía.

—Bueno, si antes no lo sabía, ahora sí lo sabe. Al menos lo de Tomaso. Se lo vi en la cara.

Erila negó con la cabeza.

—Es que muchos secretos han dejado de serlo. Parece que a los Llorones también se les dan muy bien las habladurías. Por lo que me han dicho por ahí ni siquiera el confesonario se ha librado de los cotilleos. Es muy probable que Luca, el nuevo ángel de Dios, haya dicho algo.

Eso demuestra el buen ojo de Tomaso para juzgar a la gente.

—Pero... si nadie lo sabía..., o sea, ¿cómo te has enterado?

—Vivo aquí, recuérdalo. —Y señaló las paredes.

—¿Lo saben todos?

—Claro. Te aseguro que si tu marido no les pagara tan bien, a estas alturas no serían los únicos. Ellos lo aprecian. Incluso por sus pecados. —Hizo una pausa—. Y tú también. Eso es lo peor de todo.

Se quedó conmigo hasta que me dormí, pero el dolor se había introducido en mis sueños y esa noche la serpiente enroscada volvió a atormentarme. Los ojos de mirada lujuriosa del luchador se convertían en la boca del diablo, de donde salía la serpiente, llena de colores y silbando con rabia lasciva, empujando y maldiciéndome hasta que desperté gritando, aunque creo que lo hice en sueños porque en la casa reinaba un silencio sepulcral.

El camastro de Erila junto a la puerta estaba vacío. La oscuridad bramaba en mis oídos. Casi podía oír a la serpiente moverse en su interior. Tenía la piel empapada del sudor del miedo. Me habían abandonado en la casa del pecado y el diablo había venido a buscarme. Me obligué a levantarme y encender la lámpara. Las sombras se replegaron hacia las esquinas de la habitación, lamiendo las paredes como una marea creciente. Busqué desesperadamente en mi cofre y saqué mis dibujos, tizas y plumas del fondo. La oración puede tomar distintas formas. Si el sueño atraía al diablo y los pecados de mi marido me dejaban sin palabras, permanecería despierta e intentaría rezarle a Dios a través de mi pluma, evocando una imagen de Nuestra Señora para que intercediera por mí.

Cuando saqué el trozo de tiza negra me temblaban las manos. Hacía semanas que no la usaba y tenía la punta roma. Encontré mi cuchilla, envuelta en un trozo de tela de mi padre, y empecé a sacarle punta, haciendo un ruido suavemente familiar. Pero debido a la penumbra y la humedad de mis dedos, estaba torpe y de pronto se me escapó la cuchilla, infligiéndome un largo corte en la mano y el lado interior del brazo.

La sangre brotó en el acto, reluciente junto a mi piel amarillenta, de un color que ningún tinte podría reproducir. Me quedé mirando fascinada cómo la línea se iba ensanchando, extendiéndose por el brazo hasta que empezó a caer al suelo. ¿Cómo era la historia que me había contado Tomaso? De un loco en la cárcel que se había cortado las venas para escribir el testimonio de su inocencia en las paredes, y una vez que hubo empezado, ya no pudo parar, de modo que lo encontraron a la mañana siguiente, inerte, encogido en el rincón, con las paredes llenas de palabras negras y secas. ¿Qué historias podía contar yo si encontraba el color adecuado para ellas? La sola idea me hizo temblar. Ahora fluía más sangre. Debía hacerme un torniquete como me había enseñado Erila. Pero todavía no. Cogí el platillo de cerámica empleado para poner las hierbas de la pomada de verano y lo coloqué debajo de la herida. Las gotas se deslizaban por mi piel y caían en el plato con un ruido pesado. Pronto formaron un pequeño charco. El líquido de la vida (la tinta de Dios). Demasiado precioso para el papel. Pronto vendría el dolor. Necesitaba una tela para vendar la herida. Pero la que envolvía la cuchilla era demasiado pequeña y mi ropa demasiado preciosa. Me quité el camisón. Usaría eso. Después... Primero debo elegir el pincel; el que está hecho con la cola más gorda del armiño, que tiene la punta gruesa como un rayo de sol. Mi cuerpo se reflejaba en el espejo bruñido. Volví a ver la serpiente bailar por los brazos aceitosos del luchador, con el sol reflejándose en sus curvas. A la luz de la lámpara mi piel brillaba del sudor. Incluso en ese momento mi marido y mi hermano estaban con los cuerpos entrelazados, ávidos de lujuria. Yo nunca sentiría lo que sentían ellos. Mi cuerpo siempre sería una tierra extraña para mí, ignota e intacta. Nadie acariciaría mi piel ni se maravillaría con su belleza. Mojé el pincel con la sangre y con un movimiento rápido tracé una línea húmeda y fría desde mi hombro izquierdo hasta mis pechos. El color era como un estandarte escarlata en mi piel.

–... por el amor de Dios...

Erila me sujetó, y el platillo cayó al suelo y se rompió, derramándose la sangre.

–¡Déjame!

Me quitó el pincel, me cogió el brazo por encima del codo y lo puso en alto, apretándolo con los dedos como un torno, presionando para detener la hemorragia.

–Déjame, Erila –volví a gritar, con voz aguda y enfadada.

–Ni hablar. Estás todavía bajo los efectos de la pesadilla. Como no parabas de revolcarte y gemir, he ido a buscarte una poción.

Cogió el camisón con la otra mano y me lo puso alrededor de la herida apretándolo bien.

–¡Ay! Me haces daño. Déjame sola, de verdad, estoy bien.

–Ah, sí, tan bien como pueda estarlo una loca.

Tampoco debía de sonar muy bien, porque las dos oímos mi risa a pesar de que tenía pocos motivos para reír. Erila abrió los ojos sorprendida antes de acercarme a ella y abrazarme con tanta fuerza que casi no pude respirar.

–Estoy bien, estoy bien –repetí una y otra vez, mientras la risa se convertía en llanto y el dolor del corte me sobrevino como si me hubieran marcado con un hierro, ofreciéndome algo más que la autocompasión contra lo que luchar.

Veintiocho

Tras esa noche estuve un tiempo enferma. Erila estaba tan preocupada que me quitó las cuchillas y los pinceles hasta que dejé de desvariar. Dormí mucho y perdí el apetito, tanto para comer como para vivir. El corte se hinchó y supuró y me dio fiebre. Erila me curó con hierbas y emplastos hasta que la herida empezó a cerrarse, aunque me quedó una cicatriz que pasó de un rojo furioso a la línea blanca y protuberante que todavía tengo ahora. Y durante todo ese tiempo Erila me vigiló como un perro en las puertas del infierno, de modo que cuando, más tarde ese primer día, vino mi marido a interesarse por mi salud, oí sus voces airadas delante de la puerta de mi habitación, aunque era evidente cuál de los dos se saldría con la suya.

Después, cuando mi calma la había hecho recobrar la confianza y yo había recuperado suficiente sentido del humor para escuchar sus ocurrencias, le pregunté qué había ocurrido entre ellos y ella representó la escena para entretenerme: él, abatido, adoptando poses, y luego acosando y amenazando; ella, la esclava negra medio bruja, contando historias de corazones partidos e inesperados abortos cruentos.

Era una mentira tan sorprendente que casi me hizo gracia.
—¿Le has dicho eso?
—¿Por qué no? Él quiere un hijo. Ya es hora de que se dé cuenta de que no va a tenerlo tonteando con tu hermano.
—Pero...
—Nada de peros. Por lo que dices, hizo un trato contigo. Debes obligarlo a mantenerlo. Si le gusta oler culos es su problema. Tomaso sólo es su puta clandestina. Tú eres la señora de la casa. Y más vale que te trate como tal.
—¿Qué te ha dicho?
—Ah... que no lo sabía, que lo sentía y... que tal y cual. Nunca saben qué decir sobre los asuntos de mujeres. En cuanto les mencionas esa clase de sangre, hasta a los que les gustan los coños se marean.

—¡Erila! —Me eché a reír—. Hablas peor que Tomaso.
Se encogió de hombros.
—Al menos me porto mejor. Vosotras las «señoras» no conocéis ni la mitad de la historia. Deberías oír lo que dicen de ti. O tienes una aureola y la mirada fija en el cielo, o estás comiendo una manzana delante de sus narices y exhibiéndoles tu pincel. Ni siquiera sé si ellos saben a cuál de las dos prefieren. Lo mejor que puedes hacer es elegir en qué momento te cambias de disfraz. —Me sonrió—. Mi madre decía que en nuestra tierra había suficientes dioses para que las mujeres tuvieran al menos uno a su lado, mientras que vuestra religión tiene tres en uno, y son todos hombres. Hasta el pájaro.

Era una manera tan sorprendente de referirse al Espíritu Santo que me entraron ganas de reír.

—Espero que tu madre no haya dicho semejante blasfemia en público.

Se encogió de hombros.

—De haberlo hecho, ¿a quién le habría importado? Olvidas que según las leyes de la esclavitud, ella no tenía un alma que salvar.

—¿O sea que murió pagana?

—Murió esclavizada. Eso era lo único que le importaba.

—Pero tú vas a la iglesia, Erila —dije—. Conoces las oraciones tan bien como yo. ¿Estás diciéndome que durante todo este tiempo no has creído?

Bajó la vista.

—Yo me crié con otra lengua, bajo otro sol. Creo en lo que necesito creer para poder vivir.

—Y cuando estés libre, ¿cambiarán las cosas?

—Ya hablaremos de eso cuando ocurra.

Sin embargo, las dos sabíamos que su libertad no llegaría antes si se ponía de mi lado y se oponía a él.

—Bueno —dije—, creo que sean cuales sean los secretos que albergas en tu corazón, Dios los conoce y, como sabe que eres buena persona, te verá con buenos ojos.

Me miró fijamente.

—¿Y ese Dios cuál es? ¿El tuyo o el del Fraile?

Tenía razón. De pequeña todo me había parecido muy sencillo. Había un Dios, que aunque poseyera una voz de trueno cuando se enfadaba, también profesaba suficiente amor para que yo no tuviera frío por la noche cuando le hablaba directamente. O eso me parecía. Y cuanto yo más aprendía y más complejo y extraordinario se volvía el mundo, mayor era Su capacidad de aceptar mi conocimiento y de regocijarse conmigo. Porque fueran cuales fuesen los logros del hombre, primero y ante todo venían de Él. Pero parecía que eso ya no era así. Ahora los mayores logros del hombre se oponían directamente a Dios, o al menos a este Dios, al que gobernaba Florencia. Ese Dios estaba tan obsesionado con el diablo que no parecía tener tiempo para la belleza o lo maravilloso, y todo nuestro conocimiento y nuestro arte estaban condenados o sólo servían para esconder el mal. De modo que ahora yo ya no sabía cuál era el verdadero Dios: únicamente sabía cuál era el que más se hacía oír.

–Sólo sé que no quiero vivir con un Dios capaz de enviarte a ti o incluso a mi marido al infierno sin escuchar antes vuestra versión de los hechos –dije en voz baja.

Me miró con afecto.

–Siempre has sido blanda, incluso de niña cuando intentabas hacerte la dura. ¿Por qué te importa ese hombre?

–Porque... porque en cierto modo creo que no puede evitar ser como es. Y porque... –Hice una pausa. ¿De verdad creía lo que estaba a punto de decir?–. Porque en cierto modo creo que yo también le importo a él.

Sacudió la cabeza como si realmente fuéramos una raza extraña que ella no entendía.

–Aunque dé igual, es posible que tengas razón. Pero eso no significa que merezca ser perdonado. –Calló, se levantó y me tendió la mano.

–¿Qué quieres?

–Quiero que veas algo. He estado esperando este momento.

Y me condujo desde mi dormitorio cavernoso, atravesando el rellano de piedra, hasta una habitación más pequeña, que en otra casa habría sido el cuarto de los niños.

Sacó una llave del bolsillo, la introdujo en la cerradura y abrió la puerta.

Ante mí había un taller recién montado: un escritorio y un lavabo de piedra con unos cuantos cubos a un lado, y sobre la mesa junto a la ventana una hilera de frascos, cajas y pequeños paquetes blandos, todos etiquetados, junto a pinceles de diferentes tamaños. Cerca había una losa de pórfido para moler, y dos grandes tablas de madera listas para recibir los primeros trazos de pintura.

—Él mandó que lo trajeran cuando estabas enferma. Y yo saqué eso del cofre. —Señaló mi manoseado manuscrito del manual de Cennini, sobre cuyas páginas yo había derramado amargas lágrimas porque me procuraba conocimientos sin los medios de convertirlos en pintura—. Es ése, ¿no?

Asentí entumecida y me acerqué a la mesa, abrí unas cuantas cajas, acaricié los polvos: el negro espeso, el feroz amarillo del azafrán toscano, y el profundo *giallorino* con los verdes que prometen cien árboles y plantas dentro de una sólida roca. El efecto de semejante colorido fue como el primer rayo de sol en la ciudad helada tras la nieve. Me di cuenta de que sonreía, pero es posible que también derramara alguna lágrima.

Bueno. Si no podíamos tener amor, mi marido y yo, al menos sí podíamos tener alquimia.

Fuera el hielo se derritió y se convirtió en primavera mientras yo tramaba un festín de colores, con los dedos llenos de callos de tanto moler y manchados de pintura. Tenía tanto que aprender. Erila me ayudaba, midiendo y mezclando los polvos y preparando la superficie de madera. Nadie nos molestaba. La casa funcionaba sola y si alguien cotilleaba, desde luego mis pecados no merecían más condenas que los demás cometidos allí. Tardé casi cinco semanas en pasar mi *Anunciación* a la tabla de madera. Mi vida se volcó por entero en los pliegues ondulantes de la falda de Nuestra Señora (sin lapislázuli, sino con un delicado tono azul mezclado a partir del índigo y el plomo blanco), en el profundo ocre de las baldosas del suelo y en una aureola de pan de oro para mi Gabriel, en luminoso contraste con la oscuridad del marco de la ventana en el fondo. Al principio no me sentía tan segura con los pinceles como con la pluma y a veces me desesperaba mi torpeza, pero poco a poco fui ganando confianza, tanto que cuando acababa quería volver a empezar de inmediato. Y fue así como olvidé el dolor y la locura de mi hermano y mi marido y me curé.

Al cabo de un tiempo recuperé la curiosidad y empezó a irritarme mi exilio autoimpuesto. Erila desempeñó bien su papel, llevándome nutritivas noticias, como una madre pájaro que regurgita la comida a su cría hasta que ésta tiene fuerza suficiente para atrapar sus propias presas.

Aun así, nuestra primera salida juntas me sorprendió. Era a finales de primavera, pero la ciudad estaba gris de tanta devoción. El taconeo de las prostitutas había sido sustituido por el sonido de las cuentas del rosario, y los únicos muchachos en las calles estaban allí para salvar almas, de la manera que más les placiera. Pasamos junto a un grupo en la plaza que ensayaba una marcha: niños de apenas ocho o nueve años en la milicia de Dios, animados por sus padres que, dijo Erila, estaban comprando fardos de tela blanca para confeccionar sus túnicas angélicas. Hasta los ricos vestían con colores más discretos, de tal modo que la propia paleta de la ciudad se había decolorado y vuelto monocromática. Los forasteros que entraban y salían de la ciudad por negocios estaban atónitos por los cambios, y no sabían si lo que tenían ante sí era el reino de Dios en la tierra o algo más siniestro.

El Papa, al parecer, no albergaba la menor duda al respecto. Mientras Florencia abogaba por la pureza, Erila me contó el rumor de que el Papa Borgia había instalado a su amante en el palacio del Vaticano y estaba repartiendo capelos de cardenal como fruta confitada entre sus hijos. Cuando dejó de hacer el amor empezó a hacer la guerra. El rey francés y su ejército, detenidos en Nápoles y demasiado cansados para seguir hasta Tierra Santa, volvían al norte. Pero Alejandro VI no estaba dispuesto a sufrir la humillación de una segunda ocupación, por muy temporal que fuera, y había creado un ejército con una liga de ciudades-Estado para echarlos con el rabo entre las patas.

Con una salvedad. Desde su púlpito de la catedral, Savonarola declaró que Florencia quedaba exenta de semejante obligación. Al fin y al cabo, ¿qué era el Vaticano sino una versión más rica y más corrupta de los conventos y monasterios que él había jurado purgar?

En esas largas veladas en que la ciudad había estado bajo la nieve y antes de que la lujuria de Cristóforo lo hubiera alejado de mí, él y yo habíamos hablado mucho de este conflicto. De cómo la piedad agresiva de Savonarola no sólo amenazaba el estilo de vida del Papa, sino a la propia Iglesia. La gloria de Dios no dependía únicamente del número de almas salvadas, sino de la influencia ejercida, el poder de los edificios y del arte, la manera en que los dignatarios extranjeros contemplaban atónitos las pinturas que adornaban las paredes de la capilla Sixtina. Pero semejantes maravillas necesitaban ingresos para mantenerlas, y ningún prior jorobado y de nariz aguileña al que le gustaba flagelarse iba a impedirlo.

Ése era el único reto que podía detenerlo. En los últimos meses la oposición en Florencia se había venido abajo como casas de arcilla en una inundación. No me podía creer la facilidad con que se podía derribar un orden antiguo. Cristòforo había dicho algo muy sensato: que así como había gente que temía y odiaba a Savonarola pero que no haría nada para intentar detenerlo porque era muy poderoso, también hubo gente que había pensado lo mismo de los Médicis, hombres que habían creído realmente que esa dictadura inofensiva –a pesar o incluso a causa de sus glorias– había socavado la fuerza y la pureza republicana de Florencia. Pero cuando un Estado está tan seguro de sí mismo, se necesitan hombres salvajes o estúpidos para enfrentarse a él. La disensión, explicó, era un arte que era mejor llevar en la sombra.

Pero ahora hasta las sombras se habían callado. La Academia Platónica, antes el orgullo y la alegría de los estudiosos, se había desmoronado. Uno de sus máximos exponentes, Pico della Mirandola, era un seguidor manifiesto de Savonarola, y estaba a punto de pronunciar los votos dominicanos, y según Erila se decía que incluso hombres de familias tan leales como la de los Rucellai se estaban acercando a las celdas de San Marcos.

Semejantes habladurías me hicieron volver a pensar en mi familia.

Con esa nueva moda del color blanco, los tintoreros de Santa Croce debían de tener poco trabajo. Me acordé de los niños junto al río con sus piernas como palos y la piel cubierta de dibujos. Despojar de colorido a las telas significaba despojar de comida a los trabajadores. Por mucho que Savonarola predicara la igualdad, no tenía ni idea de cómo los pobres podían enriquecerse sin depender de la caridad. Eso también lo dijo mi marido. Debo decir que más de una vez en nuestras conversaciones pensé en el bien que mi marido habría podido hacer al Estado si se hubiese interesado más por la política que por el contorno del trasero de los niños. Estaba claro, en mi amargura incluso estaba aprendiendo a hablar como mi hermano.

Pero al final lo que perjudicó a los tintoreros también perjudicó a mi padre, pues aunque tal vez tuviera más capital del que vivir que sus empleados, eso tampoco podía durar eternamente.

«A tu padre le gustaría que fueras a verlo. Últimamente está muy agobiado por los problemas de trabajo... Creo que le distraería recibir la visita de su hija preferida», había dicho mi madre.

Aunque ella me hubiera ofendido, no podía olvidar a mi padre. Y en cuanto empecé a pensar en ellos, evidentemente también pensé en el pintor y en cómo teníamos muchas más cosas que compartir ahora que yo también había empezado a manejar el pincel...

Veintinueve

Los antiguos criados nos recibieron como si yo fuera la hija pródiga que había vuelto. Hasta María con sus ojos redondos y mente mezquina pareció alegrarse de verme. Sin duda la casa estaba más tranquila desde que me fui. Puede que yo diera problemas, pero también daba vida. Además en cierto modo creo que cambié de aspecto. Todos los que me vieron me lo dijeron. Creo que con la enfermedad me había cambiado la cara, y ahora empezaba a asomar la forma tras la redondez de mis mejillas. Me pregunté qué diría mi padre: su hija menor con el rostro de una mujer en lugar del de una niña.

Bueno, tendría que esperar para averiguarlo. Mi madre y él se habían ido a las termas a tomar las aguas y no los esperaban hasta al cabo de unas semanas. Tenía que haber avisado que iba.

La casa me resultó extraña, como si fuera un lugar que sólo había visitado en sueños. María me dijo que Luca estaba comiendo y me preguntó si deseaba acompañarlo. Me detuve en la puerta del comedor. Estaba inclinado sobre un plato, comiendo como un cerdo. Para ser un ángel tenía un aspecto terrible. Plautilla tenía razón, el corte de pelo le quedaba fatal: le hacía una cara enorme, que parecía una piedra porosa, con las marcas de viruela que moteaban la superficie como abrevaderos. Mascaba con la boca abierta y se le oía succionar la comida.

Me acerqué a la mesa y me senté a su lado. A veces conviene conocer a tu enemigo.

–Hola, hermano –saludé con una sonrisa–. Has cambiado de manera de vestir. No sé si el gris te sienta muy bien.

Frunció el entrecejo.

–Es mi uniforme, Alessandra. Deberías saber que pertenezco al ejército de Dios.

–Ah, eso está muy bien. Aunque creo que, de todos modos, deberías lavarte de vez en cuando. Cuando el blanco está demasiado sucio, tiende a volverse negro.

Se quedó pensando un momento en mis palabras, intentando separar la ocurrencia de su significado. Si me hubieran dado un florín por el tiempo perdido en lecciones esperando a que Luca llegara a un lugar del que yo ya me había marchado seríamos una familia más rica de lo que somos ahora.

–¿Sabes una cosa, Alessandra? Hablas demasiado. Eso será tu perdición. Nuestra vida no es más que un breve paseo hasta la muerte, y los que escuchan el sonido de su propia voz en lugar de la palabra del Verdadero Cristo se pudrirán en el infierno. ¿Has venido con tu marido?

Negué con la cabeza.

–En ese caso no deberías estar aquí. Conoces las reglas de nuestro santo Estado tan bien como yo. Las mujeres sin sus maridos son fuentes de tentación y deben permanecer en sus casas.

–Ah, Luca –dije–. Ojalá tuvieras la misma facilidad para recordar cosas que importan.

–Más te valdría vigilar lo que dices, hermana. El diablo está en esos conocimientos falsos que tienes y te llevará a las llamas antes que a una pobre mujer que sólo conoce el Evangelio. Ahora tus queridos antiguos son una casta prohibida.

Nunca había visto a mi hermano hablar con tanta fluidez. Aun así, se moría de ganas de convertir las palabras en acciones. Vi cómo apretaba el puño en la mesa. Su crueldad conmigo de pequeña siempre había sido más física que la de Tomaso. Y en cierto modo más astuta. Mi madre casi nunca lo pillaba in fraganti y las magulladuras tardaban cierto tiempo en salir. Tomaso tenía razón. Siempre había sido un matón. La única diferencia era que ahora estaba menos en deuda con su hermano mayor. Aunque todavía había que ver qué problemas podía causarnos su cambio de lealtades.

Me levanté sin apartar la mirada del suelo.

–Lo sé –dije con dulzura–. Lo siento, hermano. Cuando vuelva a casa me confesaré. Pediré perdón al Señor.

Me miró fijamente, desconcertado por mi docilidad repentina.

–Hum. Muy bien. Si lo haces con suficiente modestia te lo concederá.

Antes de que yo llegara a la puerta, él tenía otra vez la cara hundida en el plato.

Cuando pregunté por el pintor, María se aturrulló.
—Ya no lo vemos. Vive en la capilla.
—¿Cómo que vive en la capilla?
Se encogió ligeramente de hombros.
—O sea... pues ahora vive allí. Siempre. No sale nunca.
—¿Y los frescos? ¿Están acabados?
—Nadie lo sabe. El mes pasado echó a los aprendices. —Hizo una pausa—. Parecían querer irse.
—Pero... creí que iba a misa. Que se había convertido en un seguidor. Es lo que me dijo mi madre.
—Eso no lo sé. Creo que iba antes. Pero ahora ya no. No ha salido de la capilla desde el deshielo.
—¿Desde el deshielo? Pero eso fue hace varias semanas. ¿Cómo es que mi padre no ha hecho nada?
—Su padre... —Hizo una pausa—. Su padre no ha estado bien.
—¿Qué quieres decir?
Lanzó una mirada a Erila.
—No puedo... no puedo decir nada más.
—¿Y mi madre?
—Bueno... Lo está cuidando. Pero es que también están Tomaso y Luca. No tiene tiempo para atender a los comerciantes.
María, como Ludovica, nunca había defendido la elevación del arte. Demasiado lío por unos cuantos garabatos coloreados. Mejor rezar con los ojos cerrados, sin dejar que se interponga la imaginación.
—¿Y por qué no me pidió ayuda? —pregunté en voz baja, aunque ya sabía la respuesta. Me la había pedido, pero yo había estado tan enfadada que la había rehuido.
María me miraba, esperando a ver qué hacía. Antes todo el mundo me veía como la pequeña de la familia; puede que precoz, pero prácticamente incapaz de cuidar de mí misma, y menos de los demás. ¿Qué pudo ocurrir para hacerme cambiar? Creo que ni yo lo sabía.
—Iré a verlo —dije—. ¿Dónde están las llaves?
—No sirven de nada. Él atranca la puerta por dentro.
—¿Y la otra entrada? ¿La de la sacristía?
—También.
—¿Y la comida?
—Le dejamos un plato delante de la puerta una vez al día.
—¿La puerta principal o la de la sacristía?

–La de la sacristía.
–¿Y cómo sabe que la comida está allí?
–Le avisamos.
–¿Y sale?
–No si hay alguien. Una vez lo esperó el cocinero, y él no salió. Ahora ya a nadie le importa. Tenemos otras cosas que hacer.
–¿O sea que nadie lo ha visto?
–No. Aunque por la noche a veces hace ruido.
–¿Qué hace?
–Bueno, no sé, pero el caso es que Ludovica no duerme muy bien, y dijo que lo oyó llorar.
–¿Llorar?
Y María se encogió de hombros, como si no debiera decir nada más.
–¿Y los chicos? ¿Lo han intentado?
–El señor Tomaso casi nunca está aquí. Y el señorito Luca… bueno, supongo que cree que está en misa.
Y, en cierto modo, era verdad.
En la cocina, el cocinero no se mostró muy preocupado. Si el hombre no quería comer, allá él. No había tocado la comida de los últimos cuatro días. A lo mejor Dios estaba dándole de comer. Al fin y al cabo, Juan Bautista se había alimentado de langostas y miel durante cuarenta días.
–Pero seguro que no estaban tan buenos como tu tarta de paloma –observé.
–Usted siempre ha comido bien, señorita Alessandra –dijo con una sonrisa–. Esto está muy tranquilo sin usted.
Me senté un rato a mirar cómo picaba una docena de grandes dientes de ajo más rápido de lo que tarda un prestamista en contar monedas. Mi infancia estaba toda allí, en los olores y sabores de esa cocina: en la pimienta negra y roja, el jengibre, clavo, azafrán, cardamomo y la dulzura acre de nuestra albahaca machacada. Un imperio del comercio en la tabla de picar.
–Hazle un plato especial –dije–. Algo que al olerlo le haga la boca agua. A lo mejor hoy tendrá hambre.
–A lo mejor está muerto.
No lo dijo con crueldad, sino más bien como un hecho. Pensé en la caballerosidad atenta con que mi padre trató al pintor cuando llegó esa noche de primavera hacía tanto tiempo. Me acordé de lo emocionados que estábamos todos: un artista de ver-

dad viviendo bajo el mismo techo que nosotros, haciendo pasar a toda la familia a la posteridad. Todos lo habían visto como una señal del prestigio de la familia, una declaración de nuestra condición, de nuestro futuro. Ahora parecía serlo solamente del pasado.

Dejé a Erila y a los demás criados en la cocina chismorreando con el cocinero y bajé la escalera para salir al patio trasero y dirigirme a los aposentos del pintor. No tenía ni idea de lo que buscaba. Sentí como si me adelantara mi ser más joven, cuando se escabulló desde la casa principal en el calor de la siesta para ver con su entusiasmo y curiosidad sin límites al recién llegado en su guarida. Si la encontrara ahora, ¿qué le aconsejaría? Yo ya no sabía en qué momento las cosas habían empezado a torcerse.

Encontré la puerta cerrada, pero no con llave. El interior estaba húmedo, con un tufillo a abandono. Las exuberantes figuras del Ángel y María en la pared de la sala exterior se habían desconchado como reliquias de una era anterior. La mesa donde antes tenía los esbozos se hallaba vacía y el crucifijo ya no colgaba de la pared. En la habitación interior la cama era un manojo de paja suelta cubierta con un trozo de tela sucia. Las pocas posesiones que tenía estaban con él en la capilla.

No sé si me habría fijado en el cubo si no hubiera sido por las manchas de humo que tenía por encima. Las vi en un rincón cuando estaba a punto de irme, y al principio pensé que eran el esbozo de una pintura: una masa de sombras oscuras y serpenteantes que se elevaban por la pared hasta el techo. Pero cuando me acerqué y las toqué, me manché la palma de la mano con hollín, y entonces me fijé en el cubo justo debajo.

El fuego no había tenido éxito con el crucifijo. Aunque estaba partido en dos, la madera apenas se había quemado y era imposible saber si es que él lo había roto antes y luego había intentado incinerarlo o, irritado por el fracaso de las llamas, lo había cogido y golpeado contra la pared. La cruz estaba rajada por un par de sitios y las piernas de Cristo se habían caído, aunque los clavos seguían pegados a los pies y el torso superior colgaba dolorosamente de la T de la cruz. Lo sostuve con cuidado con las dos manos. Incluso en ese estado de deterioro la escultura expresaba pasión.

Una razón por la que el crucifijo no había prendido era que el fuego en el fondo del cubo no había sido lo suficientemente fuerte. El pintor lo había encendido con papel, pero de un modo descuidado, el papel estaba demasiado apretado para que pudiera pasar el aire. Se notaba que el hombre había actuado con prisas, como si alguien o algo le hubiera estado yendo detrás. Metí las manos en el cubo y saqué los restos calcinados. Las hojas de papel del fondo se desintegraron entre mis dedos, los trozos de ceniza se desprendieron y flotaron en el aire como nieve gris, perdiéndose para siempre. Pero las hojas de encima no estaban del todo quemadas o, en algunos casos, sólo se habían calcinado por los bordes. Las llevé a la sala exterior donde había más luz y las puse con cuidado en la mesa.

Había dos tipos de dibujos: los míos y los de los cuerpos.

Los míos estaban por doquier, esbozos para la Mádona, mi rostro repetido una, dos docenas de veces, variaciones de esa misma mirada inquisitiva y grave que no reconocí como mía, en parte supongo porque nunca estuve tan quieta o callada. El pintor había buscado el ángulo para dibujar mi cabeza, el punto focal de interés fuera del marco, y para ello me había dibujado mirando directamente al espectador. Sólo había una diferencia de unos pocos grados en el desplazamiento de la mirada, pero el efecto era enorme. La joven parecía tan –no sé– tan agresiva, casi como si retara al espectador en lugar de acogerlo con agrado. Creo que si su rostro no hubiera sido el mío, esa mirada casi habría sido indecorosa.

Luego estaban los cuerpos. Primero el hombre sin estómago que yo ya había visto; otra media docena de esbozos con sus entrañas expuestas. Luego otro torso: éste había sido ahorcado, el cuerpo yacía en el suelo, como si lo acabaran de descolgar, con la soga todavía ciñéndole el cuello y el rostro magullado e hinchado, y con una mancha de lo que podrían ser excrementos que se deslizaban por las piernas.

Y también estaban las mujeres. Una mayor, también desnuda, los músculos del estómago flácidos y sueltos, tumbada de lado con un brazo doblado por encima de la cabeza como si intentara protegerse de la muerte. Tenía todo el cuerpo lleno de heridas y el otro brazo formaba un ángulo extraño, con el codo apuntando hacia el otro lado, como una muñeca rota. Pero la que más me asustó fue la joven.

Estaba tumbada boca arriba, desnuda, y también a ella yo ya la había visto. Su cuerpo era el de la joven dibujada en el fresco de la capilla, la que estaba acostada en el camastro a la espera de que Dios la resucitara milagrosamente de entre los muertos. Pero aquí no habría semejante resurrección. Porque en estos esbozos no sólo estaba muerta, sino además mutilada. Tenía una mueca de agonía y terror y toda la parte inferior del estómago abierto en canal y a la vista. Y entre la maraña de carne y sangre se veía la inconfundible forma de un pequeño feto.

–El cocinero dice que la comida está lista, señorita Alessandra.

Cuando oí la voz de María me dio un vuelco el corazón.

–Eh... Enseguida voy –dije, escondiendo rápidamente los papeles en mi falda.

Fuera, a la luz del sol, esperaban María y Erila. Erila me miró con evidente recelo y yo me negué a cruzar mi mirada con la suya.

–¿Qué has encontrado allí dentro? –preguntó mientras subíamos la estrecha escalera que conducía a la puerta de la sacristía, ella delante sosteniendo la bandeja.

–Pues... sólo unos cuantos esbozos.

–Espero que sepas lo que haces –dijo con sequedad–. La mitad de los criados cree que está mal de la azotea. Dicen que se pasó casi todo el invierno dibujando las carcasas de los animales que tiraban a la basura. En la cocina creen que tiene los ojos del diablo.

–Es posible –asentí–. Pero no podemos dejarlo morirse de hambre.

–De acuerdo, pero tú no entras allí sola.

–No pasa nada. No me hará daño.

–¿Y si te equivocas? –preguntó con firmeza, volviéndose hacia mí cuando llegamos al final del tramo de la escalera–. ¿Y si se ha vuelto loco? Ya los has visto por la calle. Tanto Dios da fiebre cerebral. Sólo porque te sedujo con su pincel no significa que no sea peligroso. ¿Sabes qué pienso? Pienso que esto no es asunto tuyo. Ahora tienes tu propia casa y suficientes problemas para dar trabajo a todo un ejército. Deja que esto lo resuelvan otros. Sólo es un pintor.

Evidentemente, Erila temía por mí, pues se acordaba de mi propia locura esa noche en que había empleado mi sangre como pintura. Y como no es tonta, mi Erila, me detuve a pensar en lo que dijo. Por supuesto, el dolor y el terror del rostro de esa joven se me habían quedado grabados en la cabeza. No cabía duda de que tanto ella como los demás habían sido retratados del natural, o más bien de la muerte. Pero lo importante era saber dónde había estado él en el momento en que pasaron de un estado al otro. Volví a acordarme de su mezcla de pánico y dulzura. Recordé cómo lo provoqué aquel primer día y él me respondió con una furia torpe. También recordé cómo se fue abriendo lenta y tímidamente cuando posé para él y cómo me habló de que Dios se había acercado a él de niño. De algún modo sabía que, por muy perdido y loco que estuviera, no me haría daño.

¿Y mi casa? Bueno, allí ya no encontraría la menor calidez. Yo era una extraña. Más me valía buscar compañeros que sufrieran como yo para aliviar mi soledad.

—Sé lo que hago, Erila —dije con una fuerza serena—. Te llamaré si te necesito. Te lo prometo.

Chasqueó la lengua, un gesto que me encanta porque dice tantas cosas sin necesidad de palabras, y supe que me dejaría ir.

Dejó la bandeja junto a la puerta para que el olor de la carne recién cocida se filtrara por debajo de la madera. Ese aroma me trajo el eco de mil mañanas, cuando de niña había ayunado hasta después de misa, sintiéndome culpable porque la perspectiva del cuerpo de Dios en la lengua me emocionaba menos que el olor de la carne asada que venía de la cocina cuando volvía a casa. No me podía imaginar cómo debía de ser olerla después de varios días sin comer.

Me aparté y le hice señas. Erila llamó a la puerta con fuerza.

—Aquí tiene la comida —anunció con voz estentórea—. Dice el cocinero que si no se la come, no le enviará más. Hay paloma asada, verduras condimentadas y una jarra de vino. —Volvió a llamar—. Última oportunidad, pintor.

Le hice otra seña y ella se fue, bajando la escalera pisando fuerte. Al llegar al final, se detuvo y me miró.

Esperé. Al principio no pasó nada. Hasta que al final oí un chirrido por detrás de la puerta. La cerradura emitió un chasquido y la puerta se abrió ligeramente. Apareció una figura desgarbada y se agachó para coger la bandeja.

Salí de entre las sombras, igual que aquella noche en la casa cuando había tirado sus dibujos al suelo. Esa vez lo había asustado y ésta también. Retrocedió hacia la habitación e intentó cerrar la puerta tras de sí, pero como sujetaba la bandeja en un ángulo extraño, no pudo coordinar bien los movimientos. Introduje el pie en el espacio entre la puerta y el marco y empujé para entrar. Él intentó cerrarla pero, aunque la que había estado enferma era yo, él estaba más débil y la puerta cedió con mi peso. Cuando él se tambaleó hacia atrás, la bandeja y su contenido salieron volando, y un arco de vino tinto manchó las paredes. La puerta se cerró detrás de mí.

Estábamos los dos dentro.

Treinta

Dejó la bandeja donde había caído en la oscuridad y se alejó arrastrándose como una cucaracha por la sacristía hasta la nave. Recogí el plato de madera y rescaté toda la comida que pude. El vino sólo sirvió para pintar la pared.

A continuación lo seguí.

El olor en la habitación era nauseabundo, a excremento y orina. Aunque uno no coma, sigue orinando y defecando, al menos durante un tiempo. Temerosa de dónde ponía los pies, vacilé hasta que mis ojos se acostumbraron a la penumbra. El altar estaba acordonado, el andamio seguía allí pero estaba cubierto de lonas y telas. Las mesas estaban extendidas y dispuestas para trabajar: los polvos de pintura, la mano del mortero y los pinceles, estaba todo listo. A su lado había un gran espejo cóncavo parecido a uno que tenía mi padre en su estudio para reflejar lo que quedaba de la luz del día cuando se le cansaba la vista. En otro rincón había un cubo con una tapa de madera improvisada. Supuse que el olor venía de allí.

Hacía más frío que en el resto de la casa. Y humedad, el tipo de humedad que parece rezumar de la piedra cuando no hay cuerpos humanos para calentarla. Él se había criado entre piedras y una luz fría. ¿Qué era lo que había dicho mi padre acerca de él? Que había pintado todos los espacios que lo rodeaban hasta que ya no le quedó pared. Pero no ahora. No aquí. Aquí, aparte del altar clausurado, no había nada. Volví a preguntarme qué había detrás de las lonas.

Entonces lo vi. Estaba sentado, encorvado en un rincón junto a la pared. No me miraba. No miraba nada. Parecía un animal arrinconado en una cacería. Me acerqué a él lentamente. Pese a mis valerosas palabras, estaba asustada. Erila tenía razón. Con tanta religión por ahí, la locura iba en aumento: la gente vivía tanto con Dios que ya no sabía ser humana. A veces uno se cruzaba con ellos por la calle: iban hablando solos, riendo, llorando, y su vulnerabilidad vibraba como una aureola a su alrededor. En general eran inofensivos, más bien como eremitas perdidos. Pero no todos. Cuando Dios se fermentaba dentro de ellos podían ser temibles.

Me detuve a un par de metros delante de él. La Madona con mi rostro y los cuerpos destripados se interpusieron entre nosotros. Cuando abrí la boca todavía no sabía qué diría.

–¿Sabe cómo lo llaman en la cocina? –me oí decir–. Uccellino. Pajarito. Por el pintor, en honor a su talento, pero también porque le tienen miedo. Creen que espera al anochecer para salir volando por la ventana. El cocinero está convencido de que usted no come su comida por eso. Porque ha encontrado algo mejor en otro sitio. Está ofendido, como le pasa a todo buen cocinero.

No dio la menor señal de haberme oído. Se mecía ligeramente, con los brazos cruzados a su alrededor, las manos dobladas y metidas bajo las axilas, los ojos cerrados. Me acerqué un poco más. No me pareció bien estar tan por encima de él y me senté en el suelo, sintiendo la piedra fría por debajo de los pliegues de mi vestido. Se le veía tan solo y aislado que quise darle calor con la compañía de mis palabras.

–Cuando era pequeña y se hablaba de la belleza de la ciudad, contaban la historia de un artista que trabajó para Cosme de Médicis. Se llamaba Fra Filippo. –Y le hablé con voz suave y tranquila, como recordaba que hacía Erila cuando de pequeña me hablaba hasta dormirme–. Usted ha visto su obra. Pintó unas Madonas tan serenas que parece que su propio pincel se impregnó del Espíritu Santo. Al fin y al cabo era un monje. Pero no. Nuestro buen hermano estaba tan poseído de pensamientos carnales que abandonaba su pintura para salir a deambular por la ciudad por las noches y abordar a cualquier mujer dispuesta a aceptarlo. El gran Cosme de Médicis se sintió tan frustrado con él, creo que tanto porque no acababa las pinturas como por sus pecados, que decidió encerrarlo en su taller por las noches. Pero cuando fue a verlo a la mañana siguiente, se encontró con la ventana abierta, las sábanas de la cama atadas y Filippo no estaba. Después de eso le devolvió la llave. Aceptó cualquier cosa que Filippo necesitara hacer para su arte, aunque no lo entendiera o aprobara.

Hice una pausa. Aunque no había cambiado nada en él, supe que me escuchaba. Lo percibí en su cuerpo.

—A veces debe de ser muy difícil tener semejante fuego dentro de uno. Seguro que hace que uno se comporte de maneras que apenas entiende. Yo misma después de pasar por mis peores momentos me pregunto por qué actué como lo hice. Pero es que en ese instante me pareció necesario. Y yo no tengo talento. Sobre todo en comparación con usted.

Vi que le temblaba todo el cuerpo. Hubo ocasiones —como esa primera tarde en la habitación de él– en que la propia presencia física de él me hizo temblar, pero no así. Esto tenía que ver con otro tipo de temor. Puse los restos de la comida entre los dos y deslicé el plato hacia él.

—¿Por qué no come un poco? Está bueno.

Él sacudió la cabeza, pero abrió los ojos. Todavía no estaba listo. Le vi el rostro. Tenía la piel del mismo color blanco que el de una cerámica Della-Robia. Me acordé de cuando se colgaba del techo, con el rostro enrojecido por el calor de las llamas mientras dibujaba la rejilla que se convertiría en cielo. Entonces tenía suficiente energía y visión. ¿Qué fue del cielo?

—Es posible que yo sea la persona que más le ha hablado en esta casa —dije—. Pero ni siquiera sé cómo se llama. Hace tanto tiempo que es «el pintor» que ahora siempre lo llamo así. No sé nada de usted. Sólo que tiene la divinidad en los dedos. Más de lo que yo tendré nunca. Le he envidiado tanto que creo que puedo haber pasado por alto su dolor. Y, si es así, lo siento.

Esperé. Pero nada.

—¿Está enfermo? ¿Es eso? ¿Ha vuelto a subirle la fiebre?

—No —y lo dijo tan bajo que apenas lo oí—. No estoy caliente. Lo que tengo es frío. Mucho frío.

Tendí la mano para tocarlo, pero él se echó hacia atrás. Y entonces vi asomar una mueca de dolor en el rostro.

—No entiendo qué le ha pasado —dije suavemente—. Pero sea lo que sea, puedo ayudarlo.

—No, no puede ayudarme. Nadie puede ayudarme. —Se produjo otro silencio y, en un susurro, añadió—: He sido abandonado.

—¿Abandonado? ¿Por quién?

—Por Él. Por Dios.

—¿A qué se refiere?

Pero él se limitó a sacudir la cabeza violentamente y se abrazó con más fuerza. Entonces, para mi horror, rompió a llorar: allí sentado, aterido de frío, mientras las lágrimas le resbalaban lentamente por las mejillas, como esas estatuas milagrosas de la Virgen que lloran lágrimas de sangre para hacer recobrar la fe a los que dudan.

–Ah, lo siento mucho.

Y ahora por primera vez me miró directamente, y cuando yo lo miré a los ojos tuve la impresión que él, el pintor, aquel joven tímido del Norte, ya no estaba allí y en su lugar sólo había un gran pozo de tristeza y terror.

–Vamos, dígamelo –dije–. Por favor. No hay nada tan terrible que no pueda contarse.

A mis espaldas se abrió la puerta y oí suaves pisadas. Debía de ser Erila. Yo ya llevaba allí demasiado tiempo y seguro que ella estaba muerta de preocupación.

–Ahora no –murmuré sin moverme.

–Pero…

–Ahora no.

–Tus padres están a punto de llegar.

Era una buena mentira, que servía tanto para advertirle a él como para ayudarme a mí. Me volví hacia ella y la mirada que me lanzó no pudo ser más elocuente. Asentí ligeramente en señal de que la entendí.

–Cuando lo hagan ven a buscarme. Por favor.

Me di la vuelta. Sus pasos se alejaron y la puerta se cerró.

Él seguía sin moverse. Decidí arriesgarme. Saqué los dibujos que llevaba por dentro del vestido y dejé unos cuantos en el suelo junto al plato, poniendo las tripas del hombre al lado de la carne asada.

–Lo sé desde hace tiempo –dije con suavidad–. He estado en su habitación. Los he visto todos. ¿Es esto lo que no puede contar?

Se estremeció.

–No es lo que piensa. –Y su voz de pronto se convirtió en un gruñido–. Yo no les hice daño. Yo no le hice daño a nadie…
–Calló.

Esta vez me acerqué a él y si no debí hacerlo, no era quien podía juzgarlo. Vivía en un mundo en que un marido montaba a su mujer como si fuera una vaca y los hombres se abrazaban y penetraban con una pasión y devoción que habrían hecho sonrojar a los santos. Ya no existía la conducta decorosa. Lo rodeé con los brazos suavemente. Él soltó un gemido agudo, no sé si de dolor o desesperación. Estaba frío y rígido como un cadáver y tan delgado que sentí cada hueso a través de la carne.

–Dímelo, pintor, dímelo...

Su voz cuando llegó era baja y vacilante, la del penitente que buscaba las palabras adecuadas:

–Él dijo que el cuerpo humano era la mayor creación de Dios y que para entenderlo había que ir más allá de la piel. Sólo así podíamos aprender a darle vida. Yo no era el único. Éramos seis o siete. Nos reuníamos por las noches en una sala del hospital del Santo Spirito, al lado de la iglesia. Los cadáveres pertenecían a la ciudad, decía, a gente sin familia para reclamarlos o criminales condenados a la horca. Decía que Dios lo entendería. Porque su gloria viviría en nuestro arte.

–¿Él? ¿Quién es «él»?

–Yo no sabía cómo se llamaba. Era joven, pero podía dibujar de todo. Una vez trajeron a un muchacho, de unos quince o dieciséis años. Se había muerto de algo en el cerebro, pero el cuerpo estaba intacto. Dijo que era demasiado joven para haberse corrompido. Dijo que sería nuestro Jesús. Yo tenía que pintarlo en el fresco. Pero antes de que pudiera hacerlo, él apareció con su Crucifixión. Era una escultura de cedro blanco. El cuerpo era tan perfecto, estaba tan vivo, que se adivinaba cada músculo y cada nervio. Estaba seguro de que era Cristo. No podía...

Volvió a callar. Lo solté y me senté para mirarlo, para evaluar el daño infligido por sus palabras.

–Y cuanto más fluía Dios por él, más te exprimía a ti –dije en voz baja–. ¿Fue eso lo que pasó?

Negó con la cabeza.

–No lo entiendes... No lo entiendes. Yo nunca tenía que haber estado allí. Era todo mentira. No era Dios el que estaba en esa sala, era otra cosa. El poder de la tentación. Cuando llegó el ejército, él se fue. Desapareció. No llegaron más cadáveres. La sala se cerró. Se habló de cadáveres que aparecían por la ciudad. Una chica con el vientre abierto, la pareja, el hombre destripado. Nuestros cuerpos... no sabíamos... o sea... yo no sabía... –Sacudió la cabeza–. No era Dios el que estaba en esa sala –repitió, esta vez enfadado–. Era el diablo. ¿No lo ves? El Fraile dice que cuanto más pintamos al hombre en lugar de Dios, más le quitamos Su divinidad. El cuerpo es Su misterio. Su creación.

No tenemos por qué entenderlo, sólo debemos adorarlo. Yo cedí a la tentación de saber. Desobedecí y ahora Él me ha abandonado.

–Ah, no, no..., ésas son palabras de Savonarola, no tuyas –dije–. Lo que quiere Savonarola es que la gente se asuste, que crea que Dios la abandonará. Así puede dominarla. Ese pintor, sea quien fuera, tenía razón. ¿Cómo puede estar mal entender las maravillas de Dios?

Pero él no contestó.

–Y aunque lo estuviera, tampoco te abandonaría por algo así –insistí, temerosa de perderlo otra vez–. Tu talento es demasiado precioso para Él.

–No lo entiendes –repitió, con los ojos totalmente cerrados–. Se ha ido, ya no lo tengo. Miré el sol y se me quemaron los ojos. Ya no puedo pintar.

–Eso no es cierto –dije suavemente, tendiendo las manos hacia él–. He visto esos dibujos. Hay demasiada verdad en ellos para ser impíos. Estás solo y perdido y tan asustado que te sientes desesperado. Lo único que necesitas es creer que puedes recuperar la vista y lo conseguirás. Tus manos harán el resto. Dámelas, pintor. Dame tus manos.

Siguió meciéndose y gimoteando un momento, y luego las apartó lentamente de su cuerpo y las alargó hacia mí, con las palmas hacia abajo. Se las toqué y en ese momento soltó un agudo gemido de dolor como si el contacto con mis manos lo hubiera quemado. Le cogí las yemas de los dedos, frías como el hielo, y les di la vuelta con delicadeza.

Ah. Pero es que por mucho cuidado que hubiese tenido, no habría bastado. En medio de las palmas de las manos, tenía dos grandes heridas, oscuros agujeros de sangre seca, y la carne hinchada alrededor de los bordes empezaba a infectarse. Los agujeros se los habría hecho con clavos. Pensé en san Francisco despertándose en su celda de piedra poseído por el éxtasis de Dios. Y en mi propia embriaguez aquella noche, cuando el dolor de mi cuerpo casi había sido un alivio para el dolor de mi mente. Pero yo me había mutilado sin querer. Y no había sido una herida tan profunda o desesperada como aquélla.

–Ah, Dios mío –exclamé–. Ah, Dios mío. ¿Qué te has hecho?

Al decirlo sentí que la desesperación se apoderaba de él como una bruma envenenada, llenándole la boca, las orejas y los ojos, asfixiándole el espíritu con sus emanaciones. Y entonces me asusté de verdad, porque ya no sabía si también me invadiría a mí.

Claro que había oído historias de melancolía. De cómo incluso hombres píos se habían perdido en su búsqueda de Dios y habían cedido a la autodestrucción para aliviar el dolor. Uno de mis primeros tutores había caído en semejante agujero, consumiéndose por la falta de esperanza y objetivos, hasta que mi madre, pese a su amabilidad, lo despidió temerosa del impacto de la pena en nuestras jóvenes mentes. Cuando le pregunté por él, me contestó que algunos pensaban que semejante pena era obra del diablo, pero ella creía que era una enfermedad de la mente y los humores, y si bien no solía matar, podía debilitar un alma durante mucho tiempo, y no tenía fácil remedio.

—Tienes razón —dije en voz baja, apartándome de él, siguiendo más mi instinto que la razón—. Has pecado. Pero no como crees. Esto no es la verdad, es desesperación, y la desesperación es un pecado. No puedes ver porque has apagado la luz dentro de ti. No puedes pintar porque has caído en la autodestrucción.

Me levanté.

—¿Cuándo te has hecho esto? ¿Cuántos frescos has pintado? —pregunté, y mi voz era feroz.

Él se quedó un momento inmóvil, con la mirada clavada en el suelo.

—Si no me lo dices, iré a verlo yo misma.

Lo levanté. Con brusquedad. Sé que le hice daño.

—Eres un pintor demasiado egoísta. Cuando tenías talento, te negabas a compartirlo. Ahora que no lo tienes, casi te enorgulleces de ello. No sólo has abrazado la desesperación, también has pecado contra la esperanza. El diablo te merece.

Lo arrastré por la capilla hacia la pared izquierda del altar. Él no opuso resistencia, como si su cuerpo se sometiera más a mi control que al suyo, aunque era mi corazón el que yo sentía latir bajo mi pecho.

Las lonas que cubrían las paredes y el techo estaban unidas separadamente por cuerdas dobles que llegaban hasta un poste en el suelo.

—Vamos, muéstramelas, esas obras dejadas de la mano de Dios —le ordené—. Quiero verlas.

Me miró un momento fijamente. Y en ese instante vi algo tras la desesperación, una suerte de reconocimiento, casi la comprensión de que si no había nadie más, tendría que conformarse conmigo. Entonces se volvió hacia las cuerdas y, tras desatarlas, dejó caer la primera lona.

Ese día no había mucha luz. Por lo tanto me cuesta explicar por qué el impacto fue tan grande. Claro que esperaba otra cosa, algo confuso o malo o vil, y me había preparado para la impresión. Pero en lugar de eso me quedé embelesada con la belleza de las imágenes.

Los frescos recién pintados resplandecían en la pared: la vida de santa Catalina, dividida en ocho fragmentos, su serena y esbelta figura que se movía con colores vibrantes por los primeros años de su vida, la casa de su padre y sus milagros. Como la Virgen en la pared, parecía no sólo poseer la paz de Dios, sino una exuberante dulzura humana que le era propia.

Lo miré fijamente, pero él no me devolvió la mirada. El breve instante de conexión se había desvanecido y él volvía a estar poseído por sus propios demonios. Me acerqué al siguiente altar y yo misma solté las cuerdas, dejando que la lona cayera lentamente al suelo. La segunda pared representaba los triunfos de la santa hasta su muerte. Era aquí donde empezaba a asomar la herejía.

Como toda buena florentina, yo conocía las historias de mil santos, había leído las parábolas de sus tentaciones, su valentía y su martirio final. Algunos lo aceptaban de mejor o peor grado, no todos esbozaban sonrisas beatas cuando prendía el fuego y las navajas se afilaban, pero en algún lugar, de alguna forma, cuando les llegaba la muerte, todos irradiaban la certidumbre del cielo en su dolor. Pero esa santa Catalina no tenía la menor certidumbre de nada. En su celda a la espera de la ejecución, en lugar de serenidad había agitación, y en la última escena donde, tras destruir la rueda, la arrastran hacia la espada del verdugo, el rostro que miraba con ojos acusadores al espectador se encendía con un miedo palpable, recordándome la agonía de la joven del dibujo.

La última lona cubría tanto la pared del altar como el techo abovedado. Cuando caminé hacia el torno que la sujetaba, sentí el sudor en la nuca.

Nada más caer la lona, miré hacia arriba. En la pared trasera había una serie de ángeles, con las alas extendidas gloriosamente, de plumas de palomas, pavos reales y mil pájaros imaginarios del paraíso, y la mirada hacia el Padre Nuestro que está en los cielos.

Como cabía esperar, allí estaba él en medio del techo, en el trono dorado, resplandeciente y glorificado, rodeado de santos poseídos por su propia sublime ligereza: el diablo, con su cuerpo peludo repantigado en el asiento, las tres cabezas saliéndole del cuello, cada una rodeada de alas de murciélago, y en las garras, las imágenes de Cristo y María, que se metía en la boca, entre los dientes caninos.

Treinta y uno

Lo llevamos en el carro de mi padre. No se opuso. Para entonces todo intento de lucha que pudiera haber en él se había desvanecido y parecía agradecer cualquier gesto amable. Cuando María se dio cuenta de lo que hacíamos, creo que quiso detenerme, pero ya había renunciado a su autoridad y sólo pudo callar y sufrir. Cuando me preguntó, como hizo repetidas veces, qué pasaba, le dije lo mismo que le había escrito a mi madre en la carta que le dejé: que había encontrado al pintor enfermo en la capilla y me lo llevaba a casa a cuidarlo.

De todos modos, era verdad. Para los que lo vieron cuando lo sacamos de la capilla para llevarlo al patio, era evidente que padecía algún tipo de enfermedad. Cuando le dio el sol, pareció venirse abajo; le tembló el cuerpo y le castañetearon los dientes de tal manera que pensé que se le sacudirían los huesos del cráneo. A medio camino se desmoronó por completo y tuvimos que llevarlo a rastras por el último tramo de la escalera.

Lo envolvimos en mantas y lo pusimos con cuidado en la parte trasera del carro. Antes de sacarlo de la capilla, Erila y yo habíamos vuelto a colocar las lonas, cerrado las dos puertas con llave y guardado las llaves en el bolsillo. No sé si Erila pensó algo sobre lo que había visto en las paredes y el techo, pero no me dijo nada.

Cuando salimos por la verja, casi era de noche. Yo iba en la parte de atrás del carro, y Erila llevaba las riendas. Estaba nerviosa. Creo que nunca la había visto así. Según ella, no era una buena hora para estar en la calle. Al anochecer los jóvenes guerreros de Savonarola salían a imponer el toque de queda en las calles y enviaban a sus casas a hombres y mujeres que les doblaban la edad para alejarlos de las tentaciones de las calles. Y como también asumían la responsabilidad de separar a los que se mantenían incólumes de los que caían en las tentaciones, y ayudaban a estos últimos procurándoles un retorno a casa más rápido y doloroso, teníamos que tener preparada una buena excusa, por si acaso.

Nos abordaron cuando doblamos la esquina junto a los imponentes muros del Palazzo Strozzi, un edificio que habría podido ser el mayor palazzo de la ciudad si se hubiera acabado de construir tras la muerte de Filippo Strozzi. Era una muerte que Savonarola había empleado a menudo en sus sermones para ilustrar lo absurdo que era anteponer la riqueza a la promesa de la vida eterna. Mientras tanto, la ciudad se había acostumbrado tanto a la fachada inconclusa del palazzo que yo ya no podía imaginar cómo habría quedado si se hubiese acabado.

Empleaban la gran piedra angular como puesto fronterizo provisional. Eran unos veinte, que se abrían en abanico por la calle, con las túnicas sucias y cuyo parecido a ángeles era claramente rocambolesco. El mayor –¿sería ése el cometido de Luca?– se apartó de los demás y levantó las manos delante de nosotras. Erila detuvo el carro, tan cerca de él que el aliento del caballo le sopló en la cara.

—Buenas noches, devotas mujeres florentinas. ¿Qué las ha hecho salir a la calle cuando ya es de noche?

Erila inclinó la cabeza como cuando se hacía la esclava.

—Buenas, señor. El hermano de mi señora está enfermo, y lo llevamos a casa para atenderlo.

—Es muy tarde para ir sin acompañante.

—El conductor de mi señor está rezando la oración del ayuno en la otra punta de la ciudad. Cuando salimos era de día, pero la rueda del carro se quedó atascada en un bache y tuvimos que esperar a que nos sacaran. Ya casi hemos llegado a casa.

—¿Dónde está su inválido?

Erila señaló la parte trasera del carro.

El jefe hizo señas a un par de miembros de la banda que se acercaron adonde yo estaba con el pintor medio oculto bajo la manta y dormido en mi regazo. Uno de ellos apartó la manta y el otro le clavó un palo que llevaba en la mano.

Él despertó sobresaltado, apartándose de mis brazos y retrocediendo frenéticamente hacia el fondo del carro.

—No se acerquen, no se acerquen. Tengo el diablo dentro de mí. Tiene a Cristo entre los dientes y también se los tragará a ustedes.

—¿Qué dice? —El chico, que tenía una nariz tan afilada como el palo, estaba a punto de volver a clavar el palo.

—¿Es que no entiendes el lenguaje de los santos cuando lo oyes? —pregunté groseramente—. Habla en latín de la piedad de Cristo y el amor de nuestro Salvador.

—Pero ¿qué ha dicho del diablo?

Claro. Gracias a Savonarola, su nombre se había vuelto más conocido que el de Dios.

—Dice que la piedad y el amor de Cristo expulsarán al diablo de Florencia con la ayuda de los devotos. Pero no podemos perder el tiempo. Mi hermano es un seguidor del Fraile. Va a tomar el hábito en San Marco. La ordenación será la semana que viene. Por eso tenemos que llevarlo a casa y curarlo antes de la ceremonia.

El muchacho vaciló. Dio un paso adelante y con la nariz percibió el abandono del pintor.

—¡Puaf! Pues yo diría que no tiene mucha pinta de fraile. Míralo: está mugriento.

—No está enfermo, está borracho —dijo el otro, y vi que el jefe se acercaba a nosotros.

—Señora, que no se mueva —gritó Erila, con la voz tensa y fuerte desde la parte delantera del carro—. Si se mueve, pueden reventar los forúnculos. Y el pus es muy contagioso.

—¿Forúnculos? ¿Tiene forúnculos? —El muchacho del palo retrocedió rápidamente.

—¿Por qué no lo han dicho antes? —inquirió el jefe, asumiendo el mando, como corresponde a todo buen jefe—. Aléjense de él, todos. Y usted, mujer, sáquelo de aquí. Y asegúrese de que no se acerque a ningún monasterio hasta que esté curado.

Erila agitó las riendas con fuerza y el carro dio un bandazo hacia delante mientras la barricada se disolvía ante la amenaza del contagio. El pintor volvió a acurrucarse bajo la manta, gimiendo por nuestra marcha torpe. Esperé a perderlos de vista para ir al asiento de delante.

—Oye, cuidado —dijo ella cuando me senté a su lado—. No vayas a mancharme de pus.

—¡Forúnculos! —exclamé riéndome—. ¿Desde cuándo nuestro devoto ejército tiene miedo a un par de forúnculos?

—Desde que llegó la epidemia —contestó con una sonrisa—. El problema contigo es que no sales lo suficiente a la calle. Aunque los que salen empiezan a lamentarlo. Nadie sabe de dónde viene. Dicen que la dejaron los franceses en los agujeros donde depositaron sus jugos. Primero afectó a las prostitutas, pero ahora ha empezado a propagarse. Cuando sólo la padecían las mujeres, la llamaban la enfermedad del diablo, pero ahora que los fieles empiezan a tener ampollas y burbujas se dice que Dios está poniendo a prueba su paciencia como a... ¿cómo se llamaba aquel de la Biblia al que envió las plagas...?

–Job –contesté.

–Eso, Job. Aunque seguro que Job nunca tuvo nada parecido a los forúnculos franceses: esas grandes bolas de calor y pus, que duelen terriblemente y dejan grandes cicatrices. Aunque, por lo que me han dicho, han conseguido alejar a sus víctimas de la cama con más éxito que las enseñanzas del Fraile.

–Ah, Erila –dije riéndome–. Tus chismorreos son geniales. Desde luego, has hecho mal en no dejar que siguiera enseñándote a escribir. Deberías escribir una historia de Florencia que rivalizaría con la de Herodoto acerca de Grecia.

Se encogió de hombros.

–Si vivimos lo suficiente para envejecer juntas, yo puedo dictar y tú lo escribes. Sólo espero que lleguemos a viejas. Y eso depende de que sepas lo que haces ahora –dijo, señalando la parte trasera del carro y chasqueando las riendas por encima de la cabeza del caballo para que cogiera velocidad mientras la oscuridad se cernía sobre la ciudad.

Los caballos de Cristòforo y Tomaso no estaban en el patio y tampoco había luz en la habitación de Cristòforo. Ordené a los mozos que llevaran al pintor a mi taller junto a mi dormitorio, donde improvisamos un camastro, y dije que era un hombre santo de mi familia que había caído enfermo mientras mis padres estaban fuera. Vi la mirada severa de Erila, pero no le hice caso. La alternativa era alojarlo con los criados y, aunque allí sus desvaríos en latín no habrían corrido peligro, si le daba por gritar acerca del poder del diablo en la Toscana más valía que estuviera en un lugar donde no lo oyeran los creyentes.

Tras instalarlo, llamamos al hermano mayor del mozo, Filippo, para que lo atendiera. Era un joven robusto, que había nacido con los tímpanos desgarrados, por lo que parecía más lento y torpe de lo que era en realidad. Pero eso procuraba asimismo a su fuerza sorda cierta suavidad, y por eso era el único criado de mi marido para el que Erila disponía de tiempo. En los meses desde nuestra llegada ella había aprendido suficientes signos con las manos para convertirlo en un esclavo servicial (aunque nunca le pregunté cómo le pagaba ella por sus servicios). Ahora le dio instrucciones para que preparara un baño y desnudara al pintor. A continuación fue a su habitación a buscar su bolsa de medicamentos, heredada de su madre, cuyo olor recuerdo que incluso de pequeña tenía algo de exótico. ¿Conocía su madre el secreto para curar los estigmas de la mente además de las manos?

–Dile que vamos a lavarle y vendarle las manos –dijo Erila rápidamente–. Asegúrate de que lo entiende.

Estaba sentado en la silla donde lo habíamos dejado, el cuerpo inclinado hacia delante, la mirada clavada en el suelo. Me acerqué a él y me agaché a su lado.

–Ahora estás a salvo –dije–. Nosotras te cuidaremos. Te curaremos las manos y haremos que te sientas mejor. Aquí no te pasará nada malo. ¿Lo entiendes?

No contestó. Miré a Erila. Ella me señaló la puerta.

–¿Y si...?

–¿... si arma jaleo? Le partiremos el cráneo. Pero, haga lo que haga, lo lavaremos y le daremos de comer antes de que vuelvas a acercarte a él. Mientras tanto, puedes ir inventando una buena excusa para tu marido. Porque no sé cómo se va a tragar toda esa monserga del pariente santo.

Y dicho eso me sacó de la habitación.

Los primeros días fueron los peores. Aunque los criados andaban de puntillas por la casa, el chismorreo se oía más que cualquiera de sus pasos. En cuanto al pintor, permanecía en un estado de estupor, mudo, aunque rebelde a su manera. Si bien había dejado que Erila y Filippo le vendaran las manos y lo bañaran, siguió rechazando la comida. El diagnóstico de Erila fue claro y directo.

–Mueve los dedos, lo que significa que puede volver a pintar, aunque ya nadie podrá leerle las manos. En cuanto a lo otro: no conozco ninguna planta ni ungüento que lo cure. Si sigue sin comer, eso lo matará antes que cualquier pérdida de Dios.

Esa noche me quedé en vela, atenta por si lo oía. En el momento más oscuro de la noche, le acometió una suerte de ataque de aullidos, un sonido que expresaba la más profunda desesperación, como si todo el dolor del mundo emanara de él. Me encontré con Erila junto a la puerta, pero los llantos no nos habían despertado sólo a nosotras, y no me dejó entrar.

–Pero está sufriendo tanto. Creo que puedo ayudarlo.

–Más vale que te ayudes a ti misma –me espetó–. Una cosa es que el marido transgreda las reglas del decoro, y otra muy distinta es que lo haga la mujer. Son sus criados. No han tenido el tiempo ni la voluntad para quererte por lo terca que eres. Te traicionarán, y el escándalo se extenderá como la pólvora por la vida de los dos. Vuelve a la cama. Ya me ocuparé yo de él, no tú.

Y como sus palabras me asustaron, la obedecí.

La noche siguiente, el llanto, cuando empezó, fue mucho más suave. Yo estaba despierta leyendo y lo oí enseguida, pero recordé las palabras de Erila y esperé a que acudiera ella. Sin embargo, o bien estaba muy cansada o bien su sueño era demasiado profundo. Temerosa de que volviera a despertar a toda la casa, me levanté.

El rellano estaba vacío, y Filippo dormía a pierna suelta delante de su puerta, ajeno al ruido. Pasé a su lado con cuidado y entré. Si fue una tontería, lo único que puedo decir es que todavía hoy no lamento haberlo hecho.

Treinta y dos

La habitación estaba iluminada con una pequeña lámpara de aceite que desprendía un resplandor tenue como la luz de la vela en la capilla, mientras el olor de la pintura y la parafernalia de mi trabajo lo impregnaba todo. Él estaba en la cama, con la mirada perdida, la pena y el vacío como un lago a su alrededor.
 Me acerqué y le sonreí. Tenía las mejillas mojadas pero el llanto había cesado.
 —¿Cómo estás, pintor? —pregunté suavemente.
 Sus ojos me vieron pero no me reconocieron.
 Me senté en el borde de la cama. Antes él habría rehuido mi proximidad, pero esta vez no reaccionó. Yo no sabía si su apatía era por debilidad o por la parálisis de la desesperación. Me acordé de mi noche de bodas, de cómo mi mundo se había desmoronado a mi alrededor y cómo, cuando mi mente dejó de funcionar, la habían sustituido mis dedos. Pero él se había mutilado deliberadamente su propio medio de salvación. Tenía las manos apoyadas torpemente encima de las sábanas, con las vendas blancas y limpias. Pero yo no sabía si le permitirían sostener una pluma.
 Cuando no hay imágenes, sólo quedan las palabras.
 —Te he traído algo —dije—. Si ha de tragarte el diablo, más vale que conozcas a otros que han librado la misma batalla.
 Cogí el libro que leía cuando él empezó a gritar. Aunque no tenía las imágenes de Botticelli para iluminarlo, el solo hecho de plasmar tantas palabras en papel era por sí mismo un acto del más profundo amor. Al cual ahora añadí el mío... Mientras hablaba lentamente, traducía del evocador italiano vernáculo al latín, buscando las palabras que tuvieran un significado para él.

> En medio del camino de la vida
> me encontré por una selva oscura,
> en que la recta vía era perdida.

> ¡Ay, decir lo que era es cosa dura,
> esta selva salvaje, áspera y fuerte
> cuyo recuerdo renueva la pavura!
> Tanto es amarga, que poco más es la muerte.

Leí el primer canto del *Inferno* con sus selvas de desesperación y terribles fieras salvajes, pero que conduce en todo momento a esa primera imagen de la montaña bañada por el sol y un vestigio de esperanza.

> Era la hora en que apuntaba el día,
> el sol subía con las estrellas,
> cuando el divino amor
> movió al nacer estas creaciones bellas;
> la ocasión y la dulce estación con su caricia
> me hacían esperar suerte propicia...

Alcé la vista al tomar aliento y vi que había cerrado los ojos. Sabía que no dormía.

—No estás solo, ¿sabes? –dije–. Creo que mucha gente en un momento dado de su vida siente la oscuridad a su alrededor, como si se hubiera caído de la mano de Dios, como si se hubiera deslizado por sus dedos y caído a las rocas. Creo que Dante también sintió algo así. Y su gran talento, de algún modo, se lo puso más difícil. Era como si se esperara más de él porque había recibido tanto. Pero si él pudo salir adelante, todos podemos.

En realidad, al igual que a mi marido, me había sido más fácil entrar en el infierno que en el paraíso, pero había tenido momentos en que la luz había reconfortado mi alma. Me puse a buscarlos con la esperanza de que también reconfortaran la suya.

—Cuando yo era joven –dije, para llenar el silencio mientras buscaba algo para decir–, creía que Dios era luz. O sea... la gente me decía que estaba en todas partes, pero yo nunca lo veía. Pero a los que estaban llenos de Él siempre los pintaban con una aureola de luz dorada. Cuando Gabriel habló con María, sus palabras penetraron en su pecho por un río de sol. De pequeña me sentaba a mirar cómo el sol entraba por las ventanas a determinadas horas del día, observaba cómo los rayos se escindían al atravesar el vidrio e iluminaban trozos del suelo. Era como si Dios se dividiera en una lluvia de bondad, como si cada haz de luz contuviera el mundo entero y al propio Dios, además de la luz. Me acuerdo de que la sola idea me estremecía. Más adelante, cuando leí a Dante, encontré unos versos en *Paradiso* que parecen decir lo mismo...

Seguía buscando algo para decir cuando él empezó a hablar.
—No era luz –dijo en voz baja–. Para mí no era luz.
Mis dedos se detuvieron en la página.
—Hacía frío.
Calló.
—¿Frío? –pregunté–. ¿Cómo?
Respiró hondo, como si lo hiciera por primera vez desde hacía mucho tiempo, y luego espiró sin decir nada. Esperé. Volvió a intentarlo y esta vez le salieron las palabras.
—Hacía frío. En el monasterio. A veces el viento venía del mar y traía hielo... podía congelarte la piel de la cara. Un invierno había tanta nieve que ni siquiera podíamos salir a la leñera. Tuvo que saltar un monje por la ventana. Se hundió en un ventisquero y tardó mucho en salir. Esa noche, me hicieron dormir al lado de la estufa. Yo era pequeño, delgado, como un trozo de corteza de abedul. Pero la estufa se apagó.

»El padre Bernard me llevó a su celda... Él fue el primero que me dio tiza y papel. Era tan viejo que siempre le lloraban los ojos. Pero nunca estaba triste. En invierno tenía menos mantas que los demás. Decía que no las necesitaba porque Dios le daba calor.

Lo oí tragar, pues tenía la garganta seca de hablar. Erila había dejado vino con azúcar en la mesa de luz. Le serví un vaso pequeño y lo ayudé a beberlo.

—Pero esa noche hasta el padre Bernard tenía frío. Me acostó en la cama a su lado, me envolvió en una piel de animal, y luego entre sus brazos. Me contó historias de Jesús. De cómo Su amor podía despertar a los muertos y de cómo si lo teníamos en el corazón podíamos dar calor al mundo... Cuando me desperté era de día. Ya no nevaba. Yo tenía calor. Pero él estaba frío. Le di la piel pero tenía el cuerpo rígido. No supe qué hacer. De modo que saqué un papel de su arcón y lo dibujé, allí tendido. Sonreía. Yo sabía que Dios había estado allí cuando murió. Y que ahora estaba en mí, y que gracias al padre Bernard siempre tendría calor.

Volvió a tragar, y le acerqué otra vez el vaso a la boca. Él tomó otro sorbo, se reclinó y cerró los ojos.

—Nos quedamos un rato los dos juntos en la celda del monje, esperando que la muerte se convirtiera otra vez en vida.

Pensé en el arcón debajo de la cama del padre Bernard y cogí de mi mesa de trabajo papel y tiza que afilé rápidamente para cuando sus dedos se pusieran otra vez a trabajar.

Los puse en su regazo.

—Quiero ver qué aspecto tenía —dije con firmeza—. Dibújalo. Dibuja a tu monje para mí.

Miró el papel, luego sus manos. Lo vi doblar las puntas de los dedos. Se incorporó en la cama. Acercó la mano derecha a la gruesa tiza e intentó cogerla con los dedos. Hizo una mueca de dolor. Cogí el libro para que apoyara el papel y se lo puse en las rodillas.

Alzó la vista hacia mí. La desesperación volvió a asomar en su rostro.

Endurecí mi corazón ante su dolor.

—Él te dio su calor, pintor. Es lo mínimo que puedes hacer por él antes de morir.

Comenzó a mover la mano por la página. Empezó una línea, que se deslizó hacia abajo. Soltó la tiza y se le cayó al suelo. La recogí y se la di. Con suavidad puse la palma de la mano encima de la suya, entrelazando los dedos con los suyos, con cuidado para no tocar la herida, ofreciendo mis músculos como contrapeso para cuando él impulsara la tiza. Exhaló otro profundo suspiro. Dibujamos juntos los primeros trazos, mientras yo le dejaba dirigir la línea. Poco a poco, minuciosamente, el perfil de un rostro empezó a asomar tras nuestros trazos. Al cabo de un rato sentí sus dedos más fuertes y aparté los míos. Observé cómo él acababa el dibujo pese al dolor.

Apareció en la hoja el rostro de un anciano, con los ojos cerrados, una ligera sonrisa en los labios y, si bien no resplandecía con el amor de Dios, tampoco estaba petrificado en el vacío.

Le supuso un enorme esfuerzo y, cuando acabó y se le cayó la tiza de los dedos, tenía la tez gris del dolor.

Cogí un trozo de pan de la mesa, lo mojé en el vino y se lo acerqué a los labios.

Lo mascó lentamente, tosiendo un poco. Esperé a que tragara y le di un poco más. Poco a poco, bocado a bocado, sorbo a sorbo.

Al final sacudió la cabeza. Si comía demasiado le sentaría mal.

—Tengo frío —dijo al fin, con los ojos cerrados—. Tengo frío otra vez.

Me tendí en la cama a su lado. Puse el brazo debajo de su cabeza y él me dio la espalda, haciéndose un ovillo, como un niño. Yo me volví hacia él y lo abracé. Permanecimos inmóviles y él recobró el calor entre mis brazos. Al cabo de un rato oí su respiración más acompasada y noté que su cuerpo se relajaba junto al mío. Me sentí en paz y muy feliz. Si no hubiese temido dormirme yo también, creo que habría podido quedarme allí hasta primera hora de la mañana y vuelto a mi habitación antes de que los criados despertaran.

Empecé a moverme con sigilo, sacando mi brazo derecho con cuidado de debajo de su cabeza. Pero el movimiento lo molestó y gimió ligeramente al tiempo que se daba la vuelta dormido, inmovilizándome en la cama con el peso de su hombro y cabeza y cubriéndome con el otro brazo.

Esperé a que se quedara quieto antes de volver a intentarlo. A la luz de la lámpara de aceite vi su rostro cerca del mío. Aunque el hambre le había afilado los rasgos, la piel estaba casi traslúcida, más como la de una mujer que la de un hombre. Tenía las mejillas hundidas, aunque curiosamente los labios seguían gruesos. Podía adivinar la acción de sus pulmones por el calor de su aliento en mi cara. Erila y Filippo se habían empleado a fondo: su piel olía a camomila y otras hierbas y su aliento a vino dulce. Me quedé mirándole los labios. Una vez mi marido me había besado rápidamente en la mejilla al despedirse de mí en la puerta de mi dormitorio. Ése era el único beso que recibiría de un hombre en toda mi vida. Puede que me montaran y fornicaran hasta que diera un heredero, pero en lo que se refería a la ternura o pasión seguiría siendo virgen. O, citando a mi marido, mi placer sería asunto mío.

Me incliné y acerqué mi rostro al suyo. Su aliento me llegaba con oleadas cálidas y dulces. Esta vez su proximidad no me hizo temblar. Más bien me infundió valor. Tenía la piel tan seca que vi grietas en la superficie. Me puse los dedos en la boca para humedecerlos. Mi saliva estaba caliente y me resultó enigmática, una transgresión por sí misma. Pasé con delicadeza las yemas de los dedos por sus labios. El contacto con él me produjo una sacudida intensa pero emocionante, como la que sentí al descubrir mi desgarro. Oí los latidos de mi corazón, como la tarde en que había buscado a Dios en los rayos de sol y no lo había encontrado. El calor no siempre trae consigo una revelación. A veces tenemos que buscarla por nuestra cuenta. Deslicé los dedos hasta su pecho. La túnica que le habían encontrado era demasiado grande para su cuerpo escuálido y tenía los hombros desnudos. La yema de mi dedo era como el pincel más fino. Me acordé de la excitación que me produjo la línea brillante de mi propia sangre esa noche en la oscuridad, e imaginé que los colores fluían de mí hacia él, que su piel se convertía en regueros de azul añil o azafrán silvestre bajo mi dedo. Le ardía la piel. Dormido, murmuró algo y se movió. Mis dedos se detuvieron, permanecieron inmóviles por un momento y volvieron a moverse. El azafrán se convirtió en ocre caliente, luego púrpura oscuro. Pronto él cobraría vida con los colores.

Acerqué mi boca a la suya. Y por si a alguien le cabe alguna duda, he de decir que yo sabía perfectamente lo que hacía. Es decir, estaba convencida de ello. Y no tuve miedo. Mis labios se unieron a los suyos, y me estremecí. Él se movió a mi lado y exhaló un profundo gemido al tiempo que abría la boca. Sin darme cuenta, mi lengua se fundió con la suya.

Estaba tan delgado que era como abrazar a un niño. Mi cuerpo se desbordó sobre él y cuando nuestros torsos se encontraron sentí su sexo erecto contra mi muslo. Dentro de mí se encendió algo y empezó a crecer. Intenté tragar saliva pero tenía la boca seca. Mi vida entera estaba presente en la bocanada de aire que empezaba a aspirar. En cuanto se me llenaran los pulmones, ¿qué haría? ¿Volvería a besarlo o me apartaría de él?

No tuve que decidirlo. Porque ahora fue él quien se movió, poniéndose encima de mí y besándome, su lengua torpe y ansiosa, con sabor a él. De pronto nos fundimos, retozando y respirando entrecortadamente, y sentí fuego en las entrañas, la piel en carne viva. Lo que sucedió a continuación fue tan rápido, el movimiento de sus dedos al acariciarme tan torpe y atropellado, que cuando encontró mi sexo no sé si sentí sorpresa o placer, aunque me hizo gritar de tal modo que temí que nos descubrieran.

Pero sí sé que cuando me levanté el camisón y lo ayudé a penetrarme, abrió los ojos por primera vez y en ese breve instante nos miramos, sin poder seguir fingiendo que lo que ocurría no estaba ocurriendo. Y había en esa mirada tal intensidad que, por muy mal que aquello estuviera, no podía ser pecado, y si bien el hombre quizá no nos perdonara, sí nos perdonaría Dios. Y sigo creyéndolo, como creo que Erila tenía razón al afirmar que la inocencia a veces podía ser tan peligrosa como el conocimiento, aunque muchos dirían que semejantes ideas sólo demuestran hasta qué punto me condené.

 Cuando se acabó y él estaba tendido encima de mí, sin aliento por la segunda oportunidad que le había dado la vida, lo abracé y le hablé como a un niño diciéndole todo lo que se me ocurría para que el miedo no volviera a apoderarse de él. Hasta que ya no supe qué decir y empecé a recitar lo que recordé de los versos del último canto de Dante, mientras decidía no pensar en la herejía que podía contener mi recitación:

> En ese abismo vi cómo se sujetaba al amor,
> encerrando en un solo volumen todas las hojas
> que volaban dispersas por el universo,
> y vi cómo sustancia, accidente y modo se unían,
> se fundían, por así decirlo, en una sola cosa,
> de modo que así lo describo: una única luz.

Treinta y tres

En mi habitación me lavé. Si hubiese tenido tiempo, me habrían pasado mil cosas por la cabeza.
　–¿Dónde has estado?
　Me volví rápidamente.
　–Ay, Dios mío, Erila, ¡qué susto me has dado!
　–Bien. –Nunca la había visto tan enfadada–. ¿Dónde estabas?
　–Esto... eh... Es que... el pintor se despertó. Creí... creí que dormías. Así que... fui a ver si estaba bien.
　Me miró con evidente desprecio. Yo estaba despeinada y con el rostro colorado. Dejé el trapo y me arreglé el camisón, sin apartar la mirada del suelo.
　–Conseguí... hum... conseguí que comiera y bebiera un poco. Ahora duerme.
　Ella se acercó a toda prisa, me cogió por los hombros y me sacudió tan fuerte que proferí un grito. No recordaba que me hubiera hecho daño antes. Cuando dejó de sacudirme, siguió cogiéndome por los brazos, hundiendo los dedos en mi piel.
　–Mírame. –Volvió a sacudirme–. Mírame.
　La miré. Y ella me sostuvo la mirada, como si no pudiera creer lo que veía.
　–Erila –dije–. Yo...
　–No me mientas.
　Me detuve en mitad de la frase.
　Volvió a sacudirme, y luego me soltó con la misma brusquedad.
　–¿Es que no has oído lo que te he dicho? ¿Qué piensas? ¿Que hago todo esto por mi propio bien?
　Cogió el trapo de donde había caído junto al lavamanos y lo mojó en el agua. Me levantó el camisón y me lo pasó por la piel, los pechos, el estómago, las piernas y la entrepierna, incluso por mi hendidura, con gestos bruscos, haciéndome daño, como una madre con un niño recalcitrante. Al cabo de un rato rompí a llorar, de miedo y de dolor, pero eso no la detuvo.

Cuando por fin acabó, dejó el trapo en el lavamanos y me tiró una toalla. Me miró mientras me secaba con cara de pena, gimoteando, tragándome las lágrimas, intentando no sentir vergüenza.

–Tu marido ha vuelto.

–¿Qué? Ay, Señor. ¿Cuándo? –Y las dos percibimos el pánico en mi voz.

–Hará una hora. ¿No has oído los caballos?

–No. No.

Dio un fuerte resoplido.

–Da igual. Ha preguntado por ti.

–¿Y qué le has dicho?

–Que estabas cansada y dormías.

–¿Se lo has contado?

–¿Qué, exactamente? No, no le he contado nada. Pero seguro que lo harán los criados, si no lo han hecho ya.

–Bien. –Procuré aparentar tranquilidad–. En fin... ya hablaré con él mañana.

Me miró un momento y sacudió la cabeza con evidente exasperación.

–No lo entiendes, ¿eh? Dios mío, cómo es posible que entre tu madre y yo no te lo hayamos metido en la cabeza. Las mujeres no pueden hacer lo mismo que los hombres. Las cosas no funcionan así. Los hombres las destruyen.

De pronto tuve miedo y sentí que los que no estaban conmigo estaban contra mí.

–Él me dijo que yo era dueña de mi vida –repliqué enfadada–. Formaba parte del acuerdo.

–Ay, Alessandra, ¿cómo puedes ser tan tonta? Tú no tienes una vida. No como él. Él puede fornicar lo que quiera y cuando quiera. Y nadie lo acusará nunca de nada. Pero a ti sí que te acusarán.

Me sentí culpable.

–Pero yo... yo no...

–No, otra vez no. No vuelvas a mentirme.

Alcé la vista.

–No pude evitarlo –dije en voz baja.

–¿No pudiste evitarlo? Ja –espetó, medio riéndose y medio furiosa–. Sí, bueno, siempre es así.

–Yo no... O sea, no tiene por qué saberlo nadie. Él no lo contará. Y tú tampoco.

Suspiró enfadada, como si tratara con un niño al que ya le había repetido lo mismo mil veces. Dio media vuelta y se puso a caminar por la habitación, de una punta a la otra, desfogando su ansiedad. Por fin se detuvo y me miró.

—¿Se corrió?

—¿Qué?

—¿Se corrió? —Sacudió la cabeza—. Si tu sabiduría callejera fuera tan ágil como tu mente podrías dominar la ciudad, Alessandra. ¿Expulsó sus flujos dentro de ti?

—Yo... hum... No lo sé. Es posible. Creo que sí.

—¿Cuándo tuviste la última menstruación?

—No lo sé. Hará diez días, tal vez dos semanas.

—¿Cuándo fue la última vez que te montó tu marido?

Agaché la cabeza.

—Alessandra. —Casi nunca me llamaba por mi nombre, pero ahora no pudo evitarlo—. Tengo que saberlo.

La miré y rompí a llorar otra vez.

—No desde... No desde la noche de bodas.

—Ay, Dios mío. Bueno, más vale que vuelva a hacerlo. Pronto. ¿Puedes arreglarlo?

—Supongo. Hace tiempo que no lo hablamos.

—Pues habladlo ahora. Y hacedlo. De ahora en adelante no te acercarás al pintor sin que alguien te acompañe. ¿Me has oído?

—Pero...

—¡No! Nada de peros... Los dos habéis tenido mala suerte desde la primera vez que os visteis, sólo que eras demasiado joven para darte cuenta. Tu madre nunca debió permitir que ese hombre entrara en la casa. Bueno, ahora ya es demasiado tarde. Sobrevivirás. Y si él ha sabido encontrar tu agujero, supongo que volverá a la vida otra vez. Es el tipo de resurrección que suele despertar cierto apetito en los hombres.

—Ah, Erila, no lo entiendes, no fue eso.

—¿Ah, no? ¿Y cómo fue? ¿Te pidió permiso, o te ofreciste tú?

—No —contesté con firmeza—. Fui yo. Fue mi culpa.

—¿Y qué? ¿Él no hizo nada? —Y creo que se sintió aliviada al ver que yo había recobrado el ánimo.

Me encogí ligeramente de hombros. Me dirigió una última mirada hostil y a continuación se acercó y me cogió con brusquedad entre sus brazos, abrazándome con fuerza y chasqueando la lengua como una gallina con su polluelo. En ese momento

supe que si alguna vez me abandonaba, también me abandonaría el coraje.
　–Eres una niña tonta, estúpida. –Me murmuró insultos tiernos al oído, y luego, sujetándome con los brazos estirados, me acarició la mejilla y me apartó el pelo despeinado del rostro para verme mejor–. Bien –dijo con suavidad–, ¿así que lo has hecho? Por fin. ¿Y cómo ha sido? ¿Oíste la dulzura de la cuerda del laúd?
　–Bueno... en realidad no –susurré, aunque sabía que había sentido algo.
　–Ya, eso es porque tienes que hacerlo más de una vez. Aprenden despacio, los hombres. Son todo furia, torpeza y prisas. La mayoría nunca pasan de ahí. Simplemente van a la suya. Pero algunos tienen la humildad de aprender. Mientras no se den cuenta de que les estás enseñando. Pero antes tienes que encontrar tu propio placer. ¿Puedes hacerlo?
　Solté una risa nerviosa.
　–No lo sé. Creo... creo que sí. Pero... no lo entiendo, Erila. ¿Qué me estás diciendo?
　–Te estoy diciendo que si vas a transgredir las reglas, tendrás que aprender a hacerlo mejor que cualquiera de las personas, y digo cualquiera, que las respeta. Es la única manera de ganarles en su juego.
　–No sé si podré hacerlo... a menos que me ayudes.
　Ella rió.
　–¿Y cuándo no lo he hecho? Ahora vete a la cama a dormir. Mañana tendrás que estar bien espabilada. Como todos nosotros.

Treinta y cuatro

Estaba sentado a la mesa leyendo y bebiendo vino. Aunque era temprano por la mañana, ya apretaba el calor. No nos habíamos visto desde hacía semanas. Yo no sabía si había cambiado, aunque esa mañana cuando me miré la cara al espejo no vi ninguna diferencia evidente. Él, en cambio, estaba distinto. Las arrugas alrededor de su boca eran más prominentes, lo que daba a su rostro una mueca permanente, y tenía la tez más colorada. Seguir el ritmo a mi hermano habría requerido un gran esfuerzo a un hombre joven, y ya no digamos a uno mayor. Me senté frente a él y me saludó. Yo no tenía ni idea de lo que él pensaba.

–Hola, esposa.
–Hola, marido.
–¿Has dormido bien?
–Sí, gracias. Siento no haber estado aquí para recibirte.
Hizo un gesto con la mano para restarle importancia.
–Estás plenamente recuperada de tu... trastorno.
–Sí –contesté. A continuación, tras una pausa–: He estado pintando.
Alzó la vista y juraría que vi placer en su mirada.
–Bien. –Volvió a posar la mirada en sus papeles.
–¿Está mi hermano contigo?
Me miró.
–¿Por qué?
–Es que... Me gustaría saludarlo si está.
–No, se fue a su casa. No está bien.
–Nada grave, espero.
–No creo. Sólo un poco de fiebre.
No tendría otra oportunidad como ésa.
–Señor, he de decirte una cosa.
–Ah, ¿sí?
–Tenemos un invitado en casa.
Esta vez levantó la mirada.

—Eso me han dicho.

Se lo conté de una manera sencilla, presentándolo como una historia de arte y belleza: las maravillas que podía crear el pintor y el temor a que no pudiera seguir creándolas. Creo que no habría podido hacerlo mejor, aunque sé que estaba más nerviosa de lo que habría querido. Él no apartó la mirada de mí ni una sola vez, ni siquiera al producirse un silencio cuando acabé de hablar.

—Alessandra..., ¿te acuerdas de nuestra primera conversación? En nuestra noche de bodas.

—Sí.

—O sea que te acordarás de que te pedí una serie de cosas, que si no recuerdo mal, aceptaste. Y una de ellas era discreción.

—Sí, pero...

—¿De verdad crees que lo que has hecho ha sido discreto? Llevar al palazzo a un hombre enloquecido en un carro, atravesando la ciudad por la noche, cuando tu marido está ausente. Y encima lo instalas en una habitación al lado de la tuya.

—Estaba enfermo... —Callé. Sabía que era inútil. Según la propia interpretación de las reglas de Erila, yo había perdido el derecho a tener razón—. Lo siento —dije—. Me doy cuenta de que esto podría comprometerte. Aunque él no esté...

—No se trata de lo que le pase a él, Alessandra. Se trata de cómo se percibe lo que haces. Eso, querida, es lo que preocupa en la ciudad. No la realidad, sino la percepción de las cosas. Eres lo bastante lista para saberlo tan bien como yo.

Esta vez dejó crecer el silencio.

—No puede seguir aquí —dije al cabo de un rato, afirmándolo más que preguntándolo.

—No, no puede.

—Creo... hum... creo que de todos modos está mejor. —Erila me había comentado que esa mañana había comido algo—. En ese caso querrá volver a casa de mis padres. Tiene trabajo. Es un pintor maravilloso, Cristòforo. Cuando veas su altar acabado, lo entenderás.

—Seguro que sí. —Bebió un sorbo de vino—. Y ahora no hablemos más de eso. —Dejó el vaso en la mesa con cuidado y me miró un momento—. Ahora tengo que decirte algo. —Hizo una pausa—. Ayer dos conocidos míos fueron detenidos bajo sospecha de fornicación indecente. Los habían acusado a través de la urna de denuncias de Santa Maria Novella. Sus nombres no revisten la menor importancia, aunque los oirás pronto porque son de buena familia. –Hizo otra pausa–. Aunque no tan buena como la nuestra.

–¿Qué les pasará?

–Los interrogarán y torturarán para verificar las acusaciones y conseguir más adeptos. Ninguno de ellos tiene una razón directa para implicarme... pero, bueno, en cuanto el hilo empieza a soltarse, la prenda puede deshilacharse muy rápido.

Con razón se había enfadado por mi transgresión. Por otro lado, en mi lugar Erila estaría buscando cómo sacar provecho a semejante momento además de ver las desventajas.

–En fin, señor, tal vez tengamos que buscar la manera de protegerte más. –Hice una pausa–. ¿Podría una esposa embarazada restaurar tu reputación?

Esbozó una sonrisa amarga.

–Sin duda no le haría ningún daño. Pero no estás embarazada. A menos que haya malinterpretado las palabras de tu criada. Y se expresó en términos muy claros.

–No –dije, recordando la mentira de Erila–, no lo estoy. Pero si he podido concebir una vez, podré volver a hacerlo. –Hice otra pequeña pausa–. Éste es un buen momento para mí.

–Ya veo... ¿Y eso... te parecería bien?

Lo miré directamente, sin la menor vacilación.

–Sí –contesté.

Me levanté y me incliné lentamente por encima de la mesa para darle un suave beso en la frente antes de salir de la sala y regresar a mi habitación.

No me entretendré con descripciones de nuestro segundo encuentro sexual. Tampoco pretendo con mi reticencia provocar o intrigar. Si hubiera algo más que contar que la primera vez, estaría encantada de hacerlo. Cuanto mayor me hago, más convencida estoy de que el silencio en torno a estos asuntos sólo sirve para crear más vacilaciones y malentendidos. Pero en ese momento entre nosotros no había el menor malentendido. Lo nuestro era una asociación comercial entre marido y mujer. Y había suficiente respeto y cariño para que al menos me sintiera en pie de igualdad.

A diferencia de la primera vez, no se marchó enseguida. En cambio, nos quedamos un rato tomando refrescos y conversando amigablemente de arte, política y la vida. De modo que al relajarnos, recuperamos el placer de nuestra unión, aunque fue un placer que se derivó de la caricia de las palabras más que de la piel.

–¿Cuándo te has enterado de eso? Todavía no es de dominio público.

–Ah, ¿no? Pues pronto lo será. Esas cosas no se pueden mantener en secreto mucho tiempo.

–¿Y Savonarola obedecerá?

–Ponte en su lugar, Alessandra. Eres el líder indiscutible de la ciudad. Florencia está pendiente de cada una de tus palabras. El púlpito es un lugar para gobernar mucho mejor que la Signoria. Y entonces tu enemigo, el Papa, te prohíbe que prediques bajo pena de excomunión. ¿Qué harías?

–Creo que dependería de cuál fuera el juicio que más temiera, el del Papa o el de Dios.

–¿No creerías que era una herejía sugerir una diferencia entre los dos?

–Bueno, puede que yo sí lo creyera. Pero se supone que estoy en el lugar de Savonarola. Y él no hace semejante distinción. Para él Dios viene primero. Aunque... –me interrumpí–, cuando se trata de asuntos de Estado no es ningún tonto. Pero tampoco lo es el Papa.

–De modo que te interesaría más saber que hay una zanahoria además de un palo.

–¿Y en qué consiste?

–El capelo cardenalicio si acepta.

–¡Ah! –Me detuve a pensar–. No, no lo aceptará. Puede que esté loco, pero no es un hipócrita. Desprecia la corrupción de la Iglesia. Aceptar el cargo de cardenal sería como aceptar treinta monedas de plata para traicionar al verdadero Cristo.

–Bueno, ya se verá.

–Cristòforo, ¿cómo te enteras de todas estas cosas?

Hizo una pausa.

–No dedico todo mi tiempo libre a la jodienda con tu hermano.

Me quedé desconcertada.

–Pero... no creí que estuvieras involucrado en esas cosas –dije, recordando el análisis que mi madre había hecho de él.

–En momentos como éste, es la mejor manera de involucrarse, ¿no te parece? –Calló–. La oposición más segura es la que no existe, hasta que llega el momento adecuado.

–En ese caso creo que debes tener cuidado con las personas a las que se lo cuentas.

–Ya lo tengo –dijo, mirándome fijamente–. ¿Crees que he cometido un error?

–No –contesté con firmeza.

–Bien.

–De todos modos, debes tener cuidado. Eso te convierte en un enemigo político además de moral.

–Es verdad. Aunque sospecho que cuando enciendan la paja debajo de mí lo que quemarán no serán mis ideas políticas.

–No hables así –dije–. Eso no ocurrirá. Por muy poderoso que sea, no podrá desafiar al Papa eternamente. Más de un florentino devoto se sentirá incómodo al escuchar los sermones de un cura excomulgado.

–Tienes razón. Aunque el Papa tendrá que escoger el momento adecuado. Si actúa demasiado pronto, incitará a otra rebelión. Tiene que esperar a que empiecen a salir las grietas.

–En ese caso más vale que viva mucho tiempo –dije–. Porque yo no veo ninguna grieta.

–Eso significa que no estás mirando con suficiente atención, esposa mía.

–Tenías que haber estado en la calle cuando sus guerreros nos detuvieron con el pintor... –Se le ensombreció el rostro–. No te preocupes. No sabían quiénes éramos. Erila les dio un susto de muerte al mencionar los forúnculos franceses.

–Ah, sí, los forúnculos. Parece que nuestros salvadores, los franceses, trajeron consigo algo más que la libertad civil.

–Sí, pero eso no basta para mermar su poder.

–No, por sí mismo, no basta. Pero ¿qué importa si el verano es tan caluroso como fue frío el invierno? ¿Qué importa si no llueve y se echan a perder las cosechas? Ahora somos demasiado píos para buscar la prosperidad y la ciudad no tiene tantas rentas de las que vivir como antes. Y pese a ese ejército tan devoto, hay un loco suelto por la ciudad que sigue poniéndose los intestinos de la gente por collar.

–¡Ha aparecido otro cadáver!

Se encogió de hombros.

—No se ha hecho público. Ayer por la mañana los vigilantes de Santa Felicita encontraron restos humanos esparcidos por el altar.
   —Ah...
   —Pero cuando volvieron con ayuda habían desaparecido.
   —¿Crees que sus partidarios se deshicieron del cuerpo?
   —¿Qué cuerpo? Acuérdate de lo que te dije acerca de la realidad y la percepción. Cuando Savonarola estaba en la oposición, semejante profanación era un regalo del cielo. Ahora huele a anarquía. O a algo peor. Piénsalo. Si Florencia es pía pero Dios es cruel con Florencia, sólo será cuestión de tiempo que sus partidarios empiecen a cuestionar en público si su devoción es la correcta.
   —¿Eso lo crees o lo sabes? —pregunté—. Porque incluso una oposición que no existe tiene que estar en contacto con voces de dentro tanto como de fuera.
   Sonrió.
   —Ya veremos. En fin, dime, Alessandra, ¿cómo te sientes?
   ¿Cómo me sentía? Me había acostado con dos hombres en las últimas horas. Uno había alimentado mi cuerpo y el otro mi alma. Si Savonarola de verdad era el enviado de Dios en la tierra, yo ya tenía que estar sintiendo las llamas lamiéndome los pies. Pero en lugar de ello me sentía sorprendentemente tranquila.
   —Me siento... colmada —dije.
   —Bueno, dicen que el principio del verano es un momento propicio para concebir si el marido y la mujer se unen con amor y respeto en lugar de con lujuria. —Hizo una pausa—. Así que recemos por el futuro.

El pintor se fue a primera hora de la mañana siguiente. Erila lo vio antes de marcharse. Después me contó que estuvo tranquilo y amable con ella y que la dejó curarle las manos. Las heridas empezaban a cicatrizar y aunque él seguía débil, había comido lo suficiente para estar mínimamente alerta, como si hubiera recobrado parte de sus ánimos. Antes de irse Erila le dio las llaves de la capilla. Mis padres no volverían hasta al cabo de unas semanas: según las últimas noticias, mi padre se estaba restableciendo con las aguas. El pintor podía encontrar la fuerza y la voluntad para corregir los frescos o no. Yo ya no podía hacer nada más para ayudarlo.

Cuando se hubo ido, permanecí en mi habitación preguntándome qué hijo preferiría: si uno con talento para la política o para la pintura.

Tercera parte

Treinta y cinco

Mi marido demostró tener razón en muchas cosas en los meses que siguieron. Y una de ellas fue el tiempo. El verano se impuso, húmedo y fétido como el aliento de un caballo, y la ciudad empezó a apestar. Mientras que dos años antes habíamos visto los bancos de la iglesia de Santa Croce flotando calle abajo hacia la catedral cuando llegaron las lluvias de primavera, ahora esas mismas calles levantaban nubes de polvo al paso de los carros.

En el campo los olivos florecientes se agostaron mientras los excrementos de los animales y el suelo estaban tan duros que parecían congelados. Cuando agosto cedió paso a septiembre, el calor arreció y el hambre sustituyó a la sequía. Sin agua para lavar su blancura, los ángeles de Savonarola empezaron a tener un olor menos puro. Pero ahora tampoco tenían tanto que vigilar. Hacía demasiado calor para pecar. Incluso casi para rezar.

El Papa procedió tal como había predicho mi marido y ordenó a Savonarola que dejara de predicar. La oferta en privado de un capelo cardenalicio había sido despreciada con una declaración pública de que prefería otro capelo escarlata, «uno manchado de sangre». De todos modos, Savonarola entendió la situación política de ese momento lo suficiente para retirarse a su celda y pedir que Dios lo guiara. Hasta mi marido aplaudió su sagacidad. Pero era imposible saber si su proceder fue una maniobra política o sincera. Para ser un hombre santo, poseía una compleja mezcla de arrogancia y humildad.

El tiempo, la lucha por el poder: mi marido ya lo había predicho todo. También tuvo razón cuando dijo que el principio del verano era un momento propicio para concebir.

Yo estaba tumbada en mi cuarto a oscuras, vomitando día y noche el contenido de mi estómago en una palangana junto a mi cama. Nunca había estado tan enferma. Empezó dos semanas después de que no me llegara la menstruación. Desperté una mañana y, cuando intenté levantarme, me fallaron las piernas al tiempo que el vómito me subió a la boca y salió disparado al suelo. Ni siquiera tuve tiempo de llegar a la puerta. Erila me encontró al cabo de un rato vomitando saliva porque para entonces ya no me quedaba nada en el estómago.

–Enhorabuena.
–Me muero.
–No, no te mueres. Estás embarazada.
–¿Cómo es posible? Esto no puede ser un bebé, tiene que ser una enfermedad.

Se echó a reír.

–Deberías alegrarte. Si estás tan mal, significa que el embarazo sigue su curso. Las mujeres que no notan nada suelen sangrar antes del final de la tercera luna.

–¿Y las afortunadas? –dije entre arcada y arcada–. ¿Cuánto dura?

Sacudió la cabeza, mientras me secaba la cara con un trapo mojado.

–Menos mal que tienes buena salud –dijo alegremente–. Te beneficiará.

Me consumió la enfermedad. Había días en que apenas si podía hablar de lo preocupada que estaba por el nivel de saliva en mi boca. Eso tuvo sus ventajas. No pensaba en el pintor, en sus dedos en la pared o en la sensación de su cuerpo junto al mío. No me preguntaba qué hacía mi marido ni sentía rencor hacia mi hermano. Y por primera vez en mi vida no anhelé mi libertad. La casa ya era un mundo demasiado grande para mí.

Mi enfermedad hizo maravillas en cuanto a mi posición entre los criados. Mientras que antes había sido una engreída y petulante, ahora apenas si podía caminar. Dejaron de murmurar sobre mí a mis espaldas y pusieron palanganas en lugares estratégicos por toda la casa para que pudiera vomitar cuanto quisiera. Hasta me dieron consejos. Comí ajos, masqué raíces de jengibre y bebí infusiones de tierra. Erila recorrió todas las boticas de la ciudad en busca de remedios. Pasó tanto tiempo en la tienda de Landucci al lado del Palazzo Strozzi que entabló amistad con el dueño, un hombre cuyos chismorreos estaban a la altura de los de ella. Envió a casa una cataplasma con hierbas y trozos secos de animales muertos para ponerme en la barriga. Olía peor que mis vómitos, pero me alivió durante unos días. Mi marido, aunque más ocupado que nunca en asuntos que se suponía que no existían, estaba tan preocupado que mandó llamar a un médico. Me recetó una poción que me hizo arrojar todavía más.

A mediados de septiembre, llevaba tanto tiempo enferma que hasta Erila dejó de bromear conmigo. Creo que temía que muriera. Me sentía tan mal que había momentos en que casi lo habría deseado. Me volví taciturna por culpa de mi sufrimiento.

—¿No has pensado nunca que este bebé...? —dije una noche mientras Erila estaba junto a mi cama abanicándome para aliviar el intenso calor que se aferraba a mi piel como una manta mojada.

—Si he pensado ¿qué?

—Si mi enfermedad no será algún tipo de castigo. Una señal. De que a lo mejor en realidad es el hijo del diablo.

Se echó a reír.

—Y si lo fuera, ¿cómo encontraste el momento para fornicar con él esa noche?

—Lo digo en serio, Erila. Tú...

—Oye, ¿sabes qué es lo peor que podría pasarte? Tu vida podría volverse tranquila y pacífica y no darte motivos de preocupación. Atraes la desgracia como el cadáver de un perro a las moscas. Y a menos que esté muy equivocada, lo harás siempre. Eso para ti es tanto motivo de asombro como de pena. Pero en cuanto al hijo del diablo..., créeme, si el diablo quisiera engendrar un heredero en esta ciudad, hay mil candidatas mejores que tú.

Esa semana mi hermana vino a visitarme. La noticia de mi humillación debía de ser de dominio público.

—¡Ah, mírate! Tienes un aspecto terrible. Y muy mala cara. De todos modos, siempre te gustó llamar la atención. —Estaba embarazada otra vez y comía por dos. Pero me abrazó con suficiente fuerza para darme cuenta de que estaba preocupada por mí—. Pobrecita. No te preocupes, pronto estarás bebiendo vino dulce y comiendo paloma asada. Nuestro cocinero tiene una receta de una salsa de ciruelas exquisita.

Sentí que asomaba la saliva en mi boca y me pregunté si, dada mi reciente puntería, no podría vomitar directamente en su regazo o justo encima de sus zapatos.

—¿Cómo está Illuminata? —pregunté para desviar mis pensamientos.

—Ah, está estupendamente en el campo.

—¿No la echas de menos?

—La vi en la villa en agosto. Pero se cría mejor lejos de la ciudad que aquí con el calor y el polvo. No te puedes hacer una idea de la cantidad de niños que sucumben al calor. Las calles están llenas de ataúdes pequeños.

—¿Has visto a nuestros hermanos?

—¿No te has enterado? Luca es comandante de brigada.

—¿Y eso qué significa?

Se encogió de hombros.

—Ni idea. Pero tiene a tres docenas de ángeles a sus órdenes e incluso ha tenido audiencia con el Fraile.

—Ya sabía que algún día algún miembro de la familia se distinguiría. ¿Y Tomaso?

—¡Ah, Tomaso! ¿No te has enterado?

Me encogí de hombros.

—Es que he estado un poco indispuesta.

—Está enfermo.

—No estará embarazado, espero —dije con dulzura.

—¡Ay, Alessandra! —Y se rió tanto que le temblaron los mofletes. Pensé que toda esa grasa me bastaría para vivir durante varias semanas. Exhaló un pequeño suspiro al tiempo que esbozaba una sonrisa afectada—. Bueno, cuando digo enfermo, en realidad me refiero a... —Bajó la voz para decir en un susurro dramático—: Tiene forúnculos.

—No me digas.

—Te lo digo. Y deberías verlo. Los tiene por todas partes. Agh. Se ha encerrado en casa y se niega a recibir visitas.

Juro que por primera vez en dos meses empecé a sentirme un poco mejor.

—¿Y de dónde los habrá sacado?

Bajó la vista.

—Ya te habrás enterado del rumor, ¿no?

—No.

—Sobre él.

—¿Y qué es?

—Ah, no me atrevo ni a pronunciar la palabra. Basta con decir que a los acusados de eso les cortarán la nariz y les despellejarán la espalda en cuanto concluyan sus juicios. ¿No te parece increíble que haya hombres que hacen esas cosas?

—Bueno —dije—, supongo que tiene que existir el pecado para que Dios pueda conceder el perdón.

—Nuestra pobre madre, imagina la vergüenza que habrá pasado. Vuelve a casa tras varios meses en el campo cuidando a papá enfermo y se encuentra con que su propio hijo es... Bueno, sólo puedo decir que menos mal que otros miembros de la familia siguen el camino de la virtud.

—Sí, desde luego. Menos mal.

—¿No te alegras de ser virtuosa?

—De todo corazón —repuse suavemente—. ¿Cuándo dices que volvió madre?

Esa misma tarde envié a Erila a casa de mi madre para pedirle que fuera a verme. Nuestra contienda había durado demasiado y al margen de lo que ella supiera o no, ahora necesitaba su sentido común. Juro que no pensé que podía darme noticias del pintor hasta después.

Hice un esfuerzo para recibirla. Erila me vistió y le pedí que pusiera dos sillas en la galería de las esculturas. En esa gran sala pasaba corriente y pensé que ella agradecería la manera en que la belleza de la piedra se mantenía fresca en la calina. Me acordé del día en que habíamos estado en mi dormitorio de casa, hablando de mi boda. Entonces también había hecho calor. Aunque no tanto como ahora.

Erila la hizo pasar y nos quedamos un momento mirándonos. Mi madre había envejecido desde nuestro último encuentro meses atrás. La espalda perfectamente recta estaba un tanto encorvada y, aunque todavía era una mujer atractiva, me pareció que sus ojos se habían apagado ligeramente.

—¿De cuántos meses estás? —preguntó, y me di cuenta de que la sorprendió mi aspecto.

—Tuve la última menstruación a principios de julio.

—Once semanas. ¡Vaya! ¿Has probado la mandrágora y la semilla?

—Eh, no. Creo que debe de ser lo único que no he probado.

—Dile a Erila que vaya a buscar. Yo misma prepararé el brebaje. ¿Por qué no me has mandado llamar antes?

En ese momento no tenía ninguna energía para hablar de esas cosas.

—Yo... no quería preocuparte.

Ella fue más valiente que yo.

–No, no es por eso. Estuviste muy agresiva conmigo. Yo no te obligué a casarte con él, lo sabes.

Fruncí el entrecejo.

–No, tenemos que hablar. No habrá futuro para nosotras si no lo hacemos. Dime una cosa. Aunque yo lo hubiese sabido (y no lo sabía), pero incluso de haber sido así... ¿crees que eso te habría detenido? Estabas muy empeñada en ser libre.

Nunca había pensado en eso. En qué habría hecho si lo hubiese sabido.

–No lo sé –contesté–. Pero ¿de verdad no lo sabías?

–Ay, hija mía, claro que no...

–... pero tú lo habías conocido en la corte. Y te comportaste de una manera tan extraña cuando te lo pregunté. Yo...

–Alessandra –dijo, interrumpiéndome con firmeza–. No todo es lo que parece. Yo era muy joven. Y pese a mis conocimientos, era muy ignorante. De muchas maneras y en muchos aspectos.

«Como yo», pensé. De modo que al final resultó que ella no lo sabía.

–¿Y cuándo te enteraste? –pregunté en voz baja.

–¿De lo de tu hermano? –Suspiró–. Creo que lo he sabido y no lo he sabido desde hace mucho tiempo. ¿Y de lo de tu marido? Hace tres días. Tomaso cree que se está muriendo. No es verdad, pero cuando un hombre tan guapo se vuelve tan feo cree que es por algo mortal. Me parece que por fin ha empezado a entender las consecuencias de sus acciones. Está transido de dolor y miedo. A principios de esta semana mandó llamar a un confesor para pedir la absolución. Después me lo contó.

–¿Con quién se confesó? –pregunté con inquietud, recordando las historias de Erila sobre curas que cuchicheaban.

–Con un amigo de la familia. Estamos a salvo. O tan a salvo como los demás.

Permanecimos un momento en silencio, asimilando cada una las revelaciones de la otra. Observé su cansancio. ¿Cómo dijo mi marido que la recordaba? Una mujer hermosa, inteligente y culta. ¿Será siempre un pecado estar tan segura de sí misma? ¿Es que nuestro Señor siempre tenía que arrebatarnos esa seguridad?

–Bien, hija mía. Hemos recorrido un largo camino desde nuestro último encuentro. ¿Cómo te va?

–¿Entre él y yo? Ya lo ves. Hemos conseguido hacer funcionar el matrimonio.

—Sí, ya lo veo. Hablé con él antes de venir a verte. Es... —Calló—. No sé. Es...

—Es un buen hombre —dije—. Lo sé. Es extraño, ¿no te parece? Hacía mucho tiempo que quería hablar con mi madre así. Tener un encuentro con ella de mujer a mujer, como una persona que ya había recorrido la misma senda antes que yo, aunque no hubiera pasado por exactamente los mismos lugares.

—¿Y mi padre?

—Está... está un poco mejor. Ha aprendido a aceptar las cosas. Y eso ya de por sí es una recuperación.

—¿Y sabe lo de Tomaso?

Negó con la cabeza.

—Lo sabe Plautilla y está escandalizada.

—Ah, mi querida Plautilla. —Y fue la primera vez que la vi sonreír—. Siempre le gustó escandalizarse, incluso de niña. Al menos esta vez es por algo que merece la pena.

—¿Y tú, madre? ¿Qué piensas?

Sacudió la cabeza.

—Ya sabes, Alessandra, que corren tiempos muy difíciles. Creo que Dios ve todo lo que hacemos y no nos juzga tanto por nuestro éxito como por lo mucho que luchamos cuando el camino es arduo. ¿Rezas como te he dicho? ¿Y vas a misa con regularidad?

—Sólo voy cuando estoy segura de que no vomitaré —contesté con una sonrisa—. Pero sí, rezo.

No mentí. Había rezado constantemente en los últimos meses mientras estaba en cama con el estómago revuelto, pidiendo una intercesión para que mi bebé naciera sano y no condenado, aun cuando a mí no me sucediera lo mismo. Hubo momentos en que sentí tanto miedo que no podía distinguir la enfermedad de mi cuerpo de la de mi mente.

—En ese caso recibirás ayuda, hija mía. Créeme, Dios oye todo lo que se le dice, incluso cuando parece que no escucha.

Sus palabras fueron como un alivio temporal cuando uno tiene fiebre. El Dios que entonces gobernaba Florencia nos habría colgado a mi hijo y a mí por las entrañas eternamente. El Dios que esa tarde vi en los ojos de mi madre al menos tenía la capacidad de distinguir grados de culpa. Yo había echado de menos su brillante y serena inteligencia más de lo que me atreví a reconocer.

–¿Sabes lo del pintor? –pregunté al cabo de un rato.
–Sí, me lo contó María. Según ella no te has comportado de una manera responsable.
Me eché a reír.
–¿Yo? Vaya. ¿Y cómo está? –Y por primera vez en meses me permití representármelo.
–Bueno, aunque sigue sin ser muy parlanchín, parece que se ha recuperado de lo que lo aquejaba.
Me encogí de hombros.
–Tampoco era para tanto. Creo que lo que le pasaba era que lo oprimían la soledad y el peso del trabajo.
–Hum –murmuró, como hacía cuando no sabía si creerme de pequeña.
–¿Y la capilla?
–¿La capilla? Ah, la capilla está maravillosa, como un faro en la oscuridad. La asunción del techo es espectacular. Y la cara de Nuestra Señora sorprendente –hizo una pausa–, para los que conocen bien a la familia.
Bajé la vista para que ella no viera el rubor de placer asomar a mis mejillas.
–Bueno, por suerte está en un lugar muy alto. De todos modos, ¿quién me reconocería ahora? ¿No estás enfadada?
–Resulta difícil enfadarse con la belleza –contestó con sencillez–. Esa Virgen tiene una elegancia tan inesperada y, como dices, no muchos la verán como la vemos nosotros. Aunque claro que tu hermana...
–... se escandalizará. –Esta vez sonreímos las dos–. ¿Y ya ha acabado?
–No del todo. Aunque nos ha asegurado que estará listo para la primera misa.
–¿Y eso cuándo será?
–Luca se muere de ganas, Tomaso por una vez está cautivo y a Plautilla le encantan los acontecimientos. Si la mandrágora y la semilla surten efecto creo que podemos organizarla el mes que viene. Estará bien volver a reunir a la familia, ¿no te parece?

Treinta y seis

Aunque me habría gustado decir que el remedio de mi madre obró milagros, el hecho es que no fue más eficaz que todo lo demás. O tal vez sencillamente necesitó más tiempo.

Cuando ya iba por el cuarto mes de embarazo y estaba tan delgada que parecía más víctima de la hambruna que una mujer que esperaba un hijo, tan repentinamente como empezaron, los vómitos cesaron. Una buena mañana desperté y al inclinarme sobre la palangana dispuesta a echar las entrañas de mi estómago vacío, de pronto me di cuenta de que las náuseas habían desaparecido. Tenía la cabeza despejada y los jugos estomacales en reposo. Me reclíné en la almohada y puse la mano en la barriga que todavía no se había hinchado.

–Gracias –dije–. Y bienvenido seas.

Mi madre nos había pedido que fuéramos el día antes para que Erila pudiera ayudar con los preparativos y la familia pasara un tiempo junta. El verano se había acabado y con él se había ido parte del sofocante calor, pero la sequía continuaba. Estaba todo lleno de mugre y polvo, de nubes que se levantaban de las ruedas y los cascos de los caballos, cubriendo y ahogando a los transeúntes. Algunas de las personas que vimos estaban casi tan delgadas como yo. Los tenderetes del mercado se hallaban medio vacíos, testimonio de las cosechas echadas a perder, y las frutas y verduras eran pequeñas y deformes. No vi la menor señal del hombre de las serpientes. Los únicos que hacían negocio eran los prestamistas y boticarios. Los forúnculos habían hecho mella. Incluso los que se habían curado tenían las cicatrices que daban fe de ellos.

Todos los miembros de la casa salieron a saludarnos. Él no –aunque él siempre se había mantenido al margen de los demás–, pero sí María, Ludovica y los demás criados. Todos los que me saludaron se sorprendieron al ver mi aspecto, aunque intentaron, sin conseguirlo, disimularlo. Mi madre me dio un beso en cada mejilla y me llevó al estudio donde mi padre pasaba la mayor parte del día.

Estaba sentado al escritorio con una pila de libros de contabilidad ante él y unos lentes en la nariz. No nos oyó entrar y las dos nos lo quedamos mirando un momento mientras él repasaba cada columna con un dedo y contaba moviendo los labios en silencio, tras lo cual garabateó unas cuantas notas al margen. Se parecía más a un prestamista de la calle que a un próspero comerciante de la ciudad. Aunque a lo mejor ya no era tan próspero.

–Aah... Alessandra –dijo al verme, pronunciando mi nombre con un largo suspiro.

Cuando se puso en pie lo vi mucho más pequeño de lo que lo recordaba, como si algo en el centro de él se hubiera derrumbado y el resto del cuerpo se hubiera encorvado hacia dentro para proteger el espacio vacío.

Nos abrazamos y nuestros huesos crujieron al chocar.

–Siéntate, siéntate, hija mía. Tenemos mucho de que hablar.

Tras intercambiar cumplidos, me felicitó por mi estado y me preguntó por mi marido. Pronto la conversación languideció y él empezó a desviar la mirada hacia las columnas de sus libros.

Esos libros, con su pulcritud y precisión, habían sido para él durante muchos años motivo de orgullo y alegría, la prueba por escrito de nuestra creciente riqueza. Ahora, al verlos, parecía encontrar errores y chasqueaba la lengua enfadado mientras los subrayaba con trazo grueso y anotaba nuevas cifras al margen.

Mi madre no tardó en rescatarme.

–¿Qué está haciendo? –pregunté cuando salimos de puntillas.

–Está... trabajando, como siempre –contestó con prontitud–. Y ahora quiero que veas otra cosa.

Y me llevó a la capilla.

Lo que vi fue realmente increíble. Allí donde antes había piedra fría a la luz gélida, ahora se extendían dos filas de bancos de nogal, cada uno con las puntas de los extremos talladas y pulidas. El altar consistía en una delicada tabla con la Natividad pintada en el centro, iluminada por una hilera de grandes velas en elevados candelabros de plata, cuyo intenso resplandor impulsaba a mirar hacia arriba, donde estaban los frescos en las paredes.

–¡Ah!

Mi madre sonrió, pero cuando me acerqué al altar me dejó ir sola y poco después oí las puertas cerrarse detrás de ella. Salvo por una pequeña lona en la mitad inferior de la pared izquierda, los frescos estaban acabados: enteros, coherentes, hermosos.

–Ah –repetí.

Santa Catalina se dirigía ahora a su martirio con solemnidad y serenidad; su tortura tan sólo era una anécdota sin importancia en su camino hacia la luz, mientras el rostro le resplandecía con casi la misma alegría infantil que yo recordaba de esa primera Virgen del pintor en su habitación.

Mi padre aparecía retratado a la izquierda del altar, y mi madre enfrente de él por el otro lado. Estaban de perfil, arrodillados, con prendas oscuras, la mirada devota. Para un hombre que había empezado en una pañería, era una posición digna, pero la que llamaba la atención era mi madre: incluso de perfil tenía la mirada aguda y una postura alerta.

Mi hermana representaba a la emperatriz que visitaba a la santa en su celda, con un vestido de novia reproducido fielmente y de colores tan brillantes que casi eclipsaba la belleza de la santa. Luca encarnaba a uno de los interlocutores; sus rasgos brutales y mirada adusta reflejaban cierto engreimiento, aunque probablemente él lo interpretaría como autoridad. Y Tomaso..., bueno, Tomaso había conseguido lo que quería. Allí estaba, curado de su afección por el bien de la posteridad, fuerte y elegante, representando a uno de los eruditos más destacados de la corte, un hombre cuyo gusto en el vestir era tan vibrante como su mente. Fuera cual fuese la familia que empleara esa capilla en las generaciones venideras, las jóvenes de la casa verían su atención dividida entre la piedad y el anhelo. ¡Si sólo supieran...!

¿Y yo? Bueno, como había insinuado mi madre, yo estaba en el cielo, en un lugar tan alto que el espectador necesitaba ojos juveniles y se arriesgaba a torcerse el cuello para apreciar el verdadero alcance del parecido. Pero para entender de verdad hasta qué punto la imagen había cambiado, era necesario ver lo que estaba pintado antes. El diablo había sido expulsado de su trono, y toda señal de canibalismo y terror había desaparecido para convertirse en un brillo luminoso. En su lugar estaba Nuestra Señora; no tanto una belleza como un alma sólida, sin la menor señal de torpeza, satisfecha por fin con todo lo que se había esperado de ella.

Yo tenía la cabeza inclinada hacia atrás, mientras iba dando una y otra vuelta para ver cada una de las paredes hasta el techo, pero pronto empecé a marearme y tuve la sensación de que los frescos giraban y revoloteaban ante mí, como si las propias figuras se movieran. Me invadió una especie de alegría que hacía tiempo que no sentía.

Y cuando di la siguiente vuelta, allí estaba él delante de mí.

Iba pulcramente vestido y se le veía bien alimentado. Ahora, de estar los dos juntos acostados, su cuerpo habría ocupado más espacio que el mío. Mi enfermedad había mantenido a raya todo anhelo, pero ahora que estaba curada, temí que mi mente se mareara tanto como mi cuerpo.

–¿Y? ¿Qué te parece? –preguntó, en un italiano con menos acento.

–Ah, es hermoso. –Y no pude evitar sonreír, como si me desbordara la felicidad y no pudiera hacer nada salvo dejarla fluir–. Es… es florentino. –Hice una pausa–. ¿Estás… estás bien?

Asintió, con la mirada fija en la mía como si intentara leer un texto.

–¿Ya no tienes frío?

–No –contestó suavemente–. Ya no. Pero tú…

–Lo sé –repuse rápidamente–. No pasa nada… Estoy mejor.

«Debes decírselo –pensé–. Debes decírselo. Por si no se lo ha dicho nadie.»

Pero no pude. En lugar de ello, cuando se apagaron las palabras, nos quedamos mirándonos largo rato. Si alguien hubiese entrado en ese momento, sin duda se habría dado cuenta enseguida de lo que ocurría. Si alguien hubiese entrado… Me acordé de todas las veces que había pensado lo mismo: su habitación en aquella primera ocasión, la capilla por la noche, el jardín… De las palabras de Erila: que la inocencia podía tender más trampas que el conocimiento. Pero en nuestra inocencia siempre hubo conocimiento. Eso lo supe en ese momento. Era tan poderoso mi deseo de tocarlo que me dolían las manos.

–Conque… –Mi voz parecía extrañamente ligera, como la espuma de huevos batidos al punto de nieve–. Tu capilla está acabada.

–No, todavía no. Todavía falta algo.

Por fin me tendió una mano. Cuando la cogí, mis dedos se deslizaron por la gruesa piel de la palma, pero las cicatrices eran tan ásperas que no supe siquiera si sintió el contacto con mi mano. Me condujo hacia la pared izquierda, donde descolgó la última lona. Por debajo quedaba un pequeño espacio vacío en el fresco; el esbozo de una mujer sentada con la falda alrededor, el rostro vuelto hacia la ventana donde había un pájaro blanco enmarcado que la miraba. Era santa Catalina de joven disponiéndose a abandonar la casa de su padre. El yeso bajo la imagen ausente todavía estaba húmedo.

–Tu madre me dijo que vendrías esta mañana. El yesero lo acaba de terminar. Es para ti.

–Pero... no puedo...

Mi voz se apagó. Él sonreía.

–¿Qué no puedes? ¿Pintar a una joven que está a punto de desafiar a sus padres y al mundo para responder a una llamada? –Cogió un pincel y me lo tendió–. En los retratos de tu hermana has conseguido que las telas de tu padre se movieran como agua. La pared es más difícil que el papel, pero no tienes por qué tenerle miedo.

Me quedé mirando el espacio que debía ocupar santa Catalina. Sentí un hormigueo por todo el cuerpo. Él tenía razón. Yo la conocía. Sabía todo lo que sentía: la mezcla de agitación e inquietud. Yo ya la había pintado en mi imaginación.

–He mezclado un ocre, varios tonos de piel y dos rojos distintos. Dime si necesitas algún otro color.

Cogí el pincel y en ese momento me fue imposible saber si las náuseas se debían al peligro de estar juntos o al desafío de él. En cuanto di la primera pincelada y vi el color iridiscente deslizarse del pincel sobre la pared, se me pasó el miedo. Observé cómo se movía mi muñeca mientras manejaba el pincel, cómo la orden y la acción estaban íntimamente ligadas. Era todo muy físico: la precisión de cada pincelada, la textura de la pintura al mojar el yeso, la manera en que ambos se encontraban y fusionaban, la emoción conforme la imagen crecía y tomaba forma bajo mis dedos... Ah, si yo hubiese sido Fra Filippo nunca habría querido salir de mi celda.

Durante un largo rato permanecimos en silencio. Él trabajaba a mi lado, preparando las pinturas y limpiando los pinceles. Y así Catalina apareció con sus ropajes, las robustas piernas de campesina firmes pero invisibles bajo la tela. Y su expresión, cuando surgió, reflejaba, espero, el valor que necesitó así como la elegancia que desprendía. Al final se me entumecieron los dedos por la tensión de sostener el pincel.

—Necesito descansar —dije, apartándome de la pared. Y cuando me levanté para que me diera el aire, sentí que perdía el equilibrio.

Me cogió por el brazo.

—¿Qué te ocurre? Lo sabía. Estás enferma.

—No —repliqué—. No, no es eso... —Sabía lo que tenía que decir, pero no me salían las palabras.

Nos miramos un momento otra vez. No podía respirar. No tenía ni idea de lo que iba a hacer a continuación. Seguramente no volveríamos a estar a solas nunca más en la vida. Nuestro cortejo había tenido lugar en la capilla. A pesar de que ninguno de los dos se había dado cuenta de ello.

—... Yo no...

—... Yo quería...

Pero su voz era más apremiante que la mía.

—Yo quería verte. No sabía... O sea, al ver que no venías, pensé...

Me rodeó con los brazos y su cuerpo me resultó tan familiar, como si durante todo ese tiempo hubiera conservado una copia de él en la cabeza. Y sentí el deseo —pues ahora sé que era eso— surgir en el estómago como una fuente termal.

El ruido de la puerta de la sacristía al abrirse nos separó tan rápido que es posible que él no nos hubiera visto. Por su manera de caminar era evidente que estaba dolorido, aunque la emoción que manifestaba era más bien de furia. Y con razón. En comparación con él, yo era Venus y Adonis juntos. Los forúnculos le habían invadido el rostro. Tenía tres, uno en la mejilla izquierda, otro en el mentón y el último en plena frente como un ojo ciclópeo. Eran enormes y purulentos. Se acercó cojeando. Era evidente que también los tenía entre las piernas. Aunque no parecían haberle afectado los ojos. En fin, pronto lo sabríamos.

—Tomaso —dije, acercándome a él—. ¿Cómo estás? ¿Cómo va tu enfermedad? —Y juro que no había el menor asomo de triunfo en mi voz, pues ¿acaso el sufrimiento no saca la compasión que hay en nosotros?

—No tan bien como tú. –Me miró fijamente–. Aunque Plautilla tiene razón, es verdad que pareces un espantapájaros. Ahora tú y yo hacemos buena pareja –gruñó–. En fin, ¿para cuándo esperas?

—Eh... para primavera. Abril o mayo.

—Así que vas a darle un heredero a Cristòforo, ¿eh? Bien hecho. No creía que fueras capaz.

Sentí que el pintor se ponía tenso a mi lado. Le eché una mirada.

—Supongo que sabrá –dije con voz alegre– que estoy encinta. Pero como he estado enferma a causa de ello, todavía no se me nota.

—¿Encinta? –Me miró fijamente. El cálculo matemático no era muy complicado, ni siquiera para alguien que se había criado en un monasterio.

Le devolví la mirada. Si una mujer ama a un hombre por su honestidad, no puede enfadarse cuando la demuestra.

Tomaso nos miró a los dos.

—Oye, Tomaso, ¿has visto la capilla? –pregunté, volviéndome hacia él con una agilidad que habría hecho llorar de alegría a mi profesor de baile–. ¿No te parece maravillosa?

—Hum. Muy bonita. –Pero siguió mirando.

—El parecido contigo es...

—Halagador –me interrumpió con brusquedad–. Pero es que habíamos hecho un trato, el pintor y yo, ¿no es así? Es increíble lo que hacen los secretos. Sé que fue mi hermana la que lo ayudó durante su... su desdichada enfermedad. ¿Cuándo fue? A principios de verano, ¿no? ¿Hace cuántos meses?

—Hablando de secretos –dije con dulzura, lo que siempre auguraba virulencia entre nosotros–. Madre me ha dicho que te has confesado.

«Vamos –pensé–. Déjalo en paz.» Ya sabes que tú y yo somos los que mejor sabemos jugar a este juego. Los demás pierden demasiado rápido.

Hizo una mueca.

—Sí..., me alegro de que te mantenga informada.

—Bueno, sabe lo mucho que me preocupa tu bienestar espiritual. Aunque debió de ser una sorpresa para ti darte cuenta de que no ibas a morir.

—Sí, pero te diré, hermana, que eso también tiene sus ventajas. –Cerró los ojos como si saboreara el momento–. Mientras me arrepienta de verdad, estoy salvado. Y eso es un gran consuelo para mí, como te podrás imaginar. Aunque debo añadir que me he vuelto más intolerante con los pecados ajenos. –Y volvió a mirar al pintor–. En fin, dime, ¿cómo está Cristòforo?

–Está bien. ¿Acaso no lo has visto?

–No. Pero es que, como verás, ya no soy una compañía muy hermosa.

Lo miré. En ese momento vi miedo en su furia. Qué extraño que un hombre haya sido tan amado y no haya aprendido a sentir ternura como resultado.

–¿Sabes, Tomaso? –dije–, no creo que vuestra amistad sólo tuviera que ver con la belleza. –Y durante un instante bajé la guardia–. Si te sirve de consuelo, yo tampoco lo veo muy a menudo. Últimamente anda ocupado con otros asuntos.

–Sí, seguro que sí. –Casi se podía tocar la herida abierta en su arrogancia. Durante un instante pensé que iba a llorar–. Bien –dijo enérgicamente–. Ya seguiremos hablando tú y yo en otro momento. Ya os he ocupado bastante tiempo. –Señaló el fresco casi acabado–. Por favor, seguid... seguid con lo que hacíais antes de que os interrumpiera.

Los dos lo miramos cuando se fue cojeando. Me pregunté si al reventarle los forúnculos la amargura no se iría con ellos. Sin duda eso dependía de las huellas que le dejaran las cicatrices en el rostro. En cuanto a lo que haría con sus sospechas, en fin, preocuparme por eso sólo me habría debilitado en caso de entablarse una pelea.

Me volví hacia el pintor. ¿Cómo podía empezar a entender lo que acababa de oír? Yo no tenía las palabras, y mucho menos el valor, para explicárselo.

–Tengo que acabar la falda –dije con aspereza.

–No. Primero...

–Por favor... por favor, no me preguntes nada. Tú estás bien, la capilla está acabada, yo estoy encinta. Tenemos muchas cosas que agradecer.

Y esta vez fui yo la que apartó la vista. Cogí el pincel y me encaminé hacia la pared.

–¡Alessandra!

Su voz me detuvo. Creo que desde que nos conocíamos nunca había pronunciado mi nombre. Me volví.

–Esto no puede quedar así. Lo sabes.

-¡No! Lo que sí sé es que mi hermano es demasiado peligroso para enfadarlo y ahora estamos los dos a su merced. ¿No lo ves? Tenemos que ser como dos extraños. Tú eres el pintor. Yo soy la hija casada. Es la única manera de salvarnos.

Me volví otra vez hacia la pared, pero mi pincel temblaba demasiado para trazar la primera pincelada. Lo cogí con fuerza y ordené a mi mano que se mantuviera firme, más firme que mi corazón. Su deseo me invadía. Yo sólo tenía que volverme y dejar que me envolviera. Acerqué el pincel a la pared y entregué mi anhelo a la pintura.

Al cabo de un rato se puso a trabajar a mi lado y cuando mi madre volvió a la capilla a buscarme nos encontró pintando codo con codo.

Y aunque no dijo nada, esa noche envió a Erila a dormir en las dependencias de los criados y se quedó conmigo en mi antigua habitación, donde se notó tanto su inquietud que ni siquiera yo, que en el pasado había tenido tanto valor para caminar a oscuras, me habría atrevido a exponerme a su mirada vigilante.

Treinta y siete

La capilla fue consagrada por el obispo, que se quedó el mínimo de tiempo posible, bebió y comió copiosamente, y luego se marchó con unos rollos de tela espléndida y un cáliz de plata. Se suponía que tenía un lugar para esconderlo, ya que si los ángeles conocían la existencia de semejantes regalos irían a por ellos al palacio y se los llevarían en sus carros antes de que acabara de rezar el Ave María.

El cura que dijo misa a continuación era el confesor de Tomaso. Había sido amigo de la familia de mi madre desde hacía tiempo y me había dado mis primeras clases de catequesis y había oído mis primeras confesiones. Sólo Dios sabe qué pecados había fraguado yo para su deleite. Desde siempre había tenido cierta afición por el drama y a veces había querido mostrarme más culpable de lo que era en realidad porque creía que con mi absolución Dios me haría más caso. Como nunca he confesado mis confesiones, se podría decir que he estado condenada desde la infancia, pero es que el Dios con el que me crié siempre había sido más benévolo que vengativo y yo había sido amada lo suficiente para creer que siempre sería así. ¿Cuántas otras familias habría en la ciudad que se sentían igual de sorprendidas por esta nueva severidad? Aunque, por otro lado, cuando uno veía al obispo embolsarse una recompensa por cumplir, al fin y al cabo, con el cometido de Dios, le era fácil entender cómo se había iniciado la batalla.

La ceremonia fue sencilla: un breve sermón sobre la gracia y el valor de santa Catalina, el poder de la oración, la riqueza de los frescos y la alegría de la Palabra convertida en pintura, si bien el ardor del cura estaba influido por la presencia de Luca, sentado en el segundo banco como un trozo de masa fermentada. Mi hermano había engordado desde que estaba al servicio del Fraile —decían que ante la amenaza de la hambruna, en las últimas semanas había llegado una nueva oleada de reclutas al ejército de Dios– al tiempo que se daba más aires de importancia. Nuestra conversación había sido cordial, casi banal, hasta que abordé el tema de la prohibición del Papa y la confusión que eso podía generar entre sus seguidores. En ese momento Luca montó en cólera, diciendo que Savonarola era el campeón del pueblo, lo que significaba que sólo Dios tenía derecho a excluirlo del púlpito y que volvería a predicar cuando le diera la gana, al margen de lo que ordenara el padre de mancebía más rico de Roma.

Desde luego, la retórica de mi hermano sobre la corrupción de la Iglesia establecida se había vuelto tan extrema y él razonaba con una lógica tan clara y ferviente –lo que era un tributo al hombre que se la enseñó–, que parecía imposible llegar a un acuerdo entre los dos bandos. Pero si Savonarola volvía a predicar, el Papa no podría tolerar semejante afrenta a su autoridad. ¿Emplearía la fuerza para aplastarlo? Seguro que no. Pero entonces, ¿se produciría algún tipo de cisma? Aunque yo no soportaba la idea de una Iglesia que denunciaba el arte y la belleza, ¿significaba eso que aprobaba una Iglesia que vendía la salvación y dejaba que sus obispos y papas desviaran la riqueza de la Iglesia hacia los bolsillos de sus hijos ilegítimos? Aun así, un cisma era inconcebible. Uno de los dos tendría que someterse.

Miré alrededor al resto de mi familia. Mi madre y mi padre estaban sentados en la primera fila; él parecía más erguido con ella, tan recta, a su lado. Ése era el momento con que él había soñado. Aunque nuestra riqueza menguara, manteníamos la cabeza bien alta, salvo Tomaso, que estaba solo, consumido por la autocompasión, más consciente de sí mismo por su fealdad de lo que lo había estado con su belleza. A su lado estaban Plautilla y Maurizio, robustos y torpes, y luego mi marido y yo. Una familia florentina normal y corriente. ¡Ja! Si uno hubiese escuchado con atención, habría oído el coro de nuestros pecados e hipocresías elevarse desde nuestras almas.

El pintor estaba al fondo, y yo sentía su mirada sobre mí. Habíamos pasado la mañana moviéndonos el uno alrededor del otro como dos remolinos en un río, acercándonos constantemente sin llegar a unirnos en ningún momento. Tomaso nos observaba con mirada de lince, pero se olvidó de nosotros en cuanto llegó Cristòforo. Se encontraron en el patio, junto a una mesa de aperitivos, los dos tan tensos como caballos de carreras, mientras mi madre y yo fingíamos no darnos cuenta. Apenas si se hablaron, y cuando nos llamaron para ir a la capilla, Tomaso se apartó y dio media vuelta con evidente impaciencia. Preferí no mirar a mi marido a los ojos, pero no pude evitar fijarme en la cara de Luca cuando pasaron a su lado. Me acordé del comentario de mi madre sobre Tomaso hacía tanto tiempo. De que la sangre era más espesa que el agua. Pero ¿era más espesa que la fe?

–Tenías razón con lo del pintor. –De regreso a la casa de mi marido, estábamos sentados en su jardín abandonado mientras caía la noche, los dos sin saber muy bien qué podíamos contarnos–. Tiene talento. Aunque en vista de la atmósfera de la ciudad, más le valdría irse a Roma o Venecia a buscar nuevos encargos. –Hizo una pausa–. Menos mal que no tienes vértigo. ¿Cuánto tiempo posaste para él?

–Un par de tardes –contesté–. Pero fue hace mucho tiempo.

–En ese caso creo que tiene todavía más mérito. Ha captado tanto a la niña como el cambio que se ha producido en ti. ¿Qué ha pasado para que un hombre se desfigurara de esa manera tan brutal?

Desde luego, a mi marido no se le escapaban muchas cosas.

–Perdió la fe durante un tiempo –contesté en voz baja.

–Ah, pobre hombre. ¿Y tú lo ayudaste a recuperarla? Pues en ese caso, has salvado algo importante, Alessandra. Ese hombre tiene mucha dulzura. Por suerte la ciudad no lo ha corrompido más. –Hizo una pausa–. Y ahora tenemos que hablar de una cosa, si es que aún no lo sabes. La infección que tiene Tomaso... es contagiosa.

–¿Me estás diciendo que estás enfermo? –Y sentí que se me encogía el estómago de miedo.

–No, te estoy diciendo que podemos estarlo los dos.

–En ese caso, ¿de dónde lo sacó él? –pregunté directamente.

Se echó a reír, aunque no fue una risa muy alegre.

–Querida, no tendría mucho sentido preguntárselo. En lo que se ha referido a tu hermano, yo me he comportado como un tonto enamorado, desde la primera vez que lo vi en el fondo de un garito cerca del Ponte Vecchio hace tres años. Él tenía quince años y el desparpajo de un potro. Es posible que haya sido una imprudencia por mi parte pretender que semejante encaprichamiento podía ser mutuo.

—Bueno, eso ya podía habértelo dicho yo —dije—. ¿Cuánto tiempo tiene que pasar para estar seguros?

Se encogió de hombros.

—Es una enfermedad nueva para todos nosotros. Lo único que tiene de bueno es que no parece que la gente muera de ella. Al margen de eso, no se conoce ninguna regla ni ningún medicamento para aliviarla. Tomaso la desarrolló pronto, pero también es posible que la haya contraído pronto. Quién sabe.

Pensé en el proxeneta colgado del Ponte Santa Trinita con las tripas colgando hasta el suelo, y en cómo había sido castigado por, entre otras cosas, proporcionar a los franceses todo lo que deseaban. Y volví a preguntarme por el asesino; qué clase de fuerza hacia la rectitud debía de tener dentro de él.

—Pero hay algo peor —añadió con suavidad—. Ha llegado a la ciudad otra enfermedad contagiosa.

Lo miré y él bajó la vista.

—Ay, Dios mío. ¿Cuándo?

—Hará una semana, tal vez más. Los primeros casos llegaron a la morgue hace unos días. Las autoridades intentarán esconderlo lo máximo posible, pero pronto saldrá a la luz pública.

Y aunque ninguno de los dos la pronunció, la palabra ya estaba en el aire, deslizándose por debajo de las puertas, saliendo entre los marcos de las ventanas a las calles, para entrar en cada una de las casas hasta las murallas de la ciudad y despertar un miedo más infeccioso que la propia enfermedad. O Dios estaba tan impresionado por la devoción florentina que había decidido llamar directamente a los píos o... Bueno, no podía ni pensar en ese «o».

Treinta y ocho

La peste llegó como llegaba siempre, sin orden ni concierto, sin previo aviso y sin la menor insinuación sobre el daño que causaría o cuánto duraría. Era como un fuego capaz de destruir cinco casas o cinco mil, según de dónde soplara el viento. La ciudad todavía conservaba las huellas de la gran purga de un siglo y medio antes, cuando había diezmado a casi la mitad de la población. Entonces habían muerto tantos monjes, cayendo como bolos en sus celdas, que había provocado una crisis de fe entre los supervivientes, y las iglesias y conventos todavía estaban llenos de cuadros de esos tiempos, todos obsesionados con el Juicio Final y la proximidad del infierno.

Sin embargo, ahora sin duda Florencia era diferente, un Estado devoto gobernado por un gran predicador y vigilado por un ejército de ángeles. Mientras que los forúnculos podían considerarse un merecido azote a los pecadores, incluso una confesión de fornicación en público, la peste era algo muy distinto. Si realmente se trataba de un castigo de Dios, ¿qué habíamos hecho para merecerlo? Era una pregunta que tenía que contestar Savonarola.

La noticia de que Savonarola había vuelto al púlpito se propagó tan rápido como la peste. Habría dado lo que fuera por oírlo predicar, pero aunque la epidemia amenazaba a todos por igual, los más débiles estaban especialmente expuestos. De haber sido por mí, me habría arriesgado para satisfacer mi curiosidad insaciable, pero tenía que pensar por dos y al final acepté acompañar a Cristòforo en el carruaje hasta la iglesia para ver a la muchedumbre y luego volver a casa cuando él entrara.

Saltaba a la vista que había menos gente. Naturalmente, eso tenía una explicación: el temor al contagio o incluso a la propia enfermedad. Sólo un insensato habría creído que la influencia del fraile había menguado basándose en la asistencia a un solo sermón. Una vez dentro, mi marido dijo que la pasión de Savonarola no había disminuido, y sin duda todos los que lo oyeron habían vuelto a sentir el fuego de Dios en sus entrañas. Pero en las calles, adonde no llegaba su voz, no todo el mundo estaba enfermo. Algunos simplemente parecían deprimidos, y sus estómagos padecían otro dolor, el del hambre, de modo que al cabo de un tiempo costaba distinguir uno del otro.

La verdad era que, si bien la ciudad amaba al Fraile y aplaudía el valor y la proximidad a Dios de sus habitantes, también quería comer. O al menos sentirse un poco menos desdichada.

Mi marido hizo un elegante análisis de esta cuestión. Cuando los Médicis habían estado en el poder, dijo, como no estaban más cerca de Dios que los demás (aunque sí tenían mucho más dinero), habían adoptado una estrategia muy sencilla para ganarse al pueblo. Si no podían ofrecer la salvación, al menos podían ofrecer un espectáculo, algo que haría que incluso los más pobres se sintieran mejor, se enorgullecieran de su ciudad, se enorgullecieran de su visión, aun cuando esa visión no fuera más allá de la celebración. Tampoco se trataba de celebrar actos impíos. Ni mucho menos. Eran actos que se concebían para alabar y dar gracias a Dios, una idea que estaba siempre presente: en las justas, los torneos y los desfiles, sólo que mostraban una cara alegre, ruidosa, hasta disoluta. Pero pasara lo que pasase en las festividades, siempre cabía la posibilidad de confesarse al día siguiente. De ese modo, durante un breve período la gente se olvidaba de lo que no tenía, y se conformaba con pensar que las cosas ya irían mejor (o no irían a peor). El colorido y la seguridad de su reinado eran tales que la gente sentía que «vivía» bajo los Médicis. Una sensación muy distinta de la de simplemente prepararse para morir.

Por supuesto, semejantes celebraciones seglares no estaban dentro de la competencia de Savonarola. En la Nueva Jerusalén no habría carnavales ni justas, y aunque hablaba apasionadamente de la alegría al referirse a Dios, como su Dios era tan estricto y exigente, ambos se relacionaban más con el sufrimiento. Y si bien el sufrimiento purifica, al cabo de un tiempo también puede deprimir. Y cuando uno está deprimido, tiende a pensar más en sus desgracias, y entonces las cosas parecen peor de lo que son.

Así, ¿qué mejor manera de levantar los ánimos que mediante un espectáculo religioso? Un acontecimiento que hablara de Dios, pero que también sirviera para alegrar la vida dura y cotidiana. Que, en definitiva, aliviara la depresión.

Debo reconocer que la Hoguera de las Vanidades fue una buena idea. Y la manera en que Savonarola habló de ella desde el púlpito fue irreprochable: si Florencia sufría era porque Dios la había elegido por encima de todas las demás ciudades y su destino merecía su atención especial. Así como él, Savonarola, se azotaba y ayunaba para recibir a Dios, la ciudad también debía mostrarse dispuesta a hacer sacrificios dignos de su gran amor. La renuncia a la riqueza innecesaria procuraba la mayor bendición. En cualquier caso, ¿para qué queríamos tantas fruslerías? Los cosméticos y perfumes, los textos paganos, los juegos, el arte indecente; todo eso sólo servía para distraer nuestra atención y enturbiar nuestra devoción por Dios. Debíamos entregarlos a las llamas. Dejar que nuestra vanidad y nuestras resistencias ardieran hasta esfumarse con el humo. En su lugar surgiría la gracia. Y aunque seguro que el Fraile no llegó a pensarlo, semejante purga también aliviaría el dolor de los pobres: pues además de procurar humildad a los que tenían en exceso, los que no poseían nada se consolaban con la idea de que nadie más lo tendría en su lugar.

En las siguientes semanas los ángeles habían reunido suficientes vanidades como para alzar una gran pira de ocho costados en medio de la piazza della Signoria. Erila y yo la vimos crecer con una mezcla de asombro y horror. No se podía negar que la ciudad parecía haber cobrado vida otra vez. La erección de la pira proporcionó trabajo a gente que de lo contrario se habría debilitado por el hambre. La gente tenía un tema de que hablar, un motivo para cotillear y emocionarse. Hombres y mujeres hurgaron en sus armarios. Los niños buscaron entre sus juguetes. Así como antes hacíamos alarde de nuestras propiedades, ahora explorábamos el placer del sacrificio.

Por supuesto, no todo el mundo compartió el mismo grado de entusiasmo. De hecho, algunos, de haber podido, habrían preferido no participar. Allí era donde intervenían los ángeles, una medida astuta porque últimamente el joven ejército de Dios había estado un tanto ocioso en una ciudad azotada por el hambre y la enfermedad. Algunos eran más persuasivos que otros. Durante su reinado Savonarola había infundido en ciertas jóvenes almas una gran habilidad retórica y a veces uno se encontraba con muchachos cuyas palabras destellaban como la laca dorada que salía de la boca de Gabriel en la *Anunciación*. Una vez vi a uno convencer a una elegante mujer de que renunciara a una pulsera que llevaba oculta y reconociera que llevaba un postizo en el pelo. Al despedirse, los dos resplandecían de alegría.

Los ángeles recorrían las calles con carros, encabezados por uno que llevaba delante la tierna estatua del niño Jesús de Donatello. Cantaban laudes e himnos mientras iban de casa en casa y por las instituciones, donde preguntaban a qué querían renunciar. A veces eso casi dio lugar a un nuevo tipo de esnobismo, en que las distintas casas competían entre sí. Otras, las visitas rayaban en la Inquisición. Los ángeles sabían lo que hacían, acudiendo primero a las familias más ricas para que dieran ejemplo. Si se conformaban con lo que recibían, daban las gracias y seguían de largo. De lo contrario, se invitaban ellos mismos a pasar y se ponían a buscar por su cuenta. Por supuesto, cada uno daba lo que quería, pero los chicos adolescentes pueden ser muy torpes cuando van con prisas y bastó con unas cuantas anécdotas sobre piezas de cristal de Murano hechas añicos o tapices destrozados para que muchas familias mostraran una generosidad nacida del miedo. Incluso cuando Florencia había sido invadida, nuestros enemigos habían sido más civilizados, aunque uno habría tenido que ser muy valiente para pronunciar la palabra saqueo en su presencia.

La mañana en que vinieron a casa yo estaba sentada junto a una ventana del piso de arriba donde los observaba pasar por la calle, sus cantos estentóreos –demasiadas voces cascadas empañaban las angelicales– elevándose por encima de la percusión de las ruedas de los carros. Todo el mundo conocía la normativa sobre el arte indecente. No debía haber imágenes de hombres y mujeres desnudos en casas donde vivían mujeres jóvenes. Como en casi todas las casas vivían mujeres jóvenes, aunque fueran criadas, esa regla podía aplicarse con más o menos flexibilidad. De acuerdo con ella, la galería de esculturas de mi marido se consideraría obscena. Entonces estaba cerrada con llave, él llevaba la llave encima, y había un baúl lleno de ofrendas listo en el patio:

ropa elegante y pasada de moda, juegos de naipes, baratijas y abanicos y un gran espejo de marco dorado, que más que mala fe reflejaba mal gusto. Yo temía que eso no bastara (mi embarazo me había vuelto más miedosa), pero Cristòforo se mostró impasible: aunque seguro que había personas en el poder que conocían la existencia de semejantes colecciones, afirmó, tendrían cuidado con a quién traicionaban. Las fortunas cambiaban muy rápido en un clima tan volátil como aquél, dijo, y los políticos astutos podían oler la disensión de lejos.

Cuando llegaron a casa les abrimos las verjas y Erila sacó una bandeja con aperitivos mientras Filippo sacaba el baúl.

Un muchacho, de unos diecisiete o dieciocho años, estaba encima del carro, con libros y ropa hasta las rodillas, ordenando los tesoros para hacer sitio para más. Lo vi lanzar hacia un lado una tabla de madera pintada con ninfas y sátiros desnudos, y la superficie crujió y se descascarilló.

Corría el rumor de que no sólo los mecenas renunciaban a sus objetos de arte, sino también los propios artistas, siendo los primeros Fra Bartolommeo y Sandro Botticelli. Por supuesto, Botticelli era un anciano, más necesitado del amor de Dios que de un mecenas, si bien mi marido insinuó que si de verdad le preocupaba el paraíso, más le valía confesar algo más que los pecados de la carne femenina. Por mi parte, no podía evitar recordar la descripción de mi marido de la Venus que salía del agua y me alegré de que esos cuadros estuvieran en lugar seguro en el campo. Al menos la posteridad no echaría en falta a las ninfas y sátiros del carro: las piernas de las mujeres eran demasiado cortas para sus cuerpos y la carne parecía masa de pan antes de meterla en el horno.

—Hola, guapa señora. ¿Tiene algo para las llamas? ¿Alguna cuenta de coral o abanicos deshilachados?

Era un muchacho atractivo y se había tomado ciertas molestias con la túnica y el corte de pelo. En otra Florencia me habría cantado serenatas desde la calle tras una noche de borrachera. Sobre todo porque desde donde estaba no podía ver el tamaño de mi barriga.

Negué con la cabeza, pero no pude evitar sonreír. Tal vez por los nervios.

—¿Y esas peinetas en el pelo? ¿No son perlas lo que veo en los bordes?

Me llevé la mano a la cabeza. Erila me había trenzado el pelo esa mañana, aunque no recordaba qué tocado me había puesto. Seguro que no era ostentoso. Sin embargo me quité las peinetas, y al hacerlo se me desprendió un mechón por detrás. Él lo vio caer y me sonrió. Tenía una sonrisa contagiosa. Quizá hasta los ángeles se estaban cansando de tanta bondad. Le tiré las peinetas y él las cogió con la mano.

Abajo sus compañeros discutían sobre si debían entrar en la casa a buscar más objetos.

–Vamos –gritó el muchacho, sonriéndome otra vez–. Si perdemos el tiempo en cada casa llegaremos tarde para ver el fuego.

Cuando el carro se alejó, juro que lo vi guardarse las peinetas en el bolsillo.

A la mañana siguiente la pira tenía el tamaño de una casa. A mediodía encendieron los haces de leña alrededor, y se oyó el estrépito por toda la ciudad, con una fanfarria de trompetas, campanadas y los cánticos de la multitud allí reunida. Pero no todas las voces se alzaron al cielo. Aunque la piazza estaba llena, algunos, como nosotros, acudieron más por ver a los espectadores que para celebrar el acontecimiento.

De pie y empujadas por la muchedumbre, Erila y yo vimos cosas que nos desesperaron. Pocos días antes, un coleccionista veneciano había enviado un mensaje a la Signoria en el que ofrecía la friolera de veinte mil florines para salvar los objetos de arte de las llamas. La respuesta llegó en forma de su propia efigie, colocada en lo alto de la pira. Le habían puesto las vestiduras más elegantes, una docena de postizos de pelo de mujer en la cabeza y petardos por dentro del relleno. Cuando lo alcanzaron las llamas, los petardos estallaron y la efigie prorrumpió en risas y gritos mientras la multitud vitoreaba y bramaba. Después oí a la gente asegurar que había olido a pelo quemado, y fue tal la agitación y alegría reinantes que pensé que sólo era cuestión de tiempo que empezaran a quemar carne humana.

Los cánticos y oraciones prosiguieron todo el día, dirigidos por los dominicos y los ángeles. Pero cualquiera se daba cuenta de que faltaba un elemento de la Iglesia: los franciscanos, que veían cómo los fríos vientos del favoritismo erosionaban el apoyo que siempre habían recibido de los pobres, habían empezado a cuestionar el enorme poder de Savonarola. Pero no pudieron hacer mella en su triunfo. La hoguera ardió toda la noche. Durante varios días las cenizas de nuestros objetos de lujo cayeron en forma de una lluvia gris por toda la ciudad, cubriendo nuestras cornisas, ensuciándonos la ropa y llenándonos la nariz del triste olor del arte incinerado.

Y esta vez, cuando le llegó la noticia, el Papa excomulgó al Fraile.

Treinta y nueve

Cuando recibió el decreto, Savonarola cogió su azote y su devocionario y se encerró en su celda de San Marcos. No haría ni diría nada hasta que Dios hubiera hablado con él directamente. Si bien pocos dudaban de su pasión, ahora, por primera vez, se murmuraba abiertamente acerca de su juicio. Por muchos defectos que tuviera, el Papa seguía siendo el representante de Dios en la Tierra y, sin el debido respeto a la autoridad, un Estado o gobierno no podía estar a salvo.

Mientras Savonarola rezaba, la peste se cebaba en los fieles. Incluso llegó a su monasterio, y la infección se propagó tanto que muchos monjes se marcharon. Entretanto, los defensores de la Nueva Jerusalén se volvieron todavía más obcecados, y veían enemigos por todas partes. A los sodomitas a quienes habían arrestado y encarcelado en verano ahora los paseaban por las calles antes de azotarlos en público y mutilarlos en la plaza mayor. A uno de los hombres que mi marido decía conocer, un tal Salvi Panizzi, tras acusarlo de ser un infractor continuo y notorio, lo condenaron a la hoguera. Pero aunque habrían sido capaces de destrozarle el cuerpo con el *strappado* y el potro, en el último momento la ciudad no se atrevió a infligir semejante castigo público y al final se lo conmutaron por una multa y una condena a cadena perpetua en un manicomio.

En Navidad, Savonarola dio su respuesta cuando volvió a aparecer con actitud desafiante para decir la misa mayor ante una gran multitud en la catedral. Estaba tan delgado que parecía un esqueleto con túnica y tenía la nariz tan afilada como una guadaña de la muerte. Pero su voz era como el fuego del cañón: fuerza y llamas. La respuesta del Papa no se hizo esperar. Envió a embajadores a la Signoria y exigió que encarcelaran a (ese Hijo de la Iniquidad) o lo enviaran encadenado a Roma. En caso de desobediencia, la ciudad entera sufriría las consecuencias de su ira. Mientras el gobierno recurría a las evasivas, Savonarola respondió a los dos al mismo tiempo. Sus palabras, pronunciadas desde el púlpito, se propagaron por la ciudad mediante una cadena de susurros: «Decid a todos aquellos que pretenden ser grandes y elevarse que su lugar está preparado: en el infierno. Y decidles también que uno de ellos ya tiene su sitio en el infierno».

No hay constancia de la respuesta del Papa.

Ya no recuerdo la cronología exacta de los siguientes meses. A veces las desgracias y los disgustos llueven con tanto ímpetu que uno se dobla bajo su peso y ya no sabe ni dónde está.

Lo que sí sé es que la peste llegó a nuestra casa en Año Nuevo. Primero cayó la hija pequeña del cocinero. Era una criatura enclenque, de sólo siete u ocho años, y aunque hicimos todo lo que pudimos, murió a los tres días. Después le tocó a Filippo. En su caso fue peor, y me dio mucha pena porque no podía oír nuestras palabras de consuelo ni hablarnos de su dolor. Se consumió en diez días, debilitándose poco a poco. Al final murió por la noche, sin nadie a su lado. Cuando Erila me dio la noticia a la mañana siguiente, rompí a llorar.

Ese día mi marido y yo discutimos por primera vez. Él quería enviarme fuera de la ciudad, a las aguas termales en el sur o las montañas en el este donde, según él, el aire sería más puro. Yo tomaba cada día el preparado de Erila de aloe, mirra y azafrán contra el contagio y me sentía más fuerte desde que cesaron los vómitos, pero todavía no estaba del todo repuesta y, pese a mi curiosidad, creo que al final me habría convencido si los acontecimientos no se nos hubieran adelantado.

Seguíamos hablando en su habitación cuando llegó el criado de casa de mis padres.

La nota estaba escrita por mi madre:

La pequeña Illuminata ha muerto de fiebre. Quisiera ir a ver a Plautilla, pero tu padre está enfermo y temo el contagio si voy de una casa a la otra. Si te encuentras bien y en condiciones de salir, tu hermana te necesita en estos momentos. No puedo pedírselo a nadie más. Cuídate, a ti y al precioso ser que llevas dentro.

Plautilla apenas había visto a Illuminata ya que la había enviado junto con el ama de cría al campo casi un año antes. No sería la primera ni la última vez que un bebé no sobrevivía al destete, y mi hermana, que por lo que yo sabía vivía más preocupada por lo superficial que por lo profundo, ya tenía otro en camino.

Así, me avergüenza decir que no estaba preparada para lo que encontré.

El sonido de su dolor nos llegó en cuanto nos apeamos del carruaje. Su sirvienta bajó corriendo la escalera a saludarnos y tanto Erila como yo vimos el pánico en su cara. Cuando llegamos al piso de arriba, la puerta del dormitorio se abrió y salió Maurizio, con el rostro demacrado. Los gemidos de Plautilla salieron tras él como un vendaval.

–Gracias a Dios que habéis venido –dijo–. Ha estado así desde que nos llegó la noticia esta mañana. No puedo hacer nada. No hay quien la consuele. Temo que enferme y pierda el bebé.

Erila y yo entramos en la habitación sigilosamente.

Se hallaba sentada en el suelo junto a la cuna vacía, ahora lista para el nuevo bebé, con el pelo suelto y el vestido medio desabrochado por arriba. Tenía más barriga que yo y el rostro cubierto de lágrimas. No recuerdo haberla visto nunca tan perdida y desaliñada.

Me senté torpemente a su lado, mi falda levantándose alrededor de mi barriga prominente, de modo que juntas parecíamos dos grandes pájaros con su plumaje. Pero cuando tendí la mano para tocarla, ella se apartó y dijo con voz chillona:

–No me toques, no me toques. Sé que él te mandó llamar y no me dejaré consolar. Yo ya sabía que esa mujer la mataría. Tenía unos ojos extraños. Maurizio debe ir a su casa a buscar su cadáver. No me extrañaría que esa mujer intente enjaretarnos un cuerpo esquelético que encontró en el pueblo y se quede con Illuminata. Ay, teníamos que haber entregado más cosas a las llamas. Yo ya le dije que era poco. Que Dios nos castigaría por nuestra tacañería.

–Ah, Plautilla, esto no tiene nada que ver con las Vanidades. Esto es la peste...

Pero ella se llevó las manos a los ojos y sacudió la cabeza con violencia.

–No, no. No pienso escucharte. Luca dijo que intentarías convencerme con tu palabrería. No sabes nada. Tu cabeza habla

299

y tu alma sufre. Me sorprende que Él no te haya hecho caer más bajo. Luca dice que es sólo cuestión de tiempo. Debes cuidar de tu bebé cuando nazca. Si no está sano, no habrá ningún medicamento que lo salve.

Miré a Erila. Por su lealtad conmigo, Erila nunca había soportado a mi hermana y en ese momento percibí su intolerancia frente a la histeria de ella. Si no podíamos detenerla con la razón, tendríamos que buscar otra manera. Se lo indiqué con la mirada. Ella asintió y salió en silencio de la habitación.

–Plautilla, escúchame –dije, y aunque mi voz no era ni la mitad de alta que la de ella, me aseguré de que me oyera–. Si esto realmente se debe a un juicio de Él, entonces tu dolor es una vanidad por sí mismo. Si sigues así, provocarás el parto y acarrearás otra muerte.

–Ah, no lo entiendes. Crees que las cosas son como tú las ves. Crees que lo sabes todo. Pero te equivocas. Nunca has sabido nada y tampoco lo sabes ahora. –Y sus gritos se hicieron más fuertes otra vez.

La dejé llorar un rato, sintiéndome tan perturbada por la intensidad de su pasión contra mí como por su propio dolor.

–Oye –dije con suavidad cuando sus llantos cedieron un poco–. Lo que es evidente es que la querías. Pero no puedes culparte. No habrías podido hacer nada para salvarla.

–No..., te equivocas... –Calló–. Ah, no tenía que haber escondido mis perlas. Estuve a punto de darlas; de verdad. Pero... pero... es que son tan bonitas. Luca dice que si admitimos nuestras debilidades, nos acercaremos más a Él. Pero a veces no sé lo que espera de nosotros. Rezo cada noche y confieso mis pecados, pero... pero yo no soy tan severa. Esas perlas ni siquiera eran muy buenas... Y no creo que cuando me las pongo quiera menos a Dios... ¿Es que no podemos preocuparnos por nuestro aspecto? Ah, no lo entiendo.

Pero se le habían agotado la rabia y las lágrimas, y esta vez, cuando le tendí la mano, no me rehuyó. Le aparté un mechón de pelo húmedo del rostro. Le resplandecía la piel del sudor y las lágrimas, pero aun así tenía un aspecto... no sé... tan atractivo.

–Tienes razón, Plautilla. No lo sé todo. Me rijo demasiado por la cabeza y no lo suficiente por el corazón. Lo sé. Pero creo que si Dios nos quiere, no quiere vernos postrados. Ni pasando hambre. Ni siquiera feos sólo porque sí. Quiere que nos acerquemos a él, no que sea imposible que lo hagamos. Tu egoísmo no mató a Illuminata. Murió de la peste. Si fue voluntad de Dios llevársela, no lo hizo para castigarte sino por lo mucho que la quería. Está bien que la llores, pero no que te destruyas.

Se quedó un momento callada.

—¿De verdad lo crees?

—Sí, lo creo. Creo que lo que ha estado ocurriendo aquí es un error. Creo que lo que se ha conseguido es infundirnos miedo en lugar de amor.

Sacudió la cabeza.

—No sé... Siempre has sido tan categórica. Si Luca estuviera aquí, diría que...

—¿Ves mucho a Luca?

Se encogió de hombros.

—Viene por aquí con sus chicos. Me parece que no se siente muy bien recibido en casa y... bueno, siempre fue más amable conmigo que Tomaso o tú. Creo que cuando estábamos juntos no nos sentíamos tan estúpidos.

Sus palabras me afectaron más que todos esos años de enfado y desprecio. Me pregunté cuánto daño había infligido mi arrogancia a la familia.

—Lo siento, Plautilla —dije—. No he sido una buena hermana para ti. Pero si me dejas, a partir de ahora intentaré compensarlo.

Se inclinó hacia mí y nuestras barrigas se tocaron. No pude evitar tener una visión de María e Isabel: dos mujeres jóvenes en estado, las barrigas rozándose mientras alababan los designios del Señor, una escena evocada en un sinfín de murales por toda la ciudad. En cierto modo yo tenía razón. Los designios del Señor son inescrutables. Y si bien no había semillas sagradas para Plautilla o Alessandra, de todos modos habría una pequeña revelación en el amor que sentíamos la una por la otra.

De modo que permanecimos un rato juntas hasta que Erila regresó con una infusión que había preparado. Plautilla la aceptó y nos quedamos con ella hasta que se quedó dormida.

Su rostro se volvió más hermoso con el descanso.

—No creo que esto sea lo que Dios espera de nosotros —dije, mientras la observábamos—. Que las familias y las casas se separen. Este hombre está destruyendo la ciudad.

—Ya no. —Erila negó con la cabeza—. Ahora sólo se está destruyendo a sí mismo.

Cuarenta

Ya había caído la noche cuando volvimos al palazzo. Maurizio insistió en que nos quedáramos —creo que la perspectiva de lidiar con su mujer cambiada le daba un poco de miedo—, pero las dos queríamos estar en casa y rehusamos amablemente.

Las calles habían cambiado desde la noche en que llevamos allí al pintor. Lloviznaba y, con el frío, la oscuridad parecía más profunda. Pero no sólo era por la estación. El propio ambiente era diferente. En las últimas semanas desde la excomunión la oposición había empezado a hacerse notar. Con el apoyo del poder del Papa, los partidarios de los Médicis se sentían suficientemente fuertes para aventurarse a salir en público otra vez y grupos de jóvenes cuyas familias tenían mucho que ganar con un cambio de gobierno habían comenzado a asomar a la calle. Incluso habían tenido algún que otro altercado con los ángeles. Se decía que habían sido los responsables del incidente en la catedral cuando alguien había untado el púlpito de grasa animal la noche antes de que fuera a hablar Savonarola. Después, en medio del sermón, un gran arcón había caído desde lo alto de la nave, estrellándose en el suelo de piedra y sembrando el pánico entre la congregación. Por una vez las fuerzas de la disensión se hicieron oír más que la propia voz de Savonarola.

Para llegar a casa desde la de mi hermana tuvimos que pasar por delante de la gran fachada de piedra del palacio Médicis, ahora saqueado y tapiado, doblar al sur del Baptisterio y luego girar hacia el oeste y la via Porta Rossa. La calle estaba vacía, pero a medio camino divisé la figura corpulenta de un fraile dominico que salía de un callejón. Iba encapuchado y con las manos metidas dentro de las mangas, y el color marrón oscuro de su hábito lo confundía con la oscuridad. Cuando nos acercamos, nos hizo señales con las manos para que nos detuviéramos. Nos preparamos para un interrogatorio.

—Buenas noches, hijas de Dios.

Las dos inclinamos la cabeza.

—Es muy tarde para estar en la calle, hermanas. Estoy seguro de que sabéis que nuestro noble Savonarola prohíbe semejante transgresión. ¿Estáis solas?

—Ya lo ve, padre. Pero estamos cumpliendo con una misión de caridad —contestó Erila rápidamente—. La hermana de mi señora perdió una hija por la peste. Fuimos a darle consuelo y oraciones.

—En ese caso es una ordenanza transgredida con dulzura —murmuró, con el rostro todavía oculto por la capucha—. Y ahora Dios os ha enviado otra misión de caridad. Hay una mujer herida cerca de aquí. La encontré en la puerta de una iglesia. Necesito ayuda para llevarla al hospital.

—Claro —dije—. ¿Quiere acompañarnos en el carruaje y mostrarnos dónde está?

Negó con la cabeza.

—El callejón es demasiado estrecho para vuestras ruedas. Dejad el carruaje aquí; iremos a pie y la traeremos entre los tres.

Nos apeamos y atamos el caballo. Detrás de nosotros la calle estaba vacía y el callejón que señaló el fraile oscuro como boca de lobo. Era tal el malestar que reinaba en el ambiente que ni siquiera su hábito me tranquilizó del todo, pero aparté mi temor. Él avanzó delante de nosotras a paso rápido, con la capucha ocultándole el rostro por completo y la túnica empapada de lluvia. No hacía mucho tiempo que los dominicos se paseaban por las calles como si fueran los amos y, sin embargo, ahora ese hombre casi parecía temer que lo vieran. Desde luego, cómo habían cambiado las cosas.

Desde una calle, un poco más lejos, oí un grito. De sorpresa, o tal vez dolor. Luego una ruidosa carcajada. Eché una mirada nerviosa a Erila.

—¿Falta mucho, padre? —preguntó cuando cruzamos la via delle Terme para luego adentrarnos por otro callejón, todavía más oscuro.

—Ya llegamos, hija mía, es aquí, en Santi Apostoli. ¿No oyes sus gritos?

Pero no oí nada. El portal de la iglesia se alzaba a la izquierda, con las pesadas puertas cerradas a cal y canto. Aunque sí divisamos una figura en la oscuridad; una mujer tirada en la escalinata, la cabeza hundida en el pecho, como si estuviera demasiado cansada para levantarse.

303

Erila se dirigió hacia ella antes que yo y se agachó. Enseguida tendió una mano para que yo no me acercara.

–Padre –dijo rápidamente–. No está enferma. Está muerta. Está rodeada de sangre.

–Ah, ah, no. Pero si se movía cuando me fui. Intenté detener la hemorragia con las manos. –Levantó los brazos y, cuando se le bajaron las mangas, incluso en la oscuridad vi las manchas. Se arrodilló a su lado–. Pobre criatura. Pobrecita. Al menos ahora está con Dios.

Puede que estuviera con Dios, pero debió de ser una travesía sangrienta. Por encima del hombro de Erila vi el charco de sangre que le había brotado del pecho. Por primera vez en varios meses sentí asomar la saliva en la boca. Erila se puso en pie rápidamente y vi que también estaba impresionada.

El fraile nos miró a las dos.

–Debemos rezar por ella. Por muy triste y pobre que haya sido su vida, le daremos la salvación con nuestros cánticos y oraciones.

Empezó a cantar con voz pastosa y ronca. Y de pronto noté algo familiar en él: la capa oscura y el eco de una voz en otro momento de oscuridad, un momento que también me había hecho sudar de miedo. Retrocedí sin querer y él calló.

–Vamos, hermanas. –Y esta vez el tono era áspero–. Las dos, arrodillaos.

Pero Erila se interpuso con firmeza entre él y yo.

–Lo siento, padre. No podemos quedarnos. Mi señora está encinta y cogerá frío si no volvemos a casa. No es un momento propicio para que una mujer embarazada esté en la calle.

El fraile me miró como si me viera por primera vez.

–¿Encinta? ¿Es una creación piadosa? –Y cuando habló se le cayó la capucha y en ese momento vi un rostro pálido como la superficie de la luna picado de viruela. «Piedra pómez», pensé; un monje dominico con la cara como piedra pómez que creía que Florencia era una cloaca de maldad. ¿Hacía cuánto tiempo que Erila me había contado la historia? Y sé que ella también la recordó en ese momento.

–Claro que sí –contestó por mí mientras me empujaba para alejarme–. Es una creación piadosa y además está a punto de dar a luz. Mandaremos a alguien desde casa para que venga a ayudar. Vivimos cerca.

El hombre se la quedó mirando, luego agachó la cabeza y se volvió hacia el cadáver. Tras apoyar la mano en el pecho sangriento de la mujer, empezó a cantar otra vez.

Regresamos al carruaje a trompicones. La oscuridad era casi impenetrable y Erila me llevaba cogida de la mano con firmeza. Nos sudaban las palmas de las manos a causa del miedo.

–¿Qué ha pasado? –pregunté sin aliento cuando nos subimos al carruaje, y azoté el caballo para que se pusiera en marcha.

–No lo sé. Pero te diré una cosa. Esa mujer llevaba mucho tiempo muerta. Y él apestaba a su sangre.

Cuando llegamos a casa, las verjas estaban abiertas y el mozo y Cristòforo nos esperaban en el patio.

–Gracias a Dios que habéis vuelto. ¿Dónde habéis estado?

–Lo siento –contesté, mientras él me ayudaba a bajar–. Nos retrasamos en la calle. Nos...

–He enviado hombres a buscaros por toda la ciudad. No deberías estar fuera tan tarde.

–Lo sé, lo siento –repetí. Tendí la mano y cuando él la cogió con fuerza percibí la ansiedad que lo invadía como una veloz marea–. Pero ya hemos vuelto. Sanas y salvas. Ven, vamos dentro a sentarnos junto al fuego y te contaré lo que hemos visto esta noche.

–No hay tiempo para eso. –Detrás de mí el mozo quitaba los arreos al caballo. Cristòforo esperó a que se alejara. Erila estaba a mi lado, pero al notar la vacilación de mi marido, le hice señas para que se fuera–. ¿Qué? ¿Qué pasa? Dímelo.

–Es malo.

–¿Malo? ¿Qué puede ser peor que la muerte y el asesinato?

Pero creo que ni me oyó.

–Han detenido a Tomaso.

–¿Qué? ¿Cuándo?

–Se lo llevaron esta tarde.

–Pero ¿quién...? –Callé–. Luca, claro....

Volví a callar. Y a la luz de las antorchas nos miramos fijamente. Tardé en encontrar las palabras.

–Sin duda es únicamente una advertencia –susurré–. Es joven. Probablemente sólo pretenden asustarlo. –Cristòforo permaneció callado–. No pasará nada. Tomaso no es ningún tonto. Si no puede ser fuerte, será astuto.

Él sonrió con tristeza.

—Alessandra, no es cuestión de fuerza. Sólo es cuestión de tiempo. —Hizo una pausa—. Estos últimos meses no lo quise lo suficiente. —Y lo dijo en voz tan baja que ni siquiera estoy segura de que ésas fueran sus palabras exactas.

—No es el momento para eso —dije con apremio—. Puede que ninguno de nosotros haya querido al otro lo suficiente. Puede que todo esto ocurriera por eso. Pero ahora no podemos rendirnos. Tú mismo lo has dicho. Ahora su voz no es la única que se oye en la ciudad. No se atreverían a ir a por ti. Tu apellido es demasiado ilustre y las cosas están cambiando muy rápido entre ellos. Ven, entremos y sigamos hablando dentro.

Nos quedamos toda la noche mirando las llamas igual que esas dulces primeras y pocas semanas después de la boda y antes de que el ácido de los celos me corroyera. Ahora era él quien necesitaba ayuda, y aunque le di toda la que pude, no bastó. Cada vez que callaba, yo sabía lo que pensaba. ¿Qué siente uno cuando sabe que un ser amado está sufriendo? Cuando, por mucho que cierre los oídos, sigue oyendo sus gritos. Aunque no puedo decir que quisiera a mi hermano, sólo pensar en lo que podían estar haciéndole me revolvía el estómago. Cuánto más terrible debía de ser para mi marido, que había adorado aquel cuerpo perfecto mientras lo sostenía entre sus brazos. Cuando el *strappado* acabara con él, ya no sería perfecto.

—Háblame, Cristòforo. Te hará bien hablar. Cuéntame. Seguro que has pensado en este momento. En lo que haríais cada uno si esto ocurriera.

Negó con la cabeza.

—Tomaso nunca se preocupó por el futuro. Lo suyo era el presente. Podía hacer que el momento fuera tan intenso que casi te hacía creer que no acabaría nunca.

—Pues ahora aprenderá. Nadie sabe cómo reaccionará hasta que lo ponen a prueba. Puede que nos sorprenda a los dos.

—Le da miedo el dolor.

—¿Y a quién no?

A menudo había pensado en el *strappado*. Supongo que todo el mundo lo piensa. A veces al pasar delante del Bargello en verano, cuando las ventanas están abiertas por el calor, se oye el eco de los gritos de dolor que sale del interior. Y uno pasa a toda prisa, muy tranquilo porque sabe que no se trata de nadie conocido o porque son criminales o pecadores y, de todos modos, tampoco puede hacer nada. Pero puede dejar volar la imaginación. Lo que pretenden es destruir la voluntad destruyendo el cuerpo. Aunque existen muchas otras maneras de conseguirlo –con pinzas, fuego, cuerdas y azotes–, las heridas se curan y las cicatrices desaparecen. Pero bien empleado, es imposible recuperarse del *strappado*. Tras atar al reo los brazos por detrás, lo izan a elevada altura; luego lo sueltan para que caiga una y otra vez desde muy alto hasta que al final, con la presión, los músculos y los tendones ceden y se desgarran y las articulaciones se descoyuntan. Algunos creen que es una tortura digna porque tiene ecos de la Crucifixión. Recuerda la manera en que los brazos del Señor se habrían desgarrado por el peso de su cuerpo al caer de la cruz. Sólo que aquí el reo no muere. Al menos no suele hacerlo. Después, cuando lo sueltan, dicen que se desploma en el suelo como una muñeca de trapo. A veces se ven los supervivientes por la calle años más tarde: hombres que caminan con un temblor y balanceo en el cuerpo, los miembros vacilantes y disparejos. Dios ha dado al hombre fragilidad además de belleza. La Biblia nos dice que antes de la Caída no conocíamos el dolor, y que nuestro sufrimiento es culpa de la desobediencia de Eva. Cuesta creer que Dios infligiera semejante castigo por un solo pecado, por muy grave que fuera. Sin duda el dolor también existe como recordatorio de lo efímeros e imperfectos que son nuestros cuerpos a diferencia del resplandor de nuestras almas. Aun así parece tan cruel...

–Alessandra...

–Lo siento. –Mis pensamientos se habían perdido entre las llamas y no lo había oído.

–Estás cansada. ¿Por qué no te vas a la cama? No tiene sentido que esperemos los dos.

Negué con la cabeza.

–Me quedaré contigo. ¿Tienes idea de cuánto tiempo disponemos?

–No. Uno de los hombres que se llevaron este verano... Lo vi antes de exilarse. Me contó cómo le fue. Dijo que algunos cantaban los nombres enseguida, para evitar el dolor. Pero se considera que las confesiones sin tortura no son de fiar.

–De modo que confesaron dos veces –dije–. Antes y después. Me pregunto si dan siempre los mismos nombres.

Se encogió de hombros.

—Ya lo veremos.

Me quedé despierta un rato más, pero como Pedro cuando veló la agonía de Cristo en el huerto la última noche, se me empezaron a cerrar los ojos. Había sido un día muy largo y a veces el bebé parecía tener más poder de decisión que yo sobre cuándo debía dormir o despertarme.

—Ven.

Alcé la vista y él estaba de pie delante de mí. Le di la mano y me llevó a mi habitación, donde me ayudó a acostarme.

—¿Quieres que llame a Erila?

—No, déjala dormir. Sólo me tumbaré un rato.

Y eso hice.

Lo siguiente que recuerdo era que él se acostaba en la cama a mi lado, acercándose con cuidado hasta que los dos tumbados parecíamos una pareja de piedra en una capilla atrapada en una escultura de la muerte. Lo vi tan preocupado por no despertarme que no quise que se diera cuenta de que ya no dormía. Al cabo de un rato tendió la mano hacia mi barriga y apoyó la palma sobre el bebé. Pensé en Plautilla y en la niña que había perdido, luego en el fraile y en el estómago sangriento de la mujer, y al final pensé en Nuestra Señora, tan tranquila y bienaventurada. Y en ese momento sentí moverse el bebé.

—Ah —dijo él en voz baja—. Se está preparando para salir.

—Hum —dije con voz somnolienta—. Ha sido una buena patada.

—Me pregunto cómo será. Con maestros adecuados seguro que tendrá una mente como un florín recién acuñado.

—Y un ojo que sabrá distinguir una estatua griega nueva de una antigua. —Sentía el calor de su mano en mi barriga hinchada—. De todos modos, espero que le sea más fácil amar a Dios y el arte sin confusión ni miedo. Me gustaría imaginar que en el futuro Florencia ofrecerá las dos cosas.

—Sí, a mí también.

Los dos callamos. Tendí la mano y la apoyé con suavidad sobre la de él.

Llegaron al alba, despertando a toda la casa con los golpes en la puerta. En estas historias las malas noticias siempre llegan al amanecer, como si el propio día no pudiera soportar la deshonestidad de la esperanza falsa.

Aunque me despertó el ruido, mi marido ya llevaba tiempo levantado. Tenía tanta barriga y estaba tan cansada que tardé en levantarme de la cama y bajar la escalera. Cuando llegué al patio la puerta principal ya estaba abierta de par en par y había entrado el mensajero. Erila también se había despertado, pero es que en momentos como ése los chismes se introducen por grietas invisibles.

Yo esperaba ver soldados. O incluso, que Dios no lo quisiera, a Luca y su brigada. Pero en cambio sólo había un anciano.

–¡Señora Alessandra! –Tardé en reconocerlo: era el marido de Ludovica, que parecía mayor de lo que era por los años de trabajo duro.

–Andrea, ¿qué ocurre? ¿Qué ha pasado?

Y tenía tan mal aspecto que me pregunté qué era lo peor que podía haber sucedido.

–¿Mi padre? –pregunté–. ¿Es mi padre? Ha muerto.

–No, no. Su padre está bien, señora. –Hizo una pausa–. Me ha enviado su madre. Me ha dicho que le dijera que los soldados han venido a primera hora de esta mañana. Y se han llevado al pintor.

Así, al final resultó que Tomaso había luchado contra el dolor con astucia.

Cuarenta y uno

No sentía el menor movimiento en mi barriga. Me llevé las manos al vientre y lo palpé hasta percibir el hueso de una pierna y una nalga apretada contra mi carne. Palpé un poco más pero no noté nada. Intenté no asustarme. El sueño a veces puede asemejarse a la muerte, incluso cuando uno todavía no ha nacido.

–Alessandra.

Me despertó su voz. Mi fiel Erila, sentada a mi lado, con la mirada fija en la mía. Detrás de ella estaba Cristòforo, con una aureola de luz del sol matinal alrededor de la cabeza. Volví a mirar a Erila. Ten cuidado, decía su mirada. A cada paso que des, tu vida correrá más peligro. Y yo no estaré para ayudarte.

Sonreí. Con razón podía leer las manos e interpretar la posición de las pipas de girasol dispersas por el suelo. Quise que estuviera a mi lado para siempre, para que pudiera enseñarme todas esas cosas que me ayudarían a vivir y que yo a mi vez transmitiría a mi hijo. Lo entiendo, le di a entender con mi silencio. Haré todo lo posible.

–Hola. –Mi voz parecía muy lejana–. ¿Qué ha sucedido?

–Estás bien. Has perdido el conocimiento, nada más –dijo mi marido, y en su voz percibí alivio.

–Y el bebé...

–... duerme, seguro –interrumpió Erila–. Y tú también deberías dormir. En momentos como éste, cualquier emoción fuerte puede haceros daño a los dos.

–Lo sé. –Me incorporé, le cogí la mano brevemente y se la apreté–. Gracias, Erila. Ya puedes marcharte.

Asintió y se alejó sin volver la vista atrás. La vi irse, con el pelo suelto como una nube de moscas zumbando alrededor de su cabeza.

–No se te han llevado. –Sonreí a Cristòforo–. El alivio debió de ser demasiado grande para mí. –Pero mientras lo decía sentí náuseas. «Ahora lo sé –pensé–. Sé qué sentiste: ese miedo ciego que se apodera de uno cuando imagina lo que puede estar sucediéndoles, incluso ahora, en el mismo instante en que lo piensas.» Tragué saliva y volví a intentarlo–. Plautilla dice que un parto es tan terrible como el *strappado*, ¿sabes? Pero yo no me lo creo, porque un parto es vida y cuando te llega el dolor seguro que lo entiendes.

–Tu hermana no sabe nada de esas cosas –dijo él con tono cortante.

–No. Cristòforo... –Y oí que mi voz vacilaba.

–Te escucho.

–Cristòforo, no sabes cuánto me alegro de que no seas tú. De verdad... –Callé–. Pero sabes que esto se debe a lo mucho que me odia Tomaso. Él... –Volví a callar al ver los ojos de Erila ante mí–. Habría podido decir una docena de nombres. Él conoce mi pasión por el arte y sabe que estoy en deuda con el pintor por lo mucho que me animó. –Me costaba mirarlo a los ojos–. También lo torturarán a él, ¿verdad?

Asintió.

–Si han dado su nombre, sí. Es la ley.

–Él no sabe nada. Y no conoce a nadie. De modo que no podrá dar ningún nombre. Pero no se lo creerán. Ya sabes lo que ocurrirá, Cristòforo. Ya sabes lo que le harán: insistirán e insistirán hasta que hable, y le descoyuntarán los brazos. Y sin brazos...

–Lo sé, Alessandra, lo sé –dijo con brusquedad–. Sé perfectamente lo que hacen.

–Lo siento. –Y pese a mi firme propósito de comportarme con cautela, ahora lloraba abiertamente–. Lo siento. Sé que no es tu culpa. –Intenté levantarme del sillón–. Tengo que ir a verlos.

Se acercó a mí.

–No seas tonta.

–No, no. Tengo que ir. Tengo que decírselo. Si no me creen, pueden interrogarme. La ley prohíbe torturar a mujeres embarazadas, así que tendrán que aceptar mi palabra.

–Bah, eso es una verdadera estupidez. No te harán ningún caso. Causarás más mal que bien, y nos involucrarás a todos en su sangriento crimen.

–¿Su crimen? Pero...

–Escúchame...

—No se trata de su crimen. Se trata de...
—Por la sangre de Dios, ya he enviado...
Nuestras voces se alzaron con ira. Me imaginé a Erila junto a la puerta, asustada e intentando dar un sentido a la tormenta.
—¿Qué has dicho? —espeté.
—He dicho, si te tranquilizas lo suficiente para escucharme, que ya he enviado a alguien a la cárcel.
—¿A quién?
—A una persona a la que quizá escuchen. Puedes pensar lo que quieras de tu hermano, y en cierto modo yo también, pero no voy a permitir que pienses que yo dejaría que un hombre inocente sufra en mi lugar.
—Ah, ¿así que no has confesado?
Rió con amargura.
—No soy tan valiente. Pero he encontrado una manera de acceder a los que deciden esas cosas. Has estado dormida en horas trascendentales. La historia está avanzando más deprisa que el Arno en una riada y las cosas están cambiando incluso ahora mientras hablamos.
—¿A qué te refieres?
—Me refiero a que ahora mismo su poder está amenazado.
—¿Cómo?
—El superior de los franciscanos ayer lo atacó abiertamente, diciendo que no era un profeta sino un pobre lunático, y que la ciudad se arriesga a ser condenada si lo apoya. Para demostrarlo lo retó a una ordalía del fuego.
—¿Cómo dices?
—A que los dos atraviesen las llamas para demostrar si Savonarola está realmente bajo la protección de Dios.
—¡Ay, Virgen Santa! ¿Qué nos está pasando? Estamos convirtiéndonos en bárbaros.
—Así es. Pero es un espectáculo, y en momentos como éste es un buen sustituto del pensamiento. Ya están poniendo los leños remojados en aceite en la piazza della Signoria.
—¿Y si gana Savonarola?
—No seas ingenua, Alessandra. No ganará ninguno de los dos. Simplemente enardecerá a la muchedumbre. Pero él ya ha perdido. Esta mañana ha anunciado que la obra de Dios era más importante que esas pruebas y ha nombrado a otro fraile para sustituirlo.

—Ah, eso lo hace quedar como impostor y cobarde.
—Él no lo verá así, pero sí la gente. Lo más importante... es que significa que la Signoria ya no tiene que seguir de su lado. Esperaban una excusa así desde la excomunión.
—Así que crees...
—Creo que hay una posibilidad de que todo se venga abajo, sí. Ningún hombre, por humilde que sea su posición, quiere seguir a un líder condenado al fracaso. En momentos así es muy fácil que el torturador se convierta en víctima. Antes estos delitos podían quedar impunes gracias a las influencias o según el tamaño de tu bolsillo. Esperemos y recemos para que las cosas vuelvan a ser así.
—¿Así que pagarás para sacarlos de la cárcel?
—Es posible, sí.
—Ay, Dios. —Y rompí otra vez a llorar, sin poder contener las lágrimas—. Ay, Dios. Cuánta locura. ¿Qué será de nosotros?
—¿Qué será de nosotros? —Movió la cabeza con tristeza—. Haremos lo que podamos, viviremos la vida que nos han dado y rezaremos para que Savonarola esté equivocado y que Dios, en su misericordia eterna, ame a los pecadores tanto como a los santos.

Cuarenta y dos

Llegó la tarde y luego la noche. Al filo de la medianoche trajeron un mensaje para Cristòforo. Se marchó de inmediato. Fuera la ciudad se negaba a dormir. Tanta actividad a esas horas de la noche recordaba a los viejos tiempos. Al abrir la ventana se oía el alboroto de la plaza.

Fuimos a mi taller en busca de consuelo. Me acordaba de esa mañana antes de mi boda cuando *la vacca* había sonado y mi madre no me había dejado salir a ver lo que pasaba. Igual que ella había presenciado la violencia de los Pazzi cuando me esperaba en su vientre, ahora yo también estaba involucrada en un asunto sangriento cuando me hallaba a punto de dar a luz. Intenté usar la pintura para contener mi pánico, pero ahora hasta los colores parecían más finos y no pudieron acallar los truenos en mi cabeza.

Poco después del amanecer la verja se abrió y oímos sus pasos en la escalera de piedra. Erila, que se había dormido, despertó en el acto. Cuando él entró, yo ya estaba de pie y me habría dirigido hacia él si ella no me hubiese detenido con una mirada de advertencia.

–Bienvenido a casa, esposo mío –dije en voz baja–. ¿Cómo estás?

–Han soltado a tu pintor.

–Ah. –Y cuando me llevé la mano a la boca vi la mirada de Erila fija en mí–. ¿Y... Tomaso?

Permaneció en silencio un momento.

–No pudimos averiguar nada de Tomaso. Ya no está en la cárcel. Nadie sabe dónde está.

–Pero... dondequiera que esté, seguro que estará a salvo. Ya lo encontrarás.

–Esperemos que así sea.

Pero los dos sabíamos que no era una conclusión evidente. No sería el primer preso que desaparecía de la cárcel sin dejar rastro. De todos modos, se trataba de Tomaso. Sin duda era demasiado audaz para acabar en un carro tapado con un sudario improvisado.

–¿Y qué más?

Dirigió una mirada a Erila. Ella se levantó, pero yo puse la mano en su brazo.

–Cristòforo, ella sabe todo lo que hay entre nosotros. Le confiaría mi vida. En momentos como éste, creo que debería oír el resto.

La miró un momento como si la viera por primera vez. Ella inclinó la cabeza dócilmente.

–Bien, ¿qué más quieres saber? –dijo él en tono cansado.

–¿Le...? O sea...

–Hemos tenido suerte. Los carceleros estaban más pendientes de las noticias del día que de su trabajo. Lo encontramos antes de que ocurriera lo peor. –Quise hacer más preguntas, pero no supe cómo–. No te preocupes, Alessandra. Tu preciado pintor podrá sostener un pincel.

–Gracias.

–Tal vez debas esperar antes de darme las gracias. No lo sabes todo. Aunque lo hayan soltado, la acusación sigue vigente. Al ser extranjero, el castigo es el destierro. Con efectos inmediatos. He hablado con tu madre y escrito una carta de presentación a un conocido en Roma. Allí estará a salvo. Si conserva su talento creo que podrán hacer buen uso de él. Ya se ha ido.

Ya se había ido. ¿Qué había pensado? ¿Que no habría de pagar un precio por su libertad? Ya se había ido. El mundo pareció temblar durante unos segundos y me di cuenta de cómo la vida de pronto podía conducirme por las grietas del destino hasta la desesperación, pero ahora no podía permitírmelo. Vi que mi marido me observaba y también él, pensé, tenía una tristeza que no había visto antes. Tragué saliva.

–¿Qué más puedes hacer por Tomaso?

Se encogió de hombros.

–Podemos seguir buscando. Si está en Florencia, lo encontraremos.

–Seguro que sí.

Se le veía muy cansado. Había una jarra de vino en la mesa. Le acerqué un vaso, agachándome todo lo que me permitía la barriga para servirle. Bebió un largo trago y reclinó la cabeza en el respaldo de la butaca. Tuve la impresión de que la piel se le había vuelto amarillenta y flácida por las preocupaciones de la noche, de modo que ahora parecía tener el rostro de un anciano. Puse la mano sobre la suya. Él se la quedó mirando pero no respondió.

—¿Y la ciudad? —pregunté—. ¿La ordalía sigue en pie?

Negó con la cabeza.

—Bah, se está convirtiendo cada vez más en una farsa. Ahora el franciscano dice que sólo caminará entre las llamas con Savonarola. De modo que también a él lo ha sustituido un monje.

—Así que ya no tiene ningún sentido.

—Ninguno, salvo el de demostrar que el fuego quema. Lo mismo daría que cruzaran el Arno y juzgaran en función de cuál de los dos se moja los pies.

—En ese caso, ¿por qué la Signoria no los detiene?

—Porque la multitud está demasiado enardecida y si ahora los detuvieran habría disturbios. Lo único que pueden hacer es limitar los daños y hablar mal de los frailes a quien quiera escucharlos. Son como ratas en un barco que se hunde, que quieren saltar pero les da miedo el agua. De todos modos, cuando las llamas empiecen a arder tendrán una vista privilegiada desde las ventanas.

Hubo un tiempo en que semejante noticia me habría provocado un escalofrío de emoción así como de terror, en que habría buscado maneras de escapar de las garras de mis acompañantes para perderme en la multitud y formar parte de la historia. Pero no ahora.

—No soporto haber caído tan bajo. ¿Irás a verlo?

—¿Yo? No. Tengo mejores cosas que hacer con mi vida que ir a ver cómo se humilla mi ciudad. —Se volvió hacia Erila—. ¿Y tú? Tengo entendido que sabes más de lo que pasa en Florencia que la mayoría de los miembros de su gobierno. ¿Irás a verlo?

Ella le sostuvo la mirada sin inmutarse.

—No me gusta el olor de la carne asada —contestó en voz baja.

—Me alegro por ti. Sólo cabe esperar que Dios piense lo mismo y de algún modo haga sentir su presencia.

Y eso hizo.

Tal vez no todo el mundo conozca la historia. En Florencia se ha convertido en una leyenda: de cómo los monjes enloquecidos hicieron el ridículo, riñendo y discutiendo hasta que Dios envió un rayo y lo paralizó todo.

Si uno quiere determinar el pecado, en lo primero que pensaría es en el orgullo. Y si uno quiere culpar a alguien, sin duda a los primeros que mencionaría sería a los dominicos.

La ordalía debía celebrarse a media tarde del día siguiente, el sábado antes del domingo de Ramos. Bajo un cielo plomizo, los franciscanos llegaron puntuales y, según sus seguidores, comportándose con humildad y devoción. En cambio, sus rivales, que habían descubierto el poder del teatro por su dirigente, llegaron escandalosamente tarde y entraron en la piazza en una procesión muy aparatosa, encabezada por un gran crucifijo, mientras las filas de fieles cantaban laudes y salmos. Y, al final de todo, iba el propio Savonarola, orgulloso y desafiante, sosteniendo en alto la hostia consagrada.

Para los franciscanos eso fue demasiado, y exigieron que la retiraran de inmediato de sus manos excomulgadas. La situación se exacerbó cuando el sustituto de Savonarola, fray Domenico, anunció su intención de llevar consigo la hostia y el crucifijo a las llamas. Entonces el franciscano se negó a acompañarlo. Al final, tras furiosas discusiones –mientras las llamas en el corredor de fuego se elevaban y ardían cada vez con más fuerza–, fray Domenico renunció al crucifijo, pero insistió en conservar la hostia.

Seguían riñendo como niños cuando Dios, comprensiblemente exasperado por tanto ruido y arrogancia, descargó del cielo una poderosa tormenta, lanzando un torrente de agua a las llamas y llenando la plaza de humo y confusión, de modo que al anochecer la Signoria, con un profundo alivio al ver que otro había resuelto el asunto en su lugar, suspendió el espectáculo y envió a todo el mundo a casa.

Y esa noche Florencia se coció en los jugos venenosos de la vergüenza y la decepción.

Cuarenta y tres

–Levántate.
 –¿Qué pasa? ¿Qué ha ocurrido? –El miedo me despertó de inmediato.
 –Chist. Calla. –Erila, inclinada a mi lado, vestida para salir–. No hagas preguntas. Sólo levántate y vístete. Rápido. No hagas ruido.
 Obedecí, aunque el bebé era tan grande que me costaba hacer incluso las cosas más sencillas.
 Erila me esperaba al final de la escalera. Era noche cerrada. Cuando abrí la boca, ella acercó el dedo y lo apretó contra mis labios. Luego me cogió de la mano, le dio un apretón y me condujo al fondo de la casa, donde abrió la puerta de servicio. Salimos con sigilo a la calle. Hacía frío, pues aún quedaban vestigios del invierno en el aire.
 –Escúchame, Alessandra. Tenemos que caminar, ¿de acuerdo? ¿Puedes hacerlo?
 –No, si no me dices adónde vamos.
 –No, ya te lo he dicho. No hagas preguntas. Es mejor que no lo sepas. Te lo aseguro. Confía en mí. No tenemos mucho tiempo.
 –Pues entonces al menos dime si iremos muy lejos.
 –Un poco. A Porta di Giustizia.
 ¿La puerta de la ciudad donde está el patíbulo? Iba a decir algo, pero ella ya se había adentrado en la oscuridad.
 No éramos las únicas en las calles. La ciudad, enloquecida tras la decepción del día, estaba plagada de bandas de hombres en busca de diversión. Nos tapamos bien la cabeza y cogimos las calles laterales, más oscuras. Erila se paró un par de veces, me hizo señas para que me detuviera y aguzó el oído, y una de ellas estoy segura de haber oído algo o a alguien detrás de nosotras. Retrocedió unos pasos para comprobarlo, escudriñando la oscuridad, y luego tiró de mí y siguió andando, aún más rápido. Pasamos ante los restos de las barricadas del día, pero evitamos la

piazza. Doblamos hacia el norte al acercarnos a la casa de mi padre, luego pasamos por detrás de Santa Croce y cogimos la via de Malcontenti, esa sombría y triste calle que recorren los condenados acompañados de frailes vestidos de negro.

El bebé estaba despierto y daba patadas, aunque ahora tenía menos espacio para moverse. Sentí un codo o tal vez una rodilla deslizarse bajo la superficie de mi barriga.

–Erila, espera. Por favor, no puedo caminar tan rápido.

Ella estaba impaciente.

–Debes hacerlo. No nos esperarán.

A nuestras espaldas las campanas de Santa Croce dieron las tres de la madrugada. Ahora las calles cedían su espacio a campos abiertos, con los terrenos y los jardines del monasterio de Santa Croce a ambos lados, y delante la puerta con las grandes murallas de la ciudad alrededor. Recuerdo que Tomaso me contó que en verano esos lugares eran ideales para ciertos juegos. Yo había imaginado a jóvenes mujeres con sonrisas coquetas, pero sin duda se refería a otras cosas. Sin embargo, ahora el ambiente era de otro tipo de transgresión, y el camino cubierto de maleza que conducía a la verja estaba desierto.

–Dios mío, espero no haber llegado tarde –murmuró Erila. Me empujó hacia las sombras de un gran árbol–. No te muevas de aquí –ordenó–. Volveré.

Desapareció en la oscuridad y yo me apoyé en el tronco. Jadeaba por el esfuerzo y me temblaban las piernas. Me pareció oír algo a mi izquierda y me volví rápidamente, pero no había nada. Seguro que en la verja había soldados: a las tres cambiaba la guardia. ¿Por qué la hora era tan importante?

–¿Erila? –susurré al cabo de un rato.

Reinaba un silencio sepulcral y la oscuridad daba más miedo que en las calles. Sentí una punzada en el bajo vientre, pero no supe si era de miedo o el bebé. Vi salir de la oscuridad junto a la muralla una figura, Erila, que se acercaba a paso rápido. Cuando llegó, me cogió de la mano.

–Alessandra. Tenemos que volver. Ahora mismo. Sé que estás cansada, pero debemos darnos prisa.

–Pero...

–Pero nada. Ya te lo explicaré, te lo prometo, pero ahora no. Ahora, te lo ruego, ponte a caminar. –Y percibí un terror en su voz que nunca le había oído y que frenó mis protestas. Me cogió de la mano y cuando empecé a jadear me sostuvo por el hombro. Volvimos por el terreno cubierto de maleza a las calles de la ciudad. Erila miraba continuamente alrededor, intentando ver más allá de la oscuridad. Cuando llegamos a la piazza Santa Croce, me detuve junto a la gran fachada de ladrillos de la iglesia que se elevaba por encima de nosotras.

–Tengo que parar o enfermaré –dije, la voz trémula del agotamiento.

Ella asintió, sin dejar de mirar alrededor. La piazza era un lago gris salpicado por los haces del claro de luna, y el rosetón de la enorme iglesia nos miraba como un ojo de Cíclope.

–Así que ahora explícamelo.

–Después. Voy a…

–No, dímelo. No me moveré hasta que lo hagas.

–¡Ay, Jesús, ahora no hay tiempo para eso!

–Entonces nos quedaremos aquí.

Y ella sabía que lo dije en serio.

–De acuerdo. Esta noche, después de irte a dormir, yo estaba en mi habitación cuando tu marido fue a las dependencias de los sirvientes. Habló con su criado. Oí toda la conversación. Le dijo que esta noche debía llevar un salvoconducto a la Porta di Giustizia. Y que era urgente: había un hombre, un pintor, que se iba a las tres de la madrugada y necesitaría el documento para poder salir. –Cerró los ojos–. Te juro que dijo eso. Por eso te traje. Pensé…

–Pensaste que podía verlo aquí. Pero ¿dónde está?

–No vino. Ni él ni el criado. No había nadie.

–Así que te equivocaste de puerta. Tenemos que ir…

–No, no, escúchame. Sé lo que oí. –Hizo una pausa–. Ahora creo que lo oí a propósito.

–¿A qué te refieres?

Miró alrededor.

–Creo que tu marido…

–No… ay, Dios, no. Cristòforo no lo sabe. ¿Cómo iba a saberlo? Es imposible. Nadie lo sabe salvo tú y yo.

–¿Y crees que tu hermano no lo adivinó? –replicó enfadada–. ¿Ese día que os sorprendió en la capilla?

–Creo que lo sospechó pero no tuvo ocasión de contárselo a Cristòforo. Los vigilé cada minuto que pasaron juntos. No se lo contó. Lo sé. Y desde entonces no se han vuelto a ver porque Tomaso sigue en paradero desconocido. –Me miró fijamente y luego bajó la vista–. ¿No es así? –Y al decirlo sentí asomar el pánico como el vómito al subir a la garganta–. Ay, dulce Jesús. Si tienes razón... si fue una trampa...

–Oye, yo ya no pienso nada. Lo único que sé es que si no llegamos a casa pronto seguro que nos descubrirán.

Percibí su miedo. No estaba acostumbrada a equivocarse, mi Erila, y no era el mejor momento para cometer fallos.

–Óyeme –dije con ferocidad–, me alegro de que lo hayas hecho. Me alegro. ¿Lo entiendes? No te preocupes. –Ahora me tocaba a mí tranquilizarla–. Estoy bien. Ahora vamos.

Caminamos a paso rápido, por el mismo camino que a la ida, de modo que la oscuridad nos ocultó durante casi todo el recorrido. Si alguien nos hubiese seguido, seguro que nos habríamos dado cuenta. El bebé ya no se movía, aunque el esfuerzo me había hecho mella y notaba un dolor agudo en el bajo vientre. A nuestro alrededor se oían gritos por todas partes. Al sur de la catedral nos cruzamos con una banda de jóvenes, armados y ruidosos, que iban a la plaza de la catedral. Erila tiró de mí para esconderme entre las sombras cuando pasaron a nuestro lado. La misa del Domingo de Ramos se celebraría al amanecer en la catedral y, aunque el propio Savonarola no podía predicar, se suponía que uno de sus discípulos ocuparía el púlpito. En una ciudad donde pronto se volvería a jugar por dinero en las calles, yo no habría apostado a que lograría pronunciar el sermón.

Cuando volvimos a la calle sentí una punzada en la zona lumbar y solté un quejido. Erila se volvió y vi mi pánico reflejado en sus ojos.

–No pasa nada, no pasa nada –dije, intentando reír pero sin conseguirlo–. Sólo es un calambre.

–Dios mío –murmuró.

Le cogí la mano y la apreté con fuerza.

–Ya te lo he dicho, estoy bien. Hemos hecho un pacto el bebé y yo. No nacerá en una ciudad gobernada por Savonarola. Y sigue aquí. Vamos. No estamos lejos, aunque tal vez podamos caminar un poco más despacio.

La casa se hallaba a oscuras y en silencio. Entramos por la puerta de servicio y subimos la escalera. La puerta de la habitación de mi marido estaba cerrada. Apenas pude desvestirme del cansancio. Erila me ayudó y luego se acostó vestida en un camastro junto a la puerta. Yo sabía que estaba preocupada por mis dolores. Sacó unas gotas de la bolsa de medicamentos de su madre y me las dio. Antes de dormirme me llevé las manos a la barriga, pero así como antes la curva me llegaba a la caja torácica, ahora el bebé había bajado por el vientre y su cuerpo me apretaba con fuerza la vejiga. Según mis cálculos, todavía le faltaban tres semanas para nacer. Para entonces tanto la comadrona como el ama de cría ya se habrían instalado en casa.

–Ten paciencia, pequeñín –susurré–. Ya queda poco tiempo. Y la ciudad y la casa estarán listos para ti.

Y el bebé, respetando nuestro acuerdo, me dejó dormir.

Cuarenta y cuatro

Cuando desperté, Erila ya no estaba y la casa se hallaba en silencio. Me sentí aturdida por el sueño. La poción de Erila me había sentado bien. Intenté adivinar la hora por la luz a mi alrededor. Debía de ser por la tarde y todos dormían la siesta. El dolor de barriga había vuelto, era como si me frotaran el bajo vientre con un cepillo.

Me acerqué tambaleándome a la puerta y llamé a Erila. No me contestó. Me puse una bata y bajé lentamente. La cocina y las dependencias de los criados estaban vacíos. Junto a la despensa había un almacén donde guardaban los sacos de harina y la carne curada. Cuando pasé delante oí un tarareo. La hija mayor del cocinero estaba sentada en el suelo con un montón de algo que parecían pasas ante ella e iba formando pilas pequeñas a la vez que se las metía en la boca. Al ser más robusta que su hermana, había sobrevivido a la peste, pero tenía la mente menos desarrollada que el cuerpo y era un poco corta de luces. A su edad yo recitaba a Dante y declinaba los verbos griegos. Aunque ahora esas cosas de bien poco servían.

–¿Tancia? –Se sobresaltó. Tapó rápidamente las pasas con la falda–. ¿Dónde está tu padre?

–¿Mi padre? ... Se ha ido a la guerra.

–¿A qué guerra?

–La guerra contra el Monje –contestó, y lo dijo como si se tratara de algo muy divertido.

–¿Y los demás criados?

Se encogió de hombros. Nunca habíamos cruzado más de unas pocas palabras, y ahora daba la impresión de que yo le daba miedo. Con el pelo suelto y mi enorme barriga, debía de ser todo un espectáculo.

–Contesta. ¿No hay nadie?

–El señor ha dicho que todo el mundo podía irse –dijo en voz alta–. Pero a mí no me dejaron.

—¿Y mi esclava también se ha ido?
Me miró con cara de no entender.
—La negra —dije con impaciencia—. Erila. ¿También se ha ido?
—No lo sé.
Y al decirlo me acometió el primer latigazo de dolor; un cinturón de metal se ciñó alrededor de mi abdomen, apretando tanto que sentí que se me iban a salir las tripas. Me quedé sin aliento hasta tal punto que tuve que apoyarme en el marco de la puerta para sujetarme. La contracción duró unos diez o quince segundos, y luego pasó. Ahora no. Ay, Dios, por favor, ahora no. No estoy lista.
Cuando cobré aliento ella me miraba la barriga.
—¡Qué grande es el bebé, señora!
—Sí, sí. Oye, Tancia, escúchame. —Y hablé con claridad y precisión—. Necesito que me hagas un favor. Necesito que lleves un recado a casa de mi madre, al otro lado de la ciudad, cerca de la piazza Sant' Ambrogio. ¿Lo entiendes?
Me miró fijamente y luego soltó una risita.
—No puedo, señora. No sé dónde está y el señor ha dicho que los demás podían ir a ver la guerra, pero yo debía quedarme aquí.
Cerré los ojos y respiré hondo. Dios mío, por favor, si tengo que ponerme de parto ahora, al menos tráeme a Erila. No me dejes sola en la casa con una estúpida. No podía ser. Imposible. Era demasiado pronto. Sólo estaba agotada y asustada. Tenía que volver a la cama a dormir otra vez. Cuando despertara, la casa volvería a estar llena de vida y yo estaría bien.
Subí la escalera con cuidado. Al llegar al primer piso, oí un ruido, el chirrido de una silla o tal vez una persiana al rozar con las bisagras. Procedía de la galería de Cristòforo. Recorrí lentamente el pasillo, sosteniendo la barriga con las manos, y abrí la puerta.
Dentro, un temprano sol primaveral bañaba con su luz dorada las baldosas y las estatuas. El cuerpo del Discóbolo refulgía con su calor.
—Buenos días, esposa mía.
Esta vez me tocó a mí sorprenderme. Me volví y lo vi sentado en la otra punta de la habitación, con un libro en el regazo y la estatua de Baco a sus espaldas que, con su languidez etílica, parecía a punto de caer del pedestal.

—Cristòforo, ¡qué susto me has dado! ¿Qué ocurre? ¿Dónde están todos?

—Han ido a ser testigos de la historia. Como a ti antes tanto te gustaba hacer. Esta mañana la multitud ha interrumpido la misa en la catedral. Los dominicos han huido a San Marco y ahora los han sitiado en su monasterio.

—Dios mío. ¿Y Savonarola?

—... Está dentro. Hay una orden de detención contra él expedida por la Signoria. Sólo es cuestión de tiempo.

Así, por fin se acababa. Volví a sentir el dolor en el vientre. El bebé, al parecer, tenía talento para la política. Ya no cabía duda de que era hijo de mi marido.

—¿Y Erila? ¿También ha ido?

—¿Erila? No me digas que tu fiel Erila te ha dejado. Creía que siempre estaba contigo, vayas a donde vayas. —Hizo una pausa. Cuando me di cuenta de lo que quiso decir, ya era demasiado tarde—. ¿Has dormido hasta ahora, Alessandra? Debes de haber estado levantada por la noche. ¿Y eso por qué ha sido?

—Estoy... estoy cansada, Cristòforo, y creo que el bebé se va a adelantar.

—En ese caso debes volver a la cama.

Ya no cabía duda: esa cortesía fría y vacía que manifestaba. ¿Cuándo había aparecido por primera vez? ¿Había estado igual cuando llegó con la noticia de que habían soltado al pintor? ¿Acaso me había sentido tan aliviada que pese a las advertencias de Erila no había prestado suficiente atención a su actitud?

—¿Hay alguna noticia de Tomaso? —inquirí.

—¿Por qué lo preguntas?

—Sólo... sólo esperaba que lo hubieran encontrado.

Apartó la mirada y la dirigió a las estatuas. Si el Discóbolo no hubiera estado tan concentrado en su obra, cualquiera hubiera dicho que nos escuchaba.

—Dicen que los grandes artistas sólo dicen la verdad con su obra. ¿Estás de acuerdo, Alessandra?

—No... no lo sé. Supongo que sí.

—Y dirías que un bebé es una obra de arte de Dios.

—... Claro.

—En ese caso, ¿no crees que sería posible detectar una mentira en un bebé?

Sentí que se me enfriaba y humedecía la piel.

–No te entiendo –dije, y percibí un ligero temblor en mi voz.
–¿Ah, no? –Hizo una pausa–. Tu hermano está a salvo.
–Ah, menos mal. ¿Cómo está?
–Está… cambiado. Creo que ésa sería la palabra exacta.
–¿Le han…?
–¿Le han qué? ¿Sonsacado la verdad? Con Tomaso nunca se sabe. A veces es más creíble cuando miente que cuando dice la verdad. Sobre toda clase de cosas.
Tragué saliva.
–Tal vez convenga recordarlo antes de creer todo lo que dice –dije con voz queda.
–Tal vez. O es posible que venga de familia.
Lo miré fijamente.
–Yo nunca te he mentido, Cristòforo.
–¿De verdad? –Me sostuvo la mirada–. ¿Soy yo el padre de tu hijo?
Respiré hondo. Ya no podíamos volver atrás.
–No lo sé.
Me miró a los ojos un momento y luego dejó el libro y se puso en pie.
–Bueno, al menos te agradezco tu honestidad.
–Cristòforo, no es lo que piensas…
–No pienso nada –dijo con frialdad–. Nuestro trato era tener un hijo. Las condiciones, si no recuerdo mal, tenían más que ver con la discreción que con la fidelidad. No teníamos que habernos casado. Tenía que haberlo sabido por el pasado de tu madre. Ahora, debes disculparme, pero tengo asuntos que atender.
–¿A qué te refieres con el pasado de mi madre? –Pero él ya se había levantado y se dirigía a la puerta–. No, no te vayas, Cristòforo, te lo ruego. Eso tampoco es la verdad. –Callé. ¿Qué podía decirle? ¿Qué palabras podían expresar tanto el cariño como las dificultades?–. Debes saber que hemos sentido… –En ese momento el cinturón empezó a apretar otra vez desde muy dentro de mí, esta vez más fuerte. Iba a necesitar todo el aliento para contener el dolor–. Ah… El bebé… Por favor, te ruego que te quedes… sólo hasta que vuelva Erila. No puedo hacerlo sola.
Me miró. Acaso simplemente viera otra mentira. O acaso mi cuerpo, que le había resultado tan desagradable incluso intacto, ahora sólo ofrecía la perspectiva de la sangre y despojos de una mujer.

–Enviaré a alguien –dijo, se volvió y salió.

Cuando la puerta se cerró tras él, me traspasó el dolor, un músculo de acero que me atravesó la carne. Pensé en la serpiente en el jardín, susurrándole a Eva al oído; después, cuando Eva sucumbió, imaginé la serpiente enroscada alrededor de su abdomen y apretando cada vez más fuerte hasta que salió un feto deforme. Y así nacieron juntos el pecado y la agonía. Esta vez el dolor me doblegó y tuve que apoyarme en la carne pétrea de Baco hasta que pasó la contracción. Ésta fue más larga, más profunda. Conté hasta veinte, después treinta. Sólo cuando llegué a treinta y cinco empezó a disminuir. Si el bebé cumplía con su parte del trato, seguro que ya se habían llevado a Savonarola.

Claro que había oído historias de partos. ¿Qué mujer embarazada después de Eva no las ha oído? Sabía que empezaba con una serie de dolores rítmicos crecientes, conforme se abría la entrada del útero para que el bebé pudiera salir. Pero si recurría a la respiración y mantenía la calma, encontraría la manera de soportarlos, a sabiendas de que no durarían eternamente. Después llegaba el encajamiento, cuando la cabeza del bebé empezaba a abrirse camino, momento en que lo único que se podía hacer era empujar y rogar que Dios te hubiera dado un cuerpo que no se desgarrase como les había ocurrido a mi tía y a mi madre antes de nacer yo.

Pero en ese momento no pensé en ellas. Primero tenía que llegar a mi habitación. Estaba en medio del rellano cuando me sobrevino la siguiente contracción. Esta vez estaba preparada. Me cogí a la balaustrada de piedra y me puse a contar, respirando a la vez que emitía una serie de gemidos bajos. El dolor fue en aumento, alcanzó un punto máximo, se mantuvo, y luego empezó a disminuir. «Puedes hacerlo –pensé–. Puedes hacerlo.» Aun así, mis gritos debieron de ser más fuertes de lo que creí porque vi a Tancia abajo, en una esquina del patio, mirándome con los ojos bien abiertos de miedo.

–Tancia...

No acabé la frase. Cuando me incorporé de pronto me entraron unas ganas terribles de orinar. Intenté desesperadamente contenerme, pero la presión fue demasiado grande. Las dos oímos el ruido –como el restallido de un azote contra la pared– cuando algo se abrió dentro de mí y de pronto el suelo de piedra a mis pies se empapó de agua sanguinolenta. Parecía haber litros; corría entre mis piernas a raudales, cayendo como una catarata al rellano y luego al patio más abajo. Tancia soltó un chillido de pánico y desapareció.

Me es imposible recordar cómo conseguí volver a mi habitación. La siguiente oleada fue tan feroz que se me llenaron los ojos de lágrimas. Me arrodillé, apoyando las manos en el borde de la cama. Me dolía todo el cuerpo: las ingles, la espalda, la cabeza. El dolor y yo éramos una misma cosa y, al fundirse, obstruyó el pensamiento, lo obstruyó todo. Esta vez parecía que el punto álgido no acabaría nunca. Intenté respirar, pero la respiración era cada vez más superficial y breve, y cuando el anillo de acero empezó a aflojar, me di cuenta de que lloraba de miedo.

Me enderecé y me obligué a pensar. Una vez había visto el mar, una playa cerca de Pisa donde fondeaban los barcos que transportaban los tejidos de mi padre. Debía de ser muy pequeña, porque lo único que recuerdo es un horizonte infinito y el sonido de las olas, y que cada ola tenía vida propia, un músculo que se tensaba y contraía, elevándose desde el fondo del océano hasta reventar con una explosión de espuma que se desvanecía en la susurrante arena. Ese día mi padre me contó que de joven había naufragado cerca de la costa y, mientras nadaba a la orilla para salvar la vida, había aprendido a usar las olas, dejándose llevar y avanzando con ellas, pero una vez no cogió bien la ola y ésta lo sumergió, haciéndole tragar tanta agua que temió ahogarse.

En ese momento pensé que yo también nadaba para salvar la vida. Sólo que en este mar las olas eran de dolor, cada cual más feroz que la anterior, y mi única esperanza era dejarme llevar hasta la orilla porque, de lo contrario, también yo me hundiría y ahogaría. Cuando la siguiente ola empezó a crecer, mar adentro, cerré los ojos y me imaginé elevándome con ella...

–¡Alessandra!

La voz venía de muy, muy lejos. Pero en ese momento no podía escucharla porque me tragaría el mar.

–Aguanta, hija mía. Ponte a cuatro patas. –Ahora la oía más cerca, más fuerte, imperiosa–. En el suelo. Así estarás mejor.

Me arriesgué y la escuché. Cuando mis manos tocaron el suelo, sentí sus palmas apretándome la espalda, una presión firme y profunda. La ola estaba llegando a la cresta.

–Respira –dijo la voz–. Inspira... espira... muy bien, buena chica. Otra vez. Inspira... espira... –Y oí un suave gemido que debió de ser mi propia voz cuando la espuma blanca avanzó hacia la playa hasta desaparecer lentamente.

Al alzar los ojos hacia ella, vi miedo y orgullo en sus ojos y supe que iba a estar bien. Había venido mi madre.

Me apoyé en ella.

—Yo...

—No desperdicies energía. ¿Cada cuánto tiempo tienes las contracciones?

Moví la cabeza.

—Cada cuatro minutos, tal vez cinco, pero son cada vez más frecuentes.

Me sostuvo como pudo mientras cogía las almohadas de la cama y las ponía en el suelo para que yo descansara sobre ellas.

—Oye —dijo en voz baja—, Erila ha ido a buscar a la comadrona, pero tanto ella como el resto de la ciudad están en la calle. Ya vendrán, pero esta parte tendrás que hacerla tú sola. ¿No hay nadie más en la casa?

—Tancia, la hija del cocinero.

—Voy a buscarla.

—¡No! ¡No me dejes sola!

Pero ya se había ido. Fuera, en el rellano, su voz autoritaria resonó como la campana de una iglesia. Puede que la muchacha no me hiciera caso a mí, pero a ella seguro que la obedecía. Cuando volvió, me acometió el dolor otra vez. Esta vez ella estuvo conmigo desde el principio, y con las manos me masajeó la zona lumbar para extender el anillo de acero que me apretaba.

—Alessandra, escúchame —ordenó—. Tienes que encontrar una manera de soportar el dolor. Piensa en la agonía del Señor en la cruz. Si estás con Él, Jesucristo te ayudará.

Pero yo había pecado demasiado para que Jesucristo me ayudara en ese momento. Ése era mi castigo y no acabaría nunca...

—No puedo.

—Sí que puedes. —Casi parecía enfadada—. Concéntrate. Mira el cofre nupcial ante ti. Busca un rostro o cualquier figura y concéntrate en ella mientras respiras. Vamos, hija, emplea esa maravillosa mente que tienes para contener el dolor. Ahora respira.

Cuando después me recliné en las almohadas, vi a Tancia en la puerta, con cara de terror. Mientras mi madre le espetaba órdenes, de pronto me invadió una furia incluso más intensa que mi miedo, y me oí a mí misma chillar y maldecir, como poseída.

Las dos callaron y me miraron. Creo que Tancia se habría ido corriendo otra vez si mi madre no hubiese cerrado la puerta de un golpe.

—¿Quieres empujar? ¿Es eso lo que sientes?

—No lo sé, no lo sé –repliqué–. ¿Y ahora qué va a pasar? ¿Qué tengo que hacer?

Pese a mi terror, me sorprendí al ver que en su rostro se esbozaba una sonrisa.

—Lo mismo que cuando concebiste al bebé. Sólo tienes que hacer lo que te dicte el cuerpo. Dios y la naturaleza se encargarán de todo lo demás.

Y de pronto todo cambió. Pese a mi agotamiento me sobrevino una necesidad apremiante de empujar, de sacármelo de dentro. Intenté levantarme pero no pude.

—Ah, ya viene, lo siento.

Me cogió del brazo.

—Levántate. En el suelo duele más. Ven aquí, niña. Aguanta a tu señora. Sujétala poniendo los codos por debajo de las axilas. Vamos. Así. Cógela por detrás. Vamos, prepárate, sostenla y levántala. Ahora.

Puede que esa muchacha fuera estúpida, pero también era fuerte. Me quedé colgada de sus brazos, mientras me temblaba todo el cuerpo, con las piernas extendidas y la barriga enorme, y mi madre se agachó a mis pies. Cuando sentí la necesidad de nuevo, empujé hasta quedarme sin aliento. Me puse lívida y se me saltaron las lágrimas por el esfuerzo, y tuve la sensación de que se me desgarraban el ano y el sexo.

—Otra vez. ¡Empuja! Ya está coronando. Le veo la cabeza. Está a punto de salir.

Pero no pude. Igual de bruscamente, la necesidad desapareció y me quedé flácida y trémula entre sus brazos; estaba destrozada y cada uno de mis miembros se estremecía de dolor y miedo. Sentí las lágrimas que me corrían por la cara y los mocos que chorreaban de la nariz, y habría sollozado si no hubiese temido malgastar la energía. Cuando todavía no me había recuperado, volvió otra vez, la terrible necesidad de sacar, de expulsar, de expeler el bebé. Pero no podía. Cada vez que empujaba sentía que iba a reventar. Estaba pasando algo terrible. El bebé tenía la cabeza deforme, tan grande que nunca podría salir. Ése era el castigo por su concepción, y nos quedaríamos así para siempre, en un tormento perpetuo mientras el bebé intentaba salir de mi cuerpo.

—No puedo... no puedo. —Percibí el pánico en mi voz—. Soy demasiado estrecha. Esto es el castigo de Dios por mis pecados.

La voz de mi madre era firme, como lo había sido desde hacía diecisiete años cada vez que había dado una orden o intentado convencer a alguien.

—¿Qué dices? ¿Crees que Dios tiene tiempo para tus pecados? Ahora mismo están torturando a Savonarola por hereje y traidor. Se oyen sus gritos en la plaza. ¿Qué faltas puedes haber cometido en comparación con las suyas? Reserva tu energía para el bebé. Ya viene. Ahora, empuja, empuja como si te fuera la vida en ello. Vamos.

De nuevo empujé.

—Muy bien, otra vez. Ya está aquí. Ya casi ha salido. —Y sentí que me estiraba hasta romperme, pero aun así no podía.

—No puedo —gimoteé mientras jadeaba—. Tengo miedo. Tengo mucho miedo.

Esta vez en lugar de gritarme, se acercó y, tras cogerme la cara con las manos, me acarició y me secó las lágrimas. Y aunque me tocó con suavidad, me habló con apremio.

—Óyeme, Alessandra. Nunca he conocido a una muchacha con tanta entereza como tú y no has llegado hasta aquí para morir en el suelo de tu habitación. Sólo tienes que empujar una vez más. Una sola vez y habrá salido. Yo te ayudaré. Sólo tienes que escucharme y hacer todo lo que yo te diga. ¿Ya viene otra vez? ¿Sí? Pues respira hondo. Lo más hondo que puedas. Muy bien, así. Bien. Ahora contén la respiración. Y empuja, empuja. Espera. Empuja. Y otra vez. Empuja.

—¡Aaaah!

Y junto con mi alarido por toda la habitación, se oyó otro ruido, el del desgarro de mi propia carne al pasar la cabeza.

—¡Sí, sí! —No necesitaba que me lo dijera. Estaba saliendo. Lo sentí, una fuerza enorme y absorbente y una sensación de liberación que nunca había conocido—. Ah, ya está aquí. Ya ha nacido. Mira, mira.

Y cuando Tancia y yo caímos al suelo, vi a mis pies un pequeño duende reluciente, encorvado y cubierto de excrementos, sangre y líquidos.

–Ah, es una niña –dijo mi madre en voz baja–. Una niña preciosa.

Tras coger el cuerpecillo pegajoso por los pies, lo puso boca abajo. El bebé se atragantó como si tuviera la nariz y los pulmones llenos de agua, hasta que mi madre le dio una fuerte palmada en el trasero, y entonces se oyó un pequeño grito furioso y agudo, una primera e inmediata protesta por la locura y atrocidad del mundo al que había llegado.

Como no tenía un cuchillo ni tijeras, mi madre cortó el cordón con los dientes. A continuación me puso a la niña encima de la barriga, pero yo temblaba tanto que no pude sostenerla y Tancia la atrapó justo cuando resbalaba hacia el suelo. Pero luego la cogí y, mientras mi madre me masajeaba la barriga para expulsar la placenta, me quedé tumbada en el suelo, con ese animalito arrugado, pegajoso y caliente entre mis brazos.

Así nació mi hija. Tras lavarla y envolverla con el pañal, como no estaba el ama de cría para darle de mamar, me la trajeron otra vez y observamos estupefactas cómo buscaba mi pecho como un gusano ciego; luego se cogió al pezón con las encías con una fuerza tan inesperada que solté un chillido, y se puso a succionar hasta que me llegó el dulce dolor de la leche que empezaba a fluir. Y por fin, una vez satisfechas sus necesidades y tras desprenderse del pecho, como una gran garrapata hinchada de sangre nueva, se dignó dormirse y dejarme dormir también a mí.

Cuarenta y cinco

Los siguientes días me enamoré; profunda, irrevocablemente. Y si mi marido la hubiese visto, no me cabe duda de que la niña también lo habría conquistado a él, con el milagro de sus uñas, la gravedad de su mirada fija y el resplandor de la divinidad palpable en su interior.

Mientras mi mundo se reducía a las pupilas de sus ojos, la historia seguía su curso. Mi madre había tenido razón cuando se refirió a nuestra agonía conjunta. Mientras las fuerzas de una nueva vida me destrozaban las entrañas, Savonarola oía el sonido de sus propios gritos al mismo tiempo que se le desgarraban los tendones bajo el peso del *strappado*. Su reinado en la Nueva Jerusalén había llegado a su fin esa mañana cuando la muchedumbre asaltó San Marco. Aunque sus leales monjes habían luchado como soldados –se habló mucho de la descomunal fuerza de un tal padre Brunetto Dato, un dominico enorme con la piel como piedra pómez que blandía un cuchillo con un placer especialmente desbocado–, al final fueron derrotados, y la multitud había irrumpido en el monasterio y encontrado a Savonarola inclinado y rezando junto al altar. De allí lo llevaron encadenado a la torre fortificada del Palazzo della Signoria, el mismo lugar donde el gran Cosme de Médicis había estado encerrado sesenta años antes, también acusado de traición al Estado. Pero así como Cosme había tenido los medios para engatusar y sobornar a sus carceleros, el fraile Girolamo no gozaría de semejante suerte.

Primero lo sometieron al *strappado* y después al potro. Cada vez que se le rompía una parte del cuerpo, se declaraba culpable de un nuevo delito: profecía falsa, herejía y traición; dijo todo lo que querían oír con tal de que detuvieran el dolor. Entonces lo soltaron y llevaron a su celda. Pero una vez desaparecido el dolor, se retractó y se lanzó a gritar que había sido la tortura y no la verdad lo que lo había hecho hablar mientras pedía a Dios que lo guiara otra vez hacia la luz. Sin embargo, nada más someterlo al tormento del potro volvió a confesar, y esta vez continuaron hasta que ya no le quedó voz y mucho menos valor para volver a negar nada.

Así se liberó Florencia de la tiranía del hombre que se había propuesto acercarla a Dios para al final descubrir que Dios lo había abandonado. Pero aunque yo tenía motivos para odiarlo, sólo me inspiraba lástima. Junto a mi cama Erila se rió de mi compasión y me dijo que era normal que los partos ablandaran el cerebro de las mujeres. De modo que pasaron otros dos días y yo seguí sin saber nada de mi marido.

La mañana del tercer día desperté con un sol radiante y vi que mi madre y Erila hablaban con apremio junto a la puerta.

–¿Qué pasa? –pregunté desde la cama.

Se volvieron, intercambiando una rápida mirada. Mi madre se acercó a mi cama.

–Querida hija mía... Tengo una mala noticia. Debes ser valiente.

–Cristòforo. –Porque, claro, durante todo ese tiempo había temido lo peor–. Es Cristòforo, ¿verdad?

Se acercó a mí y, tras cogerme la mano, me lo dijo, observándome para ver cómo reaccionaba. Era una historia típica de nuestros tiempos: de cómo la ciudad había estado sometida a la sed de sangre en los días posteriores al asalto a San Marco, pues había viejas cuentas que saldar, antiguos enemigos a los que dar caza. Pero no toda la violencia había sido justa, y habían aparecido otros cuerpos, incluido uno en el callejón de La Bocca, cerca del Ponte Vecchio, un lugar donde se comerciaba con la carne tanto de hombres como de mujeres al amparo de la noche. Y allí, a la luz del amanecer, bajo las heridas de navajazos, alguien había reconocido el corte de ropa buena y la nobleza de un rostro.

Al oírla me quedé petrificada como una de sus estatuas y sentí que se me enfriaba todo el cuerpo.

–Debes ser valiente, Alessandra –repitió mi madre, y en ese momento me acordé de cuando de pequeña ella me enseñaba a hablar con Dios como si fuera mi padre además de mi Señor–. Estas cosas son la voluntad de Dios y no debemos cuestionarlas. –Me abrazó brevemente, y cuando vio que no perdí la compostura pese a la impresión, añadió con suavidad–: Querida, tu marido no tiene más familia. Si te sientes con ánimos, debes ir a identificar el cadáver.

Si un parto ablanda los sentimientos, también aclara la memoria, poniendo de relieve ciertos momentos y apagando otros casi a la vez que tienen lugar.

Aunque habíamos encontrado un ama de cría, nos llevamos a la niña porque no podía soportar la idea de separarme de ella. Cuando nos fuimos, los criados, me acuerdo, estaban junto a la puerta, con la mirada clavada en el suelo, su futuro desgarrado por la noticia. Por el camino nos detuvimos en el Baptisterio. Al no estar mi marido, nadie había registrado el nacimiento de mi hija y según la ley disponíamos de un plazo de sesenta horas para hacerlo. Una alubia blanca si era niña, negra si era niño. Bajo la cúpula dorada donde se representaba la vida de Nuestro Señor en densos y relucientes mosaicos, la urna de nacimientos resonó con nueva vida.

Fuera, las calles estaban atestadas de restos de los disturbios: palos, piedras y trozos de ropa que atascaban los canelones, todo ello iluminado por un sol radiante. Pero a pesar del buen tiempo, el ambiente era sombrío. Ya no teníamos un Estado piadoso, y nadie sabía muy bien hasta qué punto debíamos alegrarnos.

La peste se había cobrado tantas víctimas que habían instalado una morgue provisional del otro lado del río, tras requisar unas cuantas salas en el hospital del Santo Spirito. Cuando nos condujeron por el laberinto de la parte trasera de la iglesia, pensé en mi pintor y en las noches que pasó consignando las distintas maneras en que la violencia diseccionaba el cuerpo humano. Sujeté al bebé con fuerza y caminé como si volviera a ser una niña, siguiéndole los pasos a mi madre y con mi criada a mis espaldas.

El agente en la puerta era un hombre hosco, con aliento a cerveza rancia. Tenía una especie de libro de registros, con varias columnas de números y algunos nombres. La letra era tosca. Mi madre se encargó de hablar con él, explicándole nuestra historia con su estilo habitual: con gracia y claridad. La gente siempre escuchaba a mi madre. Cuando acabó, el hombre se levantó y nos acompañó a la sala.

Aquello era exactamente como uno imaginaría un campo de batalla cuando ya se ha marchado el ejército. Había varias hileras de cuerpos en el suelo envueltos en una tela sucia, algunos tan manchados de sangre que parecía que seguían vivos y que lo poco que les quedaba de vida se derramaba por sus sudarios improvisados.

El cadáver de mi marido estaba en un camastro en el fondo de la sala. En otro momento de la historia uno habría esperado más ceremonia para los nombres más ilustres, pero ahora Florencia era un hervidero de muerte y había que conformarse con cualquier espacio.

Nos detuvimos a sus pies. El hombre me miró.

–¿Lista?

Le pasé el bebé a mi madre. Ella me sonrió.

–No te dejes impresionar, hija mía –dijo–. Esto es obra de un poder superior a nosotras.

El hombre se inclinó y retiró el sudario. Cerré los ojos y volví a abrirlos para ver el rostro ensangrentado de un hombre de mediana edad a quien nunca había visto en mi vida.

A mi lado Erila soltó un aullido entrecortado.

–Ay, mi señor, mi señor, ¿quién le ha hecho esto? –Cuando me volví, se abalanzó a mis brazos y me abrazó sin dejar de chillar–. Ay, mi pobre señora, no mire, no mire, es tan horrible. Y ahora, ¿qué será de nosotras?

Intenté apartarla, pero ella se aferró a mí como una sanguijuela.

–¿Estás loca? –susurré horrorizada–. ¡Si no es Cristòforo!

Pero siguió gimiendo. Miré a mi madre en un gesto de impotencia, y ella se acercó de inmediato. El hombre nos observaba atentamente. Sin duda había visto suficientes muestras de dolor en las mujeres como para no sorprenderse fácilmente.

Mi madre miró el cadáver y después me dirigió una mirada penetrante.

–Ay, querida hija mía –dijo en voz alta–, sé lo que sientes. Sé lo difícil que es ver como Dios permite algo así, como se lleva al hombre que querías sin ninguna razón. Llóralo, llora a tu Cristòforo y déjalo descansar en paz. Ahora está en un lugar mejor.

Mientras yo permanecía allí de pie, boquiabierta por la estupefacción, mi nueva y suave feminidad acudió en mi ayuda y rompí a llorar; gruesas y rápidas lágrimas que una vez empezaron a brotar, ya no hubo manera de detener. Y tanta conmoción despertó a la niña y también ella empezó a chillar, ofreciendo así entre todas una imagen de dolor femenino desatado, hasta que al final el hombre cogió su pluma y trazó una gran cruz junto al nombre de mi marido.

De vuelta en la sala incómoda y poco reconfortante, Erila –cuyas lágrimas se habían secado en cuanto salimos del edificio– nos sirvió vino con especias e insistió en que tomara una poción de su bolsa antes de abrazarme y dejarnos a solas, cerrando la puerta tras ella con firmeza. Yo tenía a la niña en mis brazos, que me miraba parpadeando, y mi madre estaba sentada frente a mí.

–Bien –dije entumecida–. ¿Dónde está?
–Se ha ido.
–¿Adónde?
–Al campo. Con Tomaso. La mañana en que te pusiste de parto fue a buscarme y me contó lo que había ocurrido entre vosotros. Una vez tomada la decisión, lo organizó todo para que encontraran un cadáver con una nota escrita por él que permitiera a las autoridades identificarlo. Lamento la angustia que te causó. No te lo dije porque temía que en tu estado de ablandamiento no pudieras fingir.

Hablaba con tal naturalidad, como un hombre de Estado que debe hacerse cargo de asuntos serios y darles sentido ante el resto de la población asustada.

Pero yo no poseía su serenidad.

–No... no lo entiendo. ¿Por qué? ¿Tan importante era que el bebé no fuera suyo? Porque...

–¿Porque podía serlo? No te preocupes, Alessandra. Lo sé todo. No estoy aquí para juzgarte. Para eso hay otro tribunal y sospecho que es posible que algún día estemos allí tanto tú como yo. –Suspiró–. No tenía nada que ver con el bebé. Le pareció... bueno, no debo hablar por él. Me pidió que en cuanto te enteraras te diera esto. Creo que lo más sensato es que lo destruyas después de leerlo.

Sacó una carta del corpiño. La cogí con manos trémulas. La niña lloriqueó en mis brazos. La tranquilicé y rompí el sello.

Su caligrafía era de lo más elegante, muy distinta del garabato violento del libro de registros del Santo Spirito. Sólo con verla sentí placer. Placer y reconocimiento.

Mi querida Alessandra:

Cuando leas esto ya nos habremos ido. Y tú, Dios mediante, habrás dado a luz a una criatura sana. Tomaso me necesita. El daño que se le ha infligido es terrible, y con la belleza perdida y el cuerpo roto su necesidad es todavía mayor. No puedo obviar la acusación de lo que ha sufrido a causa de mi lujuria y siento que es mi obligación aliviar el dolor que le he causado. Mi obligación. Y, sí, también mi deseo. Si permaneciera a tu lado, sentiría ese dolor el resto de mi vida y sería una compañía amarga, para ti y para la criatura.

Conmigo muerto el futuro que te espera es distinto. Como no tengo más familia que reclame mis bienes, he hecho un testamento que deja a Tomaso suficiente dinero para que los dos podamos llevar una vida relativamente holgada y a ti te lego el resto de mi patrimonio. Se trata de algo poco habitual y puede que algunos lo cuestionen, pero es legal y vinculante y se respetará. En cuanto al futuro, tendrás que ser tú la que lo decida. Eres lo bastante joven para casarte otra vez. Tal vez resuelvas volver con tu familia o incluso, si tienes suficientes agallas, prefieras vivir sola. No dudo de tu valor ni por un instante. Aunque creo que tu madre tiene cierta opinión al respecto que deberías escuchar.

Te ruego que perdones las ásperas palabras que te dirigí en la galería. Pese a nuestro acuerdo, me di cuenta de que me había encariñado más contigo de lo que creía y tu traición me causó un profundo dolor. Igual que la mía te lo había causado a ti de maneras parecidas. Quiero que sepas que por ti sentí todo lo que era capaz de sentir. Y que siempre lo sentiré.

La llave adjunta a esta carta es del armario de manuscritos de mi estudio. Su contenido te sorprenderá. Sé que algunos lo tacharían de robo, pero los dos sabemos que, de no haber sido así, habría acabado convertido en botín o algo peor —en combustible para el fuego—, de modo que preferiría verlo en tus manos que en otras que ya conocemos. Tú entiendes este nuevo gran arte nuestro tan bien como cualquier hombre que conozco. Tu padre habría estado orgulloso de ti.

Sigo siendo tu amante esposo,
Cristòforo Langella

Apreté la llave en la mano y leí la carta por segunda vez. Y luego una tercera. Al cabo de un rato mi madre tuvo que quitármela porque mis lágrimas estaban convirtiendo la tinta en manchas negras y era tal su contenido que ya no tenía sentido oscurecer su significado. Erila tenía razón. Tras un parto el cerebro de una mujer queda reducido a papilla. En semejante estado somos capaces de querer a cualquiera, incluso a los que nos abandonan o traicionan. Por lo visto debía criar a mi hija sin un marido y sin siquiera un abuelo que cuidara de ella. «Tu padre habría estado orgulloso de ti.» Con qué facilidad unas pocas palabras pueden poner tu mundo patas arriba.

Por fin, cuando alcé la vista y miré a mi madre a los ojos, ella no desvió la mirada. Cristòforo nunca habría escrito eso si no hubiese hablado antes con ella, seguro.

—¿Sabes lo que dice? —pregunté en cuanto pude hablar.

—Antes de escribirla hablamos de lo que afecta directamente tu futuro y mi pasado. El resto es privado y sólo te concierne a ti.

Y siguió mirándome fijamente. Toda mi vida mi madre había irradiado una inteligencia de lo más serena y tranquila que había empleado para aplacar las tormentas de rebelión y los cuestionamientos que había visto en mí. Nunca pensé que ella hubiera podido sufrir las mismas tormentas, ni que su aceptación de la voluntad de Dios y su creencia en su misericordia infinita hubieran entrañado una historia de conflictos. Pero ahora sé que no es fácil que las hijas vean a sus madres como seres aparte, con vidas y deseos que no están supeditados a los suyos. Y del mismo modo que yo he perdonado a mi hija por eso, estoy segura de que mi madre me había perdonado a mí. Para ser justa con ella, ese día no eludió mis preguntas ni me mintió en nada. Creo que después de tanto tiempo incluso le alivió contarlo.

—Así —por fin dije—, la dedicatoria de Lorenzo de Médicis en el libro *Discursos* que le regaló a mi marido era del año 1478. El año de mi concepción. Pero entonces tú no estabas en la corte, ¿no es así? La estrella de tu hermano ya brillaba a suficiente altura como para haberte encontrado un buen marido. ¿No es ésa la historia que siempre nos han contado?

—Sí —repuso ella en voz baja—. Yo ya estaba casada. Y ya que hablamos de eso, debes saber que no fue una unión desdichada, por mucho que lo parezca ahora. Ya había tenido tres hijos sanos a quienes Dios con su gracia salvó de la enfermedad o una muerte prematura. Sin duda era una mujer dichosa. Pero lo que dices de ese año, Alessandra, no es toda la verdad. Aunque yo ya había estado antes en la corte, entonces volví brevemente. Pero no de una manera pública.

Calló. Esperé. Incluso el aire parecía detenerse alrededor.

—Mi hermano tenía amigos estupendos —dijo por fin con una sonrisa irónica—. La corte estaba atestada de hombres muy inteligentes y profundos. Para una muchacha a la que habían enseñado a pensar y expresarse aquello era el paraíso. Y aunque, según los conceptos platónicos, las mujeres no podíamos participar en sus discusiones, esos hombres, además de platónicos, eran florentinos y, por lo tanto, una mujer podía engatusar incluso a los más grandes con su belleza cuando se trataba de tener un talento equiparable para el conocimiento. Un talento que, al igual tú, yo poseía. Aunque, al igual que para ti, fue tanto mi gloria como un lastre.

»Mi hermano, que había visto los peligros de una pureza tan perfecta, decidió casarme para evitar más riesgos. Pero ni siquiera él tuvo el poder de impedir que volvieran a llamarme a la corte.

»Lorenzo y su corte pasaron el principio del verano de 1478 en su villa de Careggi. Yo estaba entre los pocos invitados... Fue hace mucho tiempo. —Calló de nuevo y por un momento pensé que no seguiría, que realmente se había obligado a sí misma a olvidar. Respiró hondo—. Había música, conversaciones, arte y naturaleza: sólo los jardines ya eran como el paraíso terrenal. Se hablaba tanto de la belleza del cuerpo como de la belleza de la mente. Ambas se consideraban peldaños para llegar al amor de Dios. No me educaron para ser una mujer coqueta. Era tan seria y en ciertos aspectos tan inocente como tú. Pero, como a ti, me impresionaban la inteligencia, el estudio y el arte. Y aunque lo había resistido una vez, ese verano ya estaba tan enamorada, y desde hacía tantos años, que no supe poner freno.

Volví a ver las lágrimas ante el cuerpo de Lorenzo en la capilla de San Marco hacía mucho tiempo. ¿Qué fue lo que me había susurrado Tomaso al oído ese día? Que pese a su fealdad, sus poemas de amor podían encender hasta los corazones más fríos. Suspiré y miré la carita tranquila y radiante entre mis brazos. Era difícil saber si de mayor tendría una nariz chata, o un mentón prominente. Sin duda eso también dependería de su padre. Quienquiera que fuese.

—Bueno, al menos ya sé por qué soy fea —dije en voz baja.

—Ay, Alessandra, no eres fea. Eres tan hermosa que casi conseguiste enamorar a un sodomita.

Y, por supuesto, me cautivó la manera en que la palabra le procuraba tanto placer por su transgresión como a mí. Así pues, permanecimos las dos juntas en esa sala sombría y apagada, mientras sólo la dulce respiración de mi hija interrumpía el silencio de la tarde, embargadas por la paz de saber que ya no quedaban secretos por contar.

—Bien –dije por fin–, ¿y ahora qué?

Guardó silencio por un momento.

—Conoces las opciones tan bien como yo.

—No volveré a casarme –dije con firmeza–. Si lo hiciera, privaría a mi hija de sus derechos y eso no lo quiero.

—Eso es cierto –convino ella con calma.

—Y no puedo volver a casa. Quiero hacer mi vida. De modo que supongo que tendré que vivir sola.

—Alessandra, creo que eso no sería sensato. Nuestra ciudad es muy cruel con las viudas. Tanto tú como tu hija acabaríais convertidas en marginadas, rechazadas y solas.

—Te tendríamos a ti.

—No para siempre.

Sólo pensarlo era como escarcha helada.

—En ese caso, ¿qué hago?

—Hay una posibilidad de la que no hemos hablado –dijo con voz firme–. Cásate con Dios.

—¿Que me case con Dios? ¿Yo? Una viuda con un pincel, una esclava negra y una niña. ¿Y qué convento, madre, crees que nos aceptaría?

Y mientras permanecía allí sentada, vi asomar lentamente en su rostro una astuta sonrisa.

—Pues el convento con el que siempre has soñado, Alessandra.

Cuarenta y seis

Abandonamos la ciudad –una viuda con su pincel, una criada negra y un bebé– el 10 de mayo del año de Nuestro Señor de 1498.
   La nuestra no fue la única despedida de ese día. En la gran plaza de la Signoria habían erigido en las últimas semanas otra pira: Savonarola y sus dos fieles dominicos iban a ser ejecutados con garrote y quemados. Por fin Florencia iba a recibir su dosis de olor a carne humana asada.
   Mi Erila quería verlo, sólo por presenciar el final de la historia, pero se lo prohibí. El mundo era tan brillante y nuevo para mi hija que no quería que la menor insinuación de sufrimiento se acercara a ella. Salimos de casa, atravesando riadas de gente que se dirigían a la plaza, pero el ambiente que reinaba no era carnavalesco. Aunque lo habían odiado, también hubo quien lo quiso, y tras la violencia desatada después de su detención, creo que muchos habían empezado a lamentar el fin de la Nueva Jerusalén a pesar de que había sido más una intención que una realidad.
   Aun así, sus enemigos se habían mantenido firmes en su oposición a él. En los días anteriores al juicio, circularon por la ciudad nuevos rumores de perfidias como humo acre propagado por el viento. Sobre todo una historia difundida desde la cárcel acerca de su cómplice más fiel, el padre Brunetto Dato, el monje que había luchado tan ferozmente en la última batalla y condenado a morir con él en la hoguera. Al parecer, era un loco fanático que cuando lo torturaron había confesado toda suerte de pecados: el empalamiento de una joven que encontró por la noche en la calle y el sabor de su carne entre los dientes, la mutilación de los genitales de prostitutas y sus clientes en la iglesia del Santo Spirito, incluso la sodomización de un joven homosexual con su propia espada. Pero lo más terrible no fueron las confesiones, sino el regocijo con el que lo reconoció todo y alardeó de que Dios lo había empleado como mensajero divino para reconducir a los pecadores por la senda de la verdad. Hasta que por

fin sus torturadores, hartos de sus blasfemias, le introdujeron un trapo en la boca abierta y amenazaron con prenderle fuego si no paraba de decir obscenidades.

El día en que Erila me contó estas historias fue la primera y única vez que la vi afectada por chismes. Sobre todo cuando, sentada en el borde de la cama, con el bebé a su lado mirando con ojos solemnes, me dijo que el monje, antes de que por fin lo mandaran callar, había dado indicaciones de dónde podrían encontrar un último cadáver: el de una joven prostituta con los pechos partidos que había dejado pudrirse en la cripta de Santi Apostoli.

En ese momento me acordé de la oscura voz que me había perseguido desde la logia aquella noche antes de mi boda, y del corpulento fraile que nos paró por la calle agitando las manos sangrientas, y entonces entendí que, aunque a veces me hubiera sentido excluida de la gracia de Dios, en realidad había estado muy protegida. Y, en cierto modo, el hecho de saberlo me procuró una relación más tierna con Nuestro Señor.

Sin embargo, esa tarde con Erila no hablamos mucho de esas cuestiones. En cambio, las dos nos dispusimos a llenar mi cofre nupcial por segunda vez con dibujos y libros, sin olvidar el grueso manuscrito sin encuadernar que encontré en el armario de mi marido, cuidadosamente escondido entre una pila de coloridos trajes y telas de terciopelo.

Poco antes de irnos, fuimos a visitar a mi familia en la vieja casa de Sant' Ambrogio. Luca, cuyo rostro angelical seguía magullado tras las últimas y gloriosas refriegas de sus tiempos en el ejército, se mostró hosco e incómodo (de hecho, no muy distinto de como era antes), pero al menos me deseó suerte antes de retirarse a su habitación. Plautilla, ahora con una barriga enorme, lloró hasta que su marido la riñó tan severamente que calló de inmediato. Y mi padre... bueno, mi padre me dio un rollo de su tejido escarlata favorito para hacerme vestidos en mi nuevo hogar. Le di un beso y le deseé lo mejor, sin intentar desengañarlo, y luego cogió la mano de mi madre y se dejó llevar al estudio y sus libros de contabilidad. La última vez que los vi fue cuando entraron en la estancia, la mirada limpia y clara de mi madre desapareciendo tras la puerta cerrada.

Así, ese día de mayo salimos de la ciudad con el mozo de mi marido y dos de sus esclavos que nos hacían de guías y porteadores, acicateados por la promesa de libertad al final del viaje. Era una mañana cálida y soleada, y la calina amenazaba con más calor. Atravesamos la Porta di Giustizia y, al salir de los límites de la ciudad, oímos el estruendo de un trueno. Supimos que era el ruido de la pólvora al encender el fuego de la plaza, lo que significaba que el verdugo había cumplido con su cometido y el trío de monjes había sido sometido al garrote y estaba listo para las llamas. Nos santiguamos y rezamos por los que habían sido conducidos hasta Dios, pidiendo misericordia para todos los pecadores, vivos y muertos.

Y mientras subíamos lentamente por el valle hacia las distantes colinas, vimos durante varios kilómetros la columna de humo que se elevaba desde el mar de tejados y se dispersaba por el suave aire estival.

Cuarta parte

Cuarenta y siete

Mi segundo matrimonio –el matrimonio de la hermana Lucrecia con Dios–, aunque legalmente bígamo, salió mucho mejor que el primero.

¿Qué puedo contar del lugar?

Cuando llegamos, sin duda aquello era el paraíso terrenal. El convento de Santa Vitella está en el interior de la Toscana, al este de Florencia, donde las ondulantes colinas con sus bosques se convierten poco a poco en cuestas con viñedos y olivos y al contemplar las vistas uno se da cuenta de que Dios es el primer y mejor de todos los artistas. Por aquel entonces detrás de sus muros vivía una próspera comunidad: dos claustros (el mayor, con su arcada, había sido decorado por Luca della Robbia con treinta y dos cabezas de santos de cerámica azul y blanca, cada una sutil y maravillosamente diferente de la otra), espléndidos jardines, tan prácticos como gloriosos porque nos proporcionaban casi toda la comida, y el refectorio y la capilla, pequeña cuando llegué pero que aumentaría de tamaño y se haría más hermosa en los años venideros. Y todo ello bajo el mando de mujeres. Era una República basada, si no en la virtud, al menos en la creatividad femenina.

Es que, verán, éramos muchas: mujeres inadaptadas. Mujeres que amaban la vida tanto como a Dios, pero que se vieron alejadas de ella, encarceladas entre los muros de un convento. Éramos el resultado de la nueva prosperidad de las ciudades (cuanto más grandes las dotes, menos familias podían procurarlas) y nos había alentado la nueva libertad para adquirir conocimientos. Pero el mundo no estaba preparado para nosotras, de modo que muchas acabamos en lugares como Santa Vitella. Y aunque no se nos consideraba ricas, nuestras dotes, si se sumaban, bastaban para financiar nuestra libertad. Al final fue una simple cuestión matemática: los números pudieron más que las reglas. Erila y yo tuvimos suerte. Cuando llegamos, hacía tiempo que ya se había alcanzado ese punto.

Todas llegamos ya formadas. Algunas traíamos recuerdos de vestidos que habíamos lucido, de los libros que habíamos leído o de los jóvenes que habíamos besado, o al menos deseado besar. Tras las puertas cerradas, aunque honrábamos a Dios y le rezábamos a menudo, teníamos una imaginación desbocada. Por supuesto, unas eran más superficiales que otras. Algunas convirtieron sus celdas prácticamente en salones de belleza y en su tiempo libre se dedicaban a hablar de su arreglo personal o a arreglarse el hábito para que asomara un mechón o mostrar el tobillo. Su mayor placer era oír sus voces elevarse en el coro de la capilla y cultivar el arte del entretenimiento, y aunque los muros eran altos y las verjas estaban cerradas, a veces por la noche se oían sus risas mezcladas con profundas voces masculinas que resonaban en los claustros.

Pero no todos nuestros pecados eran de la carne. Había una mujer de Verona tan apasionada con las palabras que se pasaba el día escribiendo obras de teatro, historias repletas de un contenido moral y martirios, con insinuaciones de amor no correspondido y romanticismo. Las representábamos en el convento; las mejores modistas confeccionaban los trajes y las más exhibicionistas de entre nosotras encarnaban los papeles (tanto los masculinos como los femeninos). También estaba la monja de Padua, cuya sed de conocimientos había sido aún mayor que la mía y durante años había desafiado a sus padres negándose a casarse. Cuando por fin se dieron cuenta de que no podrían vencer su devoción, nos la trajeron. A diferencia de sus padres, cuidamos mucho de ella. Su celda se convirtió en nuestra biblioteca y su mente en uno de nuestros más preciados tesoros. En los primeros años tras mi llegada pasé muchas veladas hablando con ella de Dios, Platón y el camino de la humanidad hacia la divinidad, y en algunos momentos me obligó a pensar más profundamente que mis tutores. Era nuestra mayor erudita y, cuando Plautilla se hizo mayor, ella –junto conmigo– fue su maestra.

Plautilla...
El primer mes mi hija no tuvo nombre. Pero cuando llegó la noticia de Florencia de que mi hermana había muerto al dar a luz a un hijo robusto, primero lloré y después bauticé a mi hija. De ese modo logré conservar los recuerdos de mi familia.

Por supuesto, era la niña mimada de las monjas. Todo el mundo la adoraba y los primeros años se crió como una salvaje. Pero en cuanto se hizo mayor empezamos su educación, un proceso propio de una princesa renacentista. A los doce años sabía leer y escribir en tres idiomas, bordar, tocar música, actuar y, evidentemente, rezar. De un modo inevitable, adquirió cierta gravedad adulta debido a la ausencia de más niños, pero lo llevó bien y en cuanto empezó a percibirse su facilidad con la vista y la mano, saqué mi viejo ejemplar de Cennini de mi cofre nupcial, cogí un gran trozo de tiza negra y preparé una tabla de madera de boj con hueso molido para que trazara sus primeros grabados. Y como no había nadie que la hiciera tomar conciencia de su talento, enseguida se aficionó, de modo que, mucho antes de que yo percibiera la mirada de gato gris verdosa de su padre, supe de quién era hija.

Erila también floreció. La función de *conversa*, diseñada específicamente para esclavas, era un cargo tradicionalmente de baja categoría –el de servir a las siervas de Dios–; sin embargo, como nuestro convento no era como los demás, pude pagar por su manumisión y ella sola pronto se creó su propio cometido, haciendo recados, contando chismes y organizando un servicio postal para las monjas entre el convento y la población local (con la que mantenía un próspero intercambio de objetos de lujo prohibidos), lo que le permitió acumular una pequeña fortuna. En poco tiempo llegó a ser tan temida como adorada, y así por fin fue una mujer libre. Pero para entonces se había vuelto imprescindible para las hermanas, y tanto para Plautilla como para mí era un miembro de la familia, de modo que decidió quedarse con nosotras para disfrutar de ello.

En cuanto a mí... bueno, el invierno después de nuestra llegada, nuestro convento empezó a construir una capilla nueva y así me llegó el gran encargo de mi vida. La madre superiora era una mujer astuta que, de no haber sucumbido a los encantos de un rico vecino casado, habría acabado convertida en una madre de familia noble de Milán. Aunque, en cierto modo, la familia que dirigía en el convento le era más satisfactoria. Sin pasar por alto la necesidad de mezclar nuestras transgresiones con nuestros logros, administraba las finanzas del convento con más perspicacia que los banqueros de los Médicis y pronto reunió suficiente dinero para financiar una capilla nueva. El obispo, menos encantador y más venial que ella –el delgado brazo de Savonarola no había llegado hasta allí–, venía de visita dos o tres veces al año. A cambio de nuestra maravillosa hospitalidad (los refinados placeres del paladar constituían una de las muchas maneras heterodoxas que teníamos de loar a Dios), traía chismes de los medios artísticos en las grandes ciudades y bendecía los planos nuevos trazados casi por entero por la madre superiora, que tenía talento para la arquitectura. Sin embargo, aunque pudo concebir la luz y un espacio de proporciones clásicas, las paredes seguían desnudas una vez acabada su construcción.

Y así, por fin, pude pintar un altar.

El verano antes de empezar, me encontraba en mi celda preparando los dibujos mientras Plautilla hacía collares de flores en el huerto con un grupo de jóvenes novicias risueñas para las que la niña era un juguete maravilloso. Mis pinturas representarían la vida de Juan Bautista y la Virgen María. Con sólo mis recuerdos y sin ningún maestro que me ayudara, recurrí a las ilustraciones de Botticelli para guiarme, estudiando la manera en que su pluma líquida daba vida a mil figuras humanas en el cielo y la tierra únicamente con unos pocos trazos, representando complejas historias de desesperación y alegría.

Parecía que la pintura de los frescos no acabaría nunca. Cuando empecé, Plautilla estaba a punto de cumplir siete años. Al principio podía enseñarle muy poco porque yo misma no sabía gran cosa: una vida de libros y las faldas de santa Catalina no me convertían precisamente en una experta. Pero Erila recurrió a sus contactos y encontró en la ciudad de Verona a un joven recién graduado del estudio de su maestro que, según ella, era lo suficientemente abnegado y discreto para vivir en compañía de monjas mundanas sin sentirse abrumado ni corromperse. De modo que él nos enseñó y nosotras aprendimos. Y cuando se fue, veinte meses después, se erigió el andamio, yo pude aplicar el yeso a las paredes y Plautilla pudo moler y mezclar los pigmentos. Sólo era cuestión de tiempo que empezara a añadir sus propios toques.

Conforme la capilla crecía con santos y pecadores, las visitas del obispo me animaron a hablar de los genios de fuera. Muchas veces venía de Roma, y aunque no podía contarme nada del pintor, tenía mucho que decir acerca de la magnificencia de la ciudad y cómo había superado a Florencia en lo que se refería al arte. Decía que gran parte de ese brillo lo daba un beligerante joven florentino, un artista con una relación tan intensa con Dios que ni siquiera el Papa podía controlarlo. Su obra más reciente, encargada por su ciudad natal, era una escultura gigantesca de David realizada con un solo bloque de mármol defectuoso, tan majestuoso y tan viril en su humanidad que los pobres y atribulados florentinos no sabían muy bien qué hacer con él. Tuvieron que derribar arcadas y destrozar casas para trasladarlo desde el taller hasta la piazza della Signoria. Ahora, contaba el obispo, estaba en la entrada del Palazzo, y la disposición de David a golpear a Goliat era un recordatorio constante para todo aquel que se atreviera a amenazar la República de la ciudad. Y si bien sus proporciones deslumbraban a quienes la veían, mi obispo dijo que se hablaba con la misma calidez de una obra ejecutada mucho antes, cuando era adolescente: una crucifixión de tamaño natural de cedro blanco en la iglesia de Santo Spirito, donde el cuerpo de Jesucristo era tan joven y perfecto que hacía saltar las lágrimas a quienes lo veían.

Ahora, tras muchos años, por fin supe el nombre de Miguel Ángel Buonarroti, y pensé en cómo el destino había llevado tanto a mi pintor como su némesis a la misma ciudad. Pero aunque esas historias acicateaban mi curiosidad, no perdía el tiempo con ellas. Si bien los poetas dirían lo contrario, no es posible aferrarse a una pasión cuando no hay nada para mantenerla viva. O tal vez fue una prueba más de la misericordia de Dios hacia mí el hecho de que desde el nacimiento de Plautilla me hubiera liberado del deseo de algo imposible. Y así, como el color en el sol, mis recuerdos del pintor se desvanecieron.

En lugar de ello surgió cierto placer por el ritual y el orden. Mis días eran sencillos: me levantaba al amanecer para rezar y luego pasaba las primeras horas aplicando el yeso en la parte de la pared en la que trabajaría ese día. Un descanso para comer: en verano fiambres con flores de calabacín fritas y confituras de verduras, en invierno jamones curados y tartas con especias y caldo; después pintaba antes de que el yeso se secara o de que la luz del sol dejara de entrar por la ventana y no hubiera suficiente iluminación para mi pincel. Así como antes había añorado el mundo exterior, ahora sólo pensaba en cómo transformar un cuadrado de yeso húmedo en una serie de formas y colores que únicamente se entenderían una vez completada la imagen.

Así, tras muchos años, Alessandra Cecchi por fin aprendió la virtud de la paciencia, y cada atardecer, cuando dejaba los pinceles y recorría los claustros de regreso a su celda, creo que podría decirse que era feliz.

Y ese sentimiento duró muchos años, hasta la primavera de 1512.

Cuarenta y ocho

Cuando la capilla estaba a medio acabar, un día a última hora de la tarde me avisaron de que tenía una visita.

Dado el liberalismo de nuestra institución, no era raro recibir visitas, aunque sí lo era para mí. Mi madre había ido a verme cada dos años y se había quedado unas semanas a disfrutar de su nieta. Pero últimamente había perdido un poco de vista y ahora mi padre, que además de inválido se había convertido en una suerte de ermitaño, necesitaba su compañía a tiempo completo. Sus últimas noticias me habían llegado por mediación de un mensajero unos meses antes. Luca por fin se había casado con una robusta muchacha que paría hijos como si estuviera abasteciendo un ejército, mientras Maurizio, que, tras la muerte de mi hermana se había vuelto a casar con una mujer con más dote y menos linaje, había enviudado otra vez. De Tomaso y Cristòforo no había la menor alusión. Era como si se los hubiera tragado la tierra. A veces yo los imaginaba en una elegante villa en las afueras de un pueblo, viviendo como dos supervivientes de una guerra brutal, cuidando el uno del otro hasta que uno moría. Y en todos esos años no me enteré de nada que pudiera enturbiar semejante fantasía.

En cuanto a mi visita...

Pedí que lo –pues era un hombre– hicieran pasar a la sala de lectura, que albergaba nuestra pequeña pero digna colección de libros y manuscritos, tanto seglares como religiosos, y dije que iría después de limpiar mis pinceles y lavarme las manos. Me había olvidado de que Plautilla también estaba allí, dibujando las ilustraciones de un salterio recién copiado, de modo que cuando abrí la puerta sigilosamente los vi ante mí, sentados los dos juntos al escritorio que el sol de última hora de la tarde bañaba con una luz suave.

–¿Lo ves? Así la línea es más fina –dijo, devolviéndole la pluma.

Plautilla bajó la vista un momento.
–¿Quién ha dicho que era?
–Un viejo amigo de tu madre. ¿Te gusta ilustrar la palabra de Dios?

Se encogió de hombros. Aunque había logrado entablar conversaciones relajadas con nuestro joven artista de la capilla, en general era tímida con los hombres. Sin duda yo había sido igual a su edad, hacía ya tantos años.

–Te lo digo porque tienes un trazo enérgico. Me pregunto si su simple fuerza no desmerecería las palabras.

Mi hija chasqueó la lengua con ese gesto de frustración silenciosa que había aprendido de Erila.

–Ah, no sé cómo puede pensar eso. Cuanto más gloriosa es una imagen, más acerca al suplicante a Cristo. Si escribo en un lugar el nombre de Nuestro Señor y pongo una figura representándolo al lado, ¿cuál de los dos incita más devoción?

–No lo sé. ¿Acaso ésa es una pregunta sensata?

–¡Claro que sí! El hombre que la planteó es un pintor sensato. Tal vez no lo conozca, su obra es muy moderna. Se llama Leonardo da Vinci.

Él se echó a reír.

–¿Leonardo? Nunca he oído hablar de él. ¿Y cómo te enteras de lo que dice ese tal Leonardo?

Lo miró seriamente.

–Aquí no estamos tan aisladas como parece. Y algunas noticias son más importantes que otras. ¿De dónde ha dicho que viene?

–Viene de Roma –dije, atravesando la sala en penumbras en dirección a la luz del sol–. Vía Florencia y un monasterio a la orilla del mar donde el viento invernal es tan frío que te congela las pestañas y convierte el aire que te sale por la nariz en hielo.

Se volvió y nos miramos. Lo habría reconocido en el acto, con o sin las prendas de moda. Estaba bastante más robusto, el aspecto juvenil había desaparecido hacía tiempo y era atractivo, ahora era evidente. Aunque eso también podía deberse a que él lo sabía. La seguridad es peligrosa: si te falta estás perdido; si tienes demasiada eres culpable de los demás pecados que se desprenden de ella.

¿Y yo? ¿Qué vio en la monja que estaba ante él, con el hábito manchado de tinta, el rostro resplandeciente del sudor de la concentración? Seguía igual de alta y desgarbada, como una especie de jirafa, aunque él era lo suficientemente alto para hacerme olvidarlo. En cuanto al resto... bueno, aunque entonces había espejos prohibidos en el convento, hacía tiempo que ya no me miraba en ellos. Había sentido cierto placer al dejar atrás la necesidad de acicalarme y arreglarme que da el deseo. En esos años a veces las esteticistas me habían convencido de que intercambiáramos habilidades y yo había decorado sus celdas con escenas devotas a cambio de un hábito mejor cortado o una piel más suave. Pero nunca había tenido la intención de atraer a nadie. Mis dedos hacían el trabajo de un hombre, tanto con el pincel como a veces en mi propio bosque, como Erila lo decía de un modo tan poético. Y así me había convertido en mujer sin darme cuenta.

—¿Mamá?

—¿Plautilla?

Plautilla nos miraba a los dos. Ahora había dos pares de ojos de gato en la sala. Verlos a los dos me aturdió. La toqué ligeramente en la cabeza.

—Ya puedes retirarte, hija mía. Fuera hay una luz hermosa. Vete a mostrar la mano de Dios en la naturaleza.

—Ay, estoy cansada.

—En ese caso túmbate al sol y deja que sus rayos te aclaren el pelo.

—¿En serio? ¿Puedo?

Temerosa de que cambiara de opinión, recogió sus cosas a toda prisa y se fue. Y al hacerlo volví a ver a su tía, soltándose el mismo espeso pelo castaño y reuniendo sus objetos antes de salir volando de la habitación para dejarnos a mi madre y a mí hablar de los ásperos detalles del matrimonio en el silencio que dejaba atrás. Había ocurrido hacía tanto tiempo que casi era como si volviera a grabarse en mi memoria.

Permanecimos un rato en silencio, con media vida en el espacio que mediaba entre los dos.

—Tiene un trazo fuerte —dijo por fin—. Le has enseñado bien.

—No necesitó que la enseñaran. Nació con buen ojo y una mano firme.

—¿Como su madre?

—Más bien como su padre, creo, aunque dudo que sus maestros lo reconocieran ahora con esa elegancia en el vestir.

Abrió la capa para mostrar el forro bermellón.

–¿No te parece bien?

Me encogí de hombros.

–He visto tintes mejores en el almacén de mi padre. Pero eso fue hace mucho tiempo, cuando los artistas se preocupaban más por el color de sus pinturas que por sus telas.

Sonrió ligeramente, como si disfrutara con mi mordacidad. La capa se cerró.

–¿Cómo nos has encontrado?

–No fue fácil. Escribí varias veces a tu padre pero no me contestó. Hace tres años fui a tu casa en Florencia, pero no había nadie y yo no conocía a los criados y no quisieron decirme nada. Luego este invierno pasé una velada en compañía de un obispo que alardeó de una monja en uno de sus conventos que estaba pintando su capilla con la ayuda de una hija natural.

–Ya veo. Bueno, me alegro de que Roma te haya procurado semejantes compañeros de juerga, aunque me esperaba más de cierto pintor que conocí que que acabara tratando con gente como el obispo Salvetti. Aunque si corrió suficiente vino, seguro que ni te acuerdas de su nombre.

–De hecho, sí me acuerdo. Pero lo que más recuerdo es lo que sentí al oír su historia –dijo con serenidad, tratando mi lengua afilada como lo que era: una manera precipitada de defenderme de los sentimientos–. Os he estado buscando desde hace mucho tiempo, Alessandra.

Sentí que todo mi cuerpo se estremecía. Erila tenía razón: no sirve de nada que las mujeres dejen de pensar en los hombres. Siguen siendo vulnerables en cuanto éstos vuelven.

Moví la cabeza.

–Ha pasado toda una vida. Seguro que los dos hemos cambiado mucho.

–Tú no has cambiado –dijo con suavidad–. Tienes los dedos igual de manchados que antes.

Los doblé ocultándolos como había hecho tan a menudo de niña.

–En cambio tu lengua está más melosa –dije en tono severo–. ¿Qué ha sido de tu timidez?

–¿Mi timidez? –Calló un momento–. Parte de ella desapareció en mi viaje al infierno durante esas semanas en la capilla. Y otra parte me la arrebataron en la prisión de Bargello. El resto lo he conservado escondido. Roma no es una ciudad para los tímidos o los inseguros. Aunque no deberías juzgarme por las apariencias. Cuando era joven conocí a una muchacha que lucía trajes caros y una lengua afilada. Pero su alma demostró ser más grande que la de muchos que vestían telas sagradas.

Y la contundencia de su voz hizo que algo resonara en mi memoria. Sentí una sacudida por dentro, pero había pasado tanto tiempo que ya no sabía distinguir el placer del miedo.

La puerta se abrió y una joven monja de rostro lozano asomó la cabeza. Acababa de llegar de Venecia, donde sus padres habían tenido problemas para impedir sus salidas por las noches y era para nosotras una suerte de espina. Al vernos juntos se echó a reír. Cuando salió, el pintor preguntó:

—¿No hay en tu convento algún sitio donde podamos estar solos?

Con la puerta cerrada, mi celda, hasta entonces lo bastante grande para contener toda mi vida, de pronto me pareció demasiado pequeña. Encima de mi cama tenía un estudio de tamaño natural del nacimiento de la Virgen, y el delicioso cuerpo rollizo del bebé lo había sacado de los cientos de apuntes de nuestra hija. Vi que esbozaba una sonrisa.

—¿Está ella en tu capilla?

Me encogí de hombros.

—Sólo es un esbozo.

—De todos modos, están vivos. Como la mujer y el niño en *El nacimiento de la Virgen* de Ghirlandaio. La última vez que fui a Florencia volví a la capilla. A veces pienso que no he visto ninguna pintura que la superara.

—¿Ah, sí? No es eso lo que dice nuestro obispo. Siempre habla muy bien de las nuevas modas de Roma.

Negó con la cabeza.

—Me parece que no te gustaría mucho el arte de Roma en estos momentos. Se ha vuelto un tanto... carnal.

—El hombre es tan importante como Dios —dije, recordando mis conversaciones nocturnas con nuestra monja erudita.

—En algunas manos, sí.

—¿Y en las tuyas?

Se alejó de mí para acercarse a la ventana. Fuera, un grupo de monjas más jóvenes atravesaban el claustro para acudir al oficio de vísperas, sus risas mezclándose con el tañido de las campanas.

–A veces cuesta nadar a contracorriente. –Se volvió y me miró–. Tal vez debas saber que he venido con mis mejores ropas.

Nos quedamos un rato mirándonos. Había tanto que decir. Pero me costaba respirar. Era como si alguien hubiera encendido un fuego en la habitación que consumía todo el aire entre nosotros.

–Y tú debes saber... –dije titubeando–, debes saber que me he entregado a Dios –proseguí con firmeza–. Y que me ha perdonado mis pecados.

Me miró fijamente y ahora la mirada en sus ojos de gato era seria.

–Lo sé. Yo también he hecho las paces con Dios, Alessandra. Pero en esa paz no ha pasado un solo día sin que pensara en ti.

Avanzó un paso hacia mí. Negué con la cabeza al oír sus palabras. En mi autosuficiencia me había vuelto muy callada, y ahora me costaba dejarme llevar.

–Tengo una hija. Y un altar que pintar –dije con ferocidad–. No tengo tiempo para estas cosas.

Pero incluso mientras lo decía, la Alessandra de antes había vuelto a poseerme. La sentí agitarse, desear como un dragón que se despierta y levanta la cabeza, olisqueando el aire, sintiendo en el estómago una oleada de fuego y poder. Él también lo notó. Estábamos muy cerca, y sentí su aliento alrededor. Su cuerpo despedía un olor más dulce de lo que recordaba, pese a la suciedad de la carretera. En la otra vida yo había sido la atrevida y él el asustado. Esta vez le tocó a él. Me cogió la mano y enlazó sus dedos con los míos. Entre los dos nuestra carne manchada parecía una paleta de colores. Siempre nos había unido el poder del anhelo, incluso cuando no sabíamos nada del deseo. Lo intenté por última vez.

–Tengo miedo –dije, a mi pesar–. He llevado una vida muy distinta estos últimos años y ahora tengo miedo.

–Lo sé. Olvidas que yo también tuve miedo. –Me acercó a él y me besó con suavidad, tirando de mi labio inferior con el suyo, introduciendo la lengua, invitándome. Y el sabor a él era tan cálido y lo recordaba tan bien, aunque entonces casi éramos niños... Se apartó–. Pero ahora ya no lo tengo. –Y su sonrisa nos iluminó el rostro a los dos–. Y no sabría decirte cuánto tiempo hace que he esperado este momento, Alessandra Cecchi.

Me desvistió lentamente, colocando las capas de mi hábito con cuidando a un lado y deteniéndose a mirarme cada vez que me quitaba una prenda, hasta que al final me sacó la enagua y quedé desnuda ante él. Lo que más miedo me había dado era mi pelo, que en su día había sido mi única gloria y ya no me caía como un río de lava negra por la espalda. Pero al quitarme el griñón, mi cabello corto y rebelde se erizó como hierba dura, y él me pasó la mano por encima, alborotándolo y jugando con él como si fuera un atributo de gran alegría y belleza.

He oído decir que a algunos hombres les gusta la idea de poseer a una monja. Por supuesto, se trata del peor de los crímenes porque uno comete adulterio contra Dios. Supongo que sólo por eso se entiende que represente una experiencia tan poderosa para los que siempre van a la búsqueda de sensaciones nuevas, lo que explica por qué tienen que estar enloquecidos por la guerra o la bebida antes de poder hacerlo. Pero ése no era su caso. Él estaba loco de ternura.

Puso las manos entre mis piernas, acarició el interior de mi muslo e introdujo el dedo en mi grieta, jugando con los pliegues hinchados de piel, y clavando su mirada tan audaz como su mano en la mía, sin dejar de observarme. Luego volvió a besarme y, al apartarse, pronunció mi nombre una y otra vez. Se le veía tan relajado que me hizo reír y volví a preguntarme cómo un hombre tan torpe pudo haberse vuelto tan confiado.

—¿Desde cuándo te has vuelto tan seguro de ti mismo en estas lides?

—Desde que me echaste —dijo suavemente, besándome otra vez, cerrándome los párpados con los labios—. Y ahora no pienses —me susurró al oído—. Por una vez detén esa cabeza que no para de dar vueltas.

Se acostó a mi lado y volvió a abrirme el sexo con los dedos, con cuidado, sagazmente, su mirada fija en la mía, y cuando encontró mi grieta, presionó el borde con las yemas, provocando una creciente sensación agridulce. Esa tarde me enseñó cosas que yo nunca había imaginado; especialidades del sexo, delicadezas del deseo. Sobre todo recuerdo su lengua, parecida al borde liso de la lengua de un gato, los firmes y ásperos lengüetazos, como si bebiera leche. Cada vez que gemía, él levantaba la cabeza para asegurarse de que estaba con él y me miraba con ojos brillantes como si estuviera a punto de echarse a reír.

He oído decir que en el cielo la luz de Dios cambia incluso la sustancia de la materia, de modo que se puede mirar a través de los objetos sólidos para ver lo que hay detrás. Conforme declinaba la luz en mi celda, creo que llegué a ver su alma a través de su cuerpo. Aunque seguro que Erila se habría referido más bien a una experiencia musical, una experiencia en la que después de muchos años por fin oí la dulzura de las cuerdas superiores del laúd.

Debido a su talento con el pincel, la madre superiora le dio permiso para quedarse una temporada. Por las noches me enseñó las artes del cuerpo y de día me ayudó en la capilla. Donde había errores hizo lo que pudo para corregirlos, y donde yo me había conformado con algo sin fuego (y de eso había muchos ejemplos), añadió la chispa de su pincel para darle vida. Sé que sólo veía defectos, pero no se entretuvo con ellos.

Cuando no estaba conmigo, estaba con Plautilla y, a su cargo, mi hija floreció. Observé cómo los conocimientos de su padre le encendían la curiosidad, uniéndolos tanto en el arte como en las conversaciones.

Y cuanto más tiempo pasaban juntos, más segura estaba de lo que debía hacer.

Incluso sin él al final ella habría acabado dejándome. Siempre lo supe. Ni siquiera en la orden más indulgente la habrían dejado quedarse indefinidamente si no tomaba el hábito, y yo eso nunca lo habría permitido. Tenía ante sí demasiado futuro para que cupiera entre los muros de un monasterio y yo ya no podía enseñarle nada más. Estaba a punto de cumplir catorce años; la edad en que el joven talento debe encontrar un maestro si ha de florecer. Si Uccello pudo formar a su hija en su taller, él también podría hacerlo, y si existía una ciudad que podía hacer una excepción para incluir el talento errante de una mano femenina, sin duda lo era Roma en ese momento. El resto dependía de ella.

Acordamos que se irían antes de que arreciara el calor del verano. Por supuesto, cuando se lo dije a Plautilla, sólo vio la pérdida y el terror y al principio se negó a marcharse. Le hablé con suavidad, recordando cómo lo único que había logrado mi madre con sus reprimendas era obcecarme todavía más. Cuando la razón no surtió efecto, probé contándole una historia: de una joven tan deseosa de pintar que había cometido transgresiones de tal magnitud que su mayor aspiración en la vida era poder darle a la hija lo que ella no había podido tener. Y tras escucharme, por fin accedió a irse. Era, ahora lo veo, una niña más obediente de lo que yo había sido. Pero es inútil a estas alturas pensar en cómo mi rebeldía definió mi vida.

En su arcón, junto con mis esperanzas y mis sueños, también puse el manuscrito envuelto en terciopelo. Ya no lo necesitaba y merecía algo más que el cofre nupcial húmedo de una vieja monja. Antes de envolverlo por última vez, él se sentó a contemplarlo. Lo vi recorrer las líneas con los dedos sobrecogido y supe que cuidaría de él tan bien como yo y, de ese modo, se abriría camino en la historia.

Cuarenta y nueve

La noche antes de su partida yacíamos juntos en mi dura cama, nuestros cuerpos pegajosos por el calor estival. El agotamiento del deseo satisfecho nos había dejado lánguidos y soñolientos. Mojó los dedos en un cuenco de agua y trazó una línea húmeda desde mi mano, a lo largo del brazo, a través de mi pecho y luego por el otro brazo hasta detenerse suavemente en la delgada cicatriz blanca que tenía en la muñeca y la cara interna del brazo.

–Cuéntamelo otra vez –dijo en voz baja.

–Ya lo has oído muchas veces –dije con un gesto de indiferencia–. La cuchilla resbaló y...

–... y con la sangre te pintaste el cuerpo. –Sonrió–. ¿Y dónde te pintaste? ¿Aquí? –Me tocó el hombro–. ¿Y aquí? –Deslizó el dedo hacia mis pechos–. ¿Y luego aquí? –Y el dedo me atravesó el estómago en dirección a mi sexo.

–¡No! Ni siquiera yo soy capaz de semejante barbaridad.

–No me lo creo –dijo–. Pero habría quedado bien: el rojo escarlata en contraste con tu piel morena. Aunque hay otros colores que habrían ido igual de bien...

Sonreí y no le aparté la mano. Al día siguiente me vestiría el hábito, regresaría a mi capilla y volvería a ser una monja. Al día siguiente.

–Si supieras cuántas veces pinté tu cuerpo en mi imaginación...

–Y una vez en la realidad: en el techo de una capilla.

Negó con la cabeza.

–Nunca fuiste un buen modelo para la Madona. Tenías unos ojos demasiado audaces. ¿Por qué creés que me diste miedo durante tanto tiempo? Tú siempre has sido Eva. Aunque no me atrevería a apostar por la serpiente en un enfrentamiento con tu mente.

–Creo que eso dependería de a quién perteneciese su cara –señalé.

—Ah, ¿conque todavía crees que la serpiente no es una mujer? Sigues desafiando a Masolino.

Me encogí de hombros.

—Creo —dije, y sonreí cuando articuló las palabras al mismo tiempo que yo hablaba—. Creo que no hay nada en las Escrituras que lo demuestre. Aunque todavía tengo que conocer al pintor que se atreva a desafiar esa idea.

Fue así como la serpiente se unió a nosotros en nuestra cama esa última noche. Y aunque sé que lo que hicimos fue una blasfemia no volvería atrás: el cuerpo plateado y verde salvaje creció bajo su pincel, se enroscó alrededor de mis pechos, luego atravesó mi estómago antes de desaparecer en mi vello, donde trazó el suave contorno de su propio rostro en medio de la maraña. Y mientras pintaba recordé momentos de desolación así como de placer, y el cuerpo del exhibicionista con los músculos tensándose bajo la reluciente piel.

A la mañana siguiente me levanté, escondí bajo mi hábito la gloriosa pintura que tenía en el cuerpo y me despedí de mi amante y nuestra hija.

Sin embargo, había gastado tanta energía para convencer a Plautilla de que debía irse que ya no me quedó nada para consolarme. Los días posteriores a su partida la tristeza me invadió como una enfermedad, envolviéndome en sudores fríos de desolación, y cuanto mayor era la distancia que nos separaba, más sentía el desgarro.

En cierta ocasión había acusado a mi amante del pecado de la desesperación. Ahora parecía que era yo la que iba a sucumbir. La capilla permanecía intacta, casi ni había empezado la vida de la Virgen. Por la noche en la cama trazaba el recuerdo del deseo en los pliegues de la serpiente. Pero el verano estalló como el fuego y con el calor llegaron las noches de sudor, el polvo y la suciedad, y pronto los brillantes colores empezaron a correrse y apagarse como los ricos tejidos de mi padre tendidos al sol. Y junto con ellos se apagó mi espíritu.

La madre superiora se compadeció de mí durante un tiempo, pero pronto empezó a impacientarse por el retraso. Al final fue Erila la que me salvó, aunque al principio pensé que también ella me había abandonado. Florencia estaba lejos de Loro Ciufenna y los tintoreros de Santa Croce formaban un gremio cerrado, de modo que incluso cuando los encontró en los callejones junto al río, con sus improvisados talleres relucientes de agujas y colores robados, se mostraron reacios a revelar sus secretos a una extraña. Pero nadie podía resistirse a Erila durante mucho tiempo. Del exhibicionista, me dijo después, no había el menor rastro.

Volvió una tarde a la hora en que la luz era más sublime, y vació el contenido del pequeño maletín de cuero en el suelo junto a mi camastro: medicamentos, ungüentos, telas, agujas, espátulas y varios frascos pequeños. El color de cada frasco era apagado y sucio, con la densidad de la tinta más que de la pintura. Sólo cuando se pinchaba la piel y se introducía el tinte poco a poco en la herida brotaba su colorido. Ah, y las sombras eran increíbles; crudas y nuevas como las primeras pinceladas de Dios en el jardín de Eva, y al verlas mezcladas con mi sangre se encendió en mi interior parte de la antigua llama. La primera noche trabajamos a la luz de la vela, y al rayar el alba yo tenía en el hombro un centímetro de la cola de la serpiente que empezaba a recuperar su antigua majestad y el cuerpo agotado por el placer de soportar el dolor.

Conforme pasaban los días trabajábamos más rápido y yo resistía mejor. La serpiente crecía seductora bajo nuestros dedos a medida que aprendíamos a manejar la aguja y a prever cuántas pequeñas heridas se necesitaban para dar vida a cada temblor de sus músculos. Cuando empezó a curvarse y enroscarse de manera lasciva por mis pechos y mi estómago, ya podía verla lo suficientemente bien para coger la aguja y seguir por mi cuenta. Por eso, cuando llegó el momento de trazar los contornos difuminados de la cara de mi amante, yo estaba sola, y la crueldad de la aguja me produjo una dulce catarsis cuando añadí la lengua de una serpiente que salía de su boca y apuntaba hacia mi sexo. Y fue así como recuperé el apetito por la vida y regresé a las paredes de mi altar.

Los años siguientes fueron tumultuosos. Esa primavera murió mi padre, sentado en la butaca de su estudio, con su ábaco y sus libros de contabilidad ante él. Luca se quedó con la casa y mi madre se retiró a un convento en la ciudad, donde hizo voto de silencio. En su última carta me deseó la gracia de Dios y me instó a que confesara mis pecados como ella había confesado los suyos.

Mientras tanto en su amada Florencia la malherida República volvió a recibir a los Médicis tras décadas de exilio. Pero Juan de Médicis, convertido en el papa León X, era una pálida sombra de su erudito padre. Mi hermanastro gordo y grasiento –pues, aunque parezca increíble, eso era– se había forjado en las llamas de la adulación y la riqueza dilapidada. Bajo su pontificado Roma se volvió tan blanda como su cuerpo. Incluso su arte se volvió corpulento. En sus cartas mi pintor hablaba de una joven artista cuyo pincel pronto sería tan digno como el de cualquier hombre, pero también de una ciudad que hervía en su propia decadencia, de banquetes que duraban días y de mecenas tan ricos que tiraban la vajilla de plata al Tíber tras cada plato (aunque se rumoreaba que después enviaban a los criados a buscarla).

Al año siguiente mi pintor y mi hija abandonaron Roma para ir a Francia. Él ya había recibido invitaciones para ir a París y Londres, ciudades donde los nuevos conocimientos todavía estaban en mantillas y donde los que se aferraban a las viejas costumbres tendrían más posibilidades de encontrar mecenas. De modo que partieron con sus pinceles y el manuscrito. Yo seguí su ruta en un mapa que mi monja erudita me había conseguido por medio de un cartógrafo. Desembarcaron en Marsella y desde allí viajaron hasta París. Pero la invitación que los había llevado a la ciudad no les interesó y al final tuvieron que vender parte de la *Divina Comedia* para poder vivir. Así pues, siguieron viajando por Europa, pero sus cartas hablaban de una creciente agresividad hacia la Iglesia establecida y lo que algunos consideraban su arte idólatra, y al final cruzaron a Inglaterra, donde el joven rey, de formación renacentista, estaba deseoso de que los artistas hicieran de la suya una corte magnífica. Los primeros años me escribieron historias de un pueblo que vivía bajo la lluvia, con una lengua áspera y unos modales todavía más ásperos. Y, claro, no pude evitar pensar en su monasterio y en cómo la vida lo había llevado otra vez a una paleta gris. Pero de pronto dejaron de llegar las cartas y ahora hace años que no sé nada de ellos.

No tuve mucho tiempo para llorarlos. Poco después de concluir la capilla, la Iglesia se ensañó con nosotras. Nuestra creatividad se había vuelto demasiado monstruosa incluso para esos tiempos turbios. Siempre habíamos sabido que algún día los murmullos llegarían a oídos equivocados. Cuando murió nuestro obispo, el hombre que lo sustituyó era de un talante más severo y tras él llegaron los inspectores de la Iglesia que olieron el demonio por todas partes: en el corte de nuestros hábitos, las telas perfumadas de nuestras celdas y, sobre todo, en los libros de nuestras estanterías. Sólo mi altar sobrevivió a su escrutinio porque para entonces la humanidad de semejante arte casi se había vuelto normal. Mi altar y mi cuerpo. Pero eso era un asunto entre Dios y yo.

Las que ya habíamos pasado por eso nos lo tomamos con calma. Sabíamos que no nos convenía luchar. Las pocas que se resistieron fueron derrotadas y trasladadas. En cierto modo, no fue tan terrible. Nuestra dramaturga y la mayoría de las modistas se fueron, pero la erudita se quedó, aunque le confiscaron la biblioteca. Trajeron a una nueva madre superiora de fuera, una monja pura y recta y con un Dios más censor. Como yo ya había acabado la capilla, desarrollé una buena voz para el oficio de vísperas y escondí mis excentricidades tras mi devocionario. Mientras me mostrara sumisa era demasiado vieja para representar una amenaza. Por supuesto, perdí mi material de pintura. Pero me dejaron las plumas, y fue así como empecé la historia de mi vida, que durante un tiempo mitigó la soledad y el aburrimiento de la nueva orden.

Mi mayor pérdida fue la de Erila. Por supuesto, no había sitio para su díscolo espíritu comercial en ese mundo tan estricto. Para quedarse, tenía que convertirse en la criada que siempre había rechazado ser y, de todos modos, ya se había forjado una vida fuera del monasterio. Con mi ayuda y sus propios ahorros, abrió una botica en el pueblo de al lado. Ese lugar tan pacífico nunca había visto a una mujer tan salvaje y, por supuesto, hubo quien pensó que era una bruja, aunque irónicamente más blanca que negra. Pero pronto dependerían de sus remedios y consejos tanto como lo habían hecho las monjas. Y así adquirió cierta respetabilidad. Ahora siempre nos reímos de eso cuando la dejan venir a visitarme; de cómo la vida da los finales más extraños a las historias de cada uno.

Cuando acabé este manuscrito hace dos meses, decidí lo que debía hacer. No es tanto porque sufra –en estos momentos mis recuerdos están tan borrosos como mi vista–, sino más bien porque los años se despliegan ante mí como pasta fina y no puedo soportar la idea de esta rigidez eterna y el lento deslizamiento hacia la decrepitud. Tras tomar la decisión, naturalmente recurrí a Erila para que me ayudara. Por última vez. Lo del tumor fue idea de ella. Había visto varios; unas cosas asquerosas que salían en la piel de una manera horrible y misteriosa. Las mujeres tendían a tenerlos alrededor de los pechos. Salían tanto por dentro como en la superficie, corroyendo los órganos vitales del cuerpo hasta que sus víctimas se ahogaban en la agonía de su deterioro. No había tratamientos y los llamados médicos los temían. En cuanto alguien era víctima de uno de ellos, se escondía de todos, como un animal herido, y aullaba de dolor en la oscuridad a la espera de la muerte.

Lo de la vejiga de cerdo fue una inspiración, y fácil de conseguir: bastó con una simple visita a la cocina mientras las demás rezaban. Erila me ayudó a llenarla y a ponérmela en el pecho, y me dio pócimas y ungüentos para vomitar o subirme la temperatura cuando necesitara que la enfermedad fuera más evidente y así mantenerlas alejadas. Y al final será ella la que me traerá el veneno cuando lo necesite, extraído de las raíces de una de las plantas medicinales que cultiva en su jardín. Sentiré dolor, dice, y no puede garantizar su rapidez, pero no cabe duda del resultado. Lo único que falta resolver es qué harán después con mi cuerpo. Ahora tenemos otra madre superiora, la última superviviente de los viejos tiempos: nuestra erudita, que con los años ha conseguido encontrar una auténtica vocación en su soledad. Por supuesto, no puedo contárselo todo, aunque le he pedido su indulgencia al permitir que mi cuerpo y mi hábito permanezcan intactos. No quiero ponerla en una situación embarazosa. Me gusta y la respeto demasiado para eso. Como lo sabe y además recuerda vagamente mis faltas pasadas, no me preguntó nada y se limitó a acceder.

Seguro que estarán pensando en mi muerte, ¿no? En el pecado del suicidio y la imposibilidad final del perdón de Dios.

Yo también he pensado mucho en ello. Antes de que el manuscrito abandonara mis manos estudié esos cerrados círculos del infierno. El suicidio sin duda es un pecado muy grave. En cierto modo, el más grave. Pero la manera como Dante lo describe me resulta casi tranquilizadora. Es el castigo adecuado para el pecado adecuado: a los que deciden dejar el mundo antes de que les llegue el momento, el infierno los obliga a volver para siempre. Las almas de los suicidas están profundamente arraigadas en la tierra, mezclándose con las estructuras de los árboles, y sus ramas y troncos heridos por el rayo son como alimento vivo para toda clase de arpías y aves de presa. En medio del canto Dante cuenta cómo una manada de perros que persigue a los pecadores aparece por un bosque y en su carrera destrozan un pequeño árbol cuya alma gime pidiendo que recojan y le devuelvan las hojas.

Perseguidos por perros. He detestado la leyenda de Onesti durante tanto tiempo; tal vez siempre estuve condenada a compartir el destino de su heroína. Pero no será todo dolor. Me sé de memoria la geografía del infierno de Dante. El bosque de los suicidas está junto al terreno ardiente de los sodomitas. A veces llegan corriendo, sofocando las llamas que se encienden constantemente en sus cuerpos heridos y, como dice Dante, en ocasiones tienen tiempo para detenerse y conversar un rato con otras almas condenadas, de arte y literatura y de los pecados por los que estamos todos condenados. Eso me gustaría.

Ya me he despedido. Una tarde me quité el griñón y me acosté en el jardín al sol, cerca de la higuera que plantamos poco después de nuestra llegada y cuyo crecimiento habíamos comparado con el de Plautilla. Ni me molesté en moverme cuando la joven monja me encontró y volvió corriendo a la casa con la noticia de mi «transgresión». De todos modos, ¿qué saben de mí? Fue todo hace tanto tiempo y las monjas viejas son invisibles. Caminan arrastrando los pies, sonríen con ojos llorosos y murmuran mientras comen su plato de avena y rezan, cosas que he aprendido a hacer admirablemente. No tienen ni idea de quién soy. La mayoría ni siquiera sabe que mis dedos fueron los responsables de las imágenes que brillan en las paredes cuando cantan en la capilla.

De modo que ahora estoy en mi celda, a la espera de Erila, que esta noche tiene que venir a entregarme la poción y despedirse. Es a ella a quien confiaré este documento. Ya no es la esclava de nadie y debe hacer con el resto de su vida lo que le plazca. Lo único que le he pedido es que lo envíe a la última dirección que tengo de mi hija y el pintor, en un barrio cerca de King's Court que se llama Cheapside. De todos modos, las dos sabemos que mi padre nunca se deshacía de un documento o contrato, por poco valioso que fuera, sin hacer una copia o recibir una prueba de que su agente lo ha recibido, e incluso así se habría asegurado de que llegaba a salvo. Últimamente Erila ha hablado de viajar, con un fervor que sólo sienten los que nacieron en un lugar distinto del sitio donde morirán. Si alguien puede encontrar a mi hija, será ella. No puedo hacer nada más.

Llega la noche, un manto de calor y humedad. En cuanto Erila se haya ido, beberé la poción rápidamente. Conforme a los deseos de mi madre, he dispuesto mi confesión y han llamado al cura. Esperemos que tenga estómago y una lengua discreta.

Epílogo

He olvidado una cosa. Mi capilla.

Le dediqué tanto tiempo –en cierto modo, fue la obra de mi vida– y sin embargo he hablado muy poco de ella.

Las vidas de la Virgen y Juan Bautista. Los mismos temas que el altar de Doménico Ghirlandaio en la Capella Maggiore de Santa Maria Novella, que mi madre y yo habíamos visto juntas cuando yo sólo tenía diez años. Fue mi primer contacto con la historia, y del mismo modo que fue el mejor recuerdo florentino de mi pintor, también es el mío. Porque si bien pueden existir artistas mejores y mayores logros, los frescos de Ghirlandaio reflejan tanto la gloria y la humanidad de nuestra gran ciudad como la vida de cualquier santo, y en mi opinión eso es lo que los vuelve tan impresionantes y reales.

Así, por el bien de esa verdad que en su día fue tan básica para nuestros nuevos conocimientos, ahora no ocultaré ese hecho.

Mi capilla es tristemente mediocre. Si los futuros expertos del nuevo arte la vieran, le echarían un vistazo y seguirían de largo, percibiendo en ella los intentos de una artista inferior en una era superior. Sí, muestra cierta sensibilidad al color (nunca perdí esa pasión), hay momentos en que las telas de mi padre se mueven como el agua y algún que otro rostro refleja carácter además de pintura. Pero las composiciones son torpes y muchas figuras, a mi pesar, son sosas y carentes de vida. Si uno quisiera ser amable y honrado, diría que es la obra de una artista mayor sin formación que hizo todo lo posible y merece ser recordada tanto por su entusiasmo como por sus logros.

Y si esto parece el reconocimiento del fracaso por parte de una vieja al final de su vida, deben creerme cuando les digo que no lo es en absoluto.

Porque si se juntara con todo lo demás: las tablas de bodas y las placas de nacimiento y los cofres nupciales y los frescos y los altares y las pinturas creados en esos emocionantes tiempos en que el hombre entró en contacto con Dios de una manera totalmente nueva, verían lo que es en realidad: una sola voz perdida en un gran coro.

Y así es el sonido creado por el coro entero, y me conformo con haber formado parte de él.

Notas

La Crucifixión de cedro blanco de Miguel Ángel estuvo perdida durante muchos años tras la invasión de Napoleón a Italia. Volvió a aparecer en la década de 1960, se identificó a su autor, ha sido restaurada recientemente y en la actualidad se encuentra en la sacristía de la iglesia del Santo Spirito, en la orilla sur del río. Cuando Miguel Ángel era muy joven, también trabajó como ayudante de Doménico Ghirlandaio en los frescos para la Capella Maggiore en Santa Maria Novella.

Las ilustraciones de Botticelli para la *Divina Comedia* de Dante desaparecieron de Italia poco después de ser pintadas y volvieron a aparecer en distintas partes de Europa varios siglos después. En 1501 su nombre constó en las urnas de denuncias y lo hicieron comparecer ante la Policía Nocturna acusado de sodomía. Los expertos no están de acuerdo acerca de si la acusación era infundada o cierta.

La Policía Nocturna actuó durante todo el siglo XV y aun después, reprimiendo la sodomía y otras formas de fornicación indecente en Florencia. Con la excepción de los años de Savonarola entre 1494 y 1498, su control fue mucho más suave que en otras ciudades.

A principios del siglo XVI, con el aumento de las cantidades de las dotes y el número de mujeres solteras, se descubrió que en ciertos conventos del norte de Italia las reglas de conducta eran especialmente laxas. La Iglesia investigó y los conventos culpables fueron purgados o cerrados.

AGRADECIMIENTOS

Este libro ha sido escrito sobre una base histórica procedente de una serie de fuentes contemporáneas, eminentes expertos e historiadores del arte. Los hechos son suyos, cualquier error es exclusivamente mío.

No habría podido escribirlo sin el amor, el aliento intelectual y el apoyo de Sue Woodman, que me ha dado más de lo que sabrá nunca (aunque me atrevo a decir que lo sospecha). Berenice Goodwin, excelente profesora de arte y buena amiga, leyó el manuscrito en un momento inicial crítico y me inspiró mucho, tanto al evitar que cometiera errores terribles como al enriquecer de manera sustancial mis conocimientos del período. Quiero dar mis más sinceras gracias a Jaki Authur, Gillian Slovo, Eileen Quinn, Peter Busby y Mohit Bakaya, pues cada uno a su manera única alimentó mi espíritu en los momentos difíciles. Por su ayuda en Florencia doy las gracias a Isabella Planner, Carla Corri y Pietro Bernabei. También a Kate Lowe, que me ayudó personalmente con su erudición. Y, por último, a mi representante, Clare Alexander, por su paciencia infinita y la claridad de sus críticas, así como a Lennie Goodings, mi editor y amigo de toda la vida, que fue la mejor comadrona que se puede tener para un libro que, en consonancia con su título original *(The Birth of Venus),* tuvo un parto lleno de color. Por tu tenacidad y visión, Lennie, estoy en deuda contigo.

Bibliografía

Para quienes deseen leer más acerca de este extraordinario período.

ALBERTI, Leon Battista, *On Painting*, Penguin Classics, 1991 [*De la pintura y otros escritos sobre arte*, Madrid, Tecnos, 1999].
AMES-LEWIS, Francis, *Drawing in Early Renaissance Italy*, Yale University Press, 2000.
BALDASSARRI, Stefano Ugo (ed.), *Images of Quattrocento Florence*, Yale University Press, 2000.
BAXENDALE, Michael, *Painting and Experience in 15th Century Italy*, Oxford University Press, 1998.
BIRBARI, Elizabeth, *Dress in Italian Painting*, Londres, John Murray, 1975.
BLUNT, Anthony, *Artistic Theory in Italy 1450-1600*, Oxford University Press, 1962 [*Teoría de las artes en Italia, 1450-1600*, Madrid, Cátedra, 1999].
BORSOOK, Eve, *Companion Guide to Florence*, Companion Guides, 2001.
CENNINI, Cennino, *The Craftsman's Handbook (Il Libro dell'Arte)*, Dover Publications, 1978 [*El libro del arte*, Madrid, Akal, 1988].
HIBBERT, Christopher, *The Rise and Fall of the House of Medici*, Londres, Penguin Books, 1979.
JARDINE, Lisa, *Worldly Goods*, Nueva York, MacMillan, 1996.
KLAPISCH-ZUBER, Christiane, *Women, Family and Ritual in Renaissance Florence*, University of Chicago Press, 1987.
LANDUCCI, Luca, y ROSEN, Jervis A., *A Florentine Diary from 1450 to 1516*, Arno Press, 1969.
LUCAS-DUBRETON, Jean, *Daily Life in Florence in the Time of the Medici*, Macmillan, 1961 [*La vida cotidiana en Florencia en tiempos de los Médicis*, Buenos Aires, Librería Hachette, 1961].

Rocke, Michael, *Forbidden Friendships, Homosexuality and Male Culture in Renaissance Florence*, Oxford University Press, 1996.

Tinagli, Paola, *Women in Italian Art*, Manchester University Press, 1997.

Vasari, Giorgio y Bull, George, *Lives of the Artists*, Penguin Classics, 1987 [*Las vidas de los más excelentes arquitectos, pintores y escultores italianos desde Cimabue a nuestros tiempos: antología*, Madrid, Tecnos, 2004].

Wackernagel, Martin, *The Work of the Florentine Renaissance Artist*, Princeton University Press, 1982 [*El medio artístico en la Florencia del Renacimiento: obras y comitentes, talleres y mercado*, Madrid, Akal, 1997].

Welch, Evelyn, *Art and Society in Italy, 1350-1500*, Oxford University Press, 1997.

Título de la edición original: *The Birth of Venus*
Traducción del inglés: Carlos Milla Soler,
cedida por Grupo Editorial Random House Mondadori, S. L.
Diseño: Serifa
Ilustración de la sobrecubierta:
Madonna del Prado de Rafael (detalle), foto: © Corbis

Círculo de Lectores, S. A. (Sociedad Unipersonal)
Travessera de Gràcia, 47-49, 08021 Barcelona
www.circulo.es
3 5 7 9 4 0 1 2 8 6 4

Licencia editorial para Círculo de Lectores
por cortesía de Grupo Editorial Random House Mondadori, S. L.
Está prohibida la venta de este libro a personas que no
pertenezcan a Círculo de Lectores.

© Sara Dunant, 2003
© de la traducción: Carlos Milla Soler, 2004
© Grupo Editorial Random House Mondadori, S. L., 2004

Depósito legal: B. 44723-2004
Fotocomposición: PACMER, S. A., Barcelona
Impresión y encuadernación: Printer industria gráfica
N. II, Cuatro caminos s/n, 08620 Sant Vicenç dels Horts
Barcelona, 2004. Impreso en España
ISBN 84-672-1010-9
N.º 27433